시체를 보는 사나이

3부. 다크킹덤 ②

제14화

스파이의 정체

2017년 5월

주일 빌딩 정문으로 오민석이 나오자, 기다리고 있던 이연우 경위가 차에서 내려 손을 들어 보였다. 그때 본관 앞으로 차 한 대가 들어와 정차했고, 오민석은 급히 뛰어 내려와 뒷좌석 문을 열고 고개 숙여 인사했다.

"의원님, 안녕하십니까?"

"주 사장은?"

"곧 나오실 겁니다. 잠깐만 기다려 주십시오."

"이거 참……."

"죄송합니다. 처리할 일이 있으시다고……."

잠시 후 본관 입구에서 주필상이 천천히 걸어 나왔다. 그의 손에는 황색 봉투가 들려 있었다. 주필상이 뒷좌석에 올라타자 오민석은 황급히 달려가 다른 차로 뒤를 따랐다. 이연우 경위도 그들을 뒤쫓았다.

"죄송합니다, 의원님. 이것 좀 챙기느라 시간이 걸렸습니다."

주필상은 손에 들고 있던 황색 봉투를 들어 보였다.

"보여 줬던 그 사진 맞죠?"

"그럼요. 직접 보시죠."

주필상은 황색 봉투를 이필석 의원에게 건넸다.

"USB도 안에 동봉했습니다."

"원본이겠죠?"

"저를 믿으십시오."

이필석 의원은 사진을 꺼내 한 번 훑어보더니, USB를 꺼내 조수석에 앉아 있는 보좌관에게 건넸다. 보좌관은 USB를 노트북에 꽂아 사진과 영상을 확인했다.

"의원님, 맞습니다."

보좌관은 다시 USB를 이 의원에게 건넸다.

"주 사장, 고생했어요. 이번 건은 나중에 꼭 신세 갚을 테니 걱정 말아요. 저기서 차 세워."

이 의원은 손으로 갓길 인도를 가리키며 말했다.

"의원님, 같이 가는 게 아닙니까?"

"주 사장이 거길 왜? 나중에 내가 제대로 갚는다고 하지 않았습니까?"

"그럼 어디에 쓰실 건지라도……."

"주 사장, 거기까지만 하죠. 모르는 걸로 해 둬요. 그러다 주 사장도 다칠 수 있어서 그래요. 아셨어요?"

"저기 의원님……."

이 의원은 버럭 소리치며 주필상의 말을 잘랐다.

"주 사장! 말귀를 못 알아듣는 겁니까?"

"아……. 아닙니다. 알겠습니다."

차는 주필상이 내리자마자 바로 다시 출발했다. 뒤따라오던 오민석의 차가 주필상 앞에 멈춰 섰고, 그는 뒷좌석에 올라타며 다급한 목소리로 지시했다.

"칠성아, 이필석 의원 뒤를 쫓아라."

"예, 알겠습니다."

이 의원이 도착한 곳은 서울 외곽에 있는 일식집이었다. 멀찌감치 떨어져 차를 세운 오민석은 뒤돌아 주필상을 보며 말했다.

"스시 집으로 들어갔습니다."

"칠성아, 네가 들어가서 무슨 일인지 알아보고 와."

"예, 사장님."

오민석은 차에서 내려 일식집으로 향했다. 상황을 지켜보던 이연우 경위도 그의 뒤를 쫓았다. 일식집에 들어선 오민석은 미로처럼 되어 있는 통로를 따라 이필석 의원이 들어간 방을 찾았다. 뒤따라 들어온 이 경위는 방들을 두리번거리다, 앞에서 걸어오는 오민석을 보고 손을 들었다.

그때 오민석 뒤로 한 남자의 얼굴이 나타났다.

"칠성아."

오민석은 뒤에서 자신을 부르는 소리에 순간 움찔했지만 아무렇지 않은 듯 뒤돌아봤다.

"네가 여기는 무슨 일이냐?"

오민석은 그 남자에게 꾸벅 머리 숙이고는 다가가 인사했다.

"안녕하십니까, 일성 형님. 형님은 어쩐 일로……. 어르신이 여기 계신 겁니까?"

"그래. 저기 저 방에……."

일성은 이 경위가 서 있는 곳을 손으로 가리켰고, 그 순간 이 경위는 급히 방문을 열고 안으로 들어갔다. 오민석은 뒤늦게 뒤돌아보며 말했다.

"그렇습니까? 전……."

오민석은 짧게 숨을 내쉬고는 다시 일성을 바라봤다.

"주 사장도 이곳에 온 거냐?"

"아닙니다. 제가 약속이 있어서 왔다가 나가는 길이었습니다."

"그래? 잘됐다. 그럼 나랑 얘기 좀 하고 가라. 괜찮지?"

"아……. 그러시죠."

일성은 오민석의 어깨를 감싸며 함께 밖으로 나갔다. 방에서 밖을 주시하고 있던 이 경위는 오민석과 일성의 목소리가 들리지 않는 것을 확인한 후 다시 나가려 했다. 그런데 그때 어디선가 낯익은 목소리가 들려왔다. 이 경위는 소리가 들리는 곳으로 다가가 벽에 귀를 가져다 댔다.

현재. 주일 빌딩 살인사건 D-2

당구장 간판 불이 켜지고 잇따라 내부 전등이 모두 켜졌다.

길거리에 사람 한 명 보이지 않는 늦은 새벽이었다. 당구장 건물 옥상에서 조용히 밧줄 하나가 내려오는가 싶더니, 누군가 그 밧줄을 타고 내려와 순식간에 당구장 창문을 열었다. 그는 손전등으로 안을 살피며 조심스레 들어갔고, 그 뒤로 또 한 사람이 밧줄을 타고 내려왔다.

그들은 당구장 안을 살피며 안쪽에 있는 방으로 다가갔다. 방 앞에 선 그들은 서로 눈을 마주 보며 주머니에서 낚싯줄을 꺼내 양손에 쥐었다. 앞에 서 있던 자가 조심스럽게 방문을 열자, 그들은 이불이 덮여 있는 곳으로 재빠르게 달려갔다. 그리고 동시에 이불을 들춰 낚싯줄을 목에 걸었다.

"뭐야?"

"베개잖아."

"이런. 이 자식들 언제 빠져나간 거야? 하아!"

그들 중 한 명이 탄식하며 쓰고 있던 두건을 내렸다.

"젠장! 어쩌죠?"

"뭐가 어째? 빨리 나가!"

"예!"

"여긴 어디죠?"

"올라가 보면 압니다. 걱정 말고 따라와요."

그는 주변에 가로등 하나 없는 외딴곳으로 우리를 인도했다.

이름도 모르는 사람을 믿고 따라왔지만, 막상 도착한 곳이 허름한 건물이었기에 괜히 꺼림칙하고 불안했다. 하지만 여기까지 온 이상 따라 올라가 볼 수밖에 없었다.

계단을 따라 올라간 곳에는 철제문이 하나 있었다. 그는 철제문을 여러 번 노크한 후 문이 열리기만을 기다렸다.

"이곳이 맞아요?"

"조금만 기다려 봐요."

얼마나 됐을까. 시간이 꽤 지났을 때쯤, 철제문이 열리고 누군가가 나와 그를 맞이했다.

"이제 왔어요? 들어와요."

박범수와 나는 뻘쭘하게 그의 뒤를 따랐다. 들어선 곳은 주변 곳곳에 간접 등이 있을 뿐 밝은 편은 아니었다. 특히 동이 트기 전이라 더 어두웠다.

"잠깐 여기 앉아서 기다려요."

그는 탁자를 가리키며 말하고는 문을 열어 준 남자와 함께 방 안으로 들어갔다. 우리는 탁자 앞에 놓인 의자에 앉았다. 잠시 침묵이 흘렀다. 조용한 가운데 벽면에 붙어 있는 전자시계가 04시 44분을 가리키는 것이 눈에 들어왔다.

"박범수 씨, 어⋯⋯."

방금까지 옆에 앉아 있던 박범수가 보이지 않았다. 뭐야? 어디 갔지?

"박범수 씨?"

나는 그를 찾으며 자리에서 일어났다. 그 순간 주변이 뿌옇게 보이기 시작했다. 머리에도 약간의 통증이 느껴졌다. 주위를 둘러보다 전자시계가 쉼 없이 흘러가는 것이 눈에 들어왔다. 뭐야 갑자기? 어째서?

"웅! 우웅! 우우웅!"

무슨 소리지? 누군가 말을 하는 것 같은데……. 사람 목소리 같은데 웅웅거리기만 할 뿐 잘 들리지 않았다. 그때 누군가가 내 팔을 잡고 흔들었다.

"저기요! 괜찮아요?"

"어, 박범수 씨? 어딜 갔다 온 거예요?"

"무슨 소리예요? 계속 여기 있었는데."

"아니, 방금…….""

"방금 뭐요? 괜찮은 거예요?"

뿌옇게 보였던 것들이 이젠 모두 또렷하게 보였다. 방금 무슨 일이 있었던 거지? 혹시 저 전자시계? 전자시계는 04시 45분을 가리키고 있었다. 그것도 잠시, 또 빠르게 시간이 흘러가기 시작했다. 역시 시계 때문이었구나. 그랬어. 다시 주변이 뿌옇게 변하며 머리에 통증이 느껴졌다. 지금까진 몰랐던, 처음 겪는 현상이었다.

쾅!

그때, 문이 세차게 열리며 누군가가 방에서 나왔다. 나도 모르게 탁자 밑으로 몸을 숨겼다.

"이게 무슨 짓입니까?"

나상남 형사의 목소리였다.

"어쩔 수 없었어."

"뭐가 어쩔 수 없다는 겁니까? 최 형사님, 그만두세요."

"미안하다."

어떤 상황인지 궁금해 탁자 밑에서 고개를 살며시 들었을 때, 누군가 내 등을 두드렸다.

"남시보! 시보야!"

"어……. 어? 형님?"

뒤돌아보니 눈앞에 민우직 팀장이 서 있었다. 꿈인가? 그래, 병원에 계시는 민 팀장이 초자연 현상에 나타날 리가 없지. 현실일 리도 없으니 또 꿈인가 보다.

"시보야, 나야. 별로 안 반가운가 보다?"

"네? ……정말 형님이에요?"

"그래. 어디다 정신을 팔고 있는 거야?"

"형님!"

나는 벌떡 일어나 민 팀장을 격하게 끌어안았다. 어느새 눈에는 눈물이 흘러내리고 있었다.

"자식! 이제 제대로 반응하네. 미안하다, 시보야."

"정말 형님 맞죠?"

"그래. 미안하다. 사정이 있었어. 그건 차차 설명할게."

한 발 뒤로 물러나 흐르는 눈물을 닦으며 가만히 민 팀장을 쳐다보았다. 살짝 야위었지만 사고가 나기 전과 크게 달라진 것 없는 모습이었다.

"나 맞다니까. 많이 놀랐지?"

"뭐예요? 그동안 우리를 속이고 중환자실에 누워 계셨던 거예요?"

"처음엔 그랬지. 아무튼 그건 나중에 설명하고, 박범수 씨한테는 소개했는데."

민 팀장 옆으로 우리를 여기로 데려온 그와 문을 열어 준 남자가 다가왔다.

"윤 경위는 알지?"

"윤 경위……. 윤진 경위님이셨어요?"

"몰라보는 것 같더라. 괜찮아. 그럴 수 있지."

"그런 거야? 아, 그리고 이쪽은 차우석 경위라고, 특수 임무를 받고 잠입수사 중에 너와 박범수 씨를 구해 줬던 거야. 그러니까 서로 오해 풀고, 앞으로 함께해야 하니까 인사들 해."

"경위……. 아……."

"괜찮아. 몰랐으니까 이제부터……."

경위라는 말을 듣고 순간 최우철 형사의 목소리가 떠올랐다.

"잠깐만요. 죄송한데 확인할 게 있어요."

조금 전 들었던 최 형사, 나 형사의 목소리는 초자연 현상이었다. 이곳에서 무슨 일이 일어나는 것이 분명했고, 늦기 전에 다시 확인해야 했다.

전자시계를 보려 했지만 차우석 경위가 앞을 가로막고 있어, 휴대폰을 꺼내 시간을 확인했다. 이번에도 역시 시간이 빠르게 흐르기 시작했다. 그리고 눈앞에 보이지 않았던 안민호 형사가 나타났다. 안 형사는 총을 겨눈 채 어딘가를 주시하고 있었다.

안 형사가 보고 있는 곳에는…….

맙소사! 나상남 형사와 최우철 형사가 가슴에 피를 흘리며 뒤엉킨 채 쓰러져 있었다. 어떻게 된 일이지?

"안 형사님……."

"어! 남 순경님, 어떻게……."

안 형사는 깜짝 놀라며 나에게 총을 겨눴다. 그 순간 나는 팔로 얼굴을 가리며 몸을 웅크렸다. 그때, 어깨 위에 손이 닿는 것이 느껴졌다.

"시보야, 왜 그래? 괜찮아? 뭐야? 뭘 본 거니?"

"형님! 그게……."

주변에 듣는 이가 많아 바로 말할 수 없었다. 그걸 눈치챈 듯 민 팀장은 문을 가리키며 서둘러 말했다.

"차 경위, 윤 경위. 박범수 씨와 잠깐 자리 좀 피해 줘. 박범수 씨, 괜찮죠?"

"네, 그러죠."

차 경위는 박범수에게 방 쪽을 가리키며 일어섰다.

"그럼 방에서 잠깐 쉬고 있겠습니다."

박범수는 차 경위와 윤 경위를 따라 방으로 들어갔다. 그제야 민 팀장이 나에게 물었다.

"시보야, 뭐야? 뭘 본 거니?"

"이곳에서 살인사건이 일어나는 것 같아요."

"시체를 본 거야?"

"시체인지는 다시 확인해 봐야겠지만 초자연 현상이었어요.

예전과 또 다른 현상이 나타났어요. 시체가 아니라 그날 일어나는 상황이 바로 눈앞에 보이는 거예요."

"그럼 7일 뒤에 사건이 발생한다는 거잖아. 누굴 본 거야?"

"잠깐만요. 좀 더 확인해 볼 게 있어요."

"괜찮겠어?"

나는 안 형사가 서 있던 곳에서 보이지 않을 만한 곳으로 이동했다.

"뭐 하는 거야?"

"이곳에서 초자연 현상으로 들어가야 저를 아무도 못 볼 것 같아서요."

"그래. 난 뭘 하면 될까?"

"5분 후에도 제가 눈을 뜨지 않으면 깨워 주세요."

"그래, 알았다."

휴대폰 시계는 04시 54분을 가리키고 있었다. 하지만 조금 전처럼 시간이 빠르게 흐르지는 않았다. 혹시나 하는 마음에 눈을 감고 정신을 집중하자, 곧바로 초자연 현상이 떠올랐다. 하지만 총을 들고 있던 안 형사는 보이지 않았다. 단지 최 형사와 나 형사만이 피를 흘리며 쓰러져 있는 모습 그대로였다.

"이 의원, 뭐라고요?"

"못 들으셨습니까? 아니면 이제 연세가 드셔서 귀가 안 좋으신가?"

"뭐요! 이 의원, 농도 적당히 치는 게 좋아요. 도가 지나치면 화를 부르는 법이에요."

"아이고! 그렇습니까? 농은 자제해야겠네요. 다시 말씀드리겠습니다. 저에게 대권 자리를 내어주시죠."

김기창은 눈 밑 짙은 상처를 순간 일그러트리는가 싶더니 크게 웃음을 터뜨리고는 헛기침하며 말을 이어 갔다.

"이 의원, 당신이 그 자리에 앉을 만한 깜냥이 된다고 보는 거예요?"

"깜냥이라……. 왜요? 저라고 못 하라는 법 있습니까? 어르신께서 뒤에서 잘 이끌어 주시면 되는 거 아닙니까? 다 압니다. 아니, 세상 사람들이 몰라서 그런 줄 아십니까?"

"우선 보기나 합시다."

이필석 의원은 옆자리에 놓여 있던 황색 봉투를 들어 김기창에게 건넸다. 그는 봉투에서 사진을 꺼내 일일이 확인했다.

"원본은요?"

이 의원은 주머니에서 USB를 꺼내 들어 보였다.

"그건 원본이겠죠?"

"그럼요. 원본입니다."

"좋아요. 대권 후보로 올려는 드리죠. 허나, 그 이상은 불가합니다. 표심은 이 의원이 잡아야 하지 않겠어요?"

"왜 그러십니까? 어르신이면 뭐든 하실 수 있는 자리에 있지 않으십니까? 저도 듣는 귀가 있는데 그러실 겁니까?"

"뭘 들었단 말이에요? 대권 후보로 올리는 일도 쉽지 않아요. 요즘이 어떤 세상인데 그게 그리 쉬운 일인지 압니까? 그게 싫다면 나도 어쩔 수 없네요. 내 능력 밖의 일을 어쩌란 말입니까?"

"왜 그렇게 엄살을 부리십니까? 어르신 뒤에 거대한 조직이 있다는 걸 제가 몰라 이러겠습니까? 움직여 주시죠. 그럼 쉽지 않겠습니까? 제가 듣기로는 남철호 의원을 배제하고 새로운 인물을 찾고 계신다고 들었습니다."

김기창은 인상을 팍 쓰며 이 의원을 벌레 보듯 쳐다봤다.

"누굽니까? 그런 소리 하는 작자가?"

"다 떠돌아다니는 소문 아니겠습니까? 이 바닥에서 알 사람들은 다 아는 사실인데 뭘 그러십니까?"

"그래서 입에 떠먹여 달라, 그 말이네요?"

"그렇게만 해 주신다면 사진과 영상 원본은 물론이고 어르신의 꼭두각시가 되어 드릴 수도 있습니다."

"뭐요? 꼭두각시?"

"제가 그 자리에 올라 뭘 하겠습니까? 그저 그 자리 앉는 것이 제 정치 인생에 평생소원이지 않겠습니까? 그러니……."

"좋아요. 그렇다면 생각해 보죠."

"생각이요? 여기서 결정을 해 주시죠."

"봉황의 자리는 하늘에서 내리는 자리예요. 내가 아무리 날고 긴다 해도 하늘의 뜻이란 말입니다. 진인사대천명이라는 말도 못 들어 봤어요?"

"하늘의 뜻도 바꾸시는 분이 어르신 아니십니까? 다크킹덤에 대해 잘 알고 있습니다."

김기창은 엉덩이까지 들썩이며 언성을 높였다.

"이 사람이 정말! 도대체 누굽니까? 누가 그딴 소리를 하냔 말입니다!"

"왜 이리 흥분하십니까? 다크킹덤이 뭐라고 그렇게까지……."

"이필석 의원! 그 이름 함부로 입에 올리지 말아요. 당신 입에서 나올 게 아니란 말입니다. 당신을 그 자리에 앉히려고 다크킹덤이 있는 게 아니란 말이에요."

김기창이 독기 어린 눈으로 노려봐도 이 의원은 눈 하나 깜짝하지 않았다.

"생각대로 대단하긴 대단한 건가 봅니다."

"어디서 좀 들었다고 다 알듯 떠벌리지 말아요. 좋아요. 봉황 자리에 앉혀 드리다. 단, 더 이상의 욕심은 화를 부를 겁니다. 명심해요. 어디에도 다크킹덤의 존재를 알려서는 안 될 겁니다. 그때는 그 목이 남아나지 않을 거예요."

"그렇게만 해 주신다면 제가 뭘 더 바라겠습니까?"

"난 그만 일어납니다."

"벌써요? 식사라도 하시고 일어나시죠?"

"밥이 입으로 넘어가겠어요? 혼자 먹고 일어나요. 난 그럼."

김기창이 나가고 이연우 경위도 조심스럽게 방에서 나왔다. 뒷문으로 들어오던 일성은 일식집을 나가는 이 경위를 뒤에서 잠시 지켜봤다.

"시보야! 괜찮아?"

민 경정은 미간을 잔뜩 찌푸리며 남 순경을 흔들어 깨웠다.

"괜찮은 거야? 시보야."

"저기……. 팀장님."

"그래, 뭘 본 거야? 뭘 봤기에 그래?"

남 순경은 양손으로 관자놀이를 누르며 고개를 절레절레 흔들었다.

"모르겠어요. 이게 무슨 일인지 아무리 생각해도 모르겠어요."

"괜찮으니까 잠깐 여기 앉아. 숨 좀 돌리고 얘기해도 돼. 어?"

민 경정은 그렇게 말하며 남 순경을 의자에 앉혔다. 남 순경은 몹시 괴로워 보였다. 민 경정도 그런 남 순경을 안타까운 눈빛으로 바라봤다.

"최우철 형사와 나상남 형사가 죽었어요. 아니, 죽나 봐요."

"뭐? 정말이야? 왜? 무슨 일로?"

남 순경은 고개를 내저으며 말했다.

"저도 모르겠어요. 안민호 형사가 왜 총을……. 그리고 그 앞에……."

민 경정은 손으로 입을 막고 괴로워하는 남 순경의 등을 쓸어내리며 말했다.

"시보야, 그건 아닐 거야. 뭔가 다른 게 있겠지. 안 형사가 그럴 리 없잖아. 그리고 7일 후에 우리가 막으면 되는 거 아니야.
그러니 너무……."

"7일 뒤가 아니에요. 초자연 현상에서 본 전자시계의 날짜가
이틀 후였어요."

"이틀 후라고? 왜? 7일이 아니었어?"

"저도 모르겠어요. 전자시계에 이틀 후 날짜가 나타나 있었어
요. 저 전자시계가 고장 난 게 아니라면 분명 이틀 후에 일어나
는 일이에요."

민 경정은 벽에 걸려 있는 전자시계와 남 순경을 번갈아 보고
는 고개를 가로저었다.

"뭐가 어떻게 되는 거야? 시보야, 또 뭐가 달라진 거니?"

"저도 뭐가 뭔지 모르겠어요. 전자시계와 관련이 있는 것 같
은데……. 팀장님만 알고 계셔야 해요. 아셨죠?"

"그래, 그건 걱정 마. 그런데 그날 무슨 일이 있는지 좀 더 알
아야 하지 않을까?"

"그래야 할 것 같아요. 나상남 형사가 최우철 형사를 말리는
것 같았어요. 그때 안민호 형사가 나타나 총을 겨눴고요. 내일
이 시간에 다시 확인해 봐야겠어요."

"그러자. 박범수 씨와 여기 있으면서 그날 어떤 일이 일어나
는지 알아봐."

"그럴게요. 그런데 형님은 뭐예요? 어떻게 된 일이에요? 저만
모르고 있었던 거예요? 한 검사님은 알고 계신 건가요?"

"아니야. 팀원들은 아무도 몰라. 과장님과 윤 경위만 알고 있

었어. 아, 차우석 경위도."

"왜요? 이렇게까지 할 필요가 있었나요? 모두가 얼마나 힘들어했는데요. 검사님은 최 형사님과…… 아니, 아무튼 많이 힘들어하셨어요. 특히요."

"미안하다. 내부 정보가 밖으로 새어 나가는 것 같아 부득이하게 비밀리에 움직여야 했어. 팀원들에게까지 비밀로 할 수밖에 없었던 걸 이해해 줘."

"그럼 그날 화재도 일부러 내신 거예요?"

"아니야, 그건 아니고. 잘 들어 봐."

박민희 형사의 전화를 받고 뭔가 심상치 않게 돌아간다고 생각했어. 김승철 경감이 날 찾아서 본부에 전화했다는 것도 그렇고, 연락처를 남겼다는 것도 그렇고 말이야. 받은 연락처로 전화를 걸었을 때 알았지. 그들이 우리 내부 상황을 다 알고 있다는 것을. 김승철 경감을 납치해서 나를 협박했고, 나를 원한다고 하니 직접 만나 다크킹덤의 실체를 확인하고 싶었다.

그들을 만나러 가기 전에 과장님께 연락해 내 위치를 알렸어. 그리고 내 몸에 위치 추적기를 부착하고 그들을 만났지. 그들은 창고에 우리를 가두고 불을 질렀어.

"승철아, 정신 좀 차려 봐. 응?"

"……"

"승철아! 어? 승철아!"

승철이는 의식을 잃고 있다 겨우 눈을 뜨고 나를 봤어.

"정신이 들어? 콜록콜록."

창고 안은 점점 뿌연 연기로 가득해져 갔지. 승철의 얼굴이 거의 안 보일 때쯤 어디선가 굉음이 들렸다.

쾅! 쾅!

밖에서 망치로 문을 내리치는 것 같았어. 얼마 지나지 않아 문이 열리고 누군가 우리에게로 달려왔지.

"팀장님, 괜찮으십니까?"

"누구⋯⋯."

"윤진 경위입니다. 일어나실 수 있으시겠습니까?"

"난 괜찮아. 여기 김승철 경감 좀⋯⋯."

"제가 부축해 나가겠습니다. 먼저 나가십시오. 곧 창고가 무너져 내릴 것 같습니다. 어서요!"

나는 무작정 옅은 빛이 비치는 곳으로 뛰었어. 윤 경위가 승철이를 부축하며 뒤따라 나왔고, 우리는 창고가 무너지기 바로 직전에 간신히 밖으로 빠져나와 윤 경위가 타고 온 차에 올라탔어.

그곳을 빠져나오려 할 때 문득 그런 생각이 드는 거야. 나와 승철이가 살아 있다는 걸 알면 또다시 우리를 위협할지 모른다고. 우리뿐만 아니라 팀원들도 말이지. 그리고 내부에 스파이가 있다면 이번 위기가 오히려 기회일지도 모른다고 생각했어. 그래서 화재 사고로 죽는 걸로 위장하기로 했지. 그런데 나까지 죽었다고 하면 팀원들 상심이 클 것 같았다. 혹시 수사가 중단되지는 않을까 걱정도 됐고. 그런 이유로 나는 전신 화상으로 위장을 한 거야.

"그래서요? 모두를 속이고 뭐라도 알아내셨어요? 그게 아니라면 정말······."

남 순경은 입술을 깨물며 붉게 충혈된 눈으로 민 경정을 노려봤다.

"그래, 어느 정도는. 그러니까 눈 좀 풀어. 다크킹덤의 정체에 조금은 다가갔다고. 그런데 우리만 그들을 쫓고 있는 게 아니었단 말이지."

남 순경은 눈을 소매로 대충 비비고는 민 경정에게 되물었다.

"우리 말고 다크킹덤을 쫓는 사람들이 있다는 말씀이세요?"

"그래. 너도 알 거야, 서필감 과장님이라고."

"서필감 과장? 아, 감찰계 서필감 과장님 말씀이세요? 그럼 그분도 다크킹덤······."

흥분한 나머지 목소리가 커지던 남 순경은 멈칫하고는 나지막이 말을 이었다.

"다크킹덤의 정체를 알아내신 거예요?"

"아직은 확실하지 않아. 하지만 분명 가깝게 다가갔다고 봐야지."

"정말요? 다행이네요. 팀원들이 그나마 팀장님을 용서하겠어요.”

민 경정은 피식 웃음 지었다.

“그래? 그럼 다행이네.”

“그런데 혹시 내부 스파이는 누구인지 알아내셨어요?”

“곧…… 알게 될 거야.”

최우철 경위는 팔짱을 낀 채로 의자에 앉아 창밖을 내다보고 있었다.

철컥!

갑작스레 문이 열리는 소리에 최우철 경위가 뒤를 돌아보았다.

“우철.”

“민주야.”

서민주 의원이었다.

“여긴 어떻게 왔어? 안 형사가 데리고 온 거야?”

서 의원은 아무 말 없이 고개를 숙인 채 흐느껴 울기만 했다.

“밖에 안 형사 있어?”

최 경위는 문으로 뛰어가 문을 두드리며 소리쳤다.

“안 형사! 지금 이게 무슨 짓이야? 서 의원은 왜? 무슨 생각으로 이러는 거냐고?”

문 밖에서 아무런 응답이 없자, 최 경위는 낙담한 얼굴로 서 의원에게 돌아왔다.

일식집에서 나온 일성은 차 조수석에 올라탔다. 뒷좌석에는 이미 김기창이 앉아 있었다.

"넌 뭐 하는 자식이야! 내가 기다려야겠어?"

김기창은 일성에게 손가락질하며 고성을 내질렀다.

"죄송합니다, 어르신. 쥐새끼가 숨어든 것 같아서 살피느라 늦었습니다."

"쥐새끼? 어떤 놈인데?"

"어디선가 본 적이 있는데 기억이 안 납니다. 조사하고 보고 드리겠습니다."

"그래. 어떤 놈인지 몰라도 문제없도록 처리해."

"알겠습니다. 그리고 이곳에서 칠성을 만났습니다."

"칠성이? 주 사장도 여기에 있었던 거야?"

"그건 아닌 것 같습니다. 일이 있어서 왔다고만 했습니다."

"그래. 요즘 주 사장 보고가 뜸한 것 같던데, 무슨 문제라도 있나?"

"그게……."

"저쪽 가서 담배나 피면서 얘기 좀 하자."

일식집 뒷문으로 나온 오민석과 일성은 외진 곳으로 가서 담배를 꺼냈다.

"무슨 일로 여길 다 온 거야?"

"왜요? 오면 안 되는 겁니까?"

"자식, 성격 나오네. 그런 뜻이 아니잖아. 무슨 일로 왔냐고?"

일성은 오민석을 힐끔 째려보며 담배에 불을 붙였다.

"사장님 지시로 시장 조사 나왔습니다."

일성은 비웃듯 피식 웃음 지으며 말했다.

"시장 조사? 왜? 주 사장이 이제 일식집도 하려는 거야?"

"아니요. 호텔에 괜찮은 일식 요리사를 채용하라고 하셔서요."

"너한테 그런 일도 시켜?"

"자주는 아닌데 가끔……."

"그래? 여기 음식 괜찮지."

"그런데 어르신은 무슨 일로 오신 겁니까?"

"무슨 일이긴? 일이 있으니까 온 거지. 그건 알 것 없고, 요즘 주 사장 동향 보고가 안 올라오네. 무슨 일 있어?"

"아닙니다. 특별한 게 없어서요. 클럽 모임도 없고. 모임이 열리면 보고 올리겠습니다."

"그래도 틈틈이 주 사장 일과 정리해서 보고 올려. 알았어?"

"알겠습니다."

"칠성아, 어르신이 특별히 널 아끼고 계신 거 알지?"

"그럼요. 알고 있습니다."

"그래, 알면 됐다. 네가 없으니 오성이만 죽어난다."

일성은 깔깔 웃으며 바닥에 던진 담배를 발로 짓밟고는 오민석을 곁눈질로 봤다.

"오성이는 잘 지냅니까?"

"왜? 둘이 연락 안 해?"

"주 사장님 모시면서 연락이 끊겼습니다."

"그래. 오성이가 할 일이 많아져서 바쁠 거다."

"그래요? 무슨 일……."

일성은 오민석의 말을 잘라 말했다.

"칠성아, 그걸 몰라서 묻는 거냐? 네가 그 짓 하기 싫다고 해서 어르신이 특별히 주 사장에게 보내신 거 아니냐. 알면서 왜 그래? 네가 없는데 그 일을 누가 하겠어? 가뜩이나 한 명 줄었잖아."

"괜한 걸 물었네요. 알겠습니다."

"간만에 얼굴 보니까 좋네. 난 이만 가 봐야겠다. 잘 마무리하셨는지 모르겠네. 다음에 또 보자."

"예, 형님."

일성은 손을 한 번 까닥거린 뒤 뒷문으로 들어갔다.

"주 사장이 우릴 미행한 건 아니고?"

"혹시나 해서 둘러봤는데 보이지 않았습니다."

"그래. 일성아, 칠성이 관리 잘해 둬라. 나중에 큰일 있을 때 쓸모가 있을 거다."

"알겠습니다, 어르신. 만나신 일은 잘되셨습니까?"

"말도 마라. 하도 어처구니가 없어서……."

"왜요? 무슨 일 있으셨습니까?"

"일성, 네가 좀 처리해야겠다."

"예. 지시만 내리십시오."

"그래, 가자. 가면서 얘기하자."

"네, 어르신."

일성은 운전기사의 어깨를 짚고는 수화하며 말했다.

"출발하지."

현재. 주일빌딩 살인사건 D-2, 최우철·나상남 형사 살인사건 D-2

나상남 경사는 거실을 오가며 어딘가로 전화를 걸었다. 하지만 계속 연락이 되지 않는지, 성질을 내며 다시 통화 버튼을 눌렀다.

"저기! 정신이 하나도 없네. 거기 좀 앉아요."

채이돈 의원은 손을 내저으며 나 경사를 말렸다.

"무슨 일인지 몰라도 한 검사도 곧 온다고 했으니 좀 앉으라고. 하도 왔다 갔다 해서 보는 사람이 다 현기증이 날 것 같아서 그래."

"알겠습니다."

나 경사는 소파에 앉아서도 휴대폰을 보며 한숨을 연거푸 내쉬었다.

잠시 후, 현관문 열리는 소리가 들리자, 나 경사는 자리에서 벌떡 일어나 현관으로 달려갔다.

"검사님!"

"네, 나 경사님. 왜 그러세요?"

"박범수 이 자식이 연락이 안 됩니다. 남 순경도요."

"그래요? 위치 추적기는 작동이 되고요?"

"네. 아직까지 당구장에 있는 것으로 나옵니다."

"왜요? 장소를 옮기기로 한 거 아니었나요?"

"그러니까요. 그러니까 제가 지금 미치겠어서 이러는 거 아닙니까? 당장 가 봐야겠습니다."

"잠깐만요. 혹시 안 경위님이나 최 경위님한테 연락 없었나요?"

"연락이요? 없었는데요. 왜요? 무슨 일이 있는 겁니까?"

"아니, 아니에요."

한서율 검사와 도민 경감은 약속 장소에서 만나 인사를 주고받았다.

"경감님, 여긴가요?"

"네. 올라가시죠."

"괜히 제가 다 긴장되네요."

"흥분하시면 절대 안 됩니다. 아셨죠? 쉽게 진실을 말하지 않을 겁니다. 그리고 만약을 대비해서……."

도 경감은 권총을 품에서 꺼내 한 검사에게 건넸다.

"총이잖아요?"

"그럴 일이 없으면 좋겠지만, 혹시 물리적인 충돌이 발생하면 그때 쓰세요."

"그렇게 말씀하시니……."

"그런 일 없게 잘 마무리할 테니 너무 긴장 마시고요."

"잘 부탁드려요."

도 경감은 문을 열고 안으로 들어갔다. 한 검사는 주위를 한 번 돌아본 뒤 도 경감의 뒤를 따랐다. 하지만 이곳에서 만나기로 했던 안민호 경위와 최우철 경위는 보이지 않았다.

"아직 도착하지 않은 걸까요?"

"아니에요. 벌써 와 있어야 할 시간인데……."

"그럼 혹시 눈치를 채고……."

"그건 아닐 겁니다. 무슨 일이 생겼나 봅니다. 전화를 해 보죠."

"네. 그럼 제가 안민호 경위에게 전화해 볼게요."

"그래요. 내가 최 경위에게 전화해 보죠."

하지만 두 사람 모두 전화를 받지 않았다.

"무슨 일이 있는 걸까요?"

"그러게 말이에요. 다시 전화를……."

그때 도 경감에게 전화가 걸려 왔다. 한 검사는 휴대폰을 귀로 가져가는 도 경감에게 다급히 물었다.

"최우철 경위인가요?"

"아니에요. 나영석 경위예요."

도 경감은 귀에서 뗐던 휴대폰을 다시 가져가며 말했다.

"그래요, 나 경위. 무슨 일이에요? ……그래요? 알았어요. 바로 갈게요. ……네. 그건 만나서 얘기해요. 끊어요."

통화 내용을 듣고 있던 한 검사는 기다리지 못하고 바로 도 경감에게 물었다.

"무슨 일이 생긴 건가요?"

"윤진 경위 소재가 파악됐다고 하네요. 그곳에 가 봐야겠어요. 검사님은 채이돈 의원에게 가 보세요. 안 경위와 최 경위 문제는 나중에 다시 논의하시죠."

"네, 경감님."

"검사님, 괜찮으십니까?"

"아, 아니에요. 어서 가 보세요. 가서 확인해 보시고 연락 주세요."

"알겠습니다. 그럼."

나 경사는 가볍게 목례한 뒤 서둘러 뛰쳐나갔다.

소파에 앉아 지켜보고 있던 채이돈 의원이 다가와 물었다.

"무슨 일입니까? 무슨 문제라도 생긴 겁니까?"

"아닙니다. 많이 답답하시죠. 그래도 이곳에 계셔야 안전합니다."

"그건 알지만 방에만 있으려니 답답해 미치겠네요. 언제쯤 이 신세가 끝나겠어요?"

"최선을 다하고 있습니다."

채 의원은 짜증 섞인 목소리로 언성을 높였다.

"그거, 최선을 다하고 있다는 말 말고 정확히 언제까지인지 좀 말해 봐요. 아니면 민 팀장한테도 말했지만 일본으로 보내 줘요. 신분 세탁해서 일본으로 보내 주란 말입니다. 그러면 깔끔하게 서로 볼 일 없을 거 아니에요?"

"의원님, 그건 안 됩니다. 다크킹덤의 실체를 밝히고 그간 있었던 살인사건이 모두 해결되면 그때 여기서 나가실 수 있습니다."

"뭐요? 도대체 그게 언제란 말입니까? 그게 가능하기나 하겠어요?"

"곧 밝혀낼 테니 힘드셔도 조금만 참고 기다려 주세요."

채 의원은 옆으로 고개를 돌려 크게 한숨을 내뱉고는 말을 이었다.

"나 참……. 한 검사, 밝혀내기 전에 오히려 당하는 거 아닌지 모르겠어요. 안전 가옥도 그들에게 발각됐잖아요. 민 팀장도 없는데 정말 괜찮은 겁니까?"

"실마리를 풀 열쇠를 찾았으니 그건 걱정 마시고 협조나 잘해 주시죠."

"그래요? 그렇다면 다행이네요."

운전석에 앉아 건너편 건물을 주시하고 있던 나영석 경위는 사이드미러에 비친 도민 경감을 보고 손을 들어 보였다. 이내 조수석 문이 열리고 도 경감이 올라탔다.

"여기예요?"

"오셨습니까? 여기가 아니라 저 맞은편 건물입니다."

"그래요. 서울에 이런 곳이 있었네요. 한적한 게……. 저 건물로 윤진 경위가 들어갔다는 거죠?"

"들어간 지 두어 시간 됐습니다."

"그런데 왜 이제야 연락한 거예요?"

"잠시 머물다 나올 것으로 보고 지켜본다는 게……. 이곳이 아지트일까요?"

"그런 것 같은데요. 이런 곳에 숨어 있었군요."

"어떻게 할까요?"

"좀 더 지켜보죠. 날도 밝았으니 곧 나오지 않겠어요?"

"그러죠, 그럼."

"어! 저기 누군가 나오네요."

도 경감이 건너편을 손가락으로 가리켰다.

"저자가 윤진 경위입니다."

"그래요? 둘 중에 누가 윤진 경위죠?"

"왼쪽입니다. 어, 저 사람은……."

"왜요? 윤진 경위 옆에 남자도 누군지 아는 겁니까?"

"분명 어디서 본 얼굴인데……."

"잘생겨서 그런 거 아니에요? 연예인을 닮은 것 같기도 하고."

"아! 기억났어요. 맞아요. 옥스퍼드 클럽 앞에서……."

"클럽이요? 언제요?"

"그게 언제더라? 클럽에 잠입수사를 했었지 않습니까?"

"그때 저 친구를 봤다는 거예요? 무슨 일로요?"

"그때는 그냥 일반인이었습니다. 어떻게 하죠? 둘이 갈라지는데요."

"우선 윤진 경위를 쫓아요. 난 저 건물을 조사해 볼게요."

"혼자 괜찮으시겠습니까?"

"괜찮으니까, 윤진 경위를 절대 놓치지 마세요."

"알겠습니다."

도 경감은 차에서 내려 나 경위가 윤진 경위 뒤를 따르는 것을 지켜보다, 서둘러 건너편으로 넘어갔다. 그리고 윤 경위가 나온 건물 입구로 들어섰다. 건물엔 뒤로도 출입할 수 있는 문이 있었다.

도 경감은 위층을 살피며 조심스럽게 계단에 올랐다. 2층에 다다랐을 때 철제문이 하나 보였다. 철제문을 잠시 살펴본 뒤 그곳을 지나 3층으로 연결된 계단으로 갔다.

그때, 문 열리는 둔탁한 소리가 들렸다. 도 경감은 3층으로 올라가는 것을 멈추고 문 쪽을 살펴보았다. 하지만 문이 열렸을 뿐 나오는 사람은 아무도 없었다. 도 경감은 잠시 계단 난간에 몸을 숨기며 상황을 지켜봤다. 하지만 한참이 지나도 나오는 사람은 없었다.

그는 조심스럽게 열린 철제문 뒤로 뛰어가 몸을 숨겼다. 그리고 천천히 안을 살피려 문 가장자리로 얼굴을 내밀려는 그때였다.

"도 경감."

"누구……."

2017년 이연우 살인사건 당일

동작 경찰서 형사과 강력 1팀 팀장으로 승진한 이연우 경위를 위한, 강력 2팀 송별회 겸 회식이 잡힌 날이었다. 모두가 정복을 말끔히 차려입고 나온 이 경위를 축하해 주고 있었다.

"이 형사님, 축하드립니다. 아! 이제 팀장이시죠?"

최우식 경사가 손뼉을 치며 축하해 주자 이 경위는 손을 내저으며 말렸다.

"아직은 아니야, 최 형사. 정식 진급은 내일부터라고. 그냥 편하게 해."

"그렇지. 내일부터지만 그래도 팀장님이라고 불러."

"아유. 민 팀장님, 괜찮습니다. 너무 그러지 마세요."

"뭘 그렇게 쑥스러워해? 이제 팀장으로 1팀 잘 이끌어 가야지. 오늘은 도망갈 생각 마. 2팀 마지막 회식 자리다. 그리고 이 팀장 진급 핑계로 모처럼 잡은 회식 자리란 말이야. 알았지?"

"알겠습니다. 제가 언제 도망을 갔다고……."

최 경사가 민우직 경감 곁으로 와 조심스레 말했다.

"민 팀장님, 저는 절도 사건 마무리 짓고 뒤따라가겠습니다."

"뭐야, 아직 처리 못 한 거야? 오늘 간만에 시간 뺐는데……."

"죄송합니다. 빨리 처리하고 가겠습니다."

지켜보고 있던 이 경위가 머뭇거리며 민 경감에게 말했다.

"민 팀장님, 저도 잠깐 처리할 게 있어서요. 먼저 팀원들하고 출발하십시오."

"너는 주인공이……. 그래, 주인공은 마지막에 등장해야지. 그렇게 해. 우리가 먼저 가서 세팅 다 해 놓을 테니까 적당히 시간 맞춰 오라고. 어?"

민 경감과 강력계 2팀 팀원들이 모두 나가고, 최 경사와 이 경위 두 사람은 사무실에 남아 못 다한 일을 마저 처리했다. 이 경위는 초초한 듯 시계를 보며 자주 문 쪽을 살폈다.

"이 팀장님, 무슨 일인데 그러십니까?"

"어? 어. 아니, 안 형사가 오면 전해 줘야 할 게 있어서 말이야."

"그래요? 그럼 제가 전해 주고 회식 자리로 가겠습니다. 먼저 가십시오. 다들 주인공만 목 빠져라 기다리고 계실 것 같습니다."

"그렇지?"

"네. 저는 마저 경위서를 더 써야 할 것 같아서요. 머리가 나쁘면 몸이 고생한다고 하더니 딱 그 꼴입니다. 아이, 난 왜 매번 이러는지……."

최 경사는 자신의 머리를 때리며 웃음 지었다.

"그럴 수도 있는 거지. 그럼 부탁할게. 이 봉투야."

이 경위는 봉인된 흰색 봉투를 최 경사에게 건넸다.

"이게 뭡니까?"

"서류야, 서류. 안 형사한테 전해 주기만 하면 돼. 꼭 직접 전해 줘야 해. 알았지?"

"넵! 걱정 마시고 먼저 가십시오. 안 형사 오면 전달하고 저도 금방 가겠습니다."

최 경사는 흰색 봉투를 책상 옆에 놓고 경위서를 작성하는 데 몰두했다.

경위서를 다 쓴 최 경사는 안 순경을 기다리다, 더는 기다리지 못하고 봉투를 서랍에 넣은 뒤 회식 장소로 향했다.

"저 왔습니다."

"어, 왔어?"

최 경사는 주위를 두리번거리며 물었다.

"이연우 팀장은 어디 가셨습니까?"

민 경감은 술잔을 탁 내려놓으며 말했다.

"에이, 오늘 회식 파투났어. 갑자기 사건이 터졌다잖아."

"사건이요?"

"그래. 범진이가 와서 급히 불러 갔어. 1팀 팀장이니 어쩔 수 없지."

"그래요? 근데 왜 여기 계속 계신 겁니까?"

"뭐가 왜야? 모인 김에 우리끼리라도 한잔하려고 최 형사 기다렸지."

"그러신 겁니까? 그럼 저야 좋죠. 하하하."

"남시보 씨! 그렇게 안 봤는데! 딱 보면 모릅니까? 우리 팀장님이 어째! 그럴 사람으로 보입니까? 지한테 어떻게 해 줬는데……."

"네?"

"아니, 됐고. 아무튼 지금 형사과 비상입니다. 형사과는 이 사건에서 손 떼라고 하니 어떻게 도와줄 방법이 없어요. 더 걱정인 게 경찰청 광역 수사대에서 직접 조사하기로 해서……. 그것도 팀장님하고 앙숙이었던 채 경정이 총괄팀장으로 내려와서 우리 팀장님한테는 더 안 좋게 생겼어. 여하튼 그런 상황이니까 팀장님 만나면 나한테 꼭 연락 달라고 해 줘요. 그것도 불안하면 내 얘기나 잘 전해 주고요. 알았죠? 꼭!"

"그럴게요."

"그래요. 그리고 무슨 일 있으면 이 번호로 전화 줘요."

최우식 경사는 누명을 쓰고 쫓기는 민우직 경감과 연락이 되지 않아, 남시보에게 연락해 상황을 전달하고 끊었다.

"팀장님은 뭐 저런 자식한테 도움을 받고 계신 거야?"

최 경사는 혼잣말로 투덜거렸다.

"저 자식이 정말 이 형사님의 시체를 봤다고? 거참!"

그러고는 서랍을 열어 이 경위가 안 순경에게 전해 달라고 했던 봉투를 꺼내 들었다. 그때 봉투 위에 있던 볼펜이 바닥에 굴러 떨어졌다.

"어! 이 볼펜……."

최 경사가 화장실에서 우연히 발견한 이 경위의 볼펜이었다. 당시 이 경위 시체가 발견되기 전, 화장실 소변기 구석에 떨어져 있던 볼펜을 최 경사가 챙겨 뒀던 것이다. 최 경사는 볼펜을 집어 들다 우연히 버튼을 누르게 되었다. 그때 '달칵'하는 소리와 함께 볼펜에서 이 경위의 음성이 들려왔다.

"김 형사! 여기가 어디야? 사건 현장이라며?"

"잠시만 기다려 보십시오, 이 형사님."

최 경사는 깜짝 놀라 다시 볼펜 버튼을 눌러 음성을 껐다. 그는 주변을 살피고는 밖으로 나갔다. 그리고 아무도 없는 곳에서 다시 볼펜 버튼을 눌렀다.

"누가 오기로 한…… 어! 채비로 계장님, 여기는 어쩐 일로……."

"이연우, 내가 좀 보자고 했다. 알아보니 너였더라? 범진이랑 날 경찰청에 고발한 게. 내가 모르고 당할 줄 알았지? 사실 뭐, 난 그 전에 손을 썼지만 범진이 비위 건이 바로 올라가서 말이야. 근데 범진이가 이게 나랑 좀…… 그것도 잘 알지?"

"그게 무슨 말씀입니까?"

"이러면 좀 섭섭하지. 난 이렇게 얘기하면 무릎이라도 꿇고 빌 줄 알았는데……. 범진이까지 고발한 건 좀 너무한 거 아니야? 아무리 그래도 먹고 살겠다고 그런 건데 인정머리 없이. 그래서 네가…… 그래, 뭐. 네가 그렇지, 뭐."

"채비로 계장님, 도대체 무슨 말씀을 하시는 건지 모르겠습니다."

"야! 이 개자식아! 이 정도 했으면 당장 무릎 꿇으라고! 씨…… 아후!"

"이 경위님, 지금이라도 솔직히 말씀드리고 용서를 비시면……."

"채비로 계장님, 진실은 언젠가는 밝혀질 겁니다. 그걸 제가 좀 빨리 앞당겼을 뿐입니다. 그러니 이제 자수를 하시는 게……."

"야! 입 닥쳐! 내가 그 소리 들으려고 널 여기에 데려온 줄 알아!"

"범진아, 너도 잘 생각해. 이제라도……."

"김 형사, 뭐 해?"

"네, 계장님. 연우 형님…… 미안하게 됐수다."

"뭐? 지금 무슨 짓을…… 어…… 허."

김 경위는 갑자기 이 경위의 목에 줄을 걸었다.

"이연우, 그러니까 웬 오지랖이야? 이제야 팀장 달고 풀리기 시작했는데 괜히 쓸데없는 짓을 해서는."

이 경위는 목에 걸린 줄을 양손을 잡아 버티며 말했다.

"대체 어쩌려는 겁니까? 설마 당신의 비리를 숨기겠다고 살인을 저지를 생각입니까?"

"비리? 그것 때문이라 생각하는 거야?"

"그럼 그게 아니고 뭐가 또 있는 겁니까?"

"이 새끼 봐라. 모른 척하네. 범진아, 똑바로 잡아 당겨."

"예, 계장님."

"왜 이러는 거야? 김 형사, 너까지…… 왜 이러는 건데? 왜?"

"잘 좀 하라고, 새끼야!"

"예!"

"음…… 흐……, 삑, 삑."

"뭐야? 여기서 끊긴 거야? 젠장!"

최 경사는 볼펜을 이리저리 돌려 가며 다시 확인해 보려 했지만 더 이상 녹음된 음성은 없었다.

"녹음된 날짜를 봐서는…… 채비로 계장인데……."

최 경사는 들고 나온 흰색 봉투를 열어 보았다. 봉투에서 서류를 꺼내 유심히 살피던 최 경사는 급히 누군가에게 전화를 걸었다.

"우철아, 네 도움이 필요해 연락했다."

"도움? 무슨 도움?"

"전화로 말하긴 그렇고 잠깐 만나자."

"알았어. 그럼 내가 올라갈까?"

"그래 주면 고맙고."

"알았어, 형. 도착하면 연락할게."

현재. 주일 빌딩 살인사건 D-2, 최우철·나상남 형사 살인사건 D-2

문 밖에서 아무런 응답이 없자 최우철 경위는 낙담한 얼굴로 서민주 의원에게 돌아왔다.

"민주야, 무슨 일이야? 여긴 어떻게 온 거야?"

"우철, 무슨 일이 있었던 거야?"

"그게 무슨 소리야?"

"나한테는 솔직히 말해 줄 수 없었어?"

"도통 모를 소리만 하네. 뭐야? 왜 그래?"

"왜 이 지경까지 온 거냐고!"

"민주야, 너……."

"그래, 알아. 다 알게 됐다고."

"어떻게 안 거야?"

"민우직 팀장님도 알고 계셔."

"뭐? 그게 무슨 소리야? 민주야, 내 말 들어 봐. 그게……."

"변명하려 하지 마. 난 사실을 알고 싶어. 왜 네가 그래야 했는지 너한테 직접 듣고 싶어서 이렇게 온 거야."

"어디서부터 뭘 알고 있는 건지 모르겠지만…… 알았어. 다 말할게."

"도대체 너한테 무슨 일이 있었던 거니?"

"민주야, 너는 날 이해해 줬으면 좋겠다. 나도 이렇게 될 줄은 몰랐어."

"그래, 말해 봐. 왜? 왜 그런 거냐고!"

서 의원의 눈은 어느새 붉게 충혈되었고 금방이라도 떨어질 듯 눈물이 맺혔다.

수원에 근무하고 있을 때였어. 조폭 사건을 맡고 있었는데, 3일을 잠복한 끝에 조폭 두목이 클럽에 나타난 거야.

"반장님, 나타났습니다."

"지원팀 부를 테니까 잘 지켜봐."

"그러지 말고 지금 들어가서 잡죠."

"우리로는 어림없어. 지원팀 올 때까지 기다려."

"그러다 이번에도 놓치면 감봉이 아니라 정직 또는 강등입니다."

"우철아, 네 사정 아는데 그러다 초상 친다. 자중해라."

"휴……. 그럼 가까이 가서 살펴보고만 오겠습니다."

"그래, 그럼. 딴마음 먹지 말고."

클럽 주변에서 동태를 살폈어. 그런데 그때 차에 계시던 반장님이 발각돼 버린 거야. 그들이 반장님을 클럽 안으로 끌고 들어가는데 어떡하겠어? 어쩔 수 없이 차 트렁크에 있던 야구 방망이를 가지고 클럽 안으로 무작정 쳐들어갔지. 하지만 반장님은 그들 손에 이미……. 그때 나도 모르게 정신이 나가 버리고만 거야. 보이는 놈들을 족족 방망이로 때려잡기 시작했어.

다행히 얼마 뒤에 지원팀이 도착해 조폭들을 일망타진할 수 있었지. 그런데 그만 조폭 몇 명이 죽어 버린 거야. 난 분명 정당방위였다고. 하지만 살인죄로 기소되고 구속까지 됐어. 그때 더 화가 난 건, 동료들조차 날 위해 대변해 주지 않았다는 거야.

결국 구속돼 검찰 수사를 받는데, 다행히 담당 검사가 내 억울함을 듣고 불기소 처분을 내려 줬어. 그 검사가 아니었으면 지금 이 자리에 내가 없었다고.

2017년 이연우 살인사건 3일 뒤

조용한 카페에 최우식 경사와 최우철 경위가 마주 보고 앉아 대화를 나누고 있었다.

"우철아, 고맙다."

"뭐가 고마워. 형이 부탁하는데 동생인 내가 가만히 있을 수 있겠어?"

"그렇게 생각해 주니 다행이다. 너도 민우직 팀장님 잘 알잖아."

"그래. 민 팀장님에 대해 형이 한두 번 얘기한 것도 아니고 잘 알지. 그럴 분 아니라는 것도."

"맞아. 절대 그럴 분 아니다. 그리고 너도 들었지만, 이건 분명 채비로 계장과 김범진 형사가 꾸민 거라고."

"나도 그렇게 생각해. 형, 이거 또 누가 알아?"

"누굴 믿을 수가 있어야지. 그래서 너한테 부탁하는 거야. 네가 경찰이라 얼마나 든든한지 모른다. 이런 일이 있을진 몰랐지만."

"왜 그래? 내가 왜 경찰이 됐게? 형 때문 아니야. 알면서."

"그렇지. 그래도 나보다 낫지. 경찰 대학에……."

"왜 또 그런 소리를 해? 그게 뭐가 중요해? 형이 얼마나 멋있는데.”

최우식 경사는 동생의 손에 손을 얹으며 말했다.

“고맙다.”

“그럼 민 팀장님은 언제 어디서 만날 거야?”

“연락되면 바로 만나야지. 같이 만나 줄 거지?”

“그래야지. 연락해. 알았지?”

“그래. 바쁜데 여기까지 와 줘서 고맙다. 아, 이건 우선 우리만 알고 있자. 부탁할게.”

“알았어. 걱정 마.”

“조심히 내려가.”

최우철 경위는 밖으로 나오자마자 어딘가로 전화를 걸었다.

제15화

수면 위로 떠오른 진실들

"도 경감, 들어오게."

민우직 경정은 쓰고 있던 모자를 벗으며 앞으로 나왔다.

"민우직 팀장님?"

"내가 뭐라고 했어? 도 경감이라면 찾아올 거라고 했잖아."

"무사하셨군요."

민 경정 뒤로 김승철 경감도 보였다. 김 경감은 도 경감에게 들어오라고 손짓하며 말했다.

"어서 와요. 깜짝 놀랄 줄 알았는데 반응이 신통치 않네요."

"알고 찾아온 거지? 도 경감."

"이곳에 오고 나서야 확신이 들었습니다, 팀장님."

"그렇게 서 있지 말고 안으로 들어와 얘기하지."

도 경감은 들어서며 내부를 둘러봤다. 그때 방에서 남 순경이 나오며 인사했다.

"오셨습니까, 도 경감님."

"뭐예요? 남 순경이 여긴 어떻게?"

"저도 갑작스럽게 오게 됐습니다."

"그 얘기는 나중에 천천히 하고, 여기 앉아 봐. 할 얘기가 많아."

민 경정은 의자에 앉으며 바로 옆 의자를 손으로 가리켰다.

"그렇습니까? 그러셨으면 좀 더 빨리 알려 주시지 그러셨습니까?"

"뭐야? 도 경감, 화난 건가? 도 경감은 이해해 줄 거라 생각했는데……."

"머리로는 이해되지만 가슴은 좀 쓰리네요."

"그렇지. 도 경감, 미안해. 내가 어떻게 하면 좋을까? 사정을 다 설명하는 게 좋겠지만…… 그게 지금……."

"근데 팀장님 당황하시는 모습 보는 건 좋네요."

도 경감은 엷은 미소를 지으며 웃었고, 그제야 민 경정 옆자리에 앉으며 말을 이어 갔다.

"왜 그러셨는지 대략 짐작은 갑니다. 그러니 바로 본론으로 들어가시죠."

"그래. 도 경감이라면 이곳을 찾아왔을 때 다 파악했을 거라 생각했어. 그래서 말인데, 여남구 학생이 남긴 증거물들을 도 경감이 다시 한번 봐 줬으면 해."

"그 증거물들을 갖고 계십니까?"

"다행히 김승철 경감이 증거물 일부를 핸드폰에 저장해 놨어."

"그랬군요. 갑자기 휴대폰이 사라져 내부자를 의심했는

데…… 다행입니다. 어서 보여 주시죠."

김 경감은 노트북을 가져와 도 경감 앞에 내려놓았다. 그리고 폴더 속 사진 파일을 띄웠다.

"문서를 찍은 사진이군요."

"맞아."

"명부처럼 보이는데 다크킹덤의 조직원 명부인가요?"

"그렇게 보이지?"

"아니라는 말씀이세요?"

"계속 다음 파일을 열어 봐."

도 경감은 사진 파일을 연달아 넘겼다. 마지막 사진에서 다크 킹덤의 왕관 휘장이 찍혀 있는 서류가 보였다.

"맞군요. 다크킹덤의 조직원 명부가……."

"급히 찍었는지 잘린 부분도 있고 흔들려서 흐릿한 사진들도 있어."

"그래도 직책과 이름을 확인할 수 있을 정도는 되니 실체를 밝히는 데 문제는 없을 것 같은데요."

"도 경감, 직책을 자세히 봐 보게."

"직책이요? 이건…… 고위 공직자들이 아닙니까? 채이돈 의원이 넘긴 문서와 동일한 것으로 보이는 문서도 있는데요."

"채이돈 의원?"

"네, 팀장님. 채이돈 의원이 다크킹덤 관련 자료를 넘겼는데 그 문서와 동일한 것으로 보입니다. 잠깐 보시겠습니까?"

"지금 볼 수 있을까?"

"잠시만요."

도 경감은 웹 페이지를 열어 어딘가에 접속해 파일을 내려받았다.

"여길 보십시오. 채 의원이 넘긴 서류입니다."

"이건 내가 처음 본 그 문서잖아. 채이돈 의원 자료였군. 역시. 승철아, 한번 봐 줘."

김 경감은 노트북을 자기 앞으로 당겨 문서를 살폈다.

"맞아. 동일한 문서야. 직책 옆에 이름만 없을 뿐이지."

"그렇죠? 이게 원본이고, 이걸 편집한 것이 채 의원이 넘긴 문서인 것 같습니다."

김 경감은 노트북을 다시 도 경감에게 돌리며 말했다.

"그 명부에 있는 전·현직 고위 공직자들에게 공통점이 있어요."

"공통점이요? 그게 뭐죠?"

"모두가 한 집단의 소속이었던 사람들이라는 거죠."

"한 집단의 소속이라면……."

민 경정이 도 경감의 어깨에 손을 올리며 말했다.

"바로 검찰일세, 도 경감."

"검찰이요?"

도 경감은 휘둥그레진 눈으로 민 경정을 바라봤다.

서민주 의원은 고개를 갸웃하며 최우철 경위에게 되물었다.

"검사가 자기 무죄를 밝혀 줬다는 말이야?"

"그래. 그 검사에게 우리 사정을 얘기했을 뿐이야."

"우리 사정이라면…… 내부 정보를 말했다는 거야?"

"난 그저 도움이 될 거라 생각하고……."

"그게 정말이야?"

최 경위는 서 의원의 손을 움켜잡으며 말했다.

"믿어 줘, 민주야."

"그 검사 이름이 뭐야?"

"그건 말할 수 없어. 비밀로……."

서 의원은 최 경위의 양팔을 잡으며 말했다.

"우철, 솔직히 말해 줘야 해. 그래야 오해를 풀 수 있다고."

"오해……. 그래, 내 잘못이야. 그 검사 말만 믿고……."

"그 검사가 누구인지 알려 줘. 그자가 팀장님과 나를 죽이려
했다고는 생각 못 해?"

"뭐? 그 검사가?"

"그래. 내부 정보가 밖으로 새어 나간다고는 생각 못 한 거야?"

"알고 있었어. 하지만 난…… 아니야. 그런 일 없어."

최 경위는 고개를 가로저었다. 서 의원은 잠시 숨을 고른 뒤
말했다.

"자기가 그 검사에게 속은 거라고. 다크킹덤의 조직원에는 검
사들도 있을 수 있어. 우철, 나한테 사실대로 말한 게 맞지?"

"내 말을 못 믿는 거야?"

서 의원은 고개를 저으며 최 경위의 팔을 토닥였다.

"아니야, 알았어. 고마워."

"한 검사님과 직접 만나 얘기할 수 있게 해 줘."

"한서율 검사가……. 우철, 사실은……."

똑똑똑!

밖에서 안 경위가 노크하며 말했다.

"서 의원님, 이제 나오시죠."

"미안, 이만 나가 볼게."

"민주야, 내 말 믿어 줘. 한 검사님께 꼭 미안하다고 전해 주고. 응?"

"그래, 알았어."

서 의원은 뒤돌아 밖으로 나갔다. 최 경위는 나가는 서 의원을 바라보다, 고개를 푹 숙이며 한숨을 내쉬었다.

2017년 6월

최우철 경위가 귀에 대고 있는 휴대폰에서 최우식 경사의 긴장된 목소리가 들려왔다.

"우철아, 사육신 공원에서 팀장님과 만나기로 했다. 늦지 않게 와야 한다."

"그래. 알았어, 형. 팀장님한테 나도 나온다고 말했어?"

"아니, 그건 말 못 했는데. 왜? 말해야 했나?"

"아니야. 상관없어. 늦지 않게 갈게."

"고맙다. 이따 보자."

최 경위는 전화를 끊고 누군가에게 다시 전화를 걸었다.

"영감님, 접니다."

"어, 그래요. 어디서 만나기로 했어요?"

"사육신 공원에서 만나기로 했습니다."

"최 형사는 나올 필요 없어요. 우리가 알아서 할 테니."

"형은……."

"알아서 한다고 했잖아요."

"알겠습니다."

현재. 주일 빌딩 살인사건 D-2, 최우철·나상남 형사 살인사건 D-2

어두컴컴한 밤. 한 남자가 한강 공원에 주차된 차의 조수석 문을 열었다. 그러자 차 안 전등이 켜지며 운전석에 앉아 있는 서필감 과장이 보였다. 박성지 기자가 조수석에 앉으며 말했다.

"으스스하네요."

"여기 괜찮지?"

"괜찮긴 한데……. 아, 이필석 의원 사건에 대해 알아봤는데, 이 의원이 죽는 날 권두식이 그 아파트에 있었다는 건 맞습니다. 그리고 이덕복 씨가 고용한 중국인 두 명이 목격한 것도요."

"그럼 확실히 권두식이 살해한 거야?"

"직접적으로 목격한 사람은 없었습니다. 권두식이 이필석 의원을 만났고 그 후에 사건이 발생한 건 맞습니다."

"그래? 그런데 어떻게 알아본 거야?"

"그런 걸 왜 물으십니까? 다 아시면서. 취재원 보호를 위해 말씀드릴 수 없습니다."

"알아. 하도 신통방통해서 그러지. 보통 형사들보다도 나아서 그래. 또 다른 건 없고?"

"권두식 이 자식, 남철호 의원에게 붙었다는 소문이 진짜 있던데요."

"그냥 소문이야?"

"확실하게 알아내진 못했어요. 그렇다는 얘기만 돈다고……."

"나도 그 소문은 들었어. 무슨 일이 있었던 걸까? 아니면 남철호가 일성을 포섭한 걸까?"

"그건 알아보고 있으니 확인되면 말씀드릴게요."

"고생했어."

"고생은요. 아! 민우직 팀장을 만나셨다면서요? 어떻게 된 겁니까?"

"그러니까. 나도 놀랐다니까."

"의식을 찾은 겁니까?"

"아니야. 그런 게 아니었어."

"그럼……."

"그게 말이야. 서도경 총경을 만나러 나갔는데……."

아침부터 설렁탕을 먹자고 해서 찾아간 곳은 한 작은 식당이었어. 식당에 들어가니 모자 쓴 남자가 앉아 있더라고. 서도경 총경이라 생각해서 말을 걸었지.

"서 총경?"

"어서 오세요, 서 과장님."

그런데 모자를 벗으며 인사하는 사람이 민우직 계장 아니겠어?

"뭐예요? 민 계장?"

"네, 접니다."

"어떻게 된 거예요? 아니……. 이게 뭐……."

"놀라셨죠? 우선 여기 앉으세요."

민 계장인지 다시 한번 얼굴을 살피며 의자에 앉았지.

"과장님, 사실은……."

민 계장은 그동안에 있었던 일들을 얘기해 줬어.

"그런 거였어? 아무튼 다행이네. 이렇게 무사해서."

"감사합니다. 좀 더 일찍 만나 말씀드려야 했는데 사정이 그랬습니다."

"그래요. 민 계장이 늦지 않게 나서 줘서 다행이에요. 이제야 모든 걸 터놓고 논의할 수 있을 것 같네요. 민 계장도 그럴 수 있겠죠?"

"그럼요. 그래서 이렇게 제가 나온 게 아니겠습니까?"

"그동안의 일들은 윤 경위에게 들어 알고 있을 거예요."

"도움이 많이 됐습니다. 이제 제가 말씀드려야 할 것 같네요."

"민 계장은 채이돈 의원, 채비로 경정 사건 때 확보한 증거물에서 사교 모임에 대한 첩보를 수집했고, 사교 모임을 주체하는 조직이 있다고 본 거야. 그 조직이 이필석 의원, 이대우 대법관을 살해한 것으로 보고 있어. 그리고 그걸 입증할 수 있는 증거를 찾고 있었던 거지. 그 조직의 실체에 거의 다가섰다고 하더군."

"민우직 팀장이 말하는 그 조직이 김기창과 관련된 겁니까?"

"그런 것 같아. 아직 민 계장은 그 조직과 김기창을 연결 짓지 못하는 것 같았지만."

"그럼 과장님은 관계가 있다고 보시는 겁니까?"

"당연하지. 김기창이 만든 조직일 거야. 아니, 그 뒤에 또 누군가 있을지도 모르지."

"그 조직을 뭐라고 부르는지 아십니까?"

"다크킹덤."

"다크킹덤이요?"

"그래. 들어 본 적 있나?"

"아니요. 전 처음 듣는데요."

"예전 한동탁 반장님께 들은 적이 있어. 다크포스라는 부대 말이야."

"다크포스라면……."

"말한 적 있을 텐데. 옛 안기부 산하 예하 부대라고. 창설된 지 1년 만에 해체된 부대였지."

"그러네요. 기억납니다. 그럼 그 다크포스와 연관이 있다고 보십니까?"

"좀 더 알아봐야겠지만, 김기창이 연관된 거라면 분명 다크포스와 관계가 있을 거야."

"그것도 확인해 봐야겠네요."

"그래. 좀 더 알아보라고. 그리고 다크킹덤에 대해 알아볼 때 조심해야 해. 민 계장도 말하면서 외부에 알려져선 안 된다고 신신당부를 했으니까."

"알겠습니다. 조심하죠. 다른 건 더 없습니까?"

"민 계장 수사팀에 스파이가 있다고 하더군."

"과장님 예상이 맞으셨네요."

"그것 때문에 큰 부상을 당한 것으로 위장한 거라고 했어."

"그런 거군요. 누군지 밝혀낸 겁니까?"

"그래. 누군지 알아냈다고 하더군."

"그게 누굽니까?"

"그것보다 이연우 경위와 최우식 경사의 죽음이 김기창과 관련된 사건인지는 모르고 있었어."

"그렇죠. 그때 단순 비리 사건으로 종결됐으니 말이죠."

주일 빌딩 살인사건 D-1, 최우철·나상남 형사 살인사건 D-1

스카이라운지에 오민석과 한서율 검사가 나란히 앉아 비가 내리는 창밖을 바라보고 있었다. 낮이었지만 먹구름이 잔뜩 낀 흐린 날씨였다.

"저기예요. 저기에서 처음 한 검사님 아버님을 만났었죠."

"어디요? 저기 휴대폰 대리점 말인가요?"

"아니요. 그 앞 인도요. 지금은 없어졌지만 예전엔 포장마차가 있었어요."

한 검사는 창밖에서 시선을 떼고는 말했다.

"아직은 감상에 젖을 때가 아니에요. 아빠를 죽인 범인은 내가 반드시 잡을 거니까요. 그게 당신이라도요."

"아직도 날 의심하는군요. 괜찮아요. 어차피 범인이 밝혀지면 알게 될 테니."

"줄 게 있다고 했잖아요. 이제 보여 주시죠."

"아버님을 죽인 범인을 찾는 게 먼저여야 하는 거 아니에요?"

"아니요. 아빠가 쫓던 그 범죄 조직을 잡는 게 먼저예요. 아빠도 그걸 원하실 거예요."

"역시 그 아빠에 그 딸이네요."

오민석은 007가방을 테이블 위에 올렸다. 그 안에는 서류 봉투와 태블릿 PC가 담겨 있었다.

"여기 있는 자료들은 내가 지금까지 모은 것들이에요. 이것들이 세상에 드러나게 되면 한바탕 피바람이 불 겁니다. 특히 선거를 앞두고 말이죠."

"그 정도의 자료들이라고요?"

"그래요. 직접 봐요."

오민석은 가방에서 서류 봉투를 꺼내 한 검사에게 건넸다. 한 검사가 봉투에서 꺼낸 것은 사진들이었다.

"사진이네요."

채이돈 의원이 넘긴 사진들과 일부 동일한 것이 있었다.

"이건 이미 확보한 사진들이네요."

"확보했다고요? 어떻게요?"

"그건 말씀드릴 수 없어요."

"그래요. 그럼 이건……."

한 검사는 007가방을 자기 앞으로 끌어당겼다.

"어어……. 뭐, 그래요. 어차피 다 주기로 마음먹었으니 마음껏 봐요. 대신……."

오민석은 말을 하다 잠시 머뭇거렸다.

"왜요?"

"보기 낯 뜨거운 것들이 있어서요. 괜찮겠어요?"

"전 검사예요. 여자가 아니고요."

"아! 그래요. 미안해요."

한 검사는 가방 안에 있는 서류들을 하나씩 꺼내 확인했다. 대부분이 사진이었다. 별장을 출입하는 사람들과 그곳에서 유흥을 즐기는 장면들이 고스란히 찍혀 있었다. 게다가 충격적인 장면들도 담겨 있었다.

또 다른 봉투에는 뇌물 장부가 들어 있었는데, 신성 클럽이라는 제목에 명단별로 뇌물 금액과 전달한 날짜가 상세히 적혀 있었다.

"신성 클럽이 뭐죠?"

"내가 알기로는 5공 때 정재계를 망라해서 부와 권력을 가졌다는 사람들이 모여 만든 모임이에요. 그 클럽 멤버가 되기 위해선 멤버 가족과의 혼인을 통해서만 가능하다고 알고 있어요. 아주 폐쇄적인 조직이죠. 외부에 전혀 드러나지 않아서 들어 보지 못했을 겁니다. 주일 빌딩에서 사교 모임을 자주 갖고 있지만 세상에 알려진 적이 없어요."

"사교 모임이요? 그게 신성 클럽이라면…… 다크킹덤이 아니었나요?"

"다크킹덤……. 별장 사진을 다시 한번 봐요."

"별장 사진이요?"

한 검사는 다시 별장 사진들을 훑어보았다.

"사진들에 나오는 인물들을 봐요. 그들이 누구인지."

"어! 아니……."

"검사라 바로 알아볼 줄 알았는데……."

"다들 검찰 출신이잖아요."

"이제 알겠죠?"

"그럼 다크킹덤이 검찰 조직이라는 건가요? 그래서 다크킹덤에 대해 말해 주지 않은 건가요? 내가 검사라서?"

"그건 아니에요. 그리고 정확히 말해 전·현직 검찰 출신들로 이뤄진 조직이죠. 그때는 증거 없이 검찰 조직이라고 말하면 믿지 않을 것 같아 말하지 못했을 뿐이에요."

"맙소사……. 검찰 내에 이런 조직이……."

"김기창 어르신은 잘 알죠?"

"검찰에서 유명한 분이잖아요."

"그래요. 그 어르신이 만든 조직이에요. 남철호 의원과 말이죠."

"남철호 의원이면……."

"그래요. 검찰 총장까지 하셨던 분이니 잘 알 겁니다."

"그럼 신성 클럽과 다크킹덤은 전혀 연관이 없는 건가요?"

"그건 아닌 것 같아요. 어르신이 신성 클럽까지 집어삼키려 하는 걸 봐서는요."

"집어삼켜요?"

"탐을 내고 있죠. 그동안 다크킹덤이 신성 클럽에 기생해 있었다고 할 수 있어요. 신성 클럽 자금에 의존해야 했으니까요. 하지만 이제 신성 클럽을 다크킹덤에 종속시키려는 것 같아요."

"진행 중이라는 거군요, 아직."

"맞아요. 신성 클럽 멤버들이 만만치는 않으니까요. 그리고……."

오민석은 잠시 멈칫하며 생각에 잠겼다.

"왜요? 뭔데 그래요? 말해 보세요."

"아직 확실하지는 않지만…… 신성 클럽 멤버에는 전직 VIP도 있다는 얘기가 있어요. 앞에 나서지 않고 뒤에 숨어 조종한다는 얘기도 있고요. 그리고 다크킹덤의 아킬레스건을 쥐고 있기도 하고요."

"아킬레스건이요? 그게 뭐죠?"

"한 검사도 알 거예요. 이민지 씨 사건."

"이필석 의원 성폭행 사건 말인가요?"

"그게 단순 성폭행 사건이 아니에요. 우선 태블릿 PC에 있는 음성과 영상을 보고 얘기하죠."

오민석이 태블릿 PC의 패턴을 풀자, 한 검사는 바로 앞으로 가져와 문서 파일을 열었다.

"이어폰 꽂아요."

한 검사는 가방에서 이어폰을 꺼내 연결한 후 음성 파일을 재생했다.

"연세가 좀 있는 분의 목소리인데……."

"아, 김기창 어르신 목소리일 겁니다."

"김기창……."

김기창이 일성과 칠성에게 지시하는 음성이었다.

"여기에 오민석 씨 목소리도 들리는 것 같은데요."

"맞아요. 나와 일성에게 정적을 제거하라고 지시하는 녹취록일 거예요."

"직접 지시를 했군요."

"그런 일은 거의 없었는데 우연히 내가 있을 때 직접 지시를 내렸죠. 나머지 음성들은 일성이 나에게 지시하는 내용이에요. 그건 어르신의 지시를 내게 전달한 거고요."

"지시한 임무는 실제 일어난 일 아닌가요? 자살로 종결된 사건이지만요."

"맞아요. 우린 가능한 한 자살로 위장해 처리하면 됐어요. 그럼 알아서 경찰과 검찰이 자살로 종결했죠."

"다크킹덤의 짓인가요?"

"그렇죠. 다크킹덤은 검찰 조직이지만 곳곳에 포진해 있어요. 없는 곳이 없죠. 국정원에도 사법부에도······."

"권력이 있는 곳에 다크킹덤이 있다고 보면 되겠군요. 그걸 김기창과 남철호 의원이 만든 거고요."

"맞아요. 그 둘이 다크킹덤을 만들었죠. 김기창 어르신 뒤에 누군가 있을 거라고 하지만, 내가 알아본 바로는 어르신이 주도 적으로 만든 조직이에요."

"다크킹덤의 아킬레스건이라는 게 이 녹취록을 말하는 건가 요?"

"아니에요. 동영상이 있을 거예요. 그걸 열어 봐요."

한 검사는 영상 파일을 재생시켰다.

"어! 이건······."

"괜찮겠어요?"

"아······."

한 검사는 더는 보지 못하고 영상 파일을 닫았다.

"그거 봐요. 내가 뭐라고 했어요."

"김기창이었나요?"

"맞아요. 이민지 씨가 이필석 의원에게 당한 일을 세상에 알 리고 자살한 것으로 알고 있을 거예요. 하지만 그건 자살이 아 닌 타살이었어요."

서민주 의원은 최우철 경위를 만나기 위해 다시 여관을 찾았다. 초인종을 누르자 문이 열리고 안민호 경위가 모습을 드러냈다.

"또 오셨습니까?"

"고생이 많으세요."

안 경위는 옆 객실에서 모니터로 최 경위를 감시하고 있었다.

"방금 잠에서 깨셨습니다. 어제 잠을 좀 설치셨습니다."

"만나 보고 싶은데, 괜찮겠죠?"

"그럼요. 따라오십시오."

안 경위는 객실에서 나와 최 경위가 있는 객실 문을 열었다. 그리고 서 의원을 안으로 안내했다.

서 의원이 안으로 들어가 문을 닫으려던 그때, 문 옆에 숨어 있던 최 경위가 뛰쳐나와 안 경위를 밀치고 도망쳤다. 뒤로 넘어져 쓰러진 안 경위를 서 의원이 급히 달려와 일으켜 세웠다. 그리고 최 경위를 큰 소리로 부르며 뒤따라가려 하자, 안 경위가 팔을 잡았다.

"잠깐만요, 서 의원님."

"왜요? 어서 쫓아가야죠."

"괜찮습니다. 일부러 놓친 겁니다. 생각보다 좀 빨랐지만 말이죠."

"일부러요?"

"팀장님이 도망치게 놔두라고 하셨습니다. 제가 뒤쫓는 척은 해야 할 것 같으니 여기 계십시오. 금방 다녀오겠습니다."

안 경위는 뒤늦게 여관 밖으로 나와 최 경위가 갔을 만한 곳을 뒤쫓는 척했다. 그리고 얼마 지나지 않아 되돌아왔다.

"안 형사님, 팀장님은 어디 계시죠?"

"같이 가시죠. 기다리고 계십니다."

"저를요? 정말 계획한 거란 말인가요?"

"네. 저를 따라오십시오."

안 경위는 서 의원을 한 블록 떨어진 허름한 건물 2층으로 안내했다. 그곳엔 민우직 경정과 김승철 경감 그리고 남시보 순경이 있었다. 철제문을 열고 민 경정이 나와 서 의원을 맞았다.

"어서 와요, 서 의원. 안 경위는 지금 바로 최 경위 뒤를 쫓아. 곧 위치 파악해서 전달할게. 그리고 남 순경은 한 검사님 만나뵙고 이곳으로 모셔와."

"알겠습니다. 서 의원님, 나중에 또 봬요."

남 순경은 서 의원에게 인사하고 밖으로 나갔다. 안 경위도 가볍게 목례하고 뒤이어 나섰다.

"서 의원, 안으로 들어가죠."

서 의원은 민 경정을 따라 들어가며 말했다.

"팀장님, 무슨 계획이신 거예요? 우철 씨 위치를 벌써 파악하신 건가요? 어떻게요?"

"사실은 어제 최 경위의 신발과 옷에 위치 추적기와 도청 장치를 부착했어요. 잠이 늦게 들어 고생 좀 했지만 부착하는 데 문제없었어요."

"그럼 정말 일부러 놓아 주신 건가요? 왜요?"

"최 경위가 말한 그 검사가 누구인지 알아야겠어요. 진실을 알 수 있는 방법이 그것밖엔 없었어요. 미안하지만 기다려 줘요. 곧 진실이 밝혀질 겁니다."

"서민주 의원, 여기 앉아요."

"안녕하세요, 경감님."

김승철 경감은 들고 온 의자를 내려놓으며 말했다.

"이리 와요. 여기 앉아서 같이 들어요."

서 의원이 의자에 앉자 김 경감은 노트북 음성 볼륨을 높였다. 노트북에서 최우철 경위의 목소리가 들렸다.

> "어쩔 수 없었습니다. 이곳으로 차 좀 보내 주십시오. ……그건 가서 모두 얘기할 테니 차 좀 보내 주세요. 급합니다. ……알겠습니다. 그림자 안 붙게 조심할 테니 그건 걱정 마십시오. ……네, 감사합니다. 그럼."
>
> 틱!
>
> "젠장! 제대로 되는 게 하나도 없잖아. 아악!"

"승철아, 최 형사 위치 파악됐어?"

"어. 아직 멀리 가지 못했네. 멀지 않은 곳에 있어."

"그래? 그럼 안 형사한테 문자로 위치 좀 알려 줘."

불안한 표정으로 모니터만 응시하고 있는 서 의원의 어깨에 민 경정은 손을 올리며 말했다.

"서 의원, 최 경위 말이 거짓이 아니길 나도 바라고 있어요."

"네……. 저도요, 팀장님."

"정말 타살이었군요. 팀장님 예상이 맞았네요."

"팀장이요?"

"다크킹덤의 존재를 감지하고 수사팀을 꾸리신 수사팀장님이세요."

"아, 민우직 형사 말이군요. 지금 중환자실에 있는……."

"모르는 게 없으시네요. 팀장님을 그렇게 만든 자들이 다크킹덤 맞죠?"

오민석은 고개를 가로저으며 말했다.

"그건 나도 모릅니다. 단지 사장님께 올라오는 보고서에 그쪽 수사팀 내부 정보가 있어 알고 있었던 겁니다."

"주 사장의 정보력은 대단하네요. 정말 다크킹덤의 조직원이 아니란 말인가요?"

"아닙니다. 다크킹덤이 수하처럼 이용하는 것뿐이죠."

"그게 뭐가 다른 거죠? 다크킹덤의 수하라면 다크킹덤의 조직원이죠."

"다크킹덤의 조직원은 검찰로만 이루어져 있어요. 검찰 출신만 가능합니다. 다크킹덤의 조직원 외 사람들은 다크킹덤의 소모품에 불과합니다. 나도 그들의 소모품이었습니다. 소모품들은 다크킹덤의 존재를 인지하지도 못합니다. 나도 처음 다크킹덤이라는 말을 들었을 땐 무엇인지 몰랐으니까요."

한 검사는 갸웃거리며 오민석에게 물었다.

"그럼 어떻게 알게 된 거죠? 다크킹덤이 검찰 조직이라는 사실을요?"

"이연우 형사가 나에게 다크킹덤이 뭔지 묻더군요. 그리고 얼마 후 이연우 형사가 죽었어요. 그날 사장님이 가지고 있는 모든 자료들을 훑어보기 시작했죠. 몇 달을 사장님 모르게 자료들을 살펴보다 별장 사진들을 보게 됐어요. 별장에 출입하는 사람들을 조사하면서 검찰 출신들이라는 공통점을 발견했고요. 그리고 그들이 다크킹덤이라는 사실도 알게 된 거예요."

"그럼 주 사장도 다크킹덤의 존재를 알고 있는 건가요?"

"그건 모르겠어요. 직접적으로 물어볼 수가 없었어요. 지금까지 내 앞에서 다크킹덤을 언급한 적은 없었거든요. 아마도 모르고 있을 겁니다."

"그렇군요. 그럼 김기창의 동영상을 신성 클럽도 가지고 있는 건가요? 그래서 아킬레스건이라고 한 거고요."

"사장님이 가지고 계셨으니 분명 신성 클럽도 가지고 있을 게 분명해요. 그런데 이상한 건, 그 이후 내가 다시 자료들을 찾아봤을 때 그 동영상 원본은 보이지 않았어요."

"이게 원본이 아니라는 말씀이세요?"

"이건 원본이 아니에요. 복사한 후 원본은 원래 그 자리에 놓았죠."

"그게 갑자기 사라질 리가……. 신성 클럽에 넘긴 건 아닐까요? 근데 신성 클럽의 장은 누군지 아시나요?"

"심재철 회장이라고 알고 있어요."

"그럼 심재철 회장이 원본을 가지고 있겠네요. 그래서 다크킹덤…… 아니, 김기창의 아킬레스건이군요."

"맞아요. 그 사건으로 이민지 씨가 희생된 거죠."

"그런데 왜 이필석 의원을 걸고 넘어간 거죠? 결국엔 죽였잖아요."

"이민지 씨를 김기창 어르신에게 소개한 게 이필석 의원인 걸로 알아요. 그 사실을 알고 있는 이필석 의원도 죽인 거겠죠."

"그럼 이대우 대법관은 왜죠?"

"이필석 의원에게 무죄 선고를 내렸으니 어르신이 가만히 보고만 있지 않으셨겠죠."

"다크킹덤의 조직원 명부 같은 건 없었나요?"

"그건 찾지 못했어요. 없는 것 같았어요. 사장님이 다크킹덤의 존재를 알지 못했으니 그 정보까지 수집할 생각은 못 한 거겠죠. 아니면 아예 그런 게 존재하지 않을 수도 있고요."

"아니요. 명부는 존재해요. 하지만……."

"존재한다고요? 본 적이 있는 건가요?"

"네. 채이돈 의원이 가지고 있었어요. 단지 실명을 확인할 수 없는……."

"그게 무슨 말이에요?"

"아니에요. 아무튼…… 알겠어요. 협조해 주셔서 정말 고마워요."

"늦은 건 아닌지 모르겠어요. 좀 더 빨리 협조했더라면……."

오민석은 말을 끝까지 잇지 못하고 잠시 머뭇거리다, 고개를 가로저으며 말을 이었다.

"아니, 아닙니다. 주명근은 내일 자수시키도록 하겠습니다."

"내일요?"

한 검사가 놀라 되묻자 오민석은 고개를 갸우뚱하며 물었다.

"왜요? 내일도 늦는 겁니까?"

"아니에요. 그럼 내일 제가……."

"아니요. 내가 주명근과 함께 경찰서로 가겠습니다."

"지금 주일 빌딩에 있는 건가요?"

"그걸 어떻게……."

오민석의 눈이 순간 번뜩 커지자, 한 검사는 옅은 미소를 지어 보이며 말했다.

"그냥 던져 본 건데 그런가 보네요. 오늘이라도 장소를 다른 곳으로 옮기세요. 혹시 모르니까요."

"제가 문제없이 경찰서로 데리고 가겠습니다. 걱정 마세요."

한 검사는 창밖으로 잠시 고개를 돌렸다, 오민석을 바라보며 넌지시 물었다.

"주명근을 왜 돕는 거죠?"

"이게 돕는 겁니까? 난 검사님을 돕고 있는데요."

"주명근을 바로 체포할 수도 있는데 굳이 자수시키려는 건 살리고 싶어서 아닌가요? 그건 주명근을 돕는 거죠. 왜요? 그간 정이라도 든 건가요?"

"정이요? 정……. 나한테 그런 건 없습니다."

"없는데 왜요?"

오민석은 창에 비친 자신의 얼굴을 보며 입을 열었다.

"모르겠어요. 그냥 나를 보는 것 같아서……."

그때 한 검사에게 전화가 걸려 왔다.

"잠깐만요. 미안해요."

"아니에요. 받아요."

한 검사는 휴대폰을 꺼내 전화를 받았다.

"네, 남 순경님."

"검사님, 도착했습니다."

"벌써요? 미안해요. 조금만 더 기다려 줘요. 다시 연락할게요."

"알겠습니다. 괜찮으니 일 마치고 연락 주세요."

"고마워요. 먼저 끊을게요."

한 검사는 전화를 끊고 오민석을 바라봤다. 오민석은 007가 방에 서류를 담으며 자리를 정리하고 있었다.

"죄송해요. 어디까지 얘기했죠?"

"아닙니다. 이만 일어나시죠."

"저기…… 오민석 씨, 말씀드릴 게 있어요."

"말씀하세요."

"사실 말하면 안 되는데…… 그게……."

나영석 경위의 방에 도민 경감과 윤진 경위가 앉아 대화를 나누고 있었다. 나 경위는 도 경감의 말을 듣고 서운한 마음을 토로하듯 말했다.

"경감님, 언제부터 알고 계셨던 겁니까? 알고 계셨으면서 왜 미리 말씀 안 해 주셨습니까? 팀원들에게는 말씀을 해 주시지 그러셨어요."

"예상은 했지만 확신이 없었어요. 나도 그 앞에 가서야 확신이 들었으니까요."

"그럼 언제 아니라고 느끼셨는데요?"

"참…… 끈질기네요. 그래요. 나 경위가 경찰 특공대 차량이라고 했을 때 처음 의구심이 들었어요. 그리고 윤진 경위가 그 차량을 운전했다는 말에 거의 확신을 했죠. 하지만 직접적으로 보지 못했으니 말할 수가 없었어요. 이제 그 얘기는 그만하고 윤진 경위에게 설명이나 잘해 줘요."

윤 경위는 보고 있던 서류를 내려놓으며 말했다.

"경감님, 설명은 모두 들었습니다. 관할 지구대에 협조 요청해서 차량을 찾아봐야겠는데요. 차량 도난 사건으로 협조 요청하면 의심받지 않을 겁니다."

윤 경위는 잠시 망설이다 조심스레 물었다.

"……다크킹덤이 정말 검찰 조직일까요?"

"명부는 전·현직 검찰들로 구성이 되어 있었어요. 그럼 그렇게 보는 게 맞을 겁니다. 하지만 실체가 완벽히 밝혀졌다고 할 수 없으니 속단하긴 이르죠. 좀 더 조사해 봐야 해요."

나 경위는 그동안의 조사한 서류들을 만지작거리며 물었다.

"그럼 저희가 쫓았던 사교 모임 참석자들은 뭘까요? 헛짚은 걸까요?"

"그럴 수도 있겠죠. 아니면 다크킹덤과도 연관이 있을 수 있지 않을까요? 주 사장이 다크킹덤과 사교 모임에 연결 고리 역할을 하는지도 모르죠."

고개를 끄덕이며 듣고 있던 윤 경위는 재차 확인하듯 물었다.

"그렇게 보십니까?"

"그냥 추측해 본 거예요. 주 사장이 다크킹덤과 사교 모임을 밝히는 데 키 플레이어가 되지 않을까……. 그렇게 보는 것뿐이에요."

"키 플레이어라……. 그럼 영상 속 남자는 확실히 김기창이 맞는 겁니까?"

"윤 경위도 본 거예요?"

"아닙니다. 보지는 못했고 김승철 경감님께 들었습니다."

"그렇군요. 흐릿했지만 김기창이 확실했어요. 그리고 이필석 의원도요."

윤 경위는 고개를 절레절레 흔들며 말했다.

"몹쓸 사람들……. 어떻게 그 어린 대학생을."

"팀장님 말씀대로 이필석 의원이 타살이라면…… 김기창이 그 사실을 은폐하기 위해 이민지 양과 이필석 의원 두 사람을 제거한 것이라 볼 수도 있을 거예요."

나 경위가 말했다.

"그렇다면 김기창이 다크킹덤의 수장인 게 맞지 않을까요?"

"그럴 가능성이 높죠. 그래도 그 뒤에 또 누가 있을지는 장담할 수 없는 일이니 그 점도 간과하면 안 될 겁니다."

"명심하겠습니다."

"민 계장님과 김 경감님을 죽이려 했던 자들을 잡으면 그들의 실체에 좀 더 가까워지지 않겠습니까?"

"그래요. 윤 경위 말이 맞아요. 우리는 그자들을 잡는 데 집중합시다."

"예, 경감님."

김기창은 사방이 책장으로 둘러싸인 서재 책상에 앉아, 대검찰청 형사부 과장 엄기동 검사와 이야기를 나누고 있었다.

"제안을 받아들였습니다. 어르신 의중을 바로 알아챈 듯했습니다."

"다행이네요. 거부감 없이 받아들였다니 아예 생각이 없었던 건 아닌가 봅니다."

"검찰 총장 얘기에 눈이 반짝거리는 게 바로 보였습니다. 속을 감추고 그럴 사람처럼 보이지는 않았습니다. 미리 알아본 바에도 감정에 솔직한 편이라고 들었습니다. 다만 걱정이 되는 건……."

엄 검사는 말하다 머뭇거리며 김기창의 눈치를 살폈다.

"왜요? 뭐가 말입니까?"

"호랑이 새끼를 품는 건 아닌지 그게……."

"잘 키워서 앞에 세우면 되지 않겠어요? 얼마나 용맹하겠어요. 안 그래요?"

"그건 그렇지만 우리를 물지는 않을지……."

"걱정 말아요. 그럴 수 없도록 입에 재갈을 물리면 되니까."

"생각해 두신 게 있으십니까?"

"그건 차차 얘기하고 그 사람에 대해 좀 더 얘기해 봐요. 국회 운영 위원회에 나와서 정부에 날선 비판을 했었죠. 뭐라고 했더라?"

엄 검사가 연기하듯 두 주먹을 움켜쥐고는 목소리를 바꿔 말했다.

"더 이상 한 사람 말에 휘둘리는 검찰이 아닌, 조직과 국민만 보고 수사에 임하는 검찰이 될 테니 걱정 마십시오.'라고 했죠."

"그래요. 그때 그 얘기 듣고 참 당돌하다 싶었는데……. 그랬군요. 내가 사람은 제대로 봤네요."

"그러셨습니까? 저희는 그런 점 때문에 추천드리기를 많이 망설였습니다."

"지금은 고검장으로 있다고 했죠?"

"네. 지방으로 좌천되었다가 이번 정부에서 고검장으로 영전됐습니다."

"범 새끼인지도 모르고 고검장 자리에 앉혔네요. 검찰 총장으로 임명될 가능성은 있어 보이나요?"

"외부에 알려지기는 정치적으로 중립을 취한다는 평이 있어 문제없을 것 같습니다. 청와대에서도 차기 검찰 총장으로 염두에 두고 있다는 하마평이 돌고 있으니 추천만 된다면 검찰 총장 자리에 앉는 건 문제없을 겁니다. 다만, 야당에서 가만히 있을지 모르겠습니다. 대선 후보였던 당 대표를 구속시킨 사람이지 않습니까?"

"그건 걱정 말아요. 적당히 반대하면서 못 이기는 척 넘어갈 겁니다."

"벌써 얘기가 다 되신 겁니까?"

"얘기는…… 내가 그렇게 된다면 되는 거예요. 아직도 날 몰라요?"

"아닙니다."

손을 내저으며 말하던 엄 검사의 주머니에서 휴대폰 벨 소리가 울렸다.

"죄송합니다, 어르신."

그는 얼른 휴대폰을 꺼내 전화를 끊었다.

"받아요, 괜찮으니."

"아닙니다. 괜찮습니다."

곧바로 다시 전화벨이 울렸다.

"괜찮으니까 받아요."

"그럼 잠깐 실례하겠습니다."

엄 검사는 뒤로 물러나 전화를 받았다.

"무슨 일이에요? 내가 이 번호로 연락하지 말라고 했잖아요. ……다짜고짜 그게 무슨 소리예요? 차를 보내 달라니? ……알

앗어요, 알았어. 보낼 테니 미행 안 붙게 조심해요. 그리고 통화 길게 못 하니 있는 곳은 문자로 보내요."

김기창은 전화를 받고 돌아선 엄 검사에 말했다.

"추천이 안 될 경우를 대비해 법무부에서 추천할 인물들을 파악해서 보고해요."

"예, 알겠습니다. 이번에도 그 방법으로 진행할까요?"

"털면 다 나옵니다. 하나씩 언론에 흘리면 되는 거예요. 어렵지 않잖아요. 그건 그렇고 어떻게 진행되고 있어요?"

"먼저 언론사에 흘렸습니다. 엠바고해 놨으니 걱정은 마십시오. 말씀만 하시면 바로 풀 준비는 됐습니다."

"우리 쪽 여론이 불리하다 싶을 때 터뜨리는 겁니다. 알겠어요?"

"언제든 말씀만 하시면……. 그런데 그 작자가 언론에서 흔든다고 꿈쩍이나 하겠습니까?"

"우리가 언제 언론으로 여론이 바뀌길 기다렸습니까? 여론을 바꾸는 방법은 잘 알잖아요? 그러니 준비해 둬요."

엄 검사는 차렷 자세로 고개를 숙이며 대답했다.

"예. 알겠습니다, 어르신."

"이번은 제대로 우리 세상을 만들어야 하지 않겠어요? 다크 킹덤이 드디어 대한민국을 손안에 쥐는 날이 그리 멀지 않았단 말입니다."

"그날만을 기다리고 있습니다."

"곧 진정한 봄날이 올 거예요. 그러니 준비를 잘해 둬야 할 겁니다. 다시는 실패가 없도록……. 그때는…… 알죠?"

김기창은 눈을 치켜뜨며 엄 검사를 올려다봤다. 그는 고개를 살짝 숙이며 말했다.

"무슨 말씀인지 압니다. 철저히 준비해서 대업을 이루는 데 한 치의 실수도 없도록 하겠습니다."

"그래요. 하나씩 하나씩 차근차근히 해 나가면 됩니다. 우리 앞을 방해하는 장애물은 가차 없이 쳐내세요. 무슨 수를 쓰더라도 말입니다. 아셨습니까?"

김기창은 독기 서린 눈으로 책상 한 곳을 노려봤다.

"알겠습니다, 어르신. 걱정 마십시오."

"후원은 잘 이루어지고 있는 겁니까? 그 주필상이가 잘하고 있는 거예요?"

"주필상 그 친구가 돈 모으는 데는 선수 아니겠습니까? 척척 계좌에 쌓이고 있으니 그건 걱정 마십시오."

"천박하기는……."

김기창이 혼잣말처럼 내뱉은 말을 제대로 듣지 못한 엄 검사가 되물었다.

"어르신 뭐라고……."

"주필상은 그 일이 마무리되면 처리합니다."

"네? 처리하라니…… 그게……."

"무슨 뜻인지 몰라서 물어요?"

"아니, 왜……."

"왜?"

김기창은 엄 검사를 매섭게 노려봤다.

"죄송합니다. 처리하겠습니다. 그런데…… 무슨 이유인지 여쭤도 되겠습니까? 일도 잘하고 앞으로 쓸모가 많을 친구인데……."

"맞아요. 그런데 일은 잘하지만, 속을 알 수 없는 친구예요. 돈만 좋아하는 줄 알았는데 그게 아닌 것 같아요. 속에 온갖 야욕이 가득 찼어요. 남철호를 만났다고 하던데 몰랐어요?"

"그건 그 친구 일이지 않습니까? 남철호 의원도 주 사장의 돈줄을 보고 접근하는 거고요."

"돈만 목적이 아니에요. 그러니 후원 일이 모두 끝나면 조용히 처리해요. 그리고 주필상이 모아 둔 자료들은 모두 회수해야 하는 거 알죠?"

"예. 빠짐없이 챙기겠습니다."

"그래요. 이만 가 봐요."

김기창은 돌아앉으며 나가라는 손짓을 해 보였다.

컴컴한 지하 계단에 몸을 숨기고 있던 최 경위는 건물 밖에서 들리는 차량 경적에 움찔하더니 계단을 급히 뛰어 올라갔다. 그리고 곧장 건물 앞에 서 있는 차량 뒷좌석에 올라탔다.

"왜 이제야 온 겁니까? 내가 한가한 사람으로 보여요?"

"그게 아니라 정말 급한 일이 생겼단 말입니다. 들으면 깜짝 놀랄 겁니다."

"그러니까 이렇게 온 거 아닙니까? 안전한 곳으로 옮겨서 얘기하죠. 차 기사, 출발해."

차가 출발하는 동시에 최 경위가 그에게 다급하게 말했다.

"그럴 시간이 없어요. 민 팀장이 살아 있어요!"

"무슨 소리예요? 민 팀장이라면 민우직 말입니까?"

"네. 그러니까……."

"살아 있지, 그럼. 지금 중환자실에 있는 걸 몰라서 그래요?"

"아니, 중환자실에 있던 게 다 위장이었단 말입니다."

"위장?"

"그래요. 멀쩡히 걸어 다니고 있다고요!"

그는 여전히 최 경위의 말을 믿지 못한다는 듯 고개를 갸웃거리며 되물었다.

"정말이에요? 직접 본 겁니까?"

"내 눈앞에 나타났단 말입니다. 얼마나 놀랐는지 아십니까?"

"민우직 그자가 지금 어디 있는지 알아요?"

"그곳이 맞을지 모르겠지만 내가 잡혀 있던 여관이 아닌가 싶습니다."

"잡혀요?"

"그래요. 팀원들이 제가 스파이라는 사실을 아는 것 같습니다."

"어디까지 아는 겁니까?"

"그건 모르겠어요. 오해라고 설득은 했지만 민우직 팀장이 믿지 못하는 눈치여서 도망 나온 겁니다."

"도망 나왔다? 이렇게 쉽게요?"

"뭐가 쉽게 나왔다는 겁니까? 겨우 빠져나왔는데. 운이 좋았다고요."

"그래, 그래요. 민우직이 어디까지 아는 것 같아요?"

"3년 전 형 일을 알고 있는 것 같았어요."

"3년 전……."

하루 전

갑자기 여관방 문이 열리더니 누군가가 안으로 들어왔다. 최경위가 잠을 못 이뤄 뒤척이고 있을 때였다.

"누구야?"

"나다, 우직이."

"팀장님?"

최 경위는 서둘러 일어나 전등 스위치를 찾아 켰다.

"팀장님!"

"그래, 우철아."

"어떻게……."

"많이 놀랐지?"

"아……."

최 경위는 입을 벌린 채 아무 말도 하지 못하고 민 경정만 바라봤다.

"우철아, 미안하다. 이렇게밖에 할 수 없었다."

"아니…… 아닙니다. 이렇게 무사하신 걸 봐서 다행입니다."

"그렇게 생각해 줘서 고맙다. 우철아, 이제 솔직히 얘기해 봐."

"형님, 서 의원에게도 말했지만 뭔가 오해가 있으신 것 같습니다. 전 단지……."

"그래. 서 의원에게 들었다. 예전에 의인이었던 검사에게 도움을 청한 거라고?"

"맞습니다. 들으셨군요. 나쁜 의도로 그런 게 아닙니다."

"그래. 그럼 이건 솔직히 얘기해 줘라."

민 경정은 최 경위의 얼굴을 살피며 조심스레 말을 이어 갔다.

"3년 전에 사육신 공원에서 네 형이 죽은 거 말이다."

"그 얘기는 왜 꺼내십니까?"

최 경위는 격한 반응을 보였다.

"너나 나나 그 일은 뼛속 깊이 상처라는 거 안다. 그래도 확실히 짚고 넘어가야 할 일이 있어서 그래."

최 경위는 눈동자가 흔들리며 민 경정을 제대로 보지 못했다.

"그날 우식이랑 나랑 만나기로 한 거…… 너도 알고 있었지?"

"그게 무슨 말씀이세요?"

민 경정은 고개를 돌려 버린 최 경위의 팔을 잡으며 힘주어 말했다.

"우철아, 솔직히 말해 줘야 한다."

최 경위는 민 경정을 힐끗 쳐다보고는 다시 눈을 깔며 입을 열었다.

"형님……. 그래요. 맞아요. 형이 팀장님과 같이 만나자고 했어요. 하지만 나가지 못했어요. 갑자기 서에 사건이 터지는 바람에……. 죄송해요. 그때 그 일로 저도……."

"그랬구나. 그날 우식과 너랑 통화한 내역이 있어 우식이 핸드폰을 확인해 봤다."

"죄송해요. 그때는 약속을 못 지켜 형이 죽은 것 같아…… 그 죄책감에 말 못 했습니다."

민 경정은 최 경위의 팔을 잡고 있던 손으로 그의 등을 쓸어내리며 말했다.

"그래, 알았다. 솔직히 말해 줘서 고맙다. 그만 쉬어라."

"믿어 주시는 겁니까?"

"그럼. 우철이 네가 거짓말을 할 거라 생각하진 않아. 어서 자라."

"고맙습니다, 형님."

최 경위의 대화를 들은 서 의원이 민 경정을 보며 물었다.

"팀장님, 우철 씨가 그날 형님이랑 만나기로 했다는 건가요?"

"그래요. 나랑 만나기로 한 그날 함께 만나기로 한 거였어요. 그런데 일이 생겨 못 나온 거죠."

"그 사실을 알고도 왜 이제야 그걸 물으신 거예요?"

"아니에요. 몰랐어요. 서필감 과장님이 그날 우철과 우식이 통화한 기록이 있다고 알려 줘서, 보관하고 있던 우식이 핸드폰으로 통화 내역을 확인한 거예요. 사실이더라고요. 통화가 녹취되어 있는지 확인해 봤는데 다행히 녹음이 되어 있었어요."

"그렇군요. 그럼 우철 씨 말이 사실이었네요."

민 경정은 서 의원이 안도하는 모습을 안타깝게 바라보며 말했다.

"아니에요. 우식이랑 만나기로 한 날 우철이가 근무하던 담당 부서에는 사건이 없었어요. 혹시나 해서 경찰서에 확인했는데, 우철이는 개인적인 일로 조퇴한 걸로 나왔어요."

"우철 씨가 거짓말을 했다는 말씀이세요?"

"그런 것 같아요."

남시보 순경은 빌딩 정문 앞을 서성이며 한서율 검사를 기다리고 있었다. 빌딩 주차장에서 차를 몰고 나온 한 검사가 남 순경을 불렀다.

"왜 여기서 기다리고 있어요? 카페라도 들어가 있죠."

"아닙니다. 일은 다 처리하셨어요?"

"네. 어서 타요."

남 순경은 조수석에 타며 말했다.

"검사님, 가 보셔야 할 곳이 있습니다. 그곳으로 가시죠."

"지금요? 어디요? 나상남 경사님이 기다리고 있을 텐데요."

"가 보시면 압니다."

"미안한데 우선은 채이돈 의원을 만나야 할 것 같아요. 괜찮을까요?"

"아……. 그럼 그렇게 하시죠."

"고마워요."

최 경위가 내린 곳은 중고차들이 빽빽하게 주차되어 있는 넓은 공터였다. 차들을 가로질러 그들이 들어선 곳은 창고였고, 그 안에는 수입 차들이 즐비해 있었다. 최 경위는 차들을 둘러보더니 그에게 웃으며 물었다.

"부업으로 중고차 사업도 하십니까?"

그는 헛웃음을 치며 말했다.

"부업? 이 차들이 다 어디에 쓰였는지 알면 깜짝 놀랄 겁니다. 어서 저기로 들어가죠."

창고 안에는 작은 사무 공간이 별도로 있었다. 사무실 안으로 들어선 그는 소파에 앉으며 말했다.

"아까 하다 만 얘기나 이어서 해 봐요. 뭐가 문제라는 거예요?"

"갑작스럽게 물어 와서 서에 사건이 터졌다고 둘러댔는데, 민 팀장이라면 금방 그 사실을 알아차렸을 겁니다."

"그걸 알면서 그런 거짓말을 했단 말이에요?"

"그럼 어쩝니까? 거기서 모든 걸 인정하고 빌기라도 했어야 한다는 겁니까?"

"그 말이 아니잖아요. 잘 좀 돌려 말하지 그랬어요."

"그래서 도망쳐 나온 거 아닙니까? 이제 확실히 날 의심할 겁니다. 앞으로 어쩌면 좋겠습니까?"

"뭘 어쩌면 좋아요. 이제 제대로 처리해야죠."

"제대로요?"

"그래요. 그러니까 뭘 그렇게 잰 거예요? 서 의원 때문인 건 알지만 이제 서 의원도 당신을 의심할 테고, 처음부터 내가 하자는 대로 했으면 서 의원은 아무것도 모르고 지금 당신 옆에 있었을 거 아닙니까? 이제 앞뒤 가리지 말고 확실하게 처리해요."

"그 방법밖에는 없는 겁니까?"

"왜 그래요? 형도 판 사람이."

최 경위는 버럭 소리치며 그를 쏘아봤다.

"뭐야? 지금 뭐라고 했어?"

3년 전

차고 안에 줄지어 들어선 차들은 트렁크 문이 모두 열려 있었고, 그 안에는 사과 박스가 하나씩 들어 있었다. 엄기동 검사는 사과 박스에 담긴 오만 원권 돈다발을 들어 쭉 훑어보고는 씨익 웃으며 마지막 트렁크 문을 닫았다.

엄기동 검사는 주머니에서 휴대폰을 꺼내 귀에 가져갔다.

"어, 최 형사. 연락 왔어요?"

"곧 사육신 공원에서 만난다고 합니다."

"증거물은 가지고 나온다고 합디까?"

"민우직 경감이 타깃이었던 거 아닙니까?"

"맞아요. 하지만 최 형사의 형이 가지고 있는 그 증거물도 필요합니다."

"그래요? 가지고 나오라고 했으니 가지고 나올 겁니다."

"잘했습니다. 다시 말하지만 최 형사는 올 필요 없어요. 우리가 알아서 처리합니다. 알았어요?"

"민우직 경감을 잡으려는 거 맞죠?"

"당신 형이 가지고 있는 증거물이 세상 밖으로 나오면 당신형도 위험해요."

"도대체 뭔데 그럽니까? 채비로 계장 비리 사건인 것 같던데……."

"알 거 없어요. 이번 일로 청으로 영전할 테니 좋은 소식이나 기다려요. 그럼."

"저기! 저희 형은 정말 괜찮은 거죠?"

"그 증거물만 문제없이 우리 손에 들어오면 괜찮을 겁니다."

"정말이죠? 알았습니다."

전화를 끊은 엄기동 검사는 바로 누군가에게 전화를 걸었다.

"나예요. 사육신 공원에서 곧 만난다고 하네요."

"알겠습니다."

"증거물은 확실히 확보해야 합니다. 안 그럼 둘 다 무사하지 못할 겁니다."

"예. 그럼 최 형사는⋯⋯."

"그건 알아서 해요. 그 증거물만 내 손에 가지고 와요. 실수 없
도록."

전화를 끊은 엄 검사는 손을 들어 누군가를 불렀다.

"오성아, 새벽에 늦지 않게 출발하고 배달 사고 없도록 해야
한다. 애들 교육은 잘 시켰지?"

"걱정 마십시오. 중고차 배달 서비스로 알고 있습니다."

"그래. 그쪽 차도 받아 와야 하는 것 잊지 말고."

"예, 영감."

"난 일이 있어 먼저 갈 테니 일 마무리되면 보고해."

"알겠습니다."

현재. 주일 빌딩 살인사건 D-1, 최우철·나상남 살인사건 D-1

은행에서 나온 한 검사는 대기 중이던 차 조수석에 올라탔다.

"그 가방에 돈이 들어 있었던 겁니까?"

"돈이요? 아니에요. 중요한 물건이 있어 맡기고 오는 거예요."

"중요한 물건이요? 그게 뭔데요?"

"나중에 직접 봐요."

"직접 보라고요?"

"남 순경님도 열람할 수 있게 했어요. 남 순경님은 믿을 수 있

으니까요."

"아……. 감사합니다."

"뭘 그런 걸로 얼굴까지 붉어져요?"

"제가요?"

남 순경은 손으로 얼굴을 감싸며 룸미러에 비친 자신의 얼굴을 살폈다.

"주필상 씨를 살려야 할까요?"

한 검사의 뜬금없는 물음에 남 순경은 놀란 눈으로 그녀를 봤다.

"네? 갑자기 그건 왜……."

"주명근이 자수하기로 했어요."

"자수요?"

"네. 오민석 씨와 만났어요."

"오민석이요? 주명근과 공범인 그……."

"공범은 아니에요. 그 사건은 일어나지 않았잖아요. 그리고 그 전에 발생한 살인사건엔 오민석 씨가 관여하지 않았다고 했고요."

"그 말을 믿으시는 거예요? 어떻게 그자의 말을……."

"오민석 씨……. 그래요. 믿어요."

남 순경은 창밖을 바라보며 말했다.

"믿는다고요? 그래서 저도 믿으시는 건가요? 아무나 잘 믿으시나 봐요?"

한 검사의 목소리가 살짝 커졌다.

"뭐라고요? 왜 말을 그렇게 해요? 내가 남 순경님을 믿는 것처럼 내 판단을 믿어 줄 수는 없는 건가요? 그만한 이유가 있다고는 생각 못 해요?"

"그 이유가 뭔지 말씀해 주셔야 알죠. 제가 검사님의 마음을 어떻게 다 알아요."

남 순경이 한 검사를 바라보며 말했지만, 이번엔 한 검사가 창밖으로 고개를 돌리며 말했다.

"모르면 모르는 대로 있어요. 그게 지금 중요한 건 아니니까요. 주필상 씨를 어떻게 할지 묻는 거잖아요."

"뭘 어떻게 해요? 주명근이 자수한다고 하니 아무 일도 발생하지 않겠네요."

"그 전에 일어나면요?"

남 순경은 신경질적으로 되물었다.

"그런 사람까지 제가 신경 써야 하나요?"

"그런 사람이요? 그럼 어떤 사람을 살려 주고 어떤 사람을 죽게 두는 거죠? 지금까지 사람을 가려가며 그 능력을 사용했나요?"

"검사님, 그 말이 아니잖아요. 주필상은 다크킹덤의 조직원일 수도 있고, 그 재산들을 모으면서 어떤 나쁜 짓을 했을지 모르는 인간이란 말이에요. 그런 사람을 살리기 위해 위험을 감수하라고 하시는 건가요?"

"위험까지 감수하라고 강요하지 않을게요. 단지, 사람을 벌하는 건 법에 따랐으면 할 뿐이에요. 주필상 씨에게 죄가 있다면 법의 심판을 받게 하면 돼요. 하지만 막지 않으면 주명근의 죄가 더해지는 거잖아요. 그건 막아야 하지 않을까 해서 물은 거예요."

"왜요? 주명근은 연쇄 살인범이에요. 그런 자가 또 한 명 죽인다고……."

"남시보 순경!"

한 검사는 버럭 소리쳤다. 그제야 남 순경도 흥분한 나머지 아무 말이나 내뱉었다는 사실을 깨달았다.

"아……. 죄송해요. 흥분해서……. 하지만 전 못 하겠어요. 주필상 씨보다 저에게 소중한 사람을 구할 거예요. 그 시각에 구해야 할 사람은 따로 있다고요."

"네? 설마 또 시체를 본 거예요? 누굴 본 거죠?"

"말씀드릴 수 없어요. 검사님, 확실한 건 주필상 씨를 구하다 검사님이 위험해지실 수도 있어요. 주명근이 자수한다고 하니 빨리 자수하도록 하시는 게 나을 거예요."

"알지만……."

"다 왔네요. 여기는 어디죠? 안전 가옥 같아 보이지 않는데……."

"제 집이에요. 저기에 주차하면 돼요."

"급하다고 하셨잖아요. 옷이라도 갈아입으셔야 하는 거예요?"

한 검사는 살짝 미소 지으며 말했다.

"아니에요. 일단 같이 들어가요."

"같이요?"

"뭐 해요? 어서 내려요."

한 검사는 차에서 내려 빌라로 들어갔다. 남 순경은 얼떨떨한 표정으로 그녀의 뒤를 따랐다.

제16화

위기의 팀원들

서재 소파에 앉아 혼자 바둑을 두고 있는 남철호 의원에게 전화가 걸려 왔다. 그는 바로 수화기를 들었다.

"연결해요. ……그래, 무슨 일이야? 고검장? 이름은? ……염석영? ……짐작은 했지만 참 고약한 양반일세. 또 다른 얘기는 없었고? 뭐? 정말인가? ……누군지는 모르고? ……누군지 알아보고 바로 보고해. ……주필상을? 왜? ……자네도 언제 그런 신세가 될지 몰라. 나한테 붙은 게 얼마나 잘한 일인지 알겠지? ……그래, 알았어. 이만 끊지."

전화를 끊은 남 의원은 고개를 뒤로 젖히며 눈을 감았다. 한참을 그 자세로 생각에 잠겨 있던 그는 눈을 번쩍 뜨더니 곧바로 수화기를 들었다.

"주 사장, 납니다."

"아이고, 어쩐 일로 직접 전화를 다 주셨습니까?"

"큰일 났어요, 큰일."

"예? 큰일이요? 무슨 말씀입니까?"

　　　•

　계단을 내려온 오민석은 문 잠금장치에 카드를 가져다 댔다. 그가 지하 주차장에 들어서자, 가건물 안에서 엔진 소리와 전기 드릴이 돌아가는 소리가 들려왔다. 오민석이 가건물 앞으로가 문을 두드렸지만, 노크 소리가 들리지 않는지 전기 드릴 소리는 멈출 생각을 하지 않았다. 오민석은 더 세게 문을 두드렸다.

　쾅! 쾅!

　"이사님, 들어가도 되겠습니까?"

　그제야 전기 드릴 소리가 멈췄다.

　"들어와."

　오민석은 문을 열고 들어갔다.

　"몸은 괜찮으십니까?"

　"얘기 들었어?"

　"송 비서한테 들었습니다."

　"난 괜찮아. 하루 이틀이어야지."

　"어디 좀 보시죠."

　오민석이 몸을 살피려는 것을 주명근은 손을 내저으며 막았다.

　"괜찮다니까. 그것보다 왜 온 거야?"

　"……이사님, 내일 미국으로 출국하시죠."

"또 그 얘기야? 그때 말했잖아. 이제 안 간다고."

"가셔야 합니다. 여기 있다가 잡히면 사형 선고를 받게 될 겁니다. 그러지 말고……"

주명근은 오민석을 노려보며 그의 말을 잘라 말했다.

"싫다고 했잖아. 할 일이 있다고."

"그건 더 이상 안 됩니다. 그럼 자수하십시오. 자수하면 무기 징역으로 살 수는 있을 겁니다."

"자수? 형, 미쳤어? 나보고 평생을 그 빵에서 살라는 거야? 차라리 여기서 목을……"

오민석은 버럭 소리치며 주명근의 양어깨를 움켜잡았다.

"주명근! 언제까지 그렇게 살 거야? 자유롭게 살고 싶으면 내일 미국행 비행기를 타. 그게 싫으면 자수하고. 감옥에서 모범수로 새 삶을 살아. 그래서 네 죗값 모두 치르고 나와서 제대로 네 삶을 살라고!"

주명근은 오민석을 뿌리치며 같잖다는 듯 웃으며 말했다.

"또 이러네. 미친 거야? 형 노릇이 그렇게 하고 싶으면 나를 좀 도와 줘. 그러면 형이 하라는 대로 할게."

"뭘 도와 달라는 겁니까?"

"뭐긴 뭐야? 알잖아?"

"꼭 그렇게까지 해야 하겠습니까?"

"그렇게까지? 네가 정말 몰라서 그딴 말을 해? 내가 아빠 때문에 얼마나 비참하게 살아왔는데. 형도 그걸 모르지 않잖아. 그동안 엄마를 얼마나 증오하며 살아왔는지도. 그 증오를 죄 없는 여자들에게 풀었단 말이야. 그게 다 누구 때문이야? 바로 아빠 때문이라고. 아빠 때문에 내가 이렇게 됐다고. 그 인간이 악마라고, 악마!"

"더 이상 살인은 안 됩니다. 모든 걸 잊고 새 삶을 사십시오. 이사님은 기회가 있지 않습니까? 이 기회를 놓치면 평생을 살인자로 살아야 할 겁니다. 그 죄책감에 사로잡혀 벗어나지 못할 거란 말입니다."

"나한테 왜 이러는 거야? 대체 무슨 기회? 나한테 이제 와서 뭘 어쩌라는 건데?"

주명근은 양손으로 머리를 쥐어뜯으며 마구 흔들어 댔다.

"아직 늦지 않았다는 말입니다. 악마를 처단한다고 마음이 풀릴 것 같습니까? 하물며 그 악마가 이사님의 아버지입니다. 절대 이사님의 마음이 편치 않을 겁니다. 그러니 이제라도 마음 바꾸세요, 제발."

"모르는 거야? 나 연쇄 살인범이야. 이미 세 명의 여자를 죽인 살인마라고. 그런 나한테 아빠쯤은……."

"사장님을 위한 의식이 아니었습니까? 악령에 영혼을 뺏긴 사장님을 위해 의식을 한 거잖습니까? 그만큼 이사님은 아버지를 사랑하고 많이 의지하지 않았습니까? 증오했던 만큼 애정도 깊게 자리 잡고 있었던 거 아니었습니까?"

"그래! 그랬어. 하지만 그게 다 거짓이었잖아. 날 속였다고. 엄마는 날 버리고 간 게 아니었어. 아빠는 날 살인마로 만든 악마야!"

주명근은 펄쩍 뛰며 오민석의 얼굴에 대고 괴성을 질러 댔다.

"어쩔 수 없네요. 알겠습니다."

"뭐가 어쩔 수 없다는 거야?"

"아닙니다. 전 이만 나가 보겠습니다."

"뭐야?"

오민석은 허리 숙여 인사하고 밖으로 나가 버렸고, 주명근은 고개를 갸웃거리며 그를 바라볼 뿐이었다.

한 검사가 현관문 앞에서 초인종을 누르자 남 순경이 의아하다는 듯 물었다.

"누구랑 같이 사세요?"

"검사님, 오셨습니까?"

그때 인터폰에서 남자 목소리가 들려왔다. 남 순경은 한 검사를 바라봤지만, 한 검사는 아랑곳하지 않고 인터폰에다 말했다.

"네. 문 열어 주세요."

"잠깐만 기다리십시오."

"이 목소리 나상남 형사 아닌가요?"

한 검사는 그제야 남 순경을 바라보며 말했다.

"맞아요. 채 의원님이랑 같이요. 남자분들만 있으니 혹시나 해서 초인종을 누른 거예요."

문이 열리자 한 검사와 남 순경은 안으로 들어섰고, 나 경사가 그들을 맞으며 말했다.

"왜 이제야 오십니까?"

"죄송해요. 갑자기 일이 생겨서요."

나 경사는 반가웠는지 남 순경의 어깨를 감싸며 말했다.

"남 순경은 어디에 있었던 거야? 도 경감님이 안전한 곳에 있다고 하셔서서 안심은 되는데……. 범수는 잘 있는 거지?"

"그럼요. 잘 있으니 걱정 마세요."

한 검사는 안을 둘러보다 나 경사에게 물었다.

"채 의원님은요?"

"자는지 방에서 나오지 않네요."

"그래요?"

한 검사는 방문 앞에 서서 노크를 했다.

"채 의원님, 저 왔어요. 잠깐 나와 보시겠어요? 한 검사예요."

그러자 부스럭거리는 소리와 함께 문이 열렸다.

"한 검사 왔어요?"

"네. 주무시고 계셨어요?"

"뭐 할 게 있어야 말이죠. 밤에는 무슨 일이 있을지 모르니 불안하기도 하고요."

"그러셨군요. 잠깐 얘기 좀 할 수 있을까요?"

"그래요."

채 의원은 눈을 비비며 거실로 나와 앉았다.

"할 얘기가 뭐예요?"

"이필석 의원 사망사건 때문에요. 그리고 이민지 씨 사건도요."

"이민지? 아! 그 아가씨……."

"혹시 사건이 있기 전부터 이민지 씨를 알고 계셨나요?"

"이필석 의원이 가끔 술자리에서 얘기하는 여자가 있었어요. 보좌진에 인턴으로 들어온 대학생이라고 했었죠. 근데 알죠? 남자들 음담패설 말이에요. 그냥 그 정도로만 생각했어요. 한데, 한 번은 별장에 그 이민지 양을 데리고 왔더란 말입니다. 보통 그런 자리엔 보좌진을 데리고 오지도 않고, 온다고 해도 차에서 대기하는 정도였거든. 그런데 그 아가씨를 안에까지 데리고 들어온 거지."

"그래서요?"

"그래서 뭐…… 모르지……. 나야 얌전하게 술만 마시고…… 으흠……."

채 의원이 헛기침을 하며 말을 흐리자 남 순경이 한마디 툭 내뱉었다.

"알 만하네요."

채 의원은 남 순경을 쏘아보며 말했다.

"뭐가 말인가?"

한 검사는 둘 사이에 얼른 끼어들었다.

"그리고요? 알고 계신 게 있으면 다 말씀해 주시겠어요."

"한 검사도 알겠지만, 별장에서의 일들은 세상에 알려지면 아주 발칵 뒤집혀질 일들이거든. 내가 이러고 있는 것도 그 때문이 아닌가? 다크킹덤도 그렇고. 근데 어느 날인가부터 이필석 의원이 기세등등해졌다는 거지."

"기세등등이요? 이필석 의원에게 무슨 일이 있었던 거군요."

"나도 만날 때마다 물어봤지만 웃기만 하고 말을 아끼더라고. 그렇게 자기 자랑하기 좋아했던 양반이 말이지."

"이민지 씨가 자살한 걸로 보시나요?"

"이필석 의원을 고발하기 위해 자살한 걸로 아는데? 내가 별장에 데리고 온 걸 보고 알았지. 이 의원이 그 이민지 양을……."

"이민지 씨가 타살이라는 소문은 못 들어 보셨나요?"

"타살? 왜? 타살이면 증거물이 없었어야지. 그때 이필석 의원 증거가 나왔잖아요."

"정말 아무것도 모르시나요? 알면서 모른 척하시는 건 아니시죠?"

이 의원은 고개를 갸우뚱하더니 이내 물었다.

"무슨 소리예요? 한 검사."

"아닙니다. 이필석 의원과는 막역한 사이라고 알고 있어서요."

"그랬지. 막역한 사이였지. 욕심이 많은 사람이었어. 다크킹덤도 이필석 의원을 통해 알게 됐으니. 자신도 그 다크킹덤 멤버가 되고야 말겠다면서 다크킹덤의 수장을 찾고 있었다고. 뭐, 나도 그런 이유로 접근하다 이런 신세가 됐지만 말이야."

"왜 다크킹덤의 멤버가 되고 싶으셨던 거죠? 다크킹덤이 무슨 조직인지도 모르시잖아요."

"몰랐지. 하지만 내가 준 명부를 보지 않았겠나. 고위 공직자들로 가득했어. 이 의원 말로는 다크킹덤만 잘 잡으면 대통도 문제없다고 했다니까. 다크킹덤의 멤버만 되면 출셋길이 열리는 거라고 말이야."

"이필석 의원이 그랬다는 거죠?"

"그래요. 그 명부도 이필석 의원에게 받은 거예요. 그런데 이 필석 의원이 죽고 이대우 대법관에 조덕삼 부장검사까지 죽으니…… 잘못 건드렸다 싶었던 거지."

"다크킹덤의 수장이 누구인지는 모르시는 겁니까?"

"이 의원 그 양반이 능글맞게 웃기만 하고 알려 주지 않더라고. 끝까지 알려 주지 않았어. 이필석 의원이 다크킹덤에 너무 가까이 간 게 아닌가 싶어. 그래서 나도 죽이려 하는 거겠지. 그런데 한 검사는 왜 그 아가씨가 타살이라고 하는 거예요? 뭐라도 알아낸 게 있어요?"

"아니요. 예전에 민 팀장님도 이민지 씨가 타살이라고 한 적이 있어 물어본 거예요."

옆에서 듣고 있던 나 경사가 끼어들어 물었다.

"검사님, 다크킹덤에 관련해 알아낸 사실이 더 없는 겁니까?"

"죄송해요. 아직까지는……."

언제 밖에 나갔었는지 남 순경이 조심스레 들어와 앉으며 말했다.

"죄송해요, 검사님. 말씀 계속하세요. 대화가 길어지셔서 전화 좀 하고 왔어요."

"아니에요. 다 얘기했어요."

"그러세요? 그럼 같이 가 볼 데가 있다고 말씀드렸던 거 기억하시죠?"

"아! 그랬죠?"

"채이돈 의원님과 나 형사님도 같이 가셔야 할 것 같아요."

"그래요. 채 의원님, 저희와 같이 가시죠."

채 의원은 못마땅한 얼굴로 남 순경을 흘겨보며 말했다.

"뭡니까? 어디로 가는지도 모르고 저 순경을 따라가자는 겁니까? 저 순경을 어떻게 믿고 말이에요?"

"그건 절 믿으시죠, 의원님."

"한 검사를요?"

한 검사는 남 순경에게 찡긋 눈짓을 보내며 대답했다.

"네."

"그렇게 말하니…… 하는 수 없죠. 그래요."

간판이 삐딱하게 걸려 있는 중고차 매장 입구 앞에 차 한 대가 멈춰 섰다. 운전석에서 윤진 경위가 내리고, 뒤이어 도민 경감과 나영석 경위가 내렸다.

"이곳인가요?"

"예, 경감님. 그 차들이 마지막으로 들어간 곳입니다."

"중고차로 판 건 아닐까요?"

"그럴 수도 있겠네요. 그래도 나 경위, 이곳에서 차를 바꿔 또 다른 곳으로 이동했을 가능성도 간과해서는 안 될 거예요. 그러니 직접 들어가서 안을 살펴보죠."

그들은 다시 차에 올라타 중고차 매장 안으로 들어갔다. 차가 들어서자 창고에서 한 남자가 뛰어나왔다.

"어서 오십시오. 차 보러 오셨습니까? 아니면 팔러 오셨어요?"

차에서 내린 윤 경위가 말했다.

"차 좀 보려고요."

"생각하시는 차라도 있으십니까?"

"아직…… 보고 결정할까 하는데."

"그러십니까? 가격은 얼마 정도 생각하십니까?"

직원이 윤 경위에게 한눈을 파는 사이, 도 경감과 나 경위는 차를 보는 척하며 주변을 살폈다.

창고에 가까이 다가갔을 때쯤 매장으로 다른 차 한 대가 들어왔다. 윤 경위와 함께 있던 직원은 설명을 하다 말고 입구로 달려갔다. 직원은 차에서 내린 남자에게 고개 숙여 깍듯이 인사하며 창고 안으로 같이 들어갔다.

윤 경위는 그런 그들을 지켜보다 창고 쪽으로 다가갔다. 윤 경위를 발견한 직원은 자연스럽게 공터에 세워진 중고차 쪽으로 걸음을 유도하며 차들을 설명했다. 그사이 도 경감과 나 경위가 창고 안으로 숨어들었다. 이들은 창고 안에 있는 차들 사이로 몸을 숨기며 사무실에 근접해 갔다. 그때, 사무실에서 남자 두 명이 나오며 대화를 주고받는 것이 보였다.

"지금 그게 무슨 말이야? 민우직이 멀쩡히 돌아다니고 있다니?"

"나도 들은 얘기를 전달하러 온 겁니다."

"말도 안 돼. 거기서 어떻게 온전히 빠져나왔다는 거지?"

"아무튼 그렇게 알아요. 다시 위에서 지시가 내려올 때까지 여기서 한 발짝도 나오지 말라는 지시셨습니다."

"젠장! 언제까지 이렇게 떠돌이 생활을 하라는 거야? 성형 수술은 또 언제 해 준다는 건데? 내 새 신분증은? 응?"

"조금만 기다려요. 김범진으로 사는 날도 얼마 남지 않았습니다."

김범진이라는 자는 주위를 둘러본 뒤 나지막이 말했다.

"김범진은 죽었다고. 그거 몰라? 내 이름은 이민혁이라고. 앞으로는 이민혁으로 불러."

"알겠습니다. 아무튼 어르신이 기다리라고 하시니 조금만 더 참고 기다려요. 그리고 민우직 일로 그냥 넘어가실 것 같지 않습니다. 과장님은 모르겠지만, 어르신이 가만있지 않으실 겁니다."

김범진은 주먹으로 자신의 손을 내리치며 말했다.

"아우씨! 과장님하고 통화 좀 할 수 없을까? 다시 기회를 주면 그땐 실수 없이 처리할 수 있다고. 민우직은 내가 반드시 처리하고 싶어서 그래."

"그 마음은 알겠는데…… 대기하라고 하시니 조신하게 있어요."

"저기, 오성 친구."

"오성이면 오성이지 친구는 또 뭡니까?"

"민우직의 친구 놈은? 김승철 경감 말이야."

"그자는 모르겠습니다. 민우직이 멀쩡하니 김승철도 살아 있는 거 아니겠습니까?"

"그럼 그 새끼들이 일부러 죽은 척 연기를 한 거였어?"

"우리가 완전히 속은 겁니다. 이 사실을 어르신이 알면…….
지금쯤 과장님이 보고하고 계실 겁니다."

"아이씨……. 오성, 가기 전에 돈 좀 주고 가. 돈이 똑 떨어졌다."

"벌써요?"

"뭐가 벌써야? 그게 얼마나 됐다고……."

오성은 지갑에 있는 현금을 모두 꺼내 건넸다.

"이게 전부예요. 딴마음 먹지 마요. 여기서 도망친다고 어디
가서 발 뻗고 살 순 없을 겁니다. 어르신은 다 아십니다."

"그럼 알지, 누가 그걸 몰라? 알았다고. 고마워."

김범진은 오성이 건넨 지폐 냄새를 맡으며 다시 사무실로 들
어갔다. 오성은 그 모습을 보고 고개를 절레절레 흔들며 뒤돌아
밖으로 나왔다.

오성이 차에 올라타며 경적을 울리자, 윤 경위 옆에서 차에
대해 설명하던 직원이 그쪽을 향해 허리 숙여 인사했다. 그걸
보고 윤 경위가 직원에게 물었다.

"누굽니까?"

"여기 사장님이십니다."

"아하, 사장님."

"이 차 어떠십니까? 사장님한테 딱 어울릴 것 같은데요."

"그러네요. 좀 더 생각해 보고 다시 올게요. 저 창고에는 차가
없는 겁니까?"

"창고요? 있긴 있는데 외제 차들이라서……."

"아, 외제 차. 그래요. 다음에 다시 올게요. 근데 여기 혼자 근무해요?"

"아니요. 사무실에 한 분 더 계십니다. 이 시간에는 손님들이 많지 않아서 저 혼자 있고 저녁에 한 명 더 나옵니다."

"그렇군요."

도 경감과 나 경위는 창고에서 나와 어느새 차에 타고 있었고, 윤 경위가 매장을 쭉 둘러보며 마지막으로 차에 올라탔다. 그들은 직원에게 인사를 건넨 뒤 자연스럽게 매장을 나왔다.

허름한 건물들이 줄지어 있는 곳에 차가 멈춰 섰다.

"내리시죠. 여깁니다."

운전석에서 남시보 순경이 내리며 말했고, 뒤따라 조수석에서 내린 나상남 경사는 주위를 둘러보며 혼잣말을 했다.

"뭐야? 이런 곳에 본부가 있는 거야?"

채이돈 의원은 차에서 내리며 주위를 두리번거렸다.

"서울에 이런 곳이 다 있었네요."

남 순경은 앞 건물을 손으로 가리키며 말했다.

"검사님, 이 건물입니다."

"여기군요. 어서 들어가시죠."

남 순경을 따라 한 검사가 먼저 건물 안으로 들어섰다. 나 경사와 채 의원은 건물을 위아래로 훑어보며 뒤를 따랐다. 그런 그들을 건너편에서 누군가가 지켜보고 있었다. 남 순경은 철제문 앞에서 위를 한번 살피더니 노크를 했다.

똑똑똑!

"여기 맞아요?"

"네, 검사님. 잠시만요."

안에서 반응이 없자 남 순경은 다시 한번 노크를 했다.

똑똑!

이내 철제문이 둔탁한 소리와 함께 열렸다. 문 앞에는 박범수가 서 있었다. 박범수를 본 나 경사는 한달음에 그에게 달려갔다.

"야, 범수야!"

"이제 왔냐?"

한 검사는 남 순경에게 물었다.

"이곳이 새로운 본부인가요?"

"네, 검사님. 들어가시죠."

"그래요. 채 의원님, 가시죠."

나 경사는 박범수에게 어깨동무하며 먼저 안으로 들어갔다.

"어어! 뭐…… 뭐야?"

갑자기 놀라 당황하는 나 경사의 목소리가 들리자, 한 검사가 다급히 안으로 뛰어 들어갔다.

"왜 그러세요, 나 경사님?"

"아니, 저기……."

나 경사가 떨리는 손가락으로 가리키는 곳엔 민우직 경정이 미소 지으며 서 있었다.

"어! 민우직 팀장님?"

한 검사는 두 손으로 입을 가리며 동그래진 눈으로 민 경정을 바라보았다.

"많이 놀라셨죠, 검사님? 나 형사, 뭘 그렇게까지 놀라?"

"아니……. 정말 팀장님이세요?"

"그래, 나 민우직이야."

한 검사는 떨리는 손을 입에서 떼며 말했다.

"이게 어떻게 된 거죠?"

"검사님, 우선 앉아서 얘기하시죠."

나 경사가 놀라는 소리에 남 순경 뒤에 잔뜩 움츠린 채 숨어 있던 채 의원은 민우직이라는 소리에 활짝 웃으며 안으로 들어왔다.

"민우직 팀장이에요? 살아 있었던 겁니까?"

"의원님도 오셨습니까?"

"뭡니까? 멀쩡하네?"

"그렇게 서 있지 말고 다들 여기…… 나 형사, 지금 울어?"

나 경사는 뒤돌아서서 손가락으로 두 눈을 누르며 울음을 참고 있었다. 한 검사도 이 상황이 믿기지 않는 듯 멍하니 민 경정을 쳐다만 보고 있었다.

"검사님, 그만 여기 앉으세요. 의원님도요."

보다 못한 남 순경이 한 검사를 의자에 앉혔다. 한 검사는 의자에 앉으며 남 순경에게 물었다.

"뭐예요? 남 순경님은 언제부터 알고 있었던 거예요? 왜……

왜 그러신 거죠?"

"그게…… 같은 말을 몇 번 하는지 모르겠네요. 그러니까……."

민 경정을 대신해 남 순경이 나서서 말했다.

"검사님, 나 형사님, 제가 설명할게요. 저도 어제야 알았어요. 박범수 씨와 여기 와서 민 팀장님이 멀쩡히 계시다는 걸 알게 됐죠. 그게 어떻게 된 거냐면……."

그간의 일들을 다 들은 한 검사는 민 경정을 바라보며 푸념하듯 말했다.

"아무리 그래도 저한테까지 비밀로 하신 건 너무해요."

"검사님, 미안합니다. 갑작스럽게 일어난 일이라 따로 연락드릴 수가 없었습니다. 이해해주세요."

나 경사는 남 순경의 이야기를 들으면서도 가장 궁금했던 것을 민 경정에게 물었다.

"팀장님, 스파이가 누구인지는 밝혀졌습니까?"

"나 형사, 그게 말이야……. 그래요. 더 이상 그 일을 비밀로 할 수 없을 것 같아 다들 이곳으로 모신 겁니다."

"누구인지 아시는 거군요."

한 검사의 물음에 민 경정은 고개를 끄덕였다.

"누구죠?"

"그건 안으로 들어가서 얘기하시죠. 안에 반가운 사람이 기다리고 있습니다. 남 순경, 자네는 여기서 의원님과 잠시만 있어."

"저만요? 왜……."

"의원님 혼자 계시게 할 순 없잖아."

채 의원은 어리둥절한 표정으로 민 경정을 쳐다보며 물었다.

"나는 왜 들어가면 안 되는 겁니까?"

"죄송하지만 의원님은 여기서 잠깐 쉬고 계십시오."

채 의원은 고개를 돌리며 헛기침을 내뱉었다.

"으흠! 알겠어요."

"나 형사, 검사님. 들어가시죠."

"윤 경위, 나는 여기서 내려줘요."

"여기서요?"

"그래요. 난 팀장님을 만나서 이 사실을 전해야겠어요."

"알겠습니다."

도 경감은 오성을 추적하는 도중에 차에서 내렸다.

오성의 차는 서울 외곽의 작은 마을로 들어섰다. 마을을 지나 숲길로 접어들자 낯익은 별장이 보였다.

"저 주택, 어디서 본 적 있지 않습니까?"

"그러게요. 낯이 많이 익네요."

오성의 차는 별장으로 들어가지 않고 좀 더 안으로 들어갔다. 잠시 후 차가 멈춰 선 곳에는 철제 담장이 둘러져 있었는데, 철제 대문이 열리자 그 안으로 가건물과 창고 건물이 보였다.

"저곳이네요."

"그러네요. 사람들이 잠든 후에 안을 살펴보죠."

나 경위가 뒤쪽을 가리키며 말했다.

"근데 방금 지나쳐 온 집 말이에요. 사진에서 봤던 그 별장 아닙니까?"

"사진이요?"

"네. 차 경위가 보고 올렸던 그 사진과 영상 말이에요. 외곽에서 찍은 사진이 저곳과 매우 흡사해 보여서 말이죠."

"그런가요? 잠깐, 여기 주소가······."

윤 경위는 휴대폰을 꺼내 현재 위치를 확인했다.

"양촌면이네요."

"그럼 맞네요. 차 경위가 보내 준 별장이 이곳이었어요. 그럼 주필상의 사람들일까요?"

"중고차 사업도 하고 있었나? 그것보다 주필상이 김범진을 이용해 팀장님을 제거하려 했다는 게 좀······. 교도소에 있는 자를 자살로 위장해 빼 올 정도의 권세라면······."

"주필상이 다크킹덤의 주축 멤버가 아니겠어요?"

"정말 그럴까요?"

"팀장님께 먼저 보고드리죠."

"그러는 게 좋겠어요, 나 경위."

윤 경위가 휴대폰을 귀에 가져가려 할 때, 누군가 밖에서 차창을 두드렸다. 깜짝 놀란 윤 경위와 나 경위는 차창 밖을 쳐다봤다.

"문 열어."

차창 밖에는 한 남자가 총을 겨누고 있었다. 나 경위는 윤 경위를 보며 물었다.

"어쩌죠?"

총을 겨누고 있던 남자는 발로 차를 걷어차며 소리쳤다.

"좋은 말할 때 손 들고 밖으로 나오라고!"

윤 경위는 나지막이 나 경위에게 말했다.

"얌전히 나가죠. 우린 길을 잃은 거예요."

"네."

윤 경위와 나 경위는 손을 들어 올리며 차에서 내렸다. 밖에는 총을 들고 있는 남자만 있는 것이 아니었다. 그 뒤로 여러 명의 남자들이 차를 둘러싸고 있었다.

"손 바짝 들고 앞으로 걸어!"

"왜 이러는 거예요? 우린 길을 잃어……."

총을 겨누고 있던 자가 말하던 나 경위의 엉덩이를 발로 걷어찼다.

"쓸데없는 소리 말고 빨리 걸어!"

"으윽! 네네, 알았어요."

윤 경위와 나 경위는 그들에게 이끌려 철제 대문 안으로 들어갔다. 그들을 멀리서 대포 카메라로 찍고 있던 박성지 기자는 다급히 휴대폰을 찾았다.

주필상이 주일 빌딩에서 나와 차를 타고 가는 것을 지켜보던 차우석 경위는 자신이 묵고 있는 오피스텔로 돌아가 옷을 갈아입었다. 장비를 챙겨 비상계단을 통해 옥상으로 올라간 뒤, 옥상 기둥에 밧줄을 단단히 묶고 17층 창문으로 밧줄을 내렸다.

완강기가 있는 창문을 통해 복도 끝 쪽으로 들어선 차 경위는 조심스럽게 주필상의 집무실로 접근했다. 그곳까지는 다행히 CCTV가 없었다.

차 경위는 집무실로 들어가 금고를 찾기 위해 벽면을 모두 살폈다. 하지만 금고가 보이지 않아 주필상의 책상 앞 의자에 앉아 집무실 곳곳을 찬찬히 둘러보았다. 무작정 뒤져서는 찾기가 어려울 듯했다.

차 경위는 자료부터 확인하기 위해 컴퓨터를 켰다. 다행히 비밀번호가 걸려 있지 않았다. 그도 그럴 것이 폴더에는 이상하리만큼 아무것도 저장되어 있는 게 없었다. 저장을 안 하는 것인지 아니면 컴퓨터 자체를 사용하지 않는 것인지 의아할 정도였다.

차 경위는 컴퓨터 옆에 꽂혀 있던 메모장을 살피다, 눌린 자국을 발견하고 펜으로 그 위를 살살 칠했다. 그러자 '죽일 놈'이라는 글자가 선명하게 나타났다. 메모장을 주머니에 넣고 펜을 다시 펜꽂이에 꽂은 그때, 꽂이가 약간 흔들리는 것이 느껴졌다.

차 경위가 펜을 살짝 옆으로 밀자, 꽂이와 함께 펜이 옆으로 넘어가며 책상 뒤쪽에서 사각 형태의 문이 양쪽으로 갈라졌다. 바로 금고였다. 차 경위는 휴대폰을 꺼내 연결 잭을 꽂고 금고 비밀번호 버튼에 부착했다. 그리고 암호 해독기를 돌렸다.

그때 집무실 문이 열리며 환한 불빛이 안으로 쏟아져 들어왔다. 그리고 그 빛 사이로 한 남자가 나타났다.

"브라더, 여기서 뭐 해?"

"브라더?"

"나야, 제키."

차 경위는 일어나 빛을 헤치며 그를 바라봤다.

"제키? 여기는 어떻게……."

"남의 집무실에서 뭐 하는 거야? 도둑고양이처럼. 주 사장님, 들어오시죠."

정민우의 뒤로 검은 그림자가 드리우며 주필상이 안으로 들어왔다. 그리고 집무실 전등이 켜졌다. 내부가 환하게 밝아지자 정민우와 차우석은 눈을 찌뿌렸다.

"귀하신 도련님께서 왜 쥐새끼처럼 남의 곳간을 함부로 뒤지십니까?"

"저기, 주 사장님……."

차우석이 변명도 하기 전에 정민우가 끼어들며 말했다.

"야, 너 정체가 뭐야?"

"브라더, 정체가 뭐냐니? 나 차동민이야. 어떤 곳인지 궁금해서 왔다가 여기까지 들어온 것뿐이야. 이건 내가 펜을 잘못 건드렸는데……."

주필상은 앞으로 발을 내디디며 말했다.

"우연이었다? 궁금해서 들어오셨다는 겁니까?"

"맞습니다. 주 사장님, 명근이는 잘 있죠?"

"제 아들놈도 아십니까?"

"그럼요. 친구 먹기로 했는데요."

이번에도 정민우가 웃으며 끼어들었다.

"아, 새끼. 여기서 그런 거짓말이 통할 것 같아? 그리고 내가 이것만 가지고 그러겠어?"

"브라더……. 도대체 왜 그래?"

"왜 그래? 너 정체가 뭐냐고 묻잖아!"

정민우가 버럭 소리를 내지르며 흥분하자 주필상이 그를 자제시키며 말했다.

"오호……. 정 본부장님, 진정하세요. 이제부터 제게 맡기십시오. 제가 다 알아서 하겠습니다."

"그래요? 그렇죠. 피 묻히는 일은 그쪽 담당이니까."

"아니, 그게…… 으흠……. 알겠습니다. 저에게 맡기시고 이만 돌아가시죠."

"확실히 정체를 밝혀내요. 그리고 무슨 목적으로 나에게 접근했는지도 알아보고요. 주 사장님, 나 아니었으면 큰일 날 뻔하셨습니다. 아시죠?"

"그럼요. 이번 은혜는 제가 제대로 갚겠습니다."

"당연히 그래야죠. 그럼 난 갑니다. 브라더, 살살할 때 똑바로 부는 게 좋을 거야. 저승 가는 길 힘들게 갈 필요 없잖아."

정민우는 능글맞은 얼굴로 크게 웃음을 터뜨리며 밖으로 나갔다.

"들어와!"

주필상이 큰 소리로 외치자, 밖에서 대기 중이던 보안 요원들이 줄지어 들어왔다. 그들 손에는 방망이가 들려 있었다.

"주 사장님, 그런 게 아니라니까요. 제가 잘못 들어와서……."

주필상이 고개를 까닥이며 차우석을 가리키자, 보안 요원들이 차우석에게 달려들어 방망이를 마구 휘둘렀다.

주일 빌딩 살인사건 당일, 최우철·나상남 형사 살인사건 당일

최 경위는 주먹으로 철제문을 두드렸다. 이내 둔탁한 소리와 함께 문이 열렸다.

"오셨습니까?"

"나 형사, 팀장님 계셔?"

"들어오시죠."

최 경위는 안으로 들어서며 주위를 살폈다.

"최 형사님, 이제라도 솔직히 말씀하시고 오해를 푸시는 게 어떻습니까?"

"오해? 나 형사도 알고 있는 거야?"

"어떤 검사인지 몰라도 그 검사에게 속고 계신 겁니다. 그 검사가 다크킹덤의 조직원인 거 아닙니까?"

"팀장님이 그렇게 말씀하셔?"

"그건 아닌데…… 돌아가는 걸 보면……."

"나 형사, 내 얘기 잘 들어. 여기 채이돈 의원 있지? 채이돈 의원이 다크킹덤의 조직원이야. 검찰에서 비밀리에 쫓고 있었는데 그걸 우리가 방해한 거라고. 이제라도 검찰에 넘기고 협조해야 해."

"검찰이 다크킹덤을 쫓고 있었단 말입니까?"

"그래. 검찰도 이제야 다크킹덤의 정체를 알게 된 거야. 채이돈 의원 어디 있어? 여기 있는 거 다 알아. 나 형사, 내 말 들어. 응?"

최 경위가 두리번거리며 방문이 있는 곳으로 가려 하자, 나 경사가 황급히 그의 팔을 잡아 말렸다.

"잠깐만요, 최 형사님."

"나 형사, 이럴 때가 아니라고."

"여긴 어떻게 알고 오셨습니까?"

"뭐? 그거야…… 안 형사 연락받고 왔지. 그때는 내가 혼란스러워서 어쩔 수 없었어. 갑자기 날 감금하니 나도……."

"좋아요. 알겠습니다. 진정하시고, 여기 앉아서 팀장님 오실 때까지 기다리시죠."

"그럴 시간이 없다니까. 나 형사, 나 최우철이야. 같이 일한 세월이 얼마야?"

"정말 제가 아는 그 최우철 형사님이 맞으십니까?"

"그게 무슨 소리야?"

"알겠으니 팀장님 오시면 그때 다시 말씀해 보세요. 지금은 안 됩니……."

최 경위는 총을 꺼내 나 경사의 옆구리를 겨누었다.

"나도 이러고 싶지 않았어. 나 형사가 날 믿어 줬으면 이렇게까지 하지 않았을 거야."

"이러지 마십시오. 최 형사님, 왜 이러시는 겁니까?"

"왜 아무도 내 말에 귀 기울여 주지 않는 거야? 내가 당장 멈춰야 한다고 했을 때 멈췄으면 이렇게까지 할 이유가 없었다고. 안 그래?"

"최 형사님, 실수하시는 겁니다. 무슨 이유로 이러시는 건지 모르겠지만 말로 하시죠."

"말로 하라고? 그동안 말로 했지만 들어 먹지 않았잖아. 조용히 채 의원이 있는 곳으로 안내해."

"알겠습니다. 그러니 총 좀 내리세요."

"쓸데없는 짓 하지 마. 내 손으로 널 죽이는 일은 없었으면 한다."

나 경사는 천천히 걸어가 방문을 열었다. 안으로 들어가던 나 경사는 뒤따라 들어오는 최 경위를 몸으로 밀치며, 총을 들고 있는 팔을 잡아 밖으로 밀고 나왔다.

쾅!

그 충격으로 문이 벽에 강하게 부딪혔다. 나 경사는 총을 든 최 경위의 손을 움켜잡은 채 말했다.

"이게 무슨 짓입니까?"

"어쩔 수 없었어."

"뭐가 어쩔 수 없었다는 겁니까? 최 형사님, 그만하세요."

"미안하다. 나도 이러고 싶지 않았다."

최 경위가 쥐고 있는 총구는 이제 나 경사의 가슴을 겨누고 있었다.

"이러지 마십시오, 최 형사님."

탕!

총소리와 함께 나 경사가 뒤로 넘어지며 쓰러졌다. 뒤늦게 상황실로 뛰어 들어온 안 경위는 재빠르게 총을 꺼내 최 경위를 겨누었다. 최 경위는 총 든 손을 들어 보이며 말했다.

"안 형사, 사고야. 사고라고."

"최 형사님, 총 내려놓으세요. 빨리요."

"그래, 알았어. 진정해."

최 경위는 들고 있던 총을 바닥에 내려놓았다.

쨍그랑!

그 순간 유리창 깨지는 소리와 함께 최 경위의 머리에서 피가 흘러내렸다.

"으윽!"

손 쓸 틈도 없이 최 경위는 앞으로 꼬꾸라졌다. 연이어 또 한 번 유리창 깨지는 소리가 들리는가 싶더니 총탄이 날아들었다. 안 경위는 탁자 밑으로 몸을 굴려 간신히 피했고, 총알은 철제 문에 그대로 박혀 버렸다. 최 경위와 나 경사는 뒤엉킨 채로 쓰러져 있었다.

"제가 본 그대로 설명해 드린 거예요."

남 순경의 말에 민 경정은 유리창을 가리키며 말했다.

"그럼 건물 밖에서 저격수가 최 형사를 쏜 거란 말이야?"

"그런 것 같아요. 최우철 형사를 쏜 건지 안민호 형사를 쏘려고 했는진 모르겠지만, 최우철 형사는 저격수의 총에 맞은 게 맞아요. 안민호 형사를 겨냥해 쏜 것도 맞고요."

"그럼 최 형사가 나 형사를 쏜 건? 정말 실수였을까?"

"그건……."

"그보다 이제 어쩌면 좋지?"

"이곳에 숨어 있다 최우철 형사를 체포하고 빨리 빠져나가는 게 최선일 것 같아요. 총이 발사된 위치도 파악해서 미리 그곳에 매복해야 할 것 같고요."

"뭐야? 남시보 이제 형사 다 됐네."

"아직 멀었죠. 근데 안민호 형사와 나상남 형사에게 이 사실을 말하면 안 되는데 누가 잠복해서 최우철 형사를 체포하죠? 갑자기 나타나서 최우철 형사를 체포한다고 하면 나상남 형사가 가만히 있지 않을 텐데요. 그러다 또 다른 변수라도 생기면……."

"그러게 말이야. 안 형사에게는 말해도 되지 않을까?"

"안민호 형사에게요? 그럼……."

나뭇가지 뒤에 숨어서 촬영 중이던 박성지 기자는 다급히 사진기를 정리한 뒤, 언덕 아래에 세워져 있는 차로 뛰어 내려갔다. 그러고는 곧장 차에 시동을 걸며 서필감 과장에게 전화를 걸었다.

"왜 이렇게 전화를 안 받으세요?"

"미안. 아니, 지금이 몇 신데······."

"지금이 시간 따질 때입니까? 다크포스 대원들 아지트를 찾은 것 같습니다."

"그래? 어디야?"

"경기도 양촌면이에요."

"양촌면? 양촌면이면······."

"네, 별장이요. 별장에서 그리 멀지 않은 곳에 요새를 만들어 놨더라고요. 철제 담장으로 둘러 싸여 있어요."

"그곳이 확실해?"

"다크포스 대원으로 확인된 몇 명이 이곳에 머무는 걸 확인했습니다."

"그래. 다크포스 대원 외에 출입하는 사람은 없었고?"

"아직 보지 못했습니다. 그런데 오늘 이곳에 낯선 사람 두 명이 대원 한 명을 미행하다 걸린 것 같습니다. 그들에게 발각돼 끌려 들어갔어요."

"누군진 몰라?"

"저는 모르는 사람들입니다. 사진을 찍어 뒀으니 확인해 보겠습니다."

"그 사진 나한테 바로 보내 줘. 왠지······ 민우직 계장의 사람들 같아서 그래."

"민 팀장 사람들이요?"

"그래. 그러니까 빨리 나한테 보내."

박 기자는 갓길에 차를 세우고, 찍은 사진들을 휴대폰으로 연결해 서 과장에게 전송했다.

"보냈습니다, 과장님."

"알았어. 확인하고 다시 연락할게."

서 과장은 문자로 온 사진들을 확인했다. 사진 속 인물이 윤진 경위라는 것을 바로 알아본 서 과장은 서둘러 민 경정에게 전화를 걸었다.

오민석과 있었던 일을 한서율 검사에게 들은 민우직 경정은 다시 한 번 그의 이름을 확인하듯 물었다.

"오민석이라고 하셨습니까?"

"네, 팀장님."

"증거물은 은행 대여 금고에 있고요?"

"누굴 믿어야 할지 몰라 그곳에 맡겨 놨어요. 제가 아니면 절대 가지고 나올 수 없게 해 놨고요."

"그렇군요. 잘하셨습니다."

"그럼 팀장님도 다크킹덤이 검찰 조직이라는 건 알고 계셨던 거군요."

"저도 안 지는 얼마 되지 않았습니다. 그런데 오민석이 끝까지 우리에게 협조할까요?"

"사실 저도 모르겠어요. 하지만 증거물을 넘긴 걸 봐서는……."

"그래요. 이것 때문에 따로 보자고 하신 겁니까?"

"하나 더 있어요. 주명근이 자수하기로 했어요."

"주명근이 자수요?"

"사실은 오민석 씨가 자수를 시키겠다고 한 거예요. 그런데 새벽쯤 살인사건이 일어날 거라……."

말을 하던 한 검사는 민 경정이 전혀 모르는 눈치인 걸 깨닫고 말을 얼버무렸다.

"살인사건이 일어난다고요? 그게 무슨 말씀이십니까?"

"남시보 순경이 이 얘기는 안 했나 보군요."

"남 순경? 뭐예요? 남 순경이 또 시체를 본 겁니까?"

"또요? 또라니요, 팀장님?"

"그건…… 죄송하지만 말씀 못 드립니다. 그것보다 한 검사님이 알고 계신 걸 말씀해 보시죠. 누굽니까?"

"주필상 사장이에요."

"주 사장이요?"

"그런데 주 사장 눈에 주명근이 보였다는 거예요."

"그럼……."

"그래서 그 전에 주명근을 자수시켜 달라고 오민석 씨에게 부탁했어요."

"오민석은 그 사실을 알고 있는 겁니까?"

"정확히는 몰라요. 주필상 씨가 죽는다는 말은 하지 않았거든요. 대신 주명근이 또 살인을 저지를지 모른다고만……."

"그래요. 그래서 어떻게 하시겠다는 겁니까?"

"또 살인을 하게 놔둘 수는 없잖아요. 그 전에 주명근을 체포하려고요."

"어디에 있는지 아시는 거군요."

"주일 빌딩 오피스텔에 투숙하고 있는 걸로 알고 있어요. 살인사건이 발생하기 전에 제가 체포할 생각이에요."

"검사님 혼자서요?"

"아니요. 오민석 씨와 함께요."

"괜찮겠습니까? 혼자는 위험합니다. 오민석이 협조하겠다고 했지만 어떻게 돌변할지 모르는 일이지 않습니까? 윤진 경위와 같이 가시죠."

"오민석 씨와 약속했어요. 혼자 가기로요. 괜히 위압적으로 체포하려 들면 주명근이 더 공격적으로 나올 거라고 했어요."

"그렇다면 더 위험하지 않습니까? 주명근은 연쇄 살인마예요. 언제 어떻게 검사님을 공격할지 모릅니다. 그럼 만약의 사태를 대비해 뒤에 숨어서라도 검사님을 보호하게 하는 건 어떠세요? 윤 경위에게 잘 설명할 테니 그렇게 하시죠."

"그럼…… 알겠어요. 팀장님 의견에 따를게요. 대신 절대 먼저 나서지 않도록 주의해 주셔야 해요."

"알겠습니다. 바로 윤 경위에게 들어오라고 전화해야겠네요."

한 검사는 잠시 망설이다 입을 열었다.

"그리고 최우철 경위 말이에요."

"네, 말씀하세요."

"어떻게 하실 건가요? 위치 추적을 하고 있다고 했잖아요. 바로 체포하는 게 좋지 않을까요?"

"그럴까 생각 중입니다."

"왜 바로 나상남 경사나 안민호 경위에게 지시하지 않으시는 거죠?"

"알아서 찾아올 겁니다. 그건 제게 맡기시고, 시간도 얼마 남지 않았는데 준비하시죠."

민 경정은 휴대폰을 꺼내 윤 경위에게 전화를 걸었다. 하지만 신호음만 들릴 뿐 전화 연결이 되지 않았다.

"전화를 안 받네요. 윤 경위에겐 조금 뒤에 다시 전화해 보겠습니다."

"네, 팀장님. 그럼 전 잠깐 나가 볼게요."

그때 민 경정의 휴대폰 벨 소리가 울렸다. 윤 경위의 전화인 줄 알고 바로 전화를 받았지만 아니었다.

"어, 서 과장님? 어쩐……."

"민 계장, 큰일이에요."

제17화

이민지 사건의 진실

실크 가운을 입은 김기창이 방에서 나와 소파에 앉았다. 현관에서 이필석 의원이 들어서며 허리 숙여 인사했다.

"어르신, 너무 이른 시간에 찾아뵌 건 아닌지 모르겠습니다."

"알면 거…… 아니에요. 말해 봐야 입만 아프지……."

"예? 뭐라고…….."

"아니에요. 이리 와서 앉아요."

김기창은 주방 쪽을 바라보며 말했다.

"여기 차 좀 가져와."

"예, 어르신."

"무슨 일이에요?"

"무슨 일은요? 어르신께 문안 인사드리러 왔죠. 너무 오랜만에 뵙는 것 같아서…… 제 얼굴 잊으실까 하고요."

이 의원이 간사한 웃음을 지어 보이자 김기창은 고개를 돌려 혼잣말을 했다.

"잊을 얼굴은 아닌데……."

"뭐라고 하셨습니까?"

"아니에요. 그래요. 이 늙은이가 깜빡깜빡할까 잊지 않고 찾아 줘서 고맙다고요."

"에이, 무슨 그런 말씀을요? 아직 정정하시던데요. 밤낮을 안 가리고 별장을 찾으시는 걸 보면……."

김기창은 헛기침을 하며 이 의원의 말을 끊었다.

"허흐음……. 큰일을 앞두고 만나야 할 사람이 많아서 그런 거 아닙니까? 그걸 몰라서 그래요?"

"그럼요. 저도 그 말씀입니다."

"그렇게 웃지 말아요."

김기창은 인상을 찌푸리며 이 의원을 노려봤다.

"알았으니 말해 봐요. 이 아침부터 찾아온 진짜 이유가 뭐요?"

"잘 아실 거 아닙니까? 모르시는 게 없는 어르신이 왜 그러십니까?"

"공천 때문에 그래요? 그건 얘기했잖아요. 종로로 전략 공천해 드린다고 말이에요."

"그거야 아직 먼 얘기 아닙니까? 그게 아니라…… 당 대표로 나서 보려 합니다."

"뭐요? 당 대표? 내가 말했을 텐데요."

"이렇게 뒤에 앉아 기다리고 있으면 대권 후보가 될 수 있겠습니까? 당을 위해 헌신하는 모습을 보여야……."

"당 대표에 당선될 자신은 있는 거고요?"

"그거야 어르신이 계신데 뭐가 걱정이겠습니까?"

"이 의원, 그냥 기다려요. 내가 알아서 그 자리에 앉혀 드린다고 하지 않았습니까?"

"어떻게 말입니까?"

"그거야…… 차차 준비 중에 있으니 가만히 기다리고 있으면 모두가 이 의원을 찾을 겁니다. 그때 못 이기는 척 나서면 되는 거예요. 그러니 제발 좀 자중하세요."

"정말이십니까?"

"날 못 믿는 거예요?"

"아닙니다. 믿죠. 그럼…… 공천 관리 위원장 자리라도 제게……."

김기창은 버럭 소리치며 이 의원의 말을 잘라 말했다.

"이필석 의원! 더는 욕심내지 말라고 했을 텐데요."

"제 사람들이 국회에 있어야 저도 안심이 되지 않겠습니까?"

"왜요? 날 못 믿는 겁니까? 더 이상 꼭두각시로 앉아 계실 생각이 없나 봅니다. 이제 생각이 달라졌어요?"

"아이고, 그게 무슨 말씀이십니까? 저야 어르신이 하라는 대로 움직이는 꼭두각시 아닙니까? 보십시오. 지금도…… 그게 아니라, 저도 체면이라는 것이 있지 않겠습니까? 대외적으로 보여지는 게 있는데……."

"그것까지 알아서 준비할 테니 더는 욕심 부리지 말아요."

"욕심이라니요? 알겠습니다. 그것도 어렵다면 장관 몇 자리라도 내어주시죠."

"이 사람이 정말!"

김기창은 눈을 부릅뜨며 이 의원을 쏘아봤다.

"알았습니다, 알았어요. 그러면 법무부 장관 한자리라도 부탁
드립니다, 어르신."

"못 들은 걸로 하죠. 이제 조반 들 시간이네요. 가 봐요."

"그렇습니까? 그럼 저도 한 끼 얻어먹고 가겠습니다. 괜찮겠
지요?"

"정 실장!"

"예, 어르신. 부르셨습니까?"

"이 의원님 가신다고 하니 대문까지 배웅해 드리고 와요."

"어르신, 꼭 이렇게까지 하셔야겠습니까?"

"어서 안 가고 뭐 해요?"

"흐음……. 알겠습니다. 그럼."

이 의원은 눈을 흘기며 고개를 살짝 끄덕여 인사했다. 그리고
고개를 휙 돌려 찬바람이 일게 현관까지 빠른 걸음으로 걸어갔다.

정 실장이 이 의원을 배웅하고 들어오자, 김기창이 언짢은 얼
굴로 정 실장을 불렀다.

"정 실장, 이리 와 봐."

"예, 어르신."

"엄기동 좀 들어오라고 해."

지하 주차장 가건물 안. 눈앞을 부유물이 가리는 컨테이너 안에서 오민석이 주명근을 지켜보고 있었다.

"몇 시간째 이러고 계신 겁니까?"

주명근은 오민석 말에 아무 대꾸도 하지 않고 랩핑 작업을 계속했다.

"끝까지 못 들은 척하실 겁니까? 그렇게 하셔도 전 절대 그냥 나가지 않습니다, 이사님."

"……."

"좋아요. 나가겠습니다. 그러니 잠깐이라도 눈 좀 붙이고 하세요. 이러다 정말 쓰러지십니다."

주명근은 들고 있던 랩핑지를 내려놓으며 소리쳤다.

"아이! 시끄럽네, 정말!"

"이제야 말씀을 하시네요. 이사님, 밖에서 저랑 얘기 좀 하시죠."

"또 무슨 얘기? 싫다고 했잖아. 자수? 차라리 날 죽이라고 해."

"그럴까요?"

"뭐?"

차에만 눈을 두고 있던 주명근은 깜짝 놀라 오민석을 쳐다봤다.

"그게 소원이라면 못 해 드릴 이유가 없죠."

"장난하지 마. 순간 오싹했다."

주명근은 피식 웃으며 다시 차로 고개를 돌렸다.

"장난 아닙니다. 삶에 의지가 없어 보이시는데, 제가 아프지 않게 편안히 보내 드리겠습니다. 평생을 골방에서 자동차나 만지며 사는 것보다 낫지 않겠습니까?"

주명근은 필름을 집어 들다 다시 내던지며 소리쳤다.

"젠장! 장난도 그 정도면 선을 넘은 거야! 알아?"

"왜 이렇게 살려 하십니까?"

"내가 어때서? 이렇게 사는 게 어때서 그런데?"

"아직 젊으십니다. 새롭게 삶을 시작하실 수 있는 나이예요. 자수해서 죗값을 치르고 사시든지, 아니면 미국으로 가서 새 삶을 사시든지 하세요."

"날 믿는 거야? 내가 미국 가서 새 삶을 살 수 있을 것 같아? 난 이미 망가질 대로 망가졌어. 더 이상 희망이 없다고. 나한테 남은 건 오직 하나뿐이야."

"그게 복수입니까? 복수한다고 뭐가 달라집니까? 차라리 법의 심판에 맡기고 이사님은 이사님의 삶을 사십시오. 그럴 수 있다니까요."

주명근은 헛웃음을 치며 오민석을 바라봤다.

"법? 형이 법을 믿는 거야? 법이 아빠를 심판한다고? 길 가던 개가 웃을 일이네. 왜 그래? 형, 형이 언제부터 법을 믿었다고 그래? 내가 아무리 모르는 놈이라 해도 우리나라 법이 어떻게 돌아가는지 그걸 모를까. 보고 배운 게 그건데. 안 그래?"

"못 빠져나갈 만한 확실한 증거만 있으면 처벌받게 할 수 있습니다. 꼭 복수를 하고 싶으시면 제게 맡기시고 이제라도 미국으로 출국하시죠. 아니면 자수를 하세요. 전 자수를 했으면 합니다. 모든 걸 회개하고 새롭게 사십시오. 무기 징역이 나오더라도 모범수로 빨리 나올 수 있습니다. 제가 밖에서 어떻게든 돕겠습니다."

"지랄한다. 됐고, 할 말 다 했으면 이제 나가 주지? 이거 빨리 끝내야 한다고."

"도대체 자동차는 튜닝해서 뭐 하시려는 겁니까? 설마 차를 몰고 나갈 생각은 아니시죠? 그건 절대 안 됩니다."

"이거? 내 차 아니야. 아빠 줄 거야. 아빠가 좋아하시겠지?"

"네? 그게 무슨……."

쾅!

그때, 갑자기 가건물 문이 열리며 벽에 세게 부딪쳤다. 뒤이어 가건물 안으로 한 남자가 쓰러지며 들어왔다. 그 남자의 얼굴엔 피멍이 들어 있었고, 머리에선 피가 흘러내리고 있었다. 그 뒤로 방망이를 든 보안 요원들이 들어섰다. 그들은 남자의 머리를 잡아끌어 벽에 밀어붙였다. 그 모습에 깜짝 놀란 주명근이 소리쳤다.

"너희들 뭐야?"

오민석이 그들에게 걸어가 말했다.

"여기는 무슨 일이야?"

"여기 있었구나, 오 실장."

뒤에서 주필상이 느릿한 걸음으로 걸어 들어왔다.

"사장님, 오셨습니까."

"여기서 뭐 하고 있었던 거야?"

"그게……."

오민석이 말하려는데 주명근이 앞으로 나오며 말을 가로챘다.

"아버지 오셨어요?"

"넌 또 왜 여기 있는 거냐? 객실에 처박혀 있으라고 했잖아?"

"아버지께 보여 드릴…… 근데 저놈은 뭡니까?"

"알 것 없다. 오 실장, 데리고 올라가."

주명근은 쓰러져 있는 남자를 이리저리 살폈다.

"어! 차동민? 네가 여긴 왜? 그리고 왜 이 모양이야?"

"그래, 바로 알아보는구나."

"아버지, 왜 이 친구를……."

"친구? 친구 좋아하네. 쥐새끼가 말을 안 하는데, 경찰 프락치가 분명해."

"경찰이요?"

"보통 놈이 아니다. 도통 입을 안 열어. 일단 올라가 있어. 넌 나중에 따로 좀 보자. 어서 데리고 나가, 오 실장."

"예, 어르신. 나가시죠, 이사님."

오민석이 주명근을 데리고 나가려 하자 주명근은 그의 손을 뿌리치며 주필상에게 다가갔다.

"나와 봐! 아버지, 제가 아버지를 위해 준비한 게 있습니다."

주명근은 자신이 그동안 정성 들여 튜닝한 자동차를 손으로 가리켰다.

"저게 뭐냐? 저게 자동차냐?"

"아버지를 위해 만든 스포츠카입니다. 한번 몰아 보시겠어요."

"됐다. 바쁘니 그만 나가 봐. 칠성아, 어서 데리고 나가!"

"아버지, 그러지 마시고 한번 타 보세요. 타 보시면 마음이 달라지실 겁니다."

"시끄럽다니까! 나가! 빨리 나가라고!"

주필상은 주명근에게 눈길 한번 주지 않고 삿대질하며 고성을 내질렀다.

"이사님, 그만 나가시죠."

자리에 버티고 선 주명근은 콧바람을 크게 내뿜었고, 눈동자가 뒤로 돌아가 눈에는 흰자위만이 가득했다. 오민석은 주명근이 몹시 흥분한 상태임을 눈치채고 타이르듯이 말했다.

"참으세요, 이사님. 여기서 이러시면 안 됩니다. 네? 제발요."

"조용."

"이사님."

"조용!"

주명근은 버럭 소리치더니 스포츠카를 가리키며 말을 이어 갔다.

"차에 타라고! 당신을 위해 만들었다고 했잖아! 왜? 왜 그것도 안 들어주는데? 내 말은 말 같지 않아? 가만 안 둘……."

"네가 아주 단단히 미쳤구나!"

주필상이 보안 요원의 방망이를 뺏어 들자, 오민석은 주명근을 품에 안으며 보호했다. 그러나 주필상은 그들을 지나쳐 튜닝된 자동차로 걸어가 방망이를 내리쳤다.

쾅!

"그러지 마!"

주명근은 소리치며 주필상에게 달려들려 했지만, 오민석이 온몸으로 껴안으며 그의 행동을 말렸다.

쾅! 쾅!

주필상은 괴로워하는 주명근을 힐끗 쳐다보며 자동차를 계속해서 내리쳤다.

"제발! 제발 그만해! 그만하라고!"

주명근은 좌절하며 자리에 주저앉아 눈물을 흘렸다.

"잘 봐. 내 말을 어기면 어떻게 되는지. 못난 놈…… 당장 나가! 오 실장, 뭐 해? 꼴도 보기 싫으니까 그 자식 데리고 나가!"

"예, 어르신. 그만 일어나시죠."

주명근은 소매로 눈물을 훔치며 자리에서 일어났다.

"알았어. 나갈게. 놔 줘."

오민석은 붙잡고 있던 주명근의 팔을 놓았다. 주필상은 혀를 차며 보안 요원에게 방망이를 건넸다. 주명근은 주필상에게 고개 숙여 인사했다.

"잘못했습니다, 아버지."

그런 주명근의 손에는 어느새 칼이 쥐어져 있었다. 그는 고개를 들어 올림과 동시에 주필상에게 달려들었다.

탕!

그때 갑자기 총성이 울려 퍼졌다. 모두 놀라 몸을 숙이며 총성이 들린 곳으로 고개를 돌렸다. 하지만 오민석만은 주저 없이 주명근에게 달려갔다.

"이사님!"

"으윽! 아……. 이런……."

최우철 경위 앞에 차가 멈춰 서고, 열린 뒷좌석 창문으로 엄기동 검사가 보였다.

"어서 타요."

"네."

최 경위가 뒷좌석에 타자 차는 곧바로 자리를 떴다.

"어디로 가시는 겁니까? 잠깐 일이 있다고 둘러대고 나온 겁니다."

"알아요. 여기 한 바퀴만 돌고 다시 돌아올 테니 걱정 말아요."

"무슨 일로 직접 오신 겁니까?"

"이 동네가 이필석 의원 지역구죠?"

"그럴 겁니다. 근데 그건 왜……."

"최 형사가 이필석 의원 동향 좀 파악해 줬으면 해서요."

"동향을요? 미행…… 아니, 사찰을 하라는 말씀입니까?"

"사찰? 하하. 뭐, 그래요. 사찰할 수 있겠어요?"

"국회의원입니다. 지역구가 여기여도 서울에 거주하는 걸로 알고 있어요. 이러다 눈치라도 채면……."

"그러니까 최 형사한테 부탁하는 거 아닙니까? 한 달간 이 의원 동향을 보고해 주면 됩니다. 한 달만 부탁해요."

"무슨 일인진 알 수 없겠습니까?"

"그건 알 것…… 아니, 나중에 가면 알게 될 겁니다. 그래서 말인데, 최 형사 관할에서 사건이 하나 생길 겁니다. 그때 최 형사가 나서서 처리해 줘야 할 일이 있을 거예요. 그건 그때 가서 얘기하죠."

"또 무슨 일이……."

"아이고, 벌써 한 바퀴를 다 돌았나 보네요. 일 봐요."

"무슨 일인지 정말 말씀 안 해 주실 겁니까?"

"나중에 다 알게 된다니까요. 어서 내려요. 사람들 볼까 무섭네."

"알겠습니다."

최 경위는 차에서 내려 주위를 살피며 빠르게 뛰어갔다. 그 모습을 지켜보던 엄 검사는 운전기사에게 지시했다.

"일성에게 가자."

"예, 영감."

엄 검사는 좌석에 등을 기대며 잠시 생각에 잠겼다.

서재에 들어선 엄 검사는 깊이 허리 굽혀 인사했다.

"부르셨습니까, 어르신."

"바쁜 사람을 내가 너무 자주 부르는 거 아닌지 모르겠어요?"

"아닙니다. 왜 그런 말씀을 하십니까?"

"그런가?"

책상 앞에 앉은 김기창이 너털웃음을 터뜨렸다.

"제게 지시할 일이 생기신 겁니까?"

김기창은 입가에 잔웃음을 거두며 말했다.

"내가 이래서 엄 프로가 마음에 든다니까. 그래요. 저번에 말한 일 있죠?"

"아, 이필석 의원 말씀입니까?"

"그래요. 이제 때가 온 것 같아요."

"알겠습니다. 말씀하셨던 대로 진행하겠습니다."

"차질 없이 해야 할 겁니다."

"걱정 마십시오. 어르신이 계획하신 일인데 무슨 문제가 있겠습니까?"

김기창은 흐뭇한 미소를 지으며 엄 검사를 바라봤다.

"그래요, 그래."

엄기동 검사의 차가 도착한 곳은 담장으로 둘러싸인 철제 대문 앞이었다. 대문이 열리고 차가 안으로 들어가 멈춰 서자, 여러 명의 남자들이 뛰어나왔다.

"오셨습니까, 검사님."

남자들은 일제히 허리 숙여 인사했다.

"뭐 하는 거야? 너희들이 무슨 조폭이야?"

"간만에 오셔서……."

"못된 것만 배워서. 앞으로 이러지 마."

"시정하겠습니다."

"일성은?"

"안에 계십니다."

"뭐? 안에? 아이, 이 새끼가……."

"들어가시죠."

"너희들은 여기 있어."

엄 검사는 씩씩거리며 안으로 들어섰다.

"야! 일성!"

"오셨습니까?"

"이 새끼, 네가 지금 여기서 날 맞아?"

그러고는 소리치며 일성의 뺨을 후려쳤다. 고개가 돌아간 일성은 곧바로 되돌려 엄 검사를 노려봤다.

"그 눈깔 뭐야? 이 새끼가……."

엄 검사가 다시 따귀를 날리려 하자 이번엔 일성이 그의 팔을 휘어잡았다.

"아으! 이 팔 안 놔? 어!"

일성은 팔을 놓으며 밀쳐냈다. 엄 검사는 그 힘을 이기지 못해 뒤로 밀려나며 휘청거렸다.

"야아! 이 새끼가 어르신이 좀 예뻐한다고 막 나가네!"

"적당히 하시죠. 제 몸에 손대는 건 이번이 처음이자 마지막일 겁니다. 다음에 또 내 몸에 손대면…… 그때는 이번처럼 그냥 있지만은 않을 겁니다."

"뭐라고? 이 새끼가……."

엄 검사는 자존심이 상했지만 일성의 험악해진 얼굴을 보고는 더는 뭐라 하지 못했다.

"여기까지 어쩐 일로 오신 겁니까?"

"어르신이 이필석 의원 작업 들어가라고 하신다."

"그러셨습니까? 언제 들어가면 될까요?"

"한 달 후. 이필석의 동향이 파악되면 그때 작업해."

"그 정도 지시면 전화로 하시지 그러셨습니까?"

"뭐……. 이곳도 궁금하고 별장에 본 일이 있어 왔지."

"그러셨군요. 그럼 이만 가 보시죠."

"이 새끼가…… 아휴! 그래. 간다, 가. 빌어먹을."

엄 검사는 욕을 내뱉으며 밖으로 나와, 자신을 배웅하는 무리 중 한 남자를 따로 불러냈다.

"오성아, 이리 와 봐."

"예, 영감."

"과장님이라고 불러, 새끼야."

"예, 과장님."

"앞으로 너는 일성이 일거수일투족 감시해서 나한테 보고해."

"형님을요?"

"형님? 이 새끼들이 진짜 무슨 조폭인 줄 아나."

"죄송합니다, 과장님. 보고 올리겠습니다."

"일성 모르게. 알았어?"

"예."

최 경위가 주먹으로 철제문을 두드리려 할 때, 3층에서 누군가가 내려오며 최 경위를 불렀다.

"최 형사님."

"어! 남 순경."

"어디 계시다 이제 오세요?"

"아니……. 근데 남 순경은 언제…… 아니, 거기서 뭐 해?"

"최 형사님 기다렸죠."

"나를? 내가 올 줄 알았어?"

"네. 3층으로 올라가시죠."

"어? 혹시 채이돈 의원도 계셔?"

"그건 왜 물으시는데요?"

"아니, 나 형사랑 채 의원이 여기에 있다고 해서……."

"네. 계시니 같이 올라가시죠."

"그래. 남 순경, 민 팀장님께 내 얘기 들었지?"

"무슨 얘기요?"

"못 들었어?"

"무슨 일 있었나요?"

"아니, 아니야."

남 순경은 옅은 미소를 지으며 최 경위에게 다가가 팔을 잡았다.

"최 형사님, 죄송합니다."

그러고는 최 경위의 손목에 재빠르게 수갑을 채웠다.

"뭐가? 어! 뭐 하는 거야, 남 순경!"

"잠깐 그대로 계세요."

"남 순경, 뭔가 오해가 있나 본데 팀장님 지시야? 이러지 마. 어?"

최 경위는 남은 한 손으로 뒷주머니에 꽂아 둔 총을 빼어 들려 했다. 그때 누군가가 뒤에서 최 경위의 팔을 잡아챘다.

"뭐야?"

"최 형사님, 총은 제가 가지고 있겠습니다."

"안 형사?"

안 경위는 최 경위의 총을 빼앗아 자신의 뒷주머니에 꽂았다.

"안 형사님, 이제 오셨어요?"

"제가 조금 늦은 겁니까? 그나저나 남 순경님은 언제 다시 올라오신 겁니까? 분명 팀장님과 나가는 걸 봤는데 말입니다."

"아무도 모르게 뒷문으로 돌아서 다시 들어왔죠."

"그럼…… 뭡니까? 일부러…… 이곳에서 설마…….""

"그건 나중에 얘기해 드릴게요. 잠깐만 최 형사님 좀 부탁드려요."

최 경위는 눈을 번뜩이며 남 순경에게 물었다.

"남 순경, 이곳에서 무슨 일이 벌어지는 거야?"

"계획하신 건 아니군요. 다행입니다."

"그게 무슨 소리야?"

"안 형사님, 최 형사님 모시고 잠깐 3층에 계십시오."

안 경위는 걱정스런 표정으로 남 순경의 팔을 잡으며 물었다.

"도대체 무슨 일입니까? 뭔지 몰라도 저랑 같이 하시죠?"

"아니에요. 괜찮으니, 어서 올라가세요."

"정말입니까? 그럼, 알겠습니다."

남 순경이 고개를 끄덕여 보이자 안 경위는 최 경위를 이끌고 3층으로 올라갔다. 남 순경은 두 사람이 보이지 않는 것을 확인한 후 철제문을 두드렸다.

"접니다, 남 순경."

"뭐야? 벌써 온 거야?"

"나 경사님, 제 말 잘 들으세요."

"들어와. 들어와서 얘기해."

"아니요. 바로 들어가서 채 의원님과 박범수 씨 데리고 나오십시오. 단, 허리를 깊게 숙여서 나오셔야 합니다."

"그게 무슨 소리야? 왜?"

"그건 나중에 다 설명드릴게요. 꼭 허리를 깊게 숙여 밖으로 나오셔야 한다고요. 아셨죠?"

"남 순경은?"

"전 어디 좀 가 봐야 해서요. 다시 말씀드리지만 허리를 깊게

숙여서 밖으로 나와야 합니다. 나와서 3층으로 올라가세요. 3층
에 안 형사님과 최 형사님이 계십니다."

"최 형사님이 오셨어?"

"네. 그러니 제 말 명심하세요. 허리요, 허리."

남 순경은 직접 허리를 깊게 숙여 보이며 말했다.

"그래, 알았어."

나 경사는 고개를 끄덕이며 안으로 들어갔다. 그사이 남 순경
은 건물 밖으로 뛰어 내려갔다.

쪼그려 앉아 있던 주필상은 놀란 듯 커진 눈으로 한 검사를
쳐다봤다.

"당신 뭐야? 한서율 검사?"

"다들 가만히 있어요."

오민석은 총을 겨누고 있는 한 검사를 노려보며 말했다.

"이게 무슨 짓입니까?"

한 검사는 오민석을 쳐다보지 못하고 보안 요원들을 향해 총
을 겨눴다.

"무기 내려놓고 저쪽 벽으로 모두 붙으세요. 어서!"

주필상은 천천히 일어서며 한 검사에게 말했다.

"한서율 검사, 이게 무슨 짓이에요? 여기는 어떻게……."

"주명근을 체포…… 어머!"

한 검사는 쓰러져 있는 차우석을 발견하고 그에게 다가갔다. 총구는 보안 요원들을 향한 채 그를 흔들어 깨웠다.

"저기요! 일어나 봐요! 주필상 씨, 대체 무슨 짓을 한 거죠?"

"그거야 나도 모르죠."

"모른다고요?"

그때 가건물 밖에서 누군가가 다급하게 달려오는 소리가 들렸다. 이내 민우직 경정이 총을 겨누며 안으로 들어왔다.

"검사님, 괜찮으십니까? 총 소리가 나서……."

"죄송해요. 제가 쐈어요. 어쩔 수 없는 상황이어서……."

"아닙니다. 검사님이 괜찮으셔서 다행입니다. 그 사람은 누구입…… 어! 우석아! 이게 어떻게 된 거야?"

민 경정이 차우석에게 다가가 흔들어 깨우자, 차우석은 겨우겨우 눈을 떴다.

"괜찮아?"

"어……. 팀장……."

그 모습을 지켜보던 주필상은 실실 웃으며 말했다.

"역시 경찰이었네. 민우직 팀장? 민우직 맞지? 멀쩡하네?"

민 경정은 주필상을 노려보며 소리쳤다.

"주필상, 이게 무슨 짓이야?"

"왜? 도둑놈 좀 팼는데. 좀도둑이 내 집무실을 털고 있잖아."

"그래도 사람을……."

"민우직, 대체 뭐야? 이렇게 멀쩡하게 나타나서 깜짝 놀랐잖아."

"별로 놀란 기색도 아닌데."

"내가 좀 그래. 별거 아닌 일에 잘 놀라지 않는 편이거든."

그사이 차우석은 이마에 흐르는 피를 손으로 닦아 내며 민 경정 옆에 섰다.

"저 쥐새끼를 구하러 온 거야?"

한 검사는 보안 요원에게 총을 겨눈 채 주필상을 보며 말했다.

"주필상 씨, 당신 아들을 체포하러 온 겁니다."

"결국 내 아들놈을 잡아가겠다 그건가?"

"팀장님, 어서요."

한 검사는 민 경정에게 주명근을 체포하라는 눈짓을 보냈다.

"네, 검사님. 주명근, 당신을 연쇄 살인사건 용의자로 긴급체포합니다."

민 경정은 주명근에게 다가가 손목에 수갑을 채우며 미란다 원칙을 설명했다. 한 검사는 주명근을 힐끗 쳐다보며 물었다.

"걸을 수 있겠어요?"

"젠장! 내 다리에 총을 쏴 놓고 걸을 수 있겠냐고 묻는 거야? 검사면 다야? 무고한 시민에게 총을 쏘고도 당신이 무사할 줄 알아?"

"당신은 주필상 씨를 죽이려 했어요. 칼을 쥐고 달려드는 걸 보고 급한 마음에……. 바닥에 쏜다는 게 빗나갔을 뿐이에요."

"뭐? 이 자식이 날 죽이려 했다고? 그게 사실이냐, 명근아!"

주명근는 아무 말도 하지 못하고 고개를 숙였다. 그 모습에 주필상은 당장이라도 그에게 달려가 끝장을 보고 싶었지만, 총을 겨누고 있는 한 검사와 민 경정의 모습에 화를 삭히며 부들부들 몸을 떨었다.

"저 자식이……."

민 경정은 주명근의 팔을 잡아 억지로 일으켜 세웠다.

"다행히 스친 것 같아. 걷는 덴 지장 없을 것 같네. 그럼 같이 갈까?"

"아버지, 형……."

보안 요원들이 움직이려 하자 한 검사가 소리쳤다.

"그대로 가만히 있어요! 지금부터 움직이면 공무집행 방해입니다. 정당방위로 총을 사용할 수밖에 없어요."

민 경정도 함께 총을 겨누자, 주필상이 손을 들어 말했다.

"그냥 가게 둬."

"고맙네요. 주필상 씨, 그럼 법정에서 보시죠."

그렇게 말한 한 검사는 주명근을 앞세워 밖으로 나갔고, 그 뒤를 민 경정이 차우석을 부축하며 따라나섰다.

이민지 사망사건 다음 날

현관으로 들어온 정 실장에게 김기창이 물었다.

"밖이 왜 이리 소란스러워?"

정 실장이 달려와 김기창에 고개 숙여 말했다.

"어르신, 이필석 의원이 찾아와서 막무가내로 어르신을 뵙고

자 해서 말입니다."

"뭐야? 이 의원이 여기까지 온 거야? 내가 나중에 연락한다고 그리 일렀거늘."

"돌려보내려고 해도……. 안으로 들이시는 게 어떻겠습니까? 이러다 외부에 알려지면 더 골치 아프지 않겠습니까?"

"이런. 그래, 안으로 들여."

정 실장은 밖으로 나가 이필석 의원을 안으로 안내했다. 현관으로 들어선 이 의원은 김기창에게 달려가 허리를 연신 숙이며 인사했다.

"어르신, 감사합니다. 감사합니다."

"내가 다음에 연락하겠다고 전한 걸로 아는데……."

"지금 제가 기다리고만 있을 처지가 못 돼서 말입니다."

"무슨 일인데 그래요?"

"왜 그러십니까? 제가 잘못했습니다. 어르신, 한 번만 봐주십시오. 다시는 욕심 부리지 않겠습니다. 제가 큰 실수를 했습니다. 제 깜냥도 모르고…… 죄송합니다, 어르신."

이필석 의원은 무릎을 꿇고 앉아 머리를 조아리며 애원했다.

"도대체 무슨 소리인지 모르겠네요."

"어르신, 다 알고 왔습니다. 어르신 작품인 거 다 압니다. 제가 잘못했으니 그만 수습해 주시죠. 이미 언론에도 알려져 제가 어찌할 수가 없는 상태입니다. 다 아시지 않습니까? 맞습니다. 제가 무슨 능력으로 권좌에 앉겠습니까. 모두 포기할 테니 제발 금배지만은 달게 해 주십시오."

"이 의원, 무슨 소리를 듣고 왔는지 모르겠지만 난 모르는 일이에요."

"어르신, 끝까지 이러시면…… 저도 제 나와바리에 제 사람 하나 없겠습니까?"

"오우, 그래요? 무슨 일인지 들어나 봅시다."

"어르신!"

"진정하고 얘기나 해 봐요."

"어르신이 이런 식으로 제 뒤통수를 때리실 줄은 몰랐습니다. 그래도 저는 어르신 원망하지 않습니다. 그러니 이제 그만 수습해 주시죠. 저 이렇게 하셔도 절대 죽지 않습니다. 저를 모르셔서 이러시는 겁니까?"

"내가 이 의원을 왜 모릅니까? 잘 아니까 이 정도로 한 거 아닙니까?"

이필석 의원은 고개를 떨궜다.

"그러셨을 줄 알았습니다. 이제 이 정도 했으니 정리해 주시죠, 어르신."

"그럼 각서 하나 써요."

"각서요?"

"그래요. 싫어요?"

"아닙니다. 쓰겠습니다."

"그 사진과 영상은 주필상이한테 받은 게 확실하죠?"

이 의원은 휘둥그레진 눈으로 물었다.

"어, 어떻게……."

"그걸 내가 모를 줄 알았어요? 주필상이 그자가 원본을 가지고 있더군요."

"뭐라고요? 아니, 분명……."

"이 의원, 그러니까 사람을 함부로 믿고 그러면 안 되는 거예요. 주필상 그자를 어찌 믿고……."

"역시 어르신이십니다. 제가 헛된 망상을 꾼 듯합니다."

"이제라도 꿈에서 깼으니 다행이에요. 안 그랬으면 영영 못 깼을 겁니다. 가지고 있는 자료는 나한테 모두 내놓으세요. 그리고 복사본 같은 거 만들지 말고요. 그때는 이렇게 끝내지 않습니다."

"알겠습니다, 어르신. 분부대로 하겠습니다."

"좋아요. 내 앞에 자료들 다 가져다 놔요. 그리고 각서 씁시다."

"감사합니다. 제가 바로 가서 가지고 오겠습니다."

이 의원은 허겁지겁 밖으로 뛰쳐나갔다.

현재

건물에서 나온 남 순경은 건너편으로 달려가 빌딩에 들어섰다. 그곳엔 도 경감이 있었다.

"경감님, 이곳이 맞나요?"

"그래요. 남 순경 말이 맞았어요. 여기로 올라갔어요."

"올라가시죠."

도 경감은 총을 꺼내며 고개를 끄덕였다. 두 사람은 곧장 빌딩 옥상으로 올라갔다. 그리고 발소리를 죽이며 옥상 출입구 앞에 섰다.

"경감님, 제가 먼저 들어가겠습니다."

"오른쪽 난간에 있을 거예요. 조심해요."

남 순경은 조심스럽게 옥상 문을 열고 재빨리 총을 겨누며 들어섰다. 그 뒤로 도 경감도 들어서며 사주를 경계했다. 난간에 붙어 건너편 건물을 향해 M24 저격용 총을 겨누고 있는 자가 보이자, 남 순경은 총을 쥔 손에 힘을 주며 외쳤다.

"꼼짝 마!"

도 경감도 뒤이어 총을 겨누며 소리쳤다.

"그대로 손 올려!"

저격수는 뒤돌아선 채 두 팔을 들고 자리에서 일어섰다.

"총에서 물러나!"

저격수는 아무 말 없이 지시에 따라 난간에서 벗어났다.

"천천히 뒤돌아."

그는 두 손을 머리에 가져가며 뒤돌아섰다. 그때, 팔등에 숨겨놓았던 권총을 뽑아 남 순경을 겨눴다.

"남 순경, 피해!"

탕!

그걸 앞서 눈치챈 도 경감이 먼저 총을 쐈지만, 저격수는 총에 팔을 맞았음에도 끝내 방아쇠를 당겼다.

탕!

남 순경도 다행히 미리 눈치를 채고 옆으로 몸을 굴려 저격수의 총을 피했다. 그리고 곧바로 그를 향해 총을 쐈다. 저격수는 연달아 총을 쏘며 환풍기 기둥 뒤로 몸을 피했다. 도 경감도 남 순경이 등지고 앉아 있는 기둥으로 총을 피해 뛰어들었다.

"경감님, 괜찮으세요?"

"노 프라브럼. 남 순경은요?"

"저도 멀쩡합니다."

도 경감은 기둥 옆으로 얼굴을 내밀어 적의 동태를 살피려 했지만, 총소리에 다시 몸을 움츠렸다.

"경감님, 제가 뒤로 돌아 저자 뒤를 칠 테니 엄호해 주세요."

"좋은 생각이에요. 그러죠."

도 경감은 기둥 옆으로 나와 저격수를 향해 총을 난사했다. 그사이 남 순경은 몸을 숙여 그가 숨어 있는 방향으로 크게 돌아 뛰어갔다. 남 순경이 저격수 뒤쪽으로 들어설 때쯤 저격수는 난간으로 달려가 고정해 두었던 저격용 M24를 낚아채며 난간 밖으로 뛰어내렸다.

그 광경을 보고 놀란 남 순경은 총 쏠 타이밍을 놓치고 말았다. 그자가 난간으로 뛰어내릴 때 뒤늦게 총을 쐈지만 모두 빗나가 버렸다. 도 경감도 서둘러 탄창을 갈아 끼우고 일어섰지만, 저격수가 이미 난간에서 사라진 뒤였다. 동시에 유리창 깨지는 소리가 들렸다.

쨍그랑!

저격수는 환풍기 기둥에 줄을 묶고 난간으로 뛰어내려, 아래층 창문을 통해 다시 건물 안으로 들어간 것이었다. 뒤늦게 난간으로 달려온 남 순경과 도 경감은 저격수가 아래층으로 들어간 것을 확인하고 비상계단으로 뛰쳐나갔다.

나 경사는 채이돈 의원과 박범수를 데리고 2층에서 나와 3층으로 이동했다. 건너편에서 나는 총소리에 나 경사가 박범수를 보며 말했다.

"총소리 아니야?"

"그런 것 같은데."

"범수야, 채 의원님과 안으로 들어가 있어."

"왜? 가 보려고?"

"응. 안 형사님하고 이곳에서 대기해. 알았지?"

박범수는 나 경사의 팔을 잡았다.

"상남아……."

"괜찮아."

나 경사는 박범수의 손을 떼며 아래로 뛰어 내려갔다. 그 모습을 지켜보던 박범수는 채 의원과 함께 3층 안으로 들어갔다.

나 경사가 건물에서 나와 건너편으로 넘어설 때, 빌딩에서 누군가 뛰어내리는 모습을 보고 곧장 그 빌딩으로 들어갔다. 계단을 통해 내려오던 저격수는 나 경사를 발견하고 총을 쐈지만, 재빨리 벽에 몸을 밀착해 간신히 총을 피할 수 있었다. 잠시 후

총소리가 멎자 나 경사는 총을 꺼내 위를 살피며 조심스럽게 계단을 올랐다. 저격수가 있었던 층에 도착했을 때, 위에서 남 순경이 뛰어내려오고 있었다.

"나 형사님!"

"어, 남 순경. 괜찮아?"

"네. 여기까지 왜 오신 거예요?"

"그것보다 범인 못 봤어?"

뒤늦게 내려온 도 경감이 안쪽을 가리키며 말했다.

"다시 안으로 숨어든 것 같네요. 나 경사, 나랑 안으로 들어가서 살펴보죠. 남 순경은 저격수가 다시 이곳으로 나올 수 있으니 여길 지켜요."

남 순경은 안으로 들어서려는 도 경감의 팔을 잡으며 말했다.

"경감님이 여기 계시죠. 제가 나상남 형사와 같이 들어갈게요."

나 경위도 고개를 끄덕이며 말렸다.

"경감님, 그렇게 하시죠."

"그럼…… 그래요. 두 사람 모두 조심해요."

"걱정 마십시오. 가자, 남 순경."

나 경사가 눈썹을 실룩거리며 고갯짓하자, 남 순경이 눈을 부릅뜨며 대답했다.

"예. 가시죠, 나 형사님."

남 순경과 나 경사는 총을 겨누며 조심스레 안으로 들어섰다.

민우직 경정이 차우석을 부축하며 가건물을 나가자 오민석이 그 뒤를 따라나서려 했다. 하지만 주필상은 그를 불러 세웠다.

"칠성아, 그럴 필요 없다."

"사장님, 저대로 보내면……."

"그보다 할 얘기가 있다."

주필상이 보안 요원들에게 나가 있으라고 손짓하며 말하자, 그들은 허리 숙여 인사하고 가건물 밖으로 나갔다.

"사장님, 지금이라도 쫓아가 이사님을 구……."

"됐다니까. 연쇄 살인범은 잡혔어. 증거도 없는데 무슨……."

"증거는……."

"지금 그게 중요한 게 아니야."

"무슨 일 있으신 겁니까?"

"일성이라는 자는 어떻게 됐어? 만나 봤어?"

"죄송합니다. 연락이 되지 않아 전하지 못했습니다."

주필상은 미간을 찌푸리며 오민석을 노려봤다.

"이런, 젠장! 그동안 뭐 한 거야?"

"죄송합니다. 빠른 시일 안에 연락……."

"됐고! 당장 만나서 약속 잡아. 당장!"

"알겠습니다. 그런데 사장님, 이사님은 어쩌실 겁니까?"

"그러니까 내가 뭐라고 했어? 빨리 수속 밟아서 미국으로 보내라고 했잖아. 왜 이리 일 처리가 늦어. 오 실장답지 않게."

"시정하겠습니다, 사장님."

"명근이는 내가 알아서 할 테니까 빨리 일성이나 만나 봐."

"예."

오민석은 곧장 가건물을 나섰고, 홀로 안에 남은 주필상은 주명근이 튜닝한 스포츠카를 둘러보며 유심히 살폈다. 그러고는 차에 올라타 가만히 핸들을 잡은 채 눈을 감았다.

•

한 주택의 차고로 들어선 차 뒷좌석에서 한서율 검사가 내렸다. 뒤이어 운전석에서 내린 민우직 경정은 뒷좌석에 있던 주명근의 팔을 잡아 끌어내렸다.

"검사님, 저 문입니다."

한 검사는 조수석 문을 열어 차우석 경위를 부축하며 도왔다.

"걸을 수 있겠어요?"

"네. 고맙습니다, 검사님."

곧이어 차고 내 출입문이 열리고 서도경 총경이 나왔다.

"이제들 왔어요?"

"과장님."

한 검사는 서 총경을 보고 한시름 놓인 듯 표정이 밝아졌다. 서 총경은 엉망이 된 차 경위에게 다가와 물었다.

"차 경위, 괜찮아요? 이게 어떻게 된 거예요?"

"과장님, 우선 들어가서 얘기하시죠."

"아휴……. 그래, 민 계장."

민 경정은 주명근을 데리고 서 총경을 따라 출입문으로 들어갔다. 그 뒤를 서 총경과 한 검사가 차 경위를 부축하며 뒤따랐다.

"한 검사, 어떻게 된 거예요?"

"저도 모르겠어요. 주명근을 체포하러 갔는데 그곳에 있었어요."

"과장님……. 그건……."

차 경위가 힘겹게 말을 꺼내려하자 서 총경이 그의 팔을 잡으며 말렸다.

"아니야, 차 경위. 나중에 들어도 돼. 말하지 마."

"병원으로 가자고 했는데 한사코 괜찮다고 해서 어쩔 수 없이 이곳으로 온 거예요."

"들어가서 상태 좀 봐야겠네요. 그럼 어서 들어갑시다."

차고에서 나온 그들은 작은 마당을 지나 어느 현관 앞에 이르렀다.

"과장님, 여기가 새로운 본부인가요?"

"맞아요. 급하게 마련했어요."

"일반 가정집 같은데요."

"그렇게 보여요? 하하. 잘 봤네요. 우리 집이에요."

"과장님 집이요? 그럼 가족분들은 어쩌고요?"

"애들은 독립했고 와이프는 잠시 다른 곳으로 거처를 옮겼어요. 괜찮으니 어서 들어가요."

민 경정은 거실 식탁 다리 한쪽에 주명근의 수갑을 채워 놓은 뒤 밖으로 나왔다.

"과장님, 저는 가 볼 곳이 있어 나가 보겠습니다."

"남시보 순경에게 가 보려고 그러세요?"

한 검사의 말에 서 총경은 그녀를 보며 되물었다.

"남 순경?"

하지만 민 경정이 말을 이어 갔다.

"아니요. 그곳은 도 경감이 있으니 문제없을 겁니다. 그보다…… 그건 다녀와서 말씀드릴게요. 검사님, 주명근 취조 좀 부탁드립니다. 증거물이 있어도 조작된 것으로 몰 수 있으니 진술을 반드시 받아내야 합니다. 가능하시겠죠?"

"꼭 받아낼게요. 그러니 걱정 마시고 어서 가 보세요."

"민 계장, 잠깐만."

서 총경이 불러 세우자 민 경정은 그의 팔을 잡으며 말했다.

"과장님, 여기 잘 부탁드립니다. 나중에 다 설명드릴게요. 그럼."

민 경정은 서 총경에게 목례한 뒤 차고로 달려가 급히 차를 몰고 나갔다.

나 경사가 총을 겨누며 앞서 걸어 나갔고, 그 뒤를 남 순경이 엄호하며 뒤따랐다. 복도를 사이에 두고 양쪽으로 사무실들이 줄지어 있었다. 유리문으로 되어 있어 안이 훤히 들여다보였는데, 새벽 시간이라 다행히 출근한 사람은 없는 듯했다. 나 경사와 남 순경은 양쪽을 번갈아 살피며 앞으로 나아갔다.

세 번째 사무실을 막 지났을 때였다. 갑자기 나 경사가 멈춰

서더니 뒤쪽을 살폈다.

"왜 그러세요?"

나 경사는 검지를 입으로 가져가며 조용히 하라는 신호를 보냈다.

"쉿!"

나 경사는 남 순경의 귀에 대고 조용히 속삭였다.

"저 안에 있는 것 같아."

남 순경은 말없이 눈을 크게 뜨며 어깨를 으쓱했다.

"안에서 청소하는 아주머니 행동이 부자연스러워 보였어. 범인이 인질로 잡고 있는 것 같아."

"어쩌죠?"

"총을 가지고 있으니 섣불리 움직였다가는 인질이 위험해. 철수하는 척 돌아서 가자."

남 순경은 고개를 끄덕였다. 나 경사와 남 순경은 막다른 곳까지 걸어간 후 다시 돌아 나왔다.

"이 층이 아닌 것 같다."

"그렇죠? 다른 층으로 빠져나간 걸까요?"

"그런 것 같아. 빨리 여기서 나가자고."

"예, 나 형사님."

나 경사와 남 순경은 뛰는 척하며 옆 사무실로 들어갔다. 아무도 없을 것으로 예상했으나 책상 아래에 몸을 숨기고 있던 사람이 있었다. 나 경사는 다급히 경찰증을 내보이며 말했다.

"공무집행 중입니다. 협조 부탁드립니다."

사무실에 있던 사람은 말없이 고개를 끄덕였다. 이미 밖에서 들린 총소리 때문에 잔뜩 겁을 먹고 있었던 터였다.

"범인이 나오면 내가 뒤에서 붙잡는다. 남 순경은 수갑채울 준비해."

"네. 조심하세요."

나 경사는 말하면서도 밖을 주시하고 있었다. 밖은 적막할 정도로 고요했다.

어느 정도의 시간이 흐르자, 저격수가 주위를 살피며 잠복 중이던 사무실을 지나갔다. 지켜보던 나 경사는 조심스럽게 문을 열고 밖으로 나갔다. 남 순경이 뒤따라 나올 때쯤 나 경사는 단숨에 저격수의 뒤를 덮쳤다.

갑자기 뒤에서 몸을 들어 올리는 나 경사에 놀란 저격수는 들고 있던 저격용 M24 총을 놓치고 말았다. 나 경사가 끌어안으며 누르는 악력에 저격수의 얼굴은 삽시간에 일그러졌다. 남 순경은 그 틈을 놓치지 않고 저격수의 팔에 수갑을 채우려 했다.

그 순간, 저격수는 몸을 숙여 나 경사를 앞으로 넘겨 버렸다. 동시에 남 순경을 향해 뒤돌려 차기를 했지만, 남 순경은 재빨리 몸을 젖혀 그의 발을 피했다. 그러나 그의 발끝과 팔이 부딪히며 들고 있던 수갑을 놓치고 말았다.

나 경사는 재빠르게 일어나 저격수에게 주먹을 날렸다. 저격수와 나 경사는 엎치락뒤치락하며 주먹을 주고받았다. 남 순경은 총을 꺼내 저격수를 겨누었지만, 두 사람이 몸싸움을 하며 뒤엉켜 있어 총을 제대로 겨눌 수가 없었다. 나 경사는 힘에 부쳤는지 남 순경을 보며 외쳤다.

"남 순경, 쏴! 상관 말고 쏘라고!"

"안 돼요, 나 형사님! 차라리 옆으로 나오세요. 그럼……."

"이 자식이 계속 붙잡고 흔들고 있어. 그냥 어서 쏴! 다리를 겨냥해!"

남 순경은 저격수의 다리를 쏘려다, 결국 쏘지 못하고 천장을 향해 총을 발사했다.

탕!

갑작스러운 총소리에 나 경사와 저격수는 잠시 움찔했다. 저격수는 그 순간을 놓치지 않고 나 경사의 복부를 걷어차 쓰러뜨린 뒤 계단이 있는 곳으로 전력 질주했다. 남 순경은 그를 향해 총을 한 발 쐈다. 하지만 아쉽게도 빗나가고 말았다.

계단에 있던 도 경감은 총소리를 듣고 복도로 뛰어 들어오다 저격수와 맞닥뜨렸다. 도 경감은 서둘러 총을 쐈지만, 저격수는 도 경감의 팔을 빠르게 잡아 올리며 총탄을 피했다. 남 순경도 갑자기 도 경감이 나타나는 바람에 겨누고 있던 총을 급히 내렸다. 도 경감은 저격수의 힘에 밀려 뒤로 벌러덩 넘어졌고, 계단으로 도망치는 저격수의 뒤를 나 경사가 뒤쫓았다.

남 순경은 넘어진 도 경감의 손을 잡아 일으켰다.

"괜찮으세요?"

"난 괜찮으니 빨리 뒤를 쫓아요."

남 순경도 뒤늦게 계단으로 내려갔다. 1층까지 내려온 남 순경의 눈에 들어온 것은 나 경사가 박범수를 인질로 잡은 저격수와 대치하고 있는 모습이었다.

"나 형사님."

나 경사는 손을 들어 올리며 큰 소리로 외쳤다.

"오지 마! 그냥 거기 있어!"

저격수는 박범수를 칼로 위협하고 있었고, 나 경사는 총을 바닥에 내려놓은 상태였다. 박범수는 저격수를 치켜뜬 눈으로 바라보며 말했다.

"형님, 이러지 마십시오. 이제 모두 끝났어요."

"씨발. 입조심해라, 죽고 싶지 않으면. 야! 가만히 있어. 조금이라도 움직이면 이 자식이 무사하지 못할 거다."

"상남아, 미안하다."

"개소리 말고 따라와."

저격수는 박범수의 목에 칼을 겨눈 상태로 끌어당겼다. 몇 걸음 걷지 않았을 때 박범수는 저격수의 손을 잡아 자신의 목으로 잡아끌었다. 저격수는 깜짝 놀라 황급히 팔을 뺐지만, 박범수의 목에선 이미 피가 쏟아지기 시작했다.

"범수야!"

박범수는 목을 부여잡고 그 자리에 쓰러졌다. 당황한 저격수는 잠시 머뭇거리다 뒷걸음치며 도망쳤다.

탕!

울려 퍼진 총성에 저격수는 움찔하며 몸을 숙이고 멈춰 섰다. 남 순경이 저격수를 향해 총을 겨눈 채 서 있었다. 도망가는 저격수 위로 총을 발사했던 것이다.

"멈춰! 더 움직이면 이번엔 진짜 맞춘다!"

저격수는 손을 들며 뒤돌아섰다.

"그대로 머리 위로 손 올리고 엎드려!"

뒤늦게 나온 도 경감도 저격수를 향해 총을 겨눴다. 나 경사는 박범수를 끌어안으며 소리쳤다.

"범수야, 괜찮아? 야! 범수야!"

나 경사는 급히 상의를 탈의해 옷으로 목을 감쌌다.

"상남아, 미안하다."

"말하지 마. 괜찮으니까 말하지 말라고."

"나 같은 놈을 친구라고…… 고맙다."

"이 새끼야, 말하지 말라고. 말하지 마, 제발……."

나 경사의 눈에는 어느새 눈물이 고였다.

"저 자는…… 오성…… 오성이다. 너희가 찾는 자들이 누군지 알고 있을 거야."

"알았으니까 말 좀 하지 마, 이 새끼야!"

남 순경은 엎드려 있는 오성에게 다가가 손목에 수갑을 채웠다. 그사이 도 경감은 구조대를 부르며 박범수에게 다가갔다.

"나 경사, 잠깐만요. 내가 좀 볼게요."

"경감님, 살 수 있겠죠? 이대로 죽게 할 수 없어요."

"조급하게 생각 말고 기다려요, 나 경사."

도 경감은 박범수의 눈을 살피고 맥박을 확인했다.

제18화

인질 구출 작전

이민지 사망사건 일주일 후

최우철 경위는 엄기동 검사의 차를 기다리고 있었다. 잠시 후 검정 세단이 앞에 멈춰 서자 최 경위는 바로 뒷좌석에 올라탔다.

"전화로 해도 되는데 번거롭게 여기까지 또 오셨습니까?"

"직접 말해야 할 일이라서 말이죠."

"그러십니까? 이번엔 무슨 일로 그러십니까?"

"이민지 사건 말이에요. 적당히 마무리하고 검찰청으로 송치하세요."

"갑자기 그게 무슨 말씀입니까?"

"내 말이 어려워요? 그만 수사하고 검찰로 넘기라고요."

"아니, 이필석 의원을 사찰까지 시킬 때는 언제고 갑자기 수사를 중단하라니요?"

"그렇게 됐으니 시키는 대로 해요."

"타살로 보입니다. 그리고 곧 확실한 증거를 확보할 수 있을 것······."

엄 검사는 최 경위의 말을 자르며 매섭게 노려보았다.

"내 말 못 알아들은 겁니까? 타살이라고 했어요? 이민지 학생
은 자살한 겁니다. 그렇게 수사 종결하고 검찰청으로 송치하세
요. 그리고 그 확실한 증거라는 거, 확보했습니까?"

엄 검사의 위압적인 눈빛과 말에 최 경위는 수그러든 목소리
로 말했다.

"이민지 씨 남자 친구가 뭔가 알고 있는 것 같아서 말이죠. 증
거가 될 만한 것을 갖고 있는 눈치라······. 그런데 왜 갑자기 마
음이 바뀌신 겁니까?"

"그건 당신이 알 것 없어요. 지시에 따르기만 하면 됩니다. 아
셨어요?"

"팀장님도 알고 계신데 문제없겠습니까?"

"그건 걱정 말아요. 팀장도 아무 말 못 할 겁니다. 그 남자가
뭘 가지고 있는지 그거나 확실하게 알아보고 보고해요."

"알겠습니다. 근데 전 언제쯤 서울로 갈 수 있겠습니까?"

"기다려요. 이번 일이 끝나면 서울 경찰청으로 발령이 날 겁
니다."

"그렇습니까? 감사합니다, 검사님."

침대와 탁자만 있는 작은 방. 주명근은 홀로 침대에 누워 있었다. 방문이 열리고 한 검사가 들어와 탁자 앞 의자에 앉으며 말했다.

"이리 와 앉아요."

"……."

"주명근 씨, 당신은 피의자 신분으로 이곳에 있는 겁니다. 어서 여기 와서 앉아요."

주명근은 등을 지고 돌아누웠다.

"싫다니까. 그리고 여긴 경찰서도 아니잖아."

"경찰서는 아니지만 임시 수사본부예요. 피의자 심문을 위해 검사인 제가 들어온 거고요. 이런 식으로 협조에 불응하면 불리한 쪽은 주명근 씨라는 걸 알아야 할 거예요. 오민석 씨를 생각해서라도 이러면 안 되는 거죠."

"오민석? 그게 누군데?"

"오민석 씨 말이에요. 모르나요?"

"그러니까 누구냐고?"

"본명을 모르고 있었군요. 오칠성 실장 말이에요."

주명근은 고개를 한 검사 쪽으로 돌리며 되물었다.

"뭐? 오 실장 본명? 근데 오 실장이 왜? 설마 오 실장이 나를 너희한테 넘긴 거야? 그래서 경찰이 그곳에 들어올 수 있었던 거구나. 젠장, 어쩐지……."

"오민석 씨는 주명근 씨를 위해 그런 거예요. 사형이라도 면

하게 하려고 자수를 시킨 거라고요."

"자수? 누가 자수를 해? 난 자수 안 했는데. 그게 자수하는 거로 보였어?"

"주명근 씨가 우리에게 잘만 협조한다면 자수한 것으로 처리할 생각이에요. 그럼 무기 징역은 받을 수 있을 거예요."

주명근은 몸을 일으켜 앉으며 말했다.

"무기 징역? 나보고 평생을 감빵에서 살라고?"

"오민석 씨가 얘기하지 않았나요? 모범수로 나올 수도 있어요. 주명근 씨가 어떻게 하느냐에 따라 무기 징역보다 더 낮게 감형될 수도 있고요. 모든 죄를 인정하고 살인사건에 대해 모두 진술해 준다면 정상 참작이 될 수도 있을 거예요. 그러니 여기와서 앉아요."

"웃기네. 다 필요 없어! 내가 모범수? 그래, 내가 다 죽였어. 하지만 정말 죽여야 할 악마를 당신들 때문에 죽이지 못했다고! 난 이대로 감빵에 갈 수 없어. 절대!"

주명근은 머리를 움켜쥐고는 괴성을 지르듯 소리쳤다.

"주명근 씨, 정신 차려요. 당신 부친까지 살해했으면 그땐 무기 징역이 아니라 사형도 모자란다고요."

"그딴 거 필요 없어. 차라리 무기 징역보다 사형이 낫겠네. 그런데 내가 그 악마를 죽인다는 건 어떻게 알았지? 당신은 분명 밖에 있었잖아. 어떻게 알고 들어와서 나한테 총을 쏜 거야?"

주명근은 침대에서 발을 내리며 한 검사를 똑바로 응시했다. 한 검사는 주명근의 다리를 살피며 말했다.

"그러네요. 다리는 어때요? 큰 부상이 아니어서 다행이에요."

"어떻게 알았냐고 물었잖아. 미리 알고 있었던 거지? 내가 거기서 악마를 죽이려 했던 걸. 그렇지?"

"그게 무슨 소리예요? 내가 그걸 어떻게 알아요. 그곳에 들어섰을 때 주명근 씨가 주 사장에게 달려드는 걸 보고 총을 쏜 거예요."

"웃기지 마. 어떻게 내 손에 칼이 있었다는 걸 알았지? 난 분명 내 몸에 칼을 붙이고 달려들었어. 당신 위치에선 절대 볼 수 없었다고."

"그게 지금 뭐가 중요하죠? 중요한 건 또 한 번의 살인을 막았다는 거예요."

주명근은 자신의 이마를 손바닥으로 치며 말했다.

"아! 알았다. 그래서 그런 말을 했었구나, 그 자식."

일주일 전, 주일 빌딩 지하 3층 가건물 안

남 순경은 옷소매로 쇳덩어리를 쥐어 상의 주머니에 넣었다. 무게가 꽤 되는지 주머니가 아래로 축 늘어졌다.

"이제 나가자."

"살려 준다면서요? 이제 이 수갑 좀 풀어 주시죠."

"살려 준다고 했지 누가 풀어 준다고 했나?"

"뭐야? 당신 경찰이야?"

"내가 살려 준다고. 내 말 잘 들어."

남 순경은 주명근의 귀에 가까이 대고 속삭였다.

"넌 안 죽어. 대신 네 아빠가 죽는다. 악마가 죽는다고."

주명근은 휘둥그레진 눈으로 남 순경을 쳐다봤다.

"뭐라고? 미친 새끼, 뭐라는 거야?"

"그래서 그때 그 자식이 나한테 그딴 말을 했던 거였어. 그 자식이 시체를 보는 경찰이었구나. 맞지?"

"그게…… 뭐예요? 시체를 보는 경찰이라니?"

"왜 그래? 그 경찰이 얘기해 준 거 아니야? 그래야 말이 되는데……. 그 자식 이름이 뭐였더라? 남…… 아무튼 순경이었는데."

"당신이 남 순경을 어떻게 알죠?"

"그 자식이 맞았네, 시체를 본다는."

"그 얘기는 누구한테 들었어요?"

"누구긴? 오 실장한테 들었지."

한 검사는 놀란 듯 자신도 모르게 그의 이름을 되뇌었다.

"오민석 씨……."

"그래서 그랬구나. 내가 그 악마를 죽이는 걸 본 거야. 와아, 미친! 진짜 미친놈이 있었네."

주명근은 천장을 올려다보며 기괴한 소리로 크게 웃었다.

"미친놈이라니요? 남 순경은 특별한 능력을 갖고 있는 거예요."

"특별한 능력? 칫! 그 빌어먹을 특별한 능력 때문에 내 마지막 의식을 망쳐 놨어!"

"아니죠. 당신을 구한 거예요. 그리고 당신 아버지도요."

"젠장, 그때 그 자식을 죽였어야 했는데……. 아악! 씨."

주명근은 괴성을 지르며 두 주먹으로 침대를 내리쳤다.

"진정하고 여기 와서 앉아요. 정말 사형을 선고받고 싶은 거예요? 그럼 그렇게 해 주죠. 당신 아버지가 참 좋아하겠네요."

"뭐?"

"악마에게 복수하고 싶은 거죠? 악마가 당신 아버지고요. 알 만하네요. 죽일 만큼 미운 사람이었군요. 그래서 연쇄 살인마가 된 거고요. 억울하지 않겠어요? 이렇게 생을 마치면. 뭐, 그게 꼭 소원이라면 들어주죠. 하지만 악마에게 복수할 다른 방법도 있는데……."

"다른 방법? 그게 뭔데?"

주명근은 귀가 솔깃한 듯 고개를 앞으로 내밀었다.

"살아서 악마가 법의 심판을 받는 걸 보는 거죠. 그 악마는 반드시 처벌을 받을 거예요. 내가 그렇게 할 거니까요."

주명근은 콧방귀를 끼며 다시 고개를 뒤로 뺐다.

"검사라고 했나? 그럼 잘 알겠네. 지금까지 악마가 어떻게 살아왔는지. 그 많은 재물을 어떻게 모았는지도. 법이 없어 그렇게 살아왔는지 알아? 법이, 그 잘난 놈의 법이! 악마를 지켜 주고 있다고. 법도 돈이면 다 되는 세상이야! 검사면 그 정도는 알지 않나? 초짜라 잘 모르나?"

"그래요. 지금까진 법 위에 군림했을지도 모르죠. 아니면 법을 공정하게 행사해야 할 공권력이 악마의 뒷배가 되어 준 것일지도 모르고요. 하지만 내가 반드시 정의의 법 앞에 세워 그에 합당한 심판을 받게 할 거예요."

"말은 쉽지. 그래도 내가 먼저 죽는 건 아닌 것 같네. 살아서 악마가 죽는 걸 내 눈으로 봐야지……."

"주명근 씨, 당신은 모든 걸 진술하고 죗값을 받아요. 그리고 새롭게 인생을 살아요. 오민석 씨도 그걸 바라고 있어요. 오민석 씨가 당신을 도울 거예요."

"……."

주명근은 손에 턱을 괴며 한 검사를 말없이 바라봤다.

"어때요? 협조해 주겠어요?"

"그러지. 일단 물 한 잔 갖다 줘."

"그건 모든 진술이 끝나면 갖다 줄게요."

"빌어먹을……."

주명근은 투덜대면서도 한 검사 맞은편으로 와 앉았다.

한적한 마을 앞 공터에 차가 들어섰다. 그곳에는 차 한 대가 주차되어 있었다. 그 옆으로 운전석이 마주 보이도록 차 한 대가 멈춰 섰다. 뒤이어 차 문 유리가 내려가고 운전석에 앉은 민우직 경정이 보였다. 맞은편 차 운전석에는 서필감 과장이 있었다.

"여기가 그 별장이 있는 곳입니까?"

"아니에요. 조금 더 들어가야 해요."

잠시 후 공터로 또 다른 차 한 대가 들어섰다. 서 과장 차 옆에 멈춰 선 차에서는 박성지 기자가 내렸다. 그리고 민 경정 앞으로 가 인사했다.

"안녕하십니까? 박성지 기자라고 합니다."

"예. 전 민우직이라고 합니다."

"그럼 서 과장님 차로 옮겨 타시죠."

박성지는 서 과장 차 조수석에, 민 경정은 뒷좌석에 올랐다.

"한 차로 이동하는 게 눈에 안 띌 듯해서요."

"그래요. 민 계장, 박 기자가 현장을 목격하고 알려 줬어요."

"고맙습니다, 박 기자님."

"아닙니다. 당연히 해야 할 일을 한 건데요. 그것보다 어떻게 할 계획이십니까? 자세히 들여다볼 수는 없었지만 인원이 꽤 있어 보였습니다. 우리 셋으로는 어림없을 겁니다."

"일단 내부 동태를 파악해 보는 게 좋겠어요."

"가까이 접근하기 어려울 겁니다. 윤진 경위도 너무 가까이 접근했다 발각된 걸로 보였거든요."

"그럼 박 기자님이 있었던 곳까지 가 보죠. 그곳은 그래도 안전하지 않겠어요?"

"그렇게 하시죠. 대신 제가 운전하겠습니다."

"그렇게 해, 그럼."

서 과장과 박 기자가 자리를 바꿔 출발하자 민 경정이 물었다.

"서 과장님, 이곳을 다크포스 아지트로 보시는 거죠?"

"맞아요, 민 계장."

박 기자가 덧붙여 말했다.

"이곳에 출입하는 사람들을 조사해 봤는데 대부분이 과거 다크포스 대원들이었습니다."

"과장님은 다크포스를 어떻게 알고 계셨습니까?"

"예전에 내 반장님이셨던 분이 알려 줬어요. 그때만 해도 대원들이 모두 흩어져 조폭이 된 줄만 알았죠."

"그때 대원들이라면 지금은 나이가 꽤 됐을 텐데요. 현역으로 활동하기……."

"맞아요. 하지만 당시 대원들 내에 미성년자들이 많이 있었어요. 어린 친구들이 꽤 있었던 거죠. 지금도 새로운 친구들을 영입하고 있는 걸로 알고 있고요. 이 친구들을 규합한 것이 권두식이라는 자예요. 일명 일성이라고 하죠. 그 뒤로 오성과 삼성이 있어요. 삼성은 알 거예요."

"삼성이요?"

"서민주 의원의 부모님 집 앞에서 말이에요."

"그건 또 어떻게 아십니까?"

"여기 박성지 기자가 보통 정보통이 아니에요. 웬만한 건 다 알아냅니다. 소스만 던져 주면요."

"소스라도 제대로 던져 주고 그런 말씀을 하세요. 아닙니다, 민 팀장님. 돈으로 깔아 놓은 취재원들이 좀 됩니다."

"그럼 그때 자결한 자가 삼성이라는 겁니까? 본명이 도수경이었는데."

"맞아요, 도수경. 오성은 유동구, 칠성은 오민석."

"오민석은 주필상의 사람 아닙니까?"

"맞아요. 하지만 모두 김기창의 사람들이었어요. 지금은 일성이 김기창을 배신하고 남철호 의원에게 붙은 것 같지만요. 아직 첩보 수준이라 확실하지 않아요."

"김기창과 남철호 의원이 다크킹덤을 두고 경쟁을 하는 것처럼 보이네요."

"그렇죠? 그리고 전에 말하지 못한 게 있는데……."

서 과장이 잠시 머뭇거리며 망설이자, 민 경정은 그를 빤히 쳐다보며 다음 말을 기다렸다.

"최우식 형사와 이연우 형사 죽음 말이에요."

"그건 왜?"

"김기창과 연관이 있어요."

민 경정은 놀란 듯 커진 눈으로 물었다.

"다크킹덤과 연관이 있다는 말씀입니까?"

서 과장은 말없이 고개를 끄덕였다.

여남구 사망사건 발생 일주일 전

차 뒷좌석에 앉은 최우철 경위는 엄기동 검사 쪽으로 몸을 완전히 돌린 채 말했다.

"여남구가 증거물을 제출하겠다고 합니다."

"지금 안전 가옥에 있나요?"

"네. 어떻게 하실 생각입니까?"

"민우직이 우리 애 얼굴을 봤어요. 알죠?"

"네. 죄송합니다."

"됐어요, 지난 일. 서로 커뮤니케이션이 맞지 않은 거니."

"감사합니다."

"이번엔 새로운 사람이 투입될 겁니다. 일주일 후에 작업 들어갑니다. 그 전에 증거물은 반드시 확보하세요."

"알겠습니다. 민우직 계장이 이 건에 관심을 갖게 됐는데 괜찮겠습니까?"

"그러니까 그걸 왜 혼자 못 해서……."

"그래도 여남구의 마음을 돌리는 데 성공하지 않았습니까?"

"알아요. 어떻게든 그날은 관심을 다른 곳으로 돌려놔요. 안전 가옥으로 오지 못하게 하라는 말입니다."

"알겠습니다. 그리고 고맙습니다. 서울 경찰청으로 가게 됐습니다. 모두 검사님 덕분입니다."

"그래요. 내가 뭐라고 했습니까? 하지만 이번 일이 끝까지 잘 마무리돼야 갈 수 있는 자리입니다. 아셨습니까?"

"예. 물론 알고 있습니다."

"앞으로 이 동아줄 꽈악 잡아요."

엄 검사는 최 경위의 무릎을 툭툭 치며 크게 웃었다.

"당연히 그래야죠."

사실 최우철 경위는 경찰 대학을 졸업한 뒤 누구보다 청렴하고 정의로운 경찰로 자신의 소임을 다했다. 자신의 형을 우상으로 여기며 경찰 생활을 해 왔지만, 자신보다 업무 처리도 느리고 성실하지 않은 동기와 후배들이 먼저 승진하는 행태를 보며 회의를 느끼기 시작했다.

그러던 어느 날, 강력 범죄 사건을 맡던 중 수사를 무마하라는 윗선의 지시를 어기고 끝까지 진행하다, 결국은 사건을 다 마무리 짓지도 못하고 지방으로 좌천이 됐다. 그렇게 지방을 전전하며 앞뒤 가리지 않고 성과를 만들어 수원 경찰서 강력계로 겨우 자리를 잡게 되면서, 자신의 자리를 지키기 위해 물불 가리지 않고 사건을 처리하기 시작했다.

그러다 조폭 두목을 잡는 현장에서 사건이 터지게 되었다. 반장의 지시를 무시하고 혼자서 두목을 잡기 위해 무리하게 클럽 안으로 진입했고, 지원을 기다리던 반장은 어쩔 수 없이 최 경위를 돕기 위해 뒤따라 들어갔다. 반장이 조폭들에게 잡혀 살해당하는 사고가 발생했지만, 그런 와중에도 최 경위는 두목을 직접 자기 손으로 잡기 위해 두목만을 쫓았다.

당연하게도 이 사실을 알게 된 동료들은 최 경위를 외면했고, 그는 검찰이 제시한 유혹을 거부할 수 없었던 것이다.

최 경위가 차에서 내리자 엄 검사는 어딘가로 전화를 걸었다.

"일주일 후에 김범진을 귀휴 조치하세요."

"알겠습니다."

"기록은 즉시 인멸합니다. 김범진은 교도소에 있는 거예요. 아셨습니까?"

"그럼요. 그렇게 처리하겠습니다. 걱정 마십시오."

"그래요. 선금은 오늘 들어갈 겁니다. 나머지는 김범진이 교도소로 복귀하면 그때 들어갈 거예요."

엄 검사는 전화를 끊고 또 다른 누군가에게 전화를 걸었다.

"어르신, 일주일 후 모두 처리가 될 것 같습니다."

"그래요. 이 의원은 어때요?"

"잔뜩 겁을 먹었는지 경호가 삼엄해졌습니다. 좀 시간이 걸릴 것 같습니다."

"그럴 거예요."

"어르신이 이 의원을 만나 안심시켜 주시는 건 어떻겠습니까?"

"그거 좋은 생각이네요. 그런데 내 말을 곧이곧대로 들을지 모르겠어요."

"그래도 어르신이 말씀하시면 조금은 경호가 느슨해지지 않겠습니까?"

"그렇게 해 보죠."

"예. 다시 연락드리겠습니다."

"네가 여기까지 어쩐 일이냐?"

"형님께 드릴 말씀이 있어서요."

"그래? 다시는 이곳에 발도 안 붙일 줄 알았는데……. 무슨 일이야?"

"주 사장님이 뵙자고 하십니다."

그는 의외라는 듯 자신을 손으로 가리키며 되물었다.

"나를? 무슨 일로?"

"그건 저도 모릅니다."

"이유를 알아야 나도 시간을 빼지. 내가 한가한 사람으로 보여?"

"급한 일인 듯하니 일단 만나 보시죠."

"급해? 알 만하다. 얘길 들었나 보구나."

그는 히쭉 웃으며 오민석의 눈을 바라봤다.

"무슨 얘기 말입니까?"

"너한테 말 안 해? 주 사장에 대해선 모르는 게 없어야 한다고 내가 그리 일렀는데 아직까지 그 정도 신임도 못 얻은 거야?"

"그런 게 아닙니다. 요즘 이사…… 아니, 도련님 일로 바빴습니다."

"아하, 그 미친놈. 몇 명이나 죽인 거야?"

"그건…… 아무튼 형님은 무슨 일인지 아시는 겁니까?"

"너 이 자식, 왜 그 미친놈 얘기만 나오면 눈빛이 달라지는 거야? 정 같은 거 주지 말라고 했잖아."

"아니라니까요 그런 거. 뭡니까? 비밀입니까?"

그는 오민석의 어깨를 감싸며 얼굴 가까이에 대고 말했다.

"비밀은? 그런 거 아니야. 어르신이 주 사장을 의심하고 계신다."

"의심이요? 무슨……."

"젯밥에 관심이 많아 보인다고. 돈이 다가 아닌 것 같다는 거지."

"그러니까 그게 뭐……."

그는 감싸고 있던 오민석의 어깨를 툭 치며 말했다.

"야, 칠성아. 넌 정말 모르고 있는 거야? 주 사장 밑에서 그동안 뭐 한 거야? ……이 새끼, 다 알면서 그동안 보고 안 한 거네. 그렇지?"

"아닙니다. 정말 몰랐습니다. 지금 형님이 말씀하시니 뭔지 감이 왔을 뿐입니다."

"그래? 걱정 마. 어르신께는 말 안 할 테니. 말해 봤자 내 편도 안 들어 주실 거고. 어르신이 널 너무 편애하셔. 그게 좀 짜증 나지만…… 아무튼 그래. 너도 이젠 알겠지?"

"사장님이 그런 생각을 하고 계셨군요."

"그렇다니까. 어르신이 바로 간파하신 거지. 보통 어르신이냐? 궁예가 살아 돌아왔다고 우리끼리 농담 삼아 얘기할 정도였잖아. 관심법이라고…… 맞나? 사람을 꿰뚫어 보는 능력이 있으셔. 그러니까 너도 딴마음 같은 거 먹지 마라. 어르신은 단박에 아신다."

"제가 무슨 딴마음을 먹는다고 그러십니까? 그런 거 없습니다."

"그래그래. 그것보다 주 사장이 날 만나서 뭘 어쩌려고?"

"어르신을 뵙고 싶어 하셨습니다. 그것 때문에 형님을 만나시려는 줄 알았습니다."

"어르신이 워낙 사람 앞에 나서는 걸 안 좋아하시기는 하지. 그리고 자기 사람 아니면 절대 만나 주시지 않잖아. 자기 사람이다, 마음이 드셔야 만나신다고. 주 사장은 이제 힘들 것 같은데."

그는 그렇게 말하고는 고개를 절레절레 흔들었다.

"그래도 만나 보기는 하시죠. 어려운 것도 아닌데 저를 봐서라도……. 저도 신임을 얻어야 하지 않겠습니까?"

"그런가? 그래. 동생 부탁인데 들어줘야지. 내일 내가 찾아간다고 전해."

"고맙습니다. 그럼 그렇게 보고하겠습니다."

"칠성아."

"예."

"너도 알 거다. 남철호 의원 말이다."

오민석은 말없이 그를 빤히 쳐다보았다.

"어르신과 남철호 의원 관계 너도 알잖아?"

"그건 왜 말씀하시는 겁니까?"

"어르신이 너한테 기대가 크다. 알지?"

"무슨 말씀을 하시려고……."

"네가 좀 해 줘야 할 일이 있다. 네가 직접 찾아온 김에 말하는 거야. 그리고 바로 하라는 것도 아니고. 때가 오면 너한테 지시가 내려갈 거였어."

"하지만 전……."

그는 오민석의 어깨를 툭 치며 그의 말을 잘라 말했다.

"알아. 이제 손에 피 안 묻히는 거. 어르신도 그래서 널 주 사장에게 보내신 거고. 주 사장도 너한테 그런 짓은 안 시키는 것 같더라. 다 아는데, 마지막으로 한 번만 하자. 이번 일은 너 혼자 힘들 거야. 물론 나 혼자도 힘들지. 그래서 너한테 내가 지시하는 게 아니라 이렇게 부탁하는 거 아니냐."

"형님, 전 이제 정말 못 합니다."

"야! 아니, 칠성아. 네가 못 하면 오성이라도 해야 하는데 이게 보통 일이냐? 오성은 어르신이 못 미더워하시고 네가 해 줬으면 하시는데……. 물론 나도 그렇고. 마지막이다. 이번 일만 잘 처리하면 너한테 자유를 주신다고 하셨어."

오민석은 의외라는 눈빛으로 그를 보며 되물었다.

"자유요? 정말입니까?"

"그래. 어르신이 허튼소리 하신 적 있냐? 네가 주 사장에게 간 것도 어르신 배려 아니냐?"

"그건 알지만……."

"잘 생각해 봐. 주 사장 만나고 그때 잠깐 보자. 그때까지 결정해. 알았지?"

"알겠습니다."

"그래, 이제 가 봐. 아니다, 내가 배웅해 줄게."

그와 함께 오민석이 밖으로 나왔을 때, 어디선가 비명 소리가 들려왔다.

"이게 무슨 소립니까?"

"아니야, 아무것도. 쥐새끼 좀 잡고 있는 거야."

"쥐새끼요?"

"어서 가 봐."

"네. 그럼 내일 뵙겠습니다."

오민석은 그에게 꾸벅 인사를 건넸다. 이내 철제 대문이 열리고 오민석의 차가 밖으로 빠져나갔다.

서도경 총경은 누군가를 기다리는 듯 차고 안에 서 있었다. 얼마 지나지 않아 차 한 대가 들어왔고, 차고 문이 닫힌 뒤 뒷좌석에서 도민 경감이 내렸다.

"과장님이 직접 나오셨습니까?"

"도 경감, 고생 많았어요. 박범수 씨는 병원으로 옮긴 겁니까?"

"네, 나상남 경사가 같이 갔습니다."

운전석에서 내린 남시보 순경은 서 총경에게 거수경례했다.

"충성!"

"어, 남 순경. 고생했어요."

남 순경은 도 경감이 끌어내린 저격수에게 달려가 그의 팔을 잡았다.

"이자가 저격수군요."

"예, 과장님."

"어서 안으로 들어갑시다."

서 총경은 출입문으로 안내하며 앞장서 걸었다. 남 순경은 고개 숙이고 있던 저격수를 끌고 뒤따랐다. 도 경감은 서 총경 옆으로 걸으며 말했다.

"한서율 검사는 안에 있는 겁니까?"

"그래요. 지금 주명근을 취조 중이에요. 도 경감이 들어가서 한 검사를 도와주면 좋을 것 같은데, 저자도 조사해야 하겠죠?"

"일단 주명근에게 들어가 보겠습니다."

"그래요. 그동안 내가 저자를 맡고 있을게요."

현관에 들어선 도 경감은 한 검사가 조사 중인 방으로 들어갔다. 서 총경은 남 순경에게 다가가 말했다.

"남 순경, 혹시 민 계장에게 무슨 일이 있는지 알아요?"

"네? 팀장님께 무슨 일이 생긴 겁니까? 여기 계신 게 아닌가요?"

"갑자기 일이 생겼다고 나가서 연락이 안 되네요."

"한 검사님과 함께 주명근을 체포하러 가신 줄 알았는데요."

"그랬죠. 그래서 주명근을 체포했는데……. 남 순경도 모르나보군요. 알겠어요. 연락 오겠죠. 그보다 안 경위가 곧 이곳으로 올 겁니다. 내가 이자를 취조해야 하니 남 순경이 안 경위 좀 맞아 줘요."

"예, 알겠습니다."

서 총경은 저격수를 이끌고 방으로 들어갔다. 거실에 남은 남 순경은 휴대폰을 꺼내 시계를 확인했다.

엄기동 검사는 오성과 연락이 되지 않자 중고차 매장을 찾았다. 매장 직원은 안절부절못하며 그의 눈치만 살폈다.

"왜? 아직도 연락 안 돼?"

"예. 다시 연락해 볼까요?"

"아니야, 됐어. 나가서 일이나 봐."

직원은 고개 숙여 인사한 뒤 서둘러 사무실 밖으로 나갔다. 소파에 앉아 있던 김범진도 엄 검사의 눈치를 살피며 다가와 말을 걸었다.

"무슨 일인데 그러십니까?"

"몰라도 돼."

김범진은 소파로 되돌아가다 말고 다시 말을 걸었다.

"그러지 마시고 저한테 말씀해 보시죠. 오성 그 친구가 무슨 잘못이라도……."

"아니라니까. 김범진, 민우직 얘기는 들었지?"

"예. 죄송합니다, 다시 기회를 주시면 이번에는 제대로……."

엄 검사는 고개를 연신 숙이며 용서를 비는 김범진에게 버럭 소리치며 그의 말을 끊었다.

"시끄러워! 젠장! 채 의원 건으로 쿠사리받은 지 얼마나 됐다고……. 민우직…… 아휴! 빌어먹을……."

"그러니까 저한테 기회를 주십시오. 어르신 귀에 들어가기 전에 제가 깔끔하게 처리하겠습니다."

"기다려. 민우직이 보통 놈이야? 그놈 속임에 놀아난 꼴을 보라고. 당장 그 한 놈 처리한다고 해결될 일도 아니야. 그놈이 그동안 그냥 놀고만 있었겠어? 뭘 알아냈는지 그걸 알아내야 한다고. 그 전에 채이돈부터 해결해야 하는데……."

"그럼 채이돈 의원을 제가……."

"그냥 얌전히 보고 있으라 했지. 나중에 지시가 있을 때 그때나 잘하라고."

엄 검사는 다시 오성에게 전화를 걸어 보았지만 여전히 전원이 꺼진 상태였다. 그때 엄 검사의 휴대폰으로 전화가 걸려 왔다.

"무슨 일이야?"

"오성에게 무슨 일을 시키신 겁니까?"

"내가…… 잠깐."

엄 검사는 사무실 밖으로 나가 주위를 살피며 말을 이었다.

"내가 무슨 일을 시켜?"

"그럼 영감 지시도 없이 오성이 단독으로 한 거란 말입니까?"

"오성이 왜?"

"정말 몰라서 그러십니까?"

"무슨 일인데? 어서 말해, 새끼야!"

엄 검사는 초조한 듯 휴대폰을 들고 있는 손가락을 까닥거리며 말하다 소리쳤다.

"민우직 일당에게 잡혔다고 합니다."

"민우직?"

"정말 모르셨습니까?"

"아니……. 그래, 내가……. 일단 어떻게 된 일인지 자세히 말해 봐."

"그건 제가 물어보려고 전화드린 겁니다. 솔직히 말씀해 보시죠."

엄 검사는 휴대폰을 떼서 눈을 내리깔며 욕설을 내뱉고는 말을 이어 갔다.

"이 새끼가…… 아우! 그래. 내가 채이돈 의원 처리하라고 지시했다."

"어르신 지시였습니까?"

"어르신? 야! 내가 지시했다고. 내 지시가 곧 어르신 지시지, 뭘 그렇게 꼬치꼬치 따져 물어? 이 새끼가 정말……."

"어르신 지시가 아니었군요."

"그래, 내가 지시했다. 근데 또 실패한 거야? 이래서 내가……."

"이젠 단독으로 행동하면 안 된다는 걸 모르십니까? 왜 오성에게 그런 지시를 내리신 겁니까?"

엄 검사는 흥분해 목소리가 점점 커졌다.

"이 자식이 보자 보자 하니까 막 나가네. 어디서 훈계질이야! 내가 그걸 몰라? 그래서 최우철 형사랑 같이 붙였다고!"

"최우철이요?"

"그래, 최우철."

"그놈이 영감이 심어 놓은 첩자였습니까?"

"이제 그놈들한테 다 들통나서 쓸모도…… 잠깐만, 정말 잡혔다고? 이상하잖아. 오성이 잡힐 일은 없을 텐데. 길 건너 빌딩에서 채이돈을 저격한다고 들었는데 어떻게……. 뭐야? 우리 쪽에 첩자가 있는 거야?"

"최우철 그 자식이 배신한 게 아닙니까?"

"뭐? 최우철 그놈이……."

"전 이 사실을 어르신께 보고하겠습니다."

"뭐라고? 안 돼! 내가 어르신께 보고할 테니 당분간 우리만 알고 있자. 지금 어르신이 여러 가지 일로 머리가 복잡하시단 말이야. 이런 일까지 신경 쓰게 하는 건 도리가 아니지. 안 그래?"

"이러다 나중에 아시게 되면 그걸 어떻게 감당하시려 하십니까?"

"그러니까 그 전에 잘 처리해야지. 오성이 지금 어느 경찰서에 있는지 확인해서 나한테 보고해."

"경찰서가 아니라 다른 곳으로 데리고 간 것 같습니다."

"어디?"

"그건 모릅니다. 뒤쫓다 놓쳤다고 합니다."

엄 검사는 버럭 소리치며 발로 바닥을 쿵쿵 내리쳤다.

"젠장! 그럼 오성을 어떻게 하지?"

"그걸 왜 저한테 물으십니까?"

"뭐? 아니, 자네 대원 아닌가? 그냥 이렇게 보고만 있을 거야?"

"……아닙니다. 오성은 우리 쪽에서 처리하겠습니다. 채이돈도 우리가 처리할 테니 앞으로는 우리 애들한테 직접 지시 내리지 말아 주십시오. 저를 통해서만 내려 주셨으면 합니다."

"뭐? 씨…… 어, 그래. 그러지."

"그럼 이만 끊겠습니다."

엄 검사는 전화를 끊자마자 침을 뱉고 욕설을 쏟아 냈다.

"아이, 씨발 개새끼. 이젠 별 꼴 같지도 않은 새끼한테 내가……
아휴!"

"무슨 일입니까?"

뒤에서 몰래 듣고 있던 김범진이 말을 걸었다.

"뭐야? 언제부터 거기 있었어?"

"들으려고 들은 건 아닌데…… 제가 도움이 될까 하고."

"자네가 무슨 도움이 된다고 그래? 쓸데없이 그 입 아무 데서
나 나불거리지 말고. 알았어?"

"알겠습니다. 아무것도 못 들은 걸로 하죠. 그런데 듣다 보니
제가 알고 있는 게 도움이 될 것 같아서 말입니다."

"또 쓸데없는 소리 한다. 그만 안으로 들어가지. 그러다 사람
들 눈에 띄면 골치 아파."

"내부에 첩자라고 하셨잖습니까? 정말 첩자일까요? 이제 좀
제가 무슨 말을 할지 궁금하지 않으십니까?"

엄 검사는 쳐다보지도 않고 시큰둥하게 물었다.

"뭐? 아는 거라도 있어?"

"아마도 그놈이 시체를 본 것 같습니다."

그제야 엄 검사가 솔깃해졌는지 김범진에게 고개를 돌렸다.

"그놈? 시체를 본다고? 그게 무슨 말이야?"

"민우직 밑에 남시보라는 놈이 있습니다. 경찰이 됐다고는 알고 있었는데, 그놈이 미리 알고 오성을 붙잡은 것 같습니다."

"그게 무슨 말이야? 알아듣게 얘기를 해."

김범진은 남시보 순경의 능력에 대해 설명해 주었다.

"뭐? 그럼, 미래에 일어나는 일을 미리 본다는 거야? 예지력 뭐 그런 게 있다는 거야, 그 남시보라는 놈이?"

"비슷한 거죠. 아무튼 그놈이 그날 일어날 일을 미리 알고 대비한 걸 겁니다. 예전에 민우직이 죽다 살아난 것도 그런 이유였고요."

엄 검사는 기가 찬다는 듯 웃으며 말했다.

"미쳤네, 미쳤어. 그런 놈이 세상에 있다고? 그럼 그놈 때문에 우리 작전이 죄다 실패했던 거야? 채이돈을 죽이지 못한 것도? 설마, 창고에서 민우직도 그런 거야?"

"저도 그런 게 아닌가 의심은 되지만…… 아무튼 그놈 때문이 아닌가 싶습니다."

"젠장……. 그럼 앞으로의 일에도 걸림돌이 될 놈이잖아."

엄 검사는 작게 혼잣말을 했다.

"뭐라고 하셨습니까?"

"됐고, 그놈에 대해 아는 거 있으면 다 말해 봐."

"예. 남시보라는 놈이 말입니다……."

차가 멈춰 선 곳은 나무들로 울창한 숲속이었다. 차 한 대가 겨우 들어설 수 있는 길 아닌 길이 있었다. 박성지 기자는 후미진 곳으로 돌아 주차를 한 뒤, 민우직 경정과 서필감 과장에게 언덕을 가리키며 말했다.

"저 위로 조금만 올라가면 보일 겁니다."

"그래요. 어서 가죠."

민 경정이 먼저 앞장서 올라갔다. 그들이 언덕에 올라 자리를 잡을 때쯤 다크포스 본거지에서 차 한 대가 나왔다. 박 기자는 대포 카메라를 들어 차 안을 살폈다.

"오민석 같은데요."

"그래요? 나 좀 봐요."

민 경정은 박 기자가 건넨 대포 카메라로 초점을 맞춰 운전석에 앉아 있는 사람을 봤다.

"오민석이 맞네요. 이곳이 정말 다크포스 아지트였군요."

서 과장은 민 경정 옆으로 붙으며 말을 걸었다.

"주필상은 다크킹덤을 알고 있었던 것 같죠? 오민석을 통해 긴밀한 관계를 유지하고 있는 것일지도 모르고요."

민 경정은 카메라에서 눈을 떼 서 과장을 보며 말했다.

"주필상은 다크킹덤을 모르는 것 같습니다. 다크포스 대원들도 다크킹덤의 존재를 모르고 있고요."

"그게 무슨 소리예요? 김기창이 다크킹덤을 만든 게 아니라는 거예요? 그런데 민 계장은 그걸 어떻게 알아요? 말하는 걸 보니 추측하는 것 같진 않은데. 맞죠?"

"맞습니다, 과장님. 오민석에게 들은 얘깁니다."

"뭐요? 오민석에게요?"

"제가 직접 들은 건 아닙니다. 이번 수사를 같이 하고 있는 한서율 검사에게 들었습니다. 한 검사가 오민석을 만나 직접 들은 얘깁니다."

"검사 이름이 한서율이라고 했어요? 채이돈 뇌물수수 사건…… 민 계장 사건을 담당했던 그 한서율 검사 말인가요?"

"맞습니다. 그때 제 사건을 담당했던 검사입니다."

"한서율 검사가 오민석을 만났다라……."

서 과장은 그렇게 말하고는 잠시 입 주위를 만지며 생각에 잠겼다.

"왜 그러십니까?"

민 경정의 물음에 서 과장이 그를 보며 입을 열었다.

"한서율 검사의 아버지가 그 반장님이세요. 내가 말했던 한동탁 반장님이요."

"다크포스에 대해 말씀해 주셨다는……."

"맞아요. 반장님이 다크킹덤을 쫓다 돌아가셨죠. 하지만 그때는 다크킹덤인 줄 모르고 범죄 조직이라고만 생각해 수사 중이셨어요. 분명 다크킹덤이 반장님을 자살로 위장해 죽였을 겁니다."

"정말입니까? 한서율 검사에게 그런 가정사가 있었는지 몰랐네요."

"오민석이 한 검사를 찾아갔나 보군요. 드디어 나서 줬어요."

"그게 무슨 말씀이시죠?"

"이연우 형사가 한동탁 반장님의 죽음을 조사하다 오민석을 알게 됐어요. 오민석이 범인이라는 건 아니에요. 그 계기로 반장님을 죽인 자들이 권력을 업은 거대 범죄 조직이라 생각하고 쫓기 시작했던 겁니다. 오민석이 도와주기로 했었는데, 이연우 형사가 죽은 뒤로 오민석에게 접근할 수가 없었어요. 내 정체가 밝혀지면 그때는 다 끝이라고 생각했거든요. 오민석도 믿지 못했던 거죠."

"잘하셨습니다. 덕분에 이렇게 함께할 수 있는 사람들을 만나지 않으셨습니까?"

"그래요. 지금 생각해 보면……. 그럼 오민석이 돕기로 한 겁니까?"

"한서율 검사의 말로는 그랬습니다. 사실 저도 확실히 그자를 믿을 수 없어서요. 한서율 검사에게도 말했지만 언제 돌변할지 모르는 일이잖습니까?"

"조심해서 나쁠 건 없죠."

"그래도 우리에게 김기창과 다크킹덤 관련 자료들을 넘겨줬습니다."

"그래요? 어떤 내용입니까? 우리에게 공유해 줄 수 있어요?"

"제가 가지고 있지 않아서요. 저도 아직 보지 못했습니다."

"그래요? 한 검사는 본 겁니까?"

"그런 것 같습니다. 혹시 신성 클럽이라고 들어 보셨습니까?"

"신성 클럽이요?"

민 경정은 고개를 끄덕였다. 서 과장은 박 기자를 쳐다보며 물었다.

"박 기자, 들어봤어?"

"아니요. 처음 들어 보는데 그게 무슨 클럽입니까?"

"제가 그동안 사교 모임을 쫓고 있었는데, 그 사교 모임 주체가 신성 클럽 멤버들이었습니다. 다크킹덤이라고 생각했는데 아니었던 거죠."

"그랬군요. 신성 클럽……."

"오민석 말로는 5공 때 만들어진 조직이라고 하더군요. 클럽 멤버가 되기 위해서는 멤버 가족과 혼인을 해야 한다고 했습니다."

"가족으로 구성된 조직이라……."

"폐쇄적인 조직이라 그동안 알려지지 않았던 거죠."

"신성 클럽도 다크킹덤과 관계가 있는 건가요?"

"김기창이 신성 클럽에 관심이 많은 것 같다고 하더군요. 그전까진 다크킹덤이 신성 클럽에 기생하고 있었다면서요."

"이제 신성 클럽까지 접수하려는 거군요."

민 경정은 고개를 끄덕였다.

"과장님, 차가 또 나옵니다."

박 기자는 대포 카메라로 차를 촬영하며 말했다.

"권두식입니다."

"일성이군요."

"또 한 대가 뒤따라 나오는데요. 뒷좌석에…… 윤진 경위가 보입니다.”

“윤 경위?”

　　　　　　　　• ●

　서도경 총경의 집 차고 문이 열렸다. 차고 안에는 남시보 순경이 기다리고 있었다. 차가 들어서고 차고 문이 닫히자, 뒷좌석에 앉아 있던 채이돈 의원이 내려섰다.

“채 의원님, 이쪽으로 들어가시면 됩니다.”

　남 순경은 채 의원에게 인사하며 출입문을 가리켰다. 안 경위는 운전석에서 내린 뒤, 조수석 문손잡이에 채워진 최 경위의 수갑을 풀어 다시 손목에 채웠다. 최 경위는 조용히 안 경위를 따랐다.

　채 의원은 남 순경이 가리킨 문으로 들어갔고, 안 경위는 최 경위 옆에 붙어 팔짱을 꼈다. 남 순경도 옆에 붙어 최 경위의 팔을 잡으며 말했다.

“최 형사님…….”

　최 경위는 남 순경을 쳐다보지 않고 그대로 고개를 숙였다.

“남 순경님, 어떻게 된 일입니까?”

“들어가서 얘기하시죠.”

　안 경위는 고개를 끄덕이며 최 경위를 이끌고 안으로 들어갔다. 집으로 들어온 남 순경은 채 의원을 2층 방으로 안내했다. 그사이 주명근을 취조하던 도민 경감이 방에서 나왔다.

"안 경위, 이제 왔어요?"

"예, 경감님."

"최 경위, 이렇게 대면하게 돼 유감이에요."

여전히 고개를 숙이고 있는 최 경위는 아무 말도 하지 않았다.

"채 의원님은요?"

"방금 남시보 순경이 2층으로 모셨습니다."

"그래요. 그럼 안 경위, 잠시만 여기 있어요. 난 최 경위랑 할 얘기가 있어서요."

"알겠습니다."

"최 경위, 나랑 위로 올라가죠."

도 경감은 최 경위에게 다가가 그의 팔을 잡았다. 남 순경이 2층에서 내려오던 그때, 갑자기 오성을 취조하고 있던 방에서서 총경의 고함 소리가 들렸다.

"계속 이런 식으로 나올 거예요?"

오성은 묵비권을 행사하고 있었다.

"이런 식이면 당신한테 좋을 게 하나도 없어요. 알아요?"

"……."

"당신에게 지시한 자가 권두식이라는 자예요?"

오성은 눈꺼풀이 떨리며 고개를 급히 숙였다.

"맞나 보군요. 일성 위에 또 있죠? 검사인가?"

고개 숙인 오성의 눈동자가 좌우로 움직이는 것이 보였다.

"그것도 맞나 보네요."

오성은 고개를 아래로 떨군 채 아무 말도 하지 않았다.

"고개 들어요. 고개 들고 내 말 잘 들어요. 오성 씨, 당신이 이 런다고 그들이 당신을 구해 줄 것 같아요? 구해 줄 방법 같은 건 없어요. 당신 죗값만 더 늘어나는 거라고요. 수사에 협조라도 해야 형량을 줄일 수 있어요. 알았어요?"

"놀고 있네."

"뭐? 정말······."

그때 휴대폰 벨 소리가 울렸다. 서 총경은 휴대폰을 꺼내 누 구인지 확인했다.

"어! 윤 경위······."

윤진 경위의 전화였다.

"그래, 윤 경위."

"······."

"윤 경위? 윤 경위, 안 들려?"

서 총경이 거듭 그의 이름을 부르자 잠시 후 일성의 목소리가 들려왔다.

"서도경 총경?"

"누굽니까?"

"당신이 우리 애 데리고 있나?"

"누구냐고 물었는데. 윤 경위는? 윤 경위랑 같이 있는 건가?"

"당신 똘마니가 우리 애를 데리고 갔다고 해서 말이야."

"뭐라고?"

서 총경은 방에서 나와 말을 이어 갔다.

"우리 애? 오성을 말하는 건가?"

"어. 그래, 맞아. 오성 좀 바꿔 주지."

"먼저 윤 경위가 안전한지 확인해야겠어. 그래야 나도 바꿔 줄 수 있을 것 같은데."

서 총경이 방에서 나오자 남 순경과 안 경위는 자리에서 벌떡 일어났다. 말을 건네려는 안 경위에게 서 총경은 조용히 하라는 손짓을 했다.

"그래? 좋아, 그러지. 윤 씨, 말해."

"윤진 경위입니다."

"윤 경위, 나 서도경이야."

"과장님, 여기가……."

일성은 윤 경위의 머리통을 사정없이 내리쳤다.

"조용해, 새끼야!"

"윤 경위! 당신 누구야? 누군데 윤 경위를……."

"이제 그쪽이 들려 줄 차롄데."

"잠깐 기다려."

서 총경은 다시 방으로 들어가 오성의 귀에 휴대폰을 가져다 댔다.

"말해."

"……."

"말하라고!"

"오성아, 나다."

서 총경의 말에 꿈쩍하지 않던 오성은 일성의 목소리에 바로 입을 열었다.

"형님."

"잘 있는 거야?"

"죄송합니다, 형님."

"좀 잘하지……."

서 총경은 휴대폰을 다시 자신의 귀로 가져갔다.

"이제 누군지 밝히지. 권두식인가?"

"내 이름도 알고 있어?"

"그렇군. 윤 경위에게 무슨 짓을 한 거야?"

"무슨 짓은? 우리 뒤를 개새끼처럼 졸졸 따라와서 내가 좀 데리고 있는 거지."

"좋아. 무슨 용건인지 대충 알겠지만 그래도 직접 듣는 게 좋겠지?"

"그래 빨라서 좋네. 다른 건 없어. 내 애를 풀어 줬으면 좋겠는데. 그럼 당신 애도 풀어 주지."

"그 조건이 다인가?"

"어. 그리고 나한테 한 놈이 더 있어."

"뭐?"

"나영석이라고 하지? 그자도 목소리를 들려 줘야 하나?"

"조건이 뭐야?"

"채이돈 의원이 그쪽에 있지?"

서 총경은 바로 대답하지 못했다.

"다 알고 있는데 왜 그래? 채이돈 그 양반을 우리한테 넘겨. 그러면 나 뭐시기도 같이 넘길 테니."

"그건 어렵겠는데. 대신 다른 요구 조건을 말하지."

"다른 요구 조건이라……. 생각 안 해 봤는데. 그럼 나 뭐시기는 죽여도 상관없는 건가?"

"그 얘기가 아니잖아!"

서 총경은 순간 발끈했지만 이내 진정하고 차분하게 말을 이어 갔다.

"허튼짓 하지 마. 채 의원은 넘길 수 없으니 다른 요구 조건을 말해."

"그렇단 말이지. 그럼…… 민우직을 넘겨."

"민우직 계장을? 이유가 뭐야?"

"그거야 필요하니까 그렇지. 싫으면 어쩔 수 없고."

"알았어. 그렇게 하지."

"오호, 좋아. 쓸데없이 잔머리 굴리지 말라고. 그땐 윤 뭐시기도 없어. 알았어?"

"좋아. 민 계장은 지금 당장은 힘들어. 먼저 윤 경위와 오성을 교환하지."

"그래? 벌써부터 잔머리 굴리는 소리가 여기까지 들리는데."

"그런 거 아니야. 민 계장 의견을 물어봐야 할 거 아닌가? 싫다고 하면…… 아니, 내가 어떻게든 설득시킬 테니 시간을 줘."

"그런 거야? 그럼 그러지. 나야 손해 볼 건 없으니."

"그럼 어디서 볼까?"

"한강 공원에서 보자고. 날이 지면 만나지."

그 말을 마지막으로 전화가 끊겼다.

"이런!"

오성은 서 총경을 비웃으며 올려다봤다.

"구할 방법이 없을 거라 했나?"

"뭐? 이 자식이…… 아휴!"

서 총경은 크게 한숨을 내쉬고는 다시 밖으로 나갔다.

오민석은 주일 빌딩 17층에 있는 주필상 사장의 집무실로 들어섰다.

"어떻게 됐어?"

"내일 이곳으로 오기로 했습니다."

"내일? 이렇게 빨리 될 일을 그동안 뭐 한 거야?"

"죄송합니다."

"일성이 이곳에 오는 건 아무도 모르게 해야 해."

"알겠습니다. 조치하겠습니다."

"칠성아, 내가 왜 일성을 만나려 하는지 알아?"

"어르신을 만나고 싶어서가 아닙니까?"

"그 이유도 있지. 그런데 틀렸다. 토사구팽이라고 들어 봐 알지?"

"네. 토끼를 잡고 나서 필요 없는 사냥개를 삶아 먹는다는……. 그런데 그건 왜……."

"이제 내가 어르신에게 필요 없는 사냥개라는 거지."

"그게 무슨 말씀입니까?"

"말 그대로야. 어르신이 날 죽이려 한다는 거지."

주필상은 그렇게 말하며 오민석을 올려다봤지만, 오민석은 눈이 살짝 흔들릴 뿐 표정엔 전혀 변화가 없었다.

"아니, 왜……. 그런데 그 얘기를 누구한테 들으셨습니까?"

"왜? 누가 나와 어르신 사이를 이간질이라도 한다고 생각하는 거냐?"

"아니……. 무슨 이유로 어르신이……."

"그 놈팽이가 눈치를 챈 거지. 보통 늙은이가 아니잖아."

"뭘 눈치채셨다는……. 정말 사장님께서 신성 클럽을 차지하시려 했단 말입니까?"

오민석이 그제야 놀란 얼굴로 묻자, 그것이 재미난 듯 주필상은 미소진 채 말했다.

"왜? 내가 신성 클럽을 가지면 안 되는 거냐?"

"그게 아니라…… 전 어르신이 사장님을 통해 신성 클럽을 접수하려는 줄만 알았습니다."

"그런 거야? 그럼 그동안 내가 잘 속였군, 너까지 그렇게 생각했다니. 그런데 그 놈팽이가 그걸 어떻게 눈치챘는지……."

주필상은 책상을 손바닥으로 내리치며 말을 이어 갔다.

"젠장할! 그래서 우리가 먼저 손을 써야 할 것 같다."

"사장님, 그건 위험합니다."

"위험하겠지. 그걸 모르겠어? 그러니 네 도움이 필요해."

"사장님, 다시 생각해 보시죠. 어르신에게 모두 말씀드리고 용서를 비시는 게 어떻겠습니까?"

"뭐라고 용서를 빌어? 그럼 그 놈팽이가 날 살려 줄 것 같아?"

"어떻게든……."

"됐고, 네가 나서 줘야겠다. 해 줄 수 있겠지?"

주필상은 그렇게 말하고는 넌지시 오민석을 올려다봤다.

"사장님, 설마……."

"그래. 쥐도 새도 모르게 보내야 해."

"어르신을 보낸다고 모든 게 해결되는 건 아닐 텐데요."

"그게 무슨 소리냐?"

"남철호 의원이 있지 않습니까?"

"남철호 의원?"

주필상은 갑자기 파안대소를 하며 웃음기 가득한 얼굴로 말을 이어 갔다.

"둘 사이 갈라진 지가 언젠데 그 소리야? 그리고 내가 토사구팽 얘기를 누구한테 들었는지 몰라 그 소리구나."

"남철호 의원에게 들으신 겁니까?"

"그래. 그러니……."

"사장님, 다크킹덤을 모르십니까?"

주필상은 순식간에 웃음기가 사라진 얼굴로 되물었다.

"다크킹덤?"

일성이 탄 차가 중고차 매장 안으로 들어서자, 윤진 경위를 태운 차도 뒤이어 들어섰다. 일성을 뒤쫓아 온 민우직 경정은 중고차 매장 밖에 차를 세우고 매장에 접근해 안을 살폈다.

일성 일행은 미리 준비해 둔 차로 윤 경위를 옮겨 태웠다. 그 사이 일성은 창고 안으로 들어갔다. 민 경정이 매장 안으로 숨어들려 할 때 전화가 걸려 왔다.

"과장님, 제가 나중에 다시 연락드리겠습니……."

"민 계장, 끊지 마."

"지금 급한 일이 있어서 그렇습니다. 다시……."

"윤진 경위가 일성에게 잡혔어."

"그걸 어떻게 아셨습니까?"

"뭐? 민 계장은 알고 있었어? 어떻게?"

"일성을 쫓고 있습니다. 윤 경위와 함께 움직이고 있어요."

"민 계장, 내 말 잘 들어."

서도경 총경은 일성과 있었던 일을 설명했다.

그사이 창고 안에서는 일성과 김범진이 대화를 나누고 있었다.

"당신이 김범진이요?"

"이민혁이라고."

"이민혁? 김범진이 아니고?"

"김범진은 죽었어. 못 들었어?"

"저기, 좋아. 그건 상관없고. 엄 과장 때문에 잠시 여기에 거처를 마련해 준 건데 빨리 다른 곳으로 거처를 옮겨야 할 거야."

"그건 엄 과장하고 얘기하고. 또 무슨 일이 있는 거야? 밖에

심하게 다친 친구가 보이던데."

"쓸데없는 데 눈 돌리지 말고. 그러다 다쳐."

"씨벌, 말 더럽게 하네. 내 눈 내가 돌린다는데 네가……"

일성은 눈을 부릅떠 김범진을 노려봤다.

"뚫린 입이라고 말 함부로 하지 마라. 입으로 피똥을 쏟게 할 수 있어. 어!"

김범진은 천천히 눈을 아래로 깔며 일성의 눈을 피했다.

"그래, 그렇게 살라고. 내가 말했다. 빠른 시일 안에 다른 곳으로 옮겨."

"알겠어. 그러지."

일성은 창고 밖으로 나가 윤 경위를 태운 차에 올라탔다. 김범진은 창고 문틈으로 일성의 뒷모습을 가만히 지켜봤다.

제19화

고스트 수사팀의 반격

도민 경감은 최우철 경위를 침대에 앉힌 뒤 책상 앞에 있던 의자를 끌고 와 앉았다.

"수갑 좀 풀어 주시죠."

"미안해요. 그건 어려울 것 같아요."

"휴우, 어쩔 수 없죠. 제게 뭘 원하십니까?"

"원하는 것……. 진실이에요. 최 경위, 그동안 엄기동 검사에게 내부 정보를 넘긴 것 같던데, 맞죠?"

최 경위의 한쪽 눈에 짙게 쌍꺼풀이 생기며 놀라는 기색이었다.

"미안해요. 최 경위를 도청하고 있었어요. 그러니 솔직히 말해요. 엄기동 검사 뒤에 누가 있는지."

도청했다는 사실에 최 경위는 자포자기한 듯 고개를 떨구며 말했다.

"그건 저도 모릅니다. 도청을 했다면 알 거 아닙니까?"

"김기창이라는 자입니까?"

"김기창이요? 그건 모르겠습니다. 다만 어르신이라고 부르는 사람이 있었는데, 그 사람이 누구인지는 정말 모릅니다."

"그래요. 그럼 여남구 씨는 누가 죽인 겁니까? 정말 최 경위가 죽인 거예요?"

"그게 무슨 말씀이세요? 그건 조덕삼 검사가 거짓으로 얘기한 거잖습니까? 다 아시면서……."

"그러니, 누가 죽인 겁니까?"

"그걸 제가 어떻게 압니까?"

최 경위가 계속 모르쇠로 나오자 도 경감은 고개를 가로저으며 말했다.

"정말 모른다는 거예요? 엄 검사와 공모한 거 아닌가요?"

"공모라니요? 무슨 증거로 그런 말씀을 하시는 건지 모르겠습니다."

"그날 왜 여남구 씨에게 가지 않고 조 검사에게 간 겁니까?"

"그걸 또 말해야 하는 겁니까? 그래요. 제 실수였어요. 그러지 말았어야 했는데 조 검사의 속임에 빠져……."

도 경감이 단호한 목소리로 최 경위의 말을 잘라 말했다.

"아니잖아요, 최 경위. 조덕삼 검사의 휴대폰을 찾았어요. 포렌식으로 어렵게 복구했고요."

최 경위는 커진 눈으로 고개를 들어 도 경감을 쳐다봤다.

"조 검사의 휴대폰을 말입니까?"

"그래요. 최 경위가 솔직히 말해 줄 거라 기대했는데 이거 아쉽네요. 그럼 어쩔 수 없죠."

최 경위는 도 경감의 말이 못 미더운지 입을 다문 채 눈치를 살폈다.

"못 믿겠어요? 그럼 직접 들어 봐요."

도 경감은 휴대폰을 꺼내 음성 파일을 재생했다.

"내가 이상한 소리를 들었는데 말이야."

"말씀하세요."

"이필석 의원, 이대우 대법관 죽음이 타살이라고 하던데. 알고 있었어?"

"그건 누구한테 들으셨습니까?"

"그건 알 거 없고, 알고 있었던 거야?"

"민우직 계장이 타살로 보고 조사 중입니다."

"그래? 민우직이……. 민 계장이 타살이라면 타살이겠네."

"그런데 그건 왜 물으십니까?"

"아니야. 조사 결과 나오면 바로 보고해."

"혹시 짚이는 거라도 있으십니까?"

"있긴? 그걸 내가 어떻게 알아? 이민지 사건하고 연관된 사람들이 죽어 나가니 무슨 일인지 궁금해서 그러지. 알았어, 끊어."

"이래도 모른다고 할 겁니까?"

"경감님, 죄송합니다. 솔직히 다 말씀드리겠습니다. 그럼……
아니, 수사에 협조할 테니 형량을 조금이라도 감해 주실 수 있겠습니까?"

"최 경위……."

"모두 털어놓을 테니 제발 부탁드립니다."

"좋아요. 이제 모두 솔직히 말해 봐요."

도 경감은 휴대폰 음성 녹음을 시작했다.

제 임무는 여남구가 가지고 있던 증거물을 확보하는 것이었습니다. 증거물을 받기로 한 날 민 팀장님이 같이 만나자고 했지만, 그날 저는 팀장님과 함께 병원에 계시던 이민지 양 아버님을 찾아갔었습니다. 팀장님 시선을 다른 곳으로 돌려놓은 사이 증거물을 확보할 계획이었죠. 그사이 여남구에게 여러 번 전화가 걸려 왔지만 일부러 받지 않았고요.

그리고 나중에 일이 모두 마무리됐을 것이라 판단하고 여남구에게 전화를 걸었던 겁니다. 다행히 팀장님도 오후에 일정이 있어 같이 움직일 수 없었죠. 그런데 여남구에게 가는 길에 조덕삼 검사에게 전화가 걸려 왔습니다.

"네, 최우철 형사입니다."

"최 경위, 지금 어디예요?"

"여남구 씨 만나러 가는 길입니다."

"그래요? 그럼 먼저 좀 만납시다."

"지금이요? 무슨 일로 그러십니까?"

"무슨 일은? 할 얘기가 있어서 그러지."

"그럼 제가 급히 확인할 게 있어서 그런데……."

"알아요. 나도 그거 때문에 그런 거예요. 지금 난리가 났어요."

"그게 무슨 말씀입니까?"

"증거물이 없다잖아요. 어떻게 된 거예요? 그러니까 빨리 지검으로 와요."

"없다고요? 알겠습니다. 바로 가겠습니다."

여남구에게 증거물이 없었다는 말에 바로 조 검사에게 갔습니다. 그때 여남구가 살해당했다는 걸 알았죠. 분명 증거물만 확보한다고 했는데…….

그리고 형 일은…… 정말 죽일 줄은 몰랐어요. 분명 증거물과 민우직 팀장만……. 형을 만나기로 한 시간이 지나고 한 통의 전화가 걸려 왔습니다.

"어떻게 됐습니까?"

"미안하게 됐어요. 채비로와 김범진이 나타나는 바람에……."

"그게 무슨 말씀입니까?"

"당신 형이 증거물을 가지고 나오지 않았어요."

"형은 무사한 겁니까?"

"그게 중요한 게 아니라니까요. 어디에 증거물을 숨겨 놨는지 찾아야 한다고요. 어디에 있는지 몰라요?"

"형은 어떻게 된 겁니까? 빨리 말해 봐요."

"미안합니다. 채비로와 김범진이 당신 형을 죽였어요."

"뭐라고요? 당신, 형은 걱정 말라고 했잖아!"

"미안해요. 하지만 지금 증거물을 찾지 못하면 당신 승진은 물 건너간다고요."

"뭐라고? 젠장! 끊어!"

하늘이 무너지는 줄 알았습니다. 무척 당혹스럽고 괴로웠어요. 내 욕심 때문에 형을 죽인 것 같아……. 그런데 그 상황에서도 형이 증거물을 숨겨 놓았을 장소가 생각난 거예요. 찾으러 갈까 말까 한참을 망설이다 찾으러 갔을 땐 이미 민 팀장님이 형 집에 계셨던 겁니다.

⬤

"고마워요, 솔직히 말해 줘서. 여남구 씨 부모님 사건은 어떻게 된 일인지 알아요?"

최 경위는 수갑이 채워진 양손을 내저으며 말했다.

"그건 저도 정말 모릅니다. 여남구 씨가 남긴 증거물을 어머님이 보냈다는 얘기를 듣고 여남구 씨 부모님 집을 찾아갔지만, 그땐 이미 자살한 뒤였어요. 아니, 자살이 아니었을 겁니다. 그들이 죽였을 게 분명해요."

"왜 찾아간 거죠?"

"서 의원에게 그 얘기를 들었을 때 여남구 씨 부모님이 위험하다는 걸 직감했습니다. 찾아갔을 땐 예상대로 두 분 다 돌아가신 뒤였지만요."

"정말 모르는 일이에요?"

"믿어 주세요, 경감님. 전 여남구 씨 부모님에게 위험을 알리러 갔던 겁니다."

"그래요? 알았어요. 더 말해 줄 건 없나요?"

"경감님, 서 의원을 만나고 싶습니다. 가능할까요?"

"서 의원이 이번 일로 큰 충격을 받았어요. 서 의원도 최 경위를 만나고 싶을 겁니다. 시간을 마련해 보죠."

"감사합니다. 경감님, 전 어떻게 되는 겁니까?"

"검사님과 상의해 봐야겠지만 곧 검찰로 송치돼 정식으로 조사를 받게 될 거예요."

"그렇군요. 죄송합니다, 경감님."

"일단 여기 좀 있어요."

남가좌동 김기창의 저택에 대검찰청 형사부 과장 엄기동 검사가 들어섰다. 정 실장은 대문까지 마중 나와 있었다. 저택 정원에 들어설 때 엄 검사가 정 실장에게 말을 걸었다.

"어르신이 무슨 일로 부르셨는지 알아요?"

"모르겠습니다. 영감, 어서 안으로 드시죠."

엄 검사는 정 실장이 열어 준 현관으로 들어섰다. 거실 소파에는 김기창이 앉아 있었다.

"어르신, 저 왔습니다."

"이리 와 앉아요."

엄 검사는 김기창의 눈치를 살피며 소파에 앉았다.

"뭘 그렇게 눈치를 봐요?"

"아……아닙니다. 눈치는요."

"내가 부른 건…… 채 의원이 어떻게 지내는지 궁금해서예요."

"어르신, 채 의원 소식은 곧 뉴스를 통해 들을 수 있게 하겠습니다."

"아직 잘 지내나 보죠?"

"죄송합니다, 어르신."

"시끄럽지 않게 처리해야 합니다. 알겠죠?"

"네, 물론이죠."

"뭐가 물론이라는 거예요?"

김기창은 버럭 소리를 내질렀다.

"예? 어르신……."

엄 검사는 깜짝 놀라 어깨를 잔뜩 움츠린 채 김기창을 곁눈질로 쳐다봤다.

"일을 어떻게 그따위로 처리하는 거예요? 내가 모를 줄 알았어요?"

"시정하겠습니다. 일성이 보고한 겁니까?"

"일성? 일성도 알고 있었어요?"

"아……. 아닙니까?"

"이것들이……. 뉴스에 서울 도심 총격전이라고 도배가 됐는데 그걸 모르겠어요?"

"죄송합니다. 바로 내리도록……."

"그건 이미 처리했어요."

"어르신, 용서해 주십시오. 그게……."

"그것보다, 또 나한테 보고 안 한 게 있어요?"

"아니……."

김기창은 까랑까랑한 목소리로 엄 검사의 말을 잘라 말했다.

"엄 과장, 요즘 왜 이래요? 잡생각이 많은 거예요?"

"제가요? 아니, 아닙니다. 죄송합니다. 그게, 사실은 민우직이 살아 있…… 아니, 사지가 모두 멀쩡하다는 보고가 있어서."

김기창은 엄 검사에게 삿대질하며 호통을 쳤다.

"또! 또! 일 처리를……. 아휴, 됐고! 남시보라는 경찰 알아요?"

"어르신, 그것도 알고 계셨습니까?"

"내가 모르는 게 있어요? 정말 그런 능력이 있다는 겁니까?"

"저도 직접 보지는 못했고 듣기만 해서……. 그런데 누구한테 그런……."

"그걸 알아서 뭐 하게요? 그런 엄 과장은 누구한테 들은 거 예요?"

"김범진이 이상한 얘기를 해서……."

"무슨 얘기요? 자세히 말해 봐요."

엄 검사는 김범진에게 들었던 이야기를 있는 그대로 김기창 에게 얘기했다.

"그게 정말이라면 그동안 실패한 적 없던 일들이 매번 틀어진 게 그자 때문이라는 거예요?"

"말이 그렇다는 거지 설마 그런 능력으로 그럴 수 있겠습니까? 그것보다 계획했던 일들이 계속해서 차질을 빚는 걸 봐서는 내부에 첩자가 있는 것은 아닌지 우려가 됩니다."

"첩자라……. 의심 가는 사람이라도 있어요?"

"의심이라기보다는 요즘 들어 일성이 그놈이…… 아니, 어르신 총애를 좀 받는다고 어찌나 위세를 떨고 다니는지. 거기다가 남철호 의원을 따로 몰래 만난 적도 있지 않았습니까?"

"그건 내가 일성에게 지시한 거라고 했잖아요."

"그 이후로도 계속 따로 만나고 있다고……. 남철호 의원 사람이 다 됐다는 소문도 돌고……."

"그건 나도 들어 알고 있어요. 남철호 의원 쪽에서 일부러 퍼뜨리는 뜬소문이니 그런 거에 현혹되지 말고, 그 이상한 능력을 가졌다는 그놈에 대해 알아봐요."

"그렇게 묵과할……."

일그러지는 김기창의 표정을 보고 엄 검사는 하고자 했던 말을 접었다.

"아닙니다. 예, 알겠습니다."

"그놈 정체가 파악될 때까지 일체 작업은 중단합니다. 알겠어요?"

"예, 어르신."

해가 저물고 어두컴컴한 폐차장으로 차 한 대가 들어왔다. 차

문이 열리고 헤드라이트 불빛 앞으로 걸어 나온 사람은 서도경 총경이었다.

"우리 왔다! 어디 있는 거야?"

서 총경의 말이 폐차장 안에 울려 퍼지자 맞은편에서 헤드라이트가 켜졌다. 그리고 그 불빛 옆으로 일성이 보였다.

"이제야 오셨나?"

"갑자기 장소를 바꾸려면 좀 가까운 곳으로 하든지. 이 먼 곳까지 온 이유가 도대체 뭐야?"

"당신들을 내가 어찌 믿나! 안 그래?"

"그쪽이야말로 쓸데없는 생각은 하지 마!"

"그만 교환하지."

"바로 본론으로 들어가니 좋네. 그쪽에서 먼저 보내. 그럼 우리도 보내지."

웃음소리가 크게 울려 퍼지더니 이내 일성의 목소리가 들려왔다.

"참 웃기는 양반이네. 그럼 동시에 보내는 걸로 하자고."

서 총경이 손짓하자 안민호 경위가 차에서 내리며 오성을 끌어내렸다. 맞은편 헤드라이트 불빛 사이로 윤진 경위가 보였다.

"자! 우리가 먼저 보낸다."

서 총경은 오성의 등을 떠밀었다. 오성은 천천히 앞으로 걸어 나갔다. 윤 경위도 맞은편 헤드라이트 불빛을 가르며 걸어오고 있었다.

오성과 윤 경위가 서로 마주섰을 때, 오성이 갑자기 달리기 시작했다. 윤 경위도 덩달아 발을 쩔뚝거리며 뛰었다. 안 경위는 윤 경위에게 달려가 윤 경위를 부축했다. 그 순간, 갑자기 총성이 울렸다.

맞은편에서 날아온 총탄은 다행히 윤 경위를 빗나갔다. 서 총경은 곧바로 총을 꺼내 방아쇠를 당겼다. 총탄이 오가는 중에 안 경위는 윤 경위를 부축해 차에 태웠다. 그리고 총을 쏘며 간신히 운전석에 올라탔다.

서 총경도 차 문 뒤로 몸을 피해 총을 쏘다, 차가 움직이자 재빨리 뒷좌석에 올라탔다. 차는 후진하며 출입구로 내달렸다. 출입구에 가까워졌을 때 갑자기 문 앞으로 차 한 대가 튀어나와 그들을 가로막았다. 안 경위는 급히 차를 세웠다. 일성 일당들로 보이는 자들이 쏟아져 나와 순식간에 차로 달려들었다.

쾅! 키이익!

그때 어디선가 굉음이 들려왔다. 출입구를 막고 선 일성 일당의 차 후미를 또 다른 차가 그대로 들이박으며 밀고 나간 것이었다. 폐차장 밖으로 나갈 수 있는 공간이 생기자 안 경위는 곧바로 엑셀을 밟아 후진했다. 달려들던 일당들은 차를 피해 옆으로 몸을 날렸고, 안 경위는 차를 돌려 그대로 폐차장을 빠져나갔다. 그 뒤로 일성 일당 차량을 밀고 나갔던 차도 후진하며 안 경위의 차를 뒤따랐다.

뒤늦게 일성과 그 일당들이 출입구로 달려 나와 총을 겨눌 때, 안 경위의 차를 후진으로 뒤따르던 차가 급회전하면서 총을 든 운전자의 얼굴이 드러났다. 그는 바로 민우직 경정이었다.

순간 일성과 일당들은 총을 피해 납작 엎드렸다. 그리고 곧바로 일어나 민 경정의 차를 쫓으며 총을 쐈다. 하지만 민 경정의 차는 점점 더 멀어져만 갈 뿐이었다.

그 모습을 허탈하게 지켜보던 일성은 손을 들어 올리며 총격을 멈추라고 소리쳤다.

같은 시각, 철제 담장 옆으로 박성지 기자가 대포 카메라를 든 채 서성거리고 있었다. 주위를 살피며 철제 대문에 다가가던 그때, 대문이 열리고 다크포스 대원으로 보이는 장정 두 명이 나와 박 기자를 향해 플래시를 비추며 소리쳤다.

"거기 카메라 든 놈! 이리 와 봐!"

박 기자는 플래시 불빛에 깜짝 놀라 뒤도 돌아보지도 않고 무작정 숲길을 내달렸다. 장정들은 도망가는 박 기자를 곧바로 뒤쫓았다. 박 기자는 나무들 사이로 쉼 없이 뛰었지만 장정들의 달리기를 이기지는 못했다. 결국 장정들에게 잡힌 박 기자는 눈을 질끈 감으며 별장으로 끌려갔다.

철제 대문 앞에 도착한 장정 중 한 명이 박 기자를 앞으로 내세우며 카메라에 손을 흔들자 대문이 활짝 열렸다. 그때 안에서 모니터를 보며 보초를 서던 자가 밖으로 나왔다.

"그 자식은 뭐야?"

장정들은 아무 말 없이 박 기자를 앞으로 밀며 그자에게 다가갔다.

"왜 그래? 그 자식 뭐…… 뭐야?"

그런데 한 장정이 갑자기 그자에게 달려들어 입을 틀어막고 보초실 안으로 끌고 들어갔다. 보초실 불빛에 비친 그 장정은 차우석 경위였다. 그리고 뒤이어 박 기자와 들어온 나머지 한 명은 남시보 순경이었다.

숲에서 장정들에게 잡힌 박 기자를 미끼로 매복하고 있던 차 경위와 남 순경 그리고 서필감 과장이 장정 둘을 급습했다. 그 후 차 경위와 남 순경이 장정들의 옷으로 갈아입고, 박 기자를 데리고 다크포스 본거지로 들어온 것이다.

서 과장은 장정 둘의 몸을 꽁꽁 묶어 밖에서 대기했다. 차 경위와 남 순경이 이곳으로 오게 된 것은 민 경정의 계획이었다.

몇 시간 전 서 과장과 민 경정의 통화에서였다.

"과장님, 그들의 아지트가 어디인지 압니다."

"그래?"

"그냥 순순히 윤 경위를 내주진 않을 겁니다. 뒤통수를 맞을 수 있으니 조심하셔야 합니다. 혼자 가실 건 아니시죠?"

"안 경위와 같이 움직일까 해."

"그렇게 하십시오. 차 경위 상태는 어떻습니까?"

"성한 곳이 없어. 이번 일에 투입하는 건 무리일 것 같아."

"그렇습니까? 그럼 남 순경을……."

"남 순경으로 되겠어? 나 경사에게 전화해 보고 나 경사를 보내지."

전화를 끊은 서 총경은 바로 나 경사에게 전화를 걸었다. 하지만 연결이 되지 않았다. 상황을 지켜보고 있던 남 순경이 물었다.

"과장님, 무슨 일인데 저는 안 된다는 건가요? 무슨 일인지는 모르겠지만 제가 하겠습니다."

"남 순경이 수행하기엔 위험해서 그래요. 나 경사를 보내야 할 것 같은데……."

안 경위도 함께 남 순경을 말렸다.

"과장님 말씀 들으십시오, 남 순경님."

"그럼 안민호 형사와 함께 과장님을 수행하게 해 주십시오. 네? 과장님."

"어휴…… 남 순경……."

"그렇게 가고 싶어 하는데 보내시죠."

2층 계단에서 차 경위가 내려오며 말했다.

"어! 차 경위, 몸은 괜찮아?"

"많이 좋아졌습니다. 무슨 일입니까?"

"그게 말이야……."

서 총경은 민 경정의 계획을 설명해 주었다.

"그럼 제가 팀장님 대신 가겠습니다. 그리고 남 순경도 같이 보내 주시죠."

"네. 저도 같이 갈게요, 과장님. 차우석 경위와 가게 해 주세요."

"이런……."

차 경위는 남 순경의 어깨에 팔을 걸치며 말했다.

"투입할 인력도 없지 않습니까. 한 사람이라도 더 있는 게 낫지 않겠습니까?"

"그렇긴 한데……. 그래. 내가 민 계장과 다시 얘기해 보지."

"그렇게 알고 준비하겠습니다. 뭐 해요? 남 순경."

"아! 네, 바로 준비됩니다."

"다크킹덤?"

주필상은 전혀 모르는 눈치였다. 그래도 오민석은 다시 확인했다.

"처음 들어 보십니까?"

주필상은 짜증 섞인 목소리로 물었다.

"그게 뭐야? 다크포스를 말하는 거야?"

"정말 모르고 계셨군요."

"다크킹덤이 뭐냐고? 너도 모르는 거야?"

"김기창 어르신과 남철호 의원이 만든 검찰 사조직입니다."

"검찰 사조직?"

"전·현직 검찰들로 구성된 조직입니다."

"그런데? 그런 사조직이 뭐? 그 정도는 하나씩 다 있잖아."

"그 정도의 조직이 아니기에 김기창 어르신과 남철호 의원이 날을 세우며 대립하고 있는 거 아닙니까?"

"남철호 의원은 대통령이 되고 싶어 환장한 사람이야. 그런데 그걸 김기창 그 놈팽이가 방해를 하는 거지. 지가 손에 쥐고 쥐락펴락하고 싶은데 남 의원은 그게 안 되니까. 그게 그 두 사람의 관계라고."

"그것도 있겠지만, 실상은 다크킹덤을 두고 대립하고 있는 겁니다. 김기창 어르신은 신성 클럽을 접수한 후에 다크킹덤을 더 큰 세력들과 통합해, 새롭게 만든 절대 권력으로 대한민국을 통째로 거머쥐려 하는 것입니다. 대통령은 그저 허수아비로 세워 놓고 말이죠. 하지만 남철호 의원은 검사들이 권력의 핵심이 되는 검찰 국가를 만들고 싶은 거겠죠. 결국 자신이 대통령이 돼 권력을 재편하려는 것입니다."

오민석의 말 한마디 한마디에 주필상은 놀라는 눈치였다.

"칠성, 너 뭐야? 어떻게 그렇게 속속들이 알고 있는 거야?"

"남철호 의원이 윤필두 차장검사와 나눈 대화를 우연히 엿들었습니다."

"윤 차장, 민주주의 좋지. 언론 자유, 법치 국가. 지금은 이게 권력인 세상이잖아. 이제는 검사, 판사의 세상이라고. 기자들은 돈이면 꾸뻑 넘어가니까 말이야. 대한민국은 앞으로 법, 머니, 언론이 만들어 갈 거라고."

"하지만 이제 시민의식도 높아졌고, 정통 언론들이 별 힘을 못 쓰고 있지 않습니까?"

"그러니까 이제 언론이 아니고 유통을 잡아야 한다고. 기사가 나가는 숨통을 쥐어야 한다는 거야. 그리고 시민의식? 개돼지 취급을 받으면서도 먹을 것 좀 던져 주면 금방 잊는 게 그게 시민의식이지 않나? 보라고. 집값 내려가고 세금 좀 올린다고 하면 저리 난리 아닌가? 뭐가 문제인지도 모르고 말이야."

남철호 의원은 탁자를 탁탁 치며 큰소리로 웃어젖혔다.

"검찰만으로 가능하겠습니까? 어르신 말씀대로⋯⋯."

"이 사람아, 이제 법이 답이라고. 검찰 개혁, 개혁하는 것도 다 법을 신뢰해서 그런 거 아닌가? 조금만 개혁하는 모습 보이고, 비리 정치인과 재벌들 잡아 처넣으면 검찰에 대한 신뢰는 금방 돌아올 거야. 그런데 그 좋은 권력을 비리 정치인들과 재벌들에게 왜 나눠 줘야 하는 거야? 안 그런가? 이게 다 김기창 부장 혼자 대한민국을 손에 쥐고 흔들고 싶어서 그런 게 아닌가? 그 다음을 봐야지. 다크킹덤은 검찰이 이끌어 가야 하는 거야. 대한민국 중심에 다크킹덤이 있어야 하는 거라고. 한 개인이 아닌, 검찰이 말일세."

윤필두 차장검사는 고개를 힘주어 끄덕이며 말했다.

"다크킹덤이 신성 클럽까지 접수한다면 그때는 그 누구도 검찰을 흔들지 못할 겁니다."

"왜 범죄자들과 권력을 나눠야 하는 거지? 난 그건 절대 용납할 수가 없네. 그들은 범죄자들이야. 나라를 좀 먹는 벌레라고. 그들은 법으로 처벌할 놈들이지 우리와 같이 갈 수 있는 종속들이 아니야. 그리고 그걸 알아야 해. 그 종속들은 언제 또 우리 뒤통수를 때릴지 몰라. 그때는 또다시 그들의 개 노릇을 해야 할지 모른다고. 아니, 검찰이 해체될 수도 있겠지. 안 그런가?"

"그렇긴 하지만……."

"우리가 그 꼴은 한두 번 당했나? 윤 차장, 벌써 다 잊은 거야? 납작 엎드려 짖으라면 짖고, 기라면 기면서 버텨 온 세월이 얼만가? 한데 우리에게 돌아온 건 뭔가? 권력의 개, 하수인이라는 수치스러운 수식어만 남아 있지 않나? 그들은 그런 족속들이야. 절대 믿어서도, 같이 가서도 안 되는 거라고. 이미 검찰을 해체하려 온갖 짓을 벌이고 있는 게 자네는 안 보이나? 윤 차장, 잘 생각해 보게."

오민석의 이야기를 곰곰이 듣던 주필상은 의심 어린 눈초리로 쳐다보며 물었다.

"그래서? 남철호 의원이 어르신을 제거하기 위해 나에게 거짓 정보를 넘겼다는 거야?"

"그건 모르겠습니다. 하지만 어르신을 제거한다고 해서 사장님이 신성 클럽을 접수할 수 있겠습니까? 다크킹덤이 그걸 그냥 보고만 있지 않을 겁니다. 또한 남철호 의원이 사장님을 그냥 두지 않을 게 뻔하지 않습니까?"

"그건 걱정 마. 남철호 의원과 벌써 얘기 끝났으니."

"무슨 얘기 말씀입니까?"

"봉황 자리 말이야."

"그다음은요? 정말 신성 클럽을 사장님께 넘긴다고 한 겁니까?"

"그 양반은 신성 클럽에는 신경도 안 써."

"그것 보십시오. 남철호 의원은 신성 클럽을 없앨 생각인 겁니다. 그럼 사장님도……."

주필상은 손을 들어 오민석의 말을 끊고 말했다.

"칠성아, 그 정도는 나도 생각하고 있다."

"뭐라도 쥐고 계신 겁니까?"

"이제 말하지 않아도 아는구나."

"그렇다면 다행입니다."

"칠성아, 네가 나서 줄 수 있겠지?"

"대신 하나 부탁드릴 게 있습니다."

"말해 봐."

"이사님을 그냥 두십시오."

"그냥 두라니? 그게 무슨 말이냐?"

"연쇄 살인사건으로 구속되게 그냥 두시라는 말씀입니다."

"뭐? 그게 무슨 소리야?"

붙잡은 보초병을 통해 나영석 경위가 구금된 장소를 알아낸 뒤, 우리는 곧장 나 경위가 구금된 곳을 찾아 나섰다. 나는 앞서 가는 차우석 경위 옆으로 다가가 말했다.

"차 경위님, 저는 다른 곳을 좀 살펴볼게요."

"그게 무슨 소립니까? 위험해요. 빨리 나 경위님을 데리고 나가야 한다고요."

"아는데요. 이곳이 발각됐다는 걸 그들이 알게 되면 철수할 게 뻔하잖아요. 그 전에 증거가 될 만한 것을 찾아야 할 것 같아서 그래요."

"그건 알겠지만 지금 시간이…… 일성이 언제 다시 올지 몰라요. 그리고 혼자 움직이는 건 위험해요."

"조심할 테니 이따 정문에서 만나요."

차 경위는 다른 곳으로 가려던 내 팔을 잡았다.

"그럼 10분입니다. 10분 후에 정문에서 보는 거예요. 알았죠?"

"예. 그럼."

차 경위는 나 경위가 구금된 장소로 갔고, 나는 창고로 보이는 건물로 향했다. 창고 안에는 운동 기구들이 있었고 철망으로 된 사각 링이 보였다. 시간을 체크하기 위해 휴대폰을 꺼내 시계를 확인했다.

뭐야? 시간이 왜 또 빠르게 흐르지? 주위를 둘러보다 몸이 휘청거렸지만 겨우 중심을 잡고 섰다. 하지만 갑자기 주변이 뿌옇게 보이는가 싶더니 머리에서 통증이 느껴졌다. 그리고 뭔지 모를 소리가 귓가에 맴돌았다.

우웅! 우웅. 우웅!

이건 분명 초자연 현상이다.

나는 급히 운동 기구가 있는 곳으로 몸을 피했다.

쾅! 창고 문이 열리고 누군가 안으로 들어왔다. 그 뒤로 오민석이 결박된 노년의 남자를 등떠밀며 들어섰다. 다행히 창고 안은 아주 컴컴해, 그들 눈엔 내가 띄지 않는 것 같았다.

"이게 무슨 짓들이야? 여기까지 날 데리고 온 이유가 뭐야?"

"조용히 하라니까!"

앞서 들어왔던 남자가 버럭 소리 치며 결박된 노년의 남자 배를 발로 걷어찼다.

"우욱! 으윽……. 자네가…… 왜…….."

"이렇게까지 안 하려고 했는데…… 그 입이! 조용하라고."

오민석은 노년의 남자를 걷어찬 남자에게 말했다.

"이제 어떻게 하실 겁니까?"

"뭘 어떻게 해? 처리해야지."

"직접 하실 생각이십니까?"

"내가? 아니지. 네가 해야지."

"제가요? 아니, 말이 다르지 않습니까?"

"뭐가 달라? 당연히 네가 해야지. 내 손에 피를 묻힐 거라 생각한 거야?"

그 순간 오민석의 시선이 내가 있는 곳에서 멈췄다. 나를 본 걸까?

"뭐야? 왜?"

"아니, 저기……."

오민석은 내가 있는 곳을 손으로 가리켰다.

"뭔데?"

노년의 남자를 가격했던 남자가 내가 있는 곳으로 성큼성큼 걸어왔다. 어떡하지? 이럴 때 누가 날 깨워 줘야 하는데……. 젠장!

그때였다. 내 등에서 손길이 느껴졌다.

"남 순경. 남 순경, 내 말 안 들려요?"

"어! 으흠."

누군가 내 입을 손으로 틀어막았다.

"조용."

차 경위였다.

"그렇게 큰 소리를 내면 어떡해요?"

"아……. 죄송해요."

덕분에 초자연 현상에서 빠져나올 수 있었다.

"10분이 지났는데 아직 여기 있으면 어쩌자는 거예요?"

"죄송해요. 아! 나 경위님은요?"

"정문 보초실에 있어요. 지금 나 경위님 상태가 말이 아니에요. 빨리 병원으로 가야 할 것 같으니 어서 가요."

"아……. 잠깐만요. 잠깐만 시간을……."

"지금 그럴 시간이 없어요. 방금 일성이 무전으로 이곳에 오고 있다고 했어요. 빨리 나가야 한다고요."

창가에 서서 초조한 듯 시계와 밖을 번갈아 보던 도민 경감은 서둘러 현관으로 뛰어나갔다. 그리고 차고 문을 열자 엉망이 된 차들이 안으로 들어섰다. 안민호 경위가 내린 차는 앞 유리와 본체에 총탄 자국들이 선명했고, 그 뒤로 들어온 민우직 경정이 내린 차는 앞 범퍼가 완전히 박살이 난 상태였다.

도 경감은 안 경위에게 다가가 물었다.

"안 경위, 어떻게 된 거예요?"

"경감님, 잠시만요."

뒷좌석 문이 열리고 윤진 경위가 내렸다. 그 뒤로 서도경 총경이 보였다. 안 경위는 서둘러 서 총경을 부축했다.

"과장님……."

민 경정도 옆으로 와 안 경위와 함께 서 총경을 부축했다.

"팀장님, 어떻게 된 겁니까? 과장님이 왜요?"

"도 경감, 총격전이 있었어."

안 경위가 덧붙여 말했다.

"과장님이 복부에 총상을 입으신 것 같습니다."

"그래요? 어서 안으로 모셔요. 빨리요."

"도 경감, 난 괜찮아. 옆구리를 조금 스쳤을 뿐이야. 나보다 윤 경위 좀 봐 주게."

발을 절뚝거리며 차에서 내린 윤 경위가 말했다.

"저는 괜찮습니다."

도 경감은 윤 경위 옆으로 다가가며 그들에게 들어가라고 손짓했다.

"어서 안으로 모시세요. 윤 경위는 제가 데리고 들어가겠습니다."

안 경위와 민 경정은 서 총경을 부축해 안으로 들어갔다. 윤 경위는 다행히 총상을 입지 않았지만, 모진 고문을 당해 다리가 성하지 못했다. 도 경감은 그런 윤 경위를 부축했다.

최우철 경위와 있던 한서율 검사는 소란스런 소리에 거실로 나와 있었다.

"무슨 일이에요? 과장님, 배에 피……."

"검사님, 빈 방이 어디죠?"

한 검사는 빈방으로 달려가 문을 열었다.

"여기요, 팀장님."

민 경정은 서 총경을 방에 눕히고 상처를 확인했다. 다행히 총탄이 옆구리를 스쳐 지나간 듯 옆으로 길게 살이 찢겨 있었다. 도 경감은 구급상자를 가지고 들어와 상처 부위를 소독하고 간단히 봉합 시술을 했다.

잠시 후 진통제를 맞고 잠든 서 총경을 본 후에야 도 경감은 밖으로 나왔다.

"도 경감, 과장님은 어떠셔?"

"괜찮으실 겁니다. 병원으로 모시고 가시지 그러셨어요?"

뒤에서 듣고 있던 안 경위가 말했다.

"죄송합니다. 과장님이 괜찮다고 하셔서……."

"아니에요, 안 경위. 과장님 말씀대로 크게 다치신 건 아니라서요. 과장님은 막 잠드셨어요."

민 경정은 안 경위의 어깨를 토닥이며 말했다.

"다행이네. 윤 경위는 어때?"

"윤 경위는 엑스레이를 찍어 봐야 할 것 같습니다. 다리뼈에 금이 간 건 아닌지 확인을 해 봐야 할 듯한데…… 다행히 골절은 아닌 것 같습니다."

"그래. 그럼 안 형사가 윤 경위 좀 병원으로 데리고 가."

"예, 팀장님."

안 경위는 소파에서 휴식을 취하고 있던 윤 경위를 부축해 차고로 향했다.

"도 경감, 차 경위에게 연락 온 건 없었어?"

"아직 없습니다."

"괜찮을지 모르겠어. 내가 갔어야 했는데……."

"팀장님은 과장님과 윤 경위를 지키신 게 아닙니까? 걱정 마세요. 서필감 과장님도 같이 계시지 않습니까?"

"그렇지. 그래. 기다려 보자고."

소파에 앉아 있던 한 검사가 일어나 민 경정에게 다가왔다.

"팀장님, 이제 시작하시죠."

민 경정은 도 경감을 쳐다보며 말했다.

"그래야겠지? 도 경감."

"네. 이제 이들의 정체가 밝혀졌으니 시작해도 되지 않겠습니까?"

민 경정은 고개를 끄덕이며 도 경감과 한 검사를 번갈아 바라봤다.

"그래, 도 경감. 그러시죠, 검사님."

"전 바로 주명근을 데리고 지검으로 가겠습니다."

"그러세요. 전 언론사와 접촉해 보겠습니다. 도 경감은 김승철 경감을 만나서 지금까지 우리가 정리한 다크킹덤에 대한 정보와 살인사건들을 최종 검토해 줘. 나한테도 보내 주고."

"그렇게 하겠습니다."

"김승철 경감이 어디에 있는지 아나?"

"나영석 경위의 집 아닙니까?"

"그래. 부탁하네. 검사님, 저는 서필감 과장님의 연락을 기다렸다가 움직일 테니 먼저 출발하시죠."

도 경감은 바로 밖으로 나섰고, 한 검사는 주명근이 있는 방으로 들어갔다. 민 경정은 2층으로 올라가 최 경위가 있는 방으로 향했다.

다크포스 본거지 정문으로 차량들이 줄지어 들어왔다. 잠긴 대문 앞에서 한 대원이 차에서 내려 문을 두드렸다.

쾅! 쾅! 쾅!

"야! 안에 아무도 없어? 문 열어!"

일성도 기다리지 못하고 차에서 내려 문 앞에 섰다. 그때 안에서 누군가 부산스럽게 뛰어나오는 소리가 들렸다. 그리고 대문이 열렸다. 속옷 차림의 남자가 눈을 비비며 나오다, 일성을 보고 꾸벅 허리 숙여 인사했다.

"오셨습니까, 형님."

"뭐 하는 거야, 지금!"

일성은 그 남자의 뺨을 사정없이 내리쳤다.

"아으!"

"왜 이제야 문을 열어? 보초 서던 놈들 다 어디 갔어? 정신 상
태가……."

그사이 보초실로 달려갔던 오성이 다급히 일성을 불렀다.

"형님! 형님, 여기 좀 와 보십시오."

일성이 뒤늦게 간 보초실엔 속옷 차림의 대원 둘과 멀쩡히 옷
을 입고 있는 대원 한 명이 테이프로 입이 틀어 막힌 채 쪼그려
묶여 있었다.

"이게 어떻게 된 거야?"

오성은 묶여 있는 대원의 입에 붙은 테이프를 떼어 냈다.

"헉! 형님, 누군가가 숨어들었습니다."

"뭐? 어떤 놈들이야?"

"그건 모르겠고, 그놈들이 가둬 뒀던 놈을 데리고 갔습니다."

"뭐라고? 언제?"

"아까 나갔으니, 맞다! 별장에 숨어 있을 겁니다."

"별장? 당장 별장으로 가 봐!"

"예! 형님."

일성과 같이 들어왔던 대원들이 일제히 차에 올라타 별장으
로 이동했다.

"이런 빌어먹을……. 이 새끼들이 이곳을 어떻게 알고……."

오성은 일성의 눈치를 살피며 물었다.

"형님, 어쩌죠? 이곳이 노출됐으면……."

"씨발……. 이 새끼들이 날 어찌 보고. 오성아, 이곳에서 일단 철수한다."

"철수라면……."

"흩어져서 숨어 지낸다. 지시가 있을 때까지 몸들 사리고. 알 았어?"

"예. 그렇게 지시하겠습니다."

"젠장!"

일성은 욕을 내뱉으며 차로 돌아갔다. 그사이 별장 안에 숨어 있던 차우석 경위와 남시보 순경은 마을 아래로 내려와 서필감 과장, 박성지 기자와 합류해 나영석 경위를 데리고 양촌면을 벗 어났다.

한서율 검사는 주명근을 조수석에 앉히고 서울지검으로 향 했다.

"수갑 좀 풀어 줘. 모두 자백하고 순순히 간다고 했잖아. 그러 니까 풀라고!"

"미안해요. 그건 어렵겠어요. 다 왔어요."

"젠장!"

한 검사는 갑자기 차를 갓길에 세웠다.

"뭐야? 왜 여기서 멈춰?"

그때 누군가 뒷좌석에 올라탔다.

"다리는 괜찮으십니까?"

오민석의 목소리가 들리자 주명근이 뒤돌아봤다.

"어? 형이야?"

"검사님, 총을 쏘면 어쩌자는 겁니까?"

"미안해요. 그 상황에서 어쩔 수 없었어요. 급한 마음에…….
그리고 그땐 모른 척할 수밖에 없어서 그런 거 알죠?"

"압니다."

"다리 상처는 다행히 칼에 살짝 베인 정도였어요."

"그렇다면 다행입니다."

주명근은 엉덩이를 들썩이며 말했다.

"형, 나 구하러 온 거 아니야?"

"이사님, 그때도 말씀드렸지만 모든 걸 자백하시고 죄를 뉘
우치는 모습을 보이셔야 합니다. 그래야 최대한 감형을 받을 수
있습니다."

"지금 뭐 하시는 거죠? 검사 앞에서……. 그리고 뉘우치는 모
습을 보이는 게 아니라 정말 뉘우쳐야 한다고요."

"제가 말을 잘못했습니다, 검사님. 그래요. 죄를 뉘우치고 새
로운 삶을 사셔야 합니다, 이사님."

"뭐야? 아빠는? 아빠도 내가 이렇게 감빵에 들어가는 걸 보고
만 있겠대?"

"사장님께 말씀드렸습니다."

"그래. 뭐라고 하셔? 빼 주신다 그러서?"

"아닙니다. 제가 부탁드렸습니다. 이사님이 죗값을 제대로 받고 나올 수 있도록 해 달라고요."

화색이 돌던 주명근의 얼굴이 순간 일그러졌다.

"뭐라고? 형, 미쳤어? 최대한 형량을 줄여 달라고 했어야지."

오민석은 흥분하는 주명근의 어깨를 잡으며 말했다.

"제 말 잘 들으세요, 이사님. 사장님은 이번 일에 아무런 간섭도 하지 않겠다고 저랑 약속하셨습니다. 사장님도 이사님이 죗값을 받고 나와 새 삶을 살길 원하십니다."

"정말? 아빠가 그렇게 얘기했다고? 정말이야?"

"네. 그러니 얌전히 검사님을 따라 들어가십시오."

주명근은 자신의 어깨를 잡고 있는 오민석의 손을 뿌리치며 정면을 응시했다.

"젠장……. 두고 봐."

"오민석 씨, 주필상 씨가 정말 그렇게 말했단 말인가요?"

오민석은 잠시 머뭇거리다 대답했다.

"네. 그럼 전 이만 내리겠습니다. 저희 도련님 잘 부탁드립니다."

그 말을 마지막으로 차에서 내린 오민석은 어느새 어딘가로 사라져 버렸다.

캄캄한 어둠 속에서 문이 살짝 열렸다. 고요한 방 안에선 옅게 코 고는 소리가 들려왔다. 검은 두건으로 얼굴을 가린 자는 침대로 성큼성큼 다가가, 두건을 내리며 김기창의 어깨를 잡고 흔들었다.

"허억! 뭐……."

그자는 김기창의 입을 손으로 틀어막았다.

"어르신, 접니다. 놀라지 마십시오."

그는 그렇게 말하며 천천히 손을 뗐다.

"너…… 네가 여기는 어떻게……."

김기창은 떨리는 목소리로 말을 이어 갔다.

"여긴 아무도……."

"어르신, 죄송합니다. 잠시만 제 얘기를 들어 주십시오."

"무슨 얘기를?"

"아무도 모르게 어르신을 찾아뵙고 말씀드려야 할 일이 있어 이런 무례를 저질렀습니다. 어르신, 용서하십시오."

"그래. 알았으니 말해 봐. 무슨 일이야?"

그는 잠시 주위를 살핀 후 말했다.

"어르신, 주필상 사장이 다 알고 있습니다."

"뭘 말이냐?"

"주필상 사장을 죽이라고 지시하셨습니까?"

김기창은 눈을 치켜뜨며 그를 쳐다봤다.

"그게 무슨 소리야? 그걸 주 사장이 안다고?"

"예, 어르신. 그 사실을 누가 알고 있는 겁니까? 어르신을 배신한 자가 내부에 있는 게 아닌가 싶습니다."

김기창은 미간을 찌푸리며 고개를 갸웃했다.

"뭣이? 배신자?"

"그렇지 않고서는 그 사실이 주필상 사장의 귀에 들어갈 일이
없지 않겠습니까?"

"그래서 주필상이 너한테 날 죽이라고 이곳에 보낸 거냐?"

"오늘은 어르신에게 보고드리러 온 것뿐입니다."

"그래? 그래. 역시 내가 널 잘 봤다, 잘 봤어."

"누구입니까? 일성입니까?"

"일성이? 일성도 알고 있지. 또…… 엄기동……."

"엄기동 검사 말입니까?"

"그렇지. 그 둘이 알고 있지."

"어르신, 제 말씀 잘 들으십시오. 일성과 엄기동 검사에게는
제 얘기를 하지 마십시오. 그리고 주필상 사장과 남철호 의원이
공모해 어르신을 제거하려는 듯했습니다. 주필상 사장에게 어
르신 계획을 알린 것도 남철호 의원인 듯합니다."

"남철호 이자가……."

"당분간 외부 출입을 자제하시고 이곳 경호도 강화하시는 게
좋겠습니다. 누군지 확실히 알기 전까지는 모른 척하셔야 합니
다."

"그래, 그렇게 하마. 그럼 주 사장과 남철호 그 인간들은 어찌
하면 좋겠어?"

"어르신, 제가 남철호 의원을 제거하도록 일성에게 지시 내리

셨습니까?"

"그건…… 그래. 나중에 내가 널 불러 직접 부탁하려 했다."

"그러셨군요. 알겠습니다. 제가 남철호 의원을 처리하겠습니다. 단, 저에게 자유를 주신다는 그 약속은 꼭 지켜 주십시오."

"자유? 그게 무슨 말이냐?"

"어르신이 하신 말씀이 아니셨습니까?"

"자유를 원하는 거야?"

"예, 어르신. 이번 일을 마무리 지으면 절 놓아주시겠다고 약속해 주십시오."

"그게……."

"어렵겠습니까?"

"떠나보내기 안타까워 그러지……. 그렇게 하자. 대신 남철호와 주 사장 모두 문제없이 처리해야 한다."

"주필상 사장과 남철호 의원을 같은 날 동시에 처리해야 합니다. 눈치 빠른 자들이기에 한 놈이 제거되면 금방 눈치를 챌 겁니다."

"그렇겠지. 무슨 좋은 방도가 없겠어?"

"남철호 의원은 저와 일성이 맡아 처리하겠습니다. 주필상 사장은 어르신이 이곳으로 불러 처리하시죠."

"뭐? 지금 내 손에 피를 묻히라는 거냐?"

"주필상 사장은 어르신을 뵙고 싶어 합니다. 이보다 더 좋은 기회가 어디 있겠습니까? 이곳으로 초대해서 조용히 처리하면 됩니다. 직접 하실 것 없습니다. 제가 준비는 다 해 놓겠습니다."

"그래? 널 믿어도 되겠지?"

김기창이 의심의 눈초리를 바라보자, 그는 김기창의 눈을 똑바로 응시하며 대답했다.

"믿으셔도 됩니다. 제가 이렇게 찾아온 것을 보고도 못 믿으시겠습니까?"

"그래그래, 믿지. 네 실력도."

"그럼 전 이만 돌아가겠습니다."

돌아서려는 그를 김기창이 불러 세웠다.

"칠성아."

"예, 어르신."

"네 생각엔 누가 배신자 같으냐?"

"일성과 직접 만나 봤지만 그런 낌새를 느끼지 못했습니다. 제 생각으로는 엄기동 검사가 아닐까 싶습니다. 그래도 혹시 모르니 일성에게도 비밀로 하셔야 합니다. 곧 일성이 주필상 사장을 만날 겁니다."

"일성이 왜?"

"주필상 사장이 어르신을 만나 뵙고 싶어 일성을 만나는 것 같습니다. 일성이 주필상 사장을 만나고 어르신께 보고하지 않겠습니까? 만약 그렇지 않다면 일성이 배신자라 보셔야 할 겁니다."

"일성이……. 그래. 지켜보자. 칠성아, 고맙다."

"아닙니다. 자유를 주시겠다는 그 약속만 꼭 지켜 주십시오."

"그래, 알았다."

오민석은 허리를 깊게 숙여 인사하고 방을 나섰다. 그런 그를 지켜보던 김기창은 혼잣말을 내뱉었다.

"참…… 아까운 놈이란 말이지……."

김기창은 침대에 누우려다 말고 다시 앉아 휴대폰을 집어 들었다.

"엄 과장."

"예, 어르신. 이 새벽에 어쩐 일이십니까?"

"곤히 자는데 깨워서 미안해요."

"아닙니다. 그런 말씀이……."

"알아요, 알아. 그것보다…… 낚시보라고 했죠? 시체를 본다던 그 경찰 말이에요."

"아! 예. 그 순경 말입니까? 아직 보고드릴 것이 없는데……."

"그게 아니에요. 내일…… 아니, 오늘 당장 그자를 내 앞에 데리고 와요."

"그자를 말입니까?"

"그래요. 왜요? 못 해요?"

"아, 아닙니다. 그렇게 하겠습니다. 그런데 무슨 일로……."

"또. 또. 하라면 그냥 할 것이지 요즘 왜 그래요? 매번 토를 달지 않나……."

"아닙니다, 어르신. 시정하겠습니다."

"그럼 끊어요."

이른 아침부터 강남 경찰서 정문은 기자들로 북적였다. 정문으로 중형 세단이 들어와 정차하자 기자들이 차로 몰려들었다. 차에서 내리려던 홍두기 서장이 잠시 멈칫했다.

"무슨 일이야?"

"저도 모르겠습니다."

"뭐야. 이런, 내려서 길 좀 확보해."

"예, 서장님."

운전기사는 차에서 내려 뒷좌석으로 이동한 뒤, 조심스럽게 차 문을 열고 기자들 앞을 막아섰다. 차에서 내리는 홍 서장에게 기자들이 달려들며 질문을 퍼부었다.

"홍두기 서장님, 연쇄 살인범 진범이 잡혔다는데 사실입니까?"

"강남서 강력계에서 잡은 그 연쇄 살인범은 조작된 가짜라는데 사실입니까?"

"서장님이 지휘 하에 사건을 조작하신 겁니까?"

"홍두기 서장님, 직접 지시한 게 맞으십니까?"

홍 서장은 기자들 질문에 대답 없이 기자들을 밀치며 정문으로 걸어갔다. 뒤늦게 나온 경찰들이 홍 서장을 호위하며 안으로 들어섰다.

"뭐가 어떻게 된 거야? 기자들이 도대체 무슨 소리를 지껄이는 거야?"

"서장님, 서울지검에서 강남 연쇄 살인사건 진범을 체포했다는 보도 자료를 냈습니다."

"그게 무슨 소리야? 진범이라니?"

"저도 그게⋯⋯."

"당장 그 보도 자료 가지고 와!"

홍 서장은 씩씩거리며 서장실로 들어갔다. 의자에 앉아 인터넷을 검색하고 있을 때 보도 자료를 가지러 갔던 경찰이 급히 뛰어 들어왔다.

"어, 이리 가지고 와."

"서장님, 그게 아니라 지금 검찰이 이곳으로 오고 있습니다."

"검찰이?"

"예. 압수수색을 하려는 듯 보였습니다. 빈 박스⋯⋯."

그때 서장실 문이 열렸다.

"홍두기 서장님, 잠시 압수수색이 있겠습니다. 여기 압수수색 영장입니다."

검찰 수사관이 영장을 홍 서장에게 건넸다.

"지금 뭐 하는 거야? 압수수색이라니? 왜? 그 자식이 진범이라고 누가 그래?"

검찰 수사관 뒤에서 한서율 검사가 걸어 나왔다.

"홍두기 서장님, 연쇄 살인사건 부실·조작 수사 의혹이 있어 압수수색을 진행합니다. 공무집행에 협조해 주시죠."

"자네였어? 한서율 검사, 조작이라니? 이미 연쇄 살인범이 모두 자백했다고!"

"그러니 강압 수사가 없었는지 조사를 해 봐야겠죠."

"강압 수사?"

홍 서장이 버럭 소리쳤지만, 한 검사는 옅은 미소를 지으며 수사관들에게 지시했다.

"빨리 압수수색 진행하세요."

"예, 검사님."

"그냥 계시죠. 방해하시면 공무집행 방해죄 현행범으로 긴급 체포될 수 있습니다."

"현행범? 나를 체포한다고?"

홍 서장은 잔뜩 찌푸린 얼굴로 한 검사에게 다가섰다. 그때 뒤에서 지켜보던 나상남 경사가 뛰어나와 홍 서장 앞을 가로막았다.

"넌 또 뭐야?"

"서장님, 더는 다가오지 마십시오. 그땐 서장님이라도 어쩔 수 없습니다."

"뭐? 이 자식이…… 아휴!"

홍 서장은 크게 한숨을 내쉬며 뒤돌아섰다. 한 검사는 나 경사 옆으로 나와 말했다.

"서장님, 조만간 참고인 신분으로 서울지검에 출석해 주셔야 할 겁니다. 미리 말씀드리는데요. 불법 도감청 건으로도 조사를 받으실 겁니다."

"불법 도감청?"

"박민희 순경의 옷과 가방에서 불법 도감청 장치가 발견됐거든요."

"그게 나하고 무슨 상관인데?"

"그러니까 참고인으로 조사를 받으신다고 말씀드리는 거잖아요. 오철진 경위도 함께 조사받게 될 겁니다."

홍 서장은 깜짝 놀라며 한 검사를 쳐다봤다.

"오 경위?"

"그러면 범인이 누구인지 알 수 있겠죠. 이만 나가 주시죠. 공무집행하는 데 방해가 되네요."

"뭐라고? 젠장! 한 검사, 지금 큰 실수하는 거야. 두고 보라고!"

홍 서장은 큰소리치며 서장실 문을 발로 걷어차고 밖으로 나갔다.

"어르신, 정 실장입니다."

"……."

똑똑똑!

"어르신, 정 실장입니다. 급한 일이라고 엄기동 영감이 들었습니다."

잠을 설쳤던 김기창은 힘겹게 침실에서 일어나 실크 가운을 걸치고 나왔다.

"어흐, 무슨 일이에요?"

"엄기동 영감이 급히 뵙고자 합니다."

어느새 정 실장 뒤에 서 있던 엄기동 검사가 기다리지 못하고 앞으로 나와 말했다.

"어르신, 죄송합니다. 급히 보고드릴 일이 생겼습니다."

"엄 과장? 왜요? 벌써 데리고 온 거예요?"

"그게 아닙니다. 안으로 들어가서 말씀드리겠습니다."

정 실장은 뭔가 느낌이 좋지 않았는지 자리를 뜰 생각을 하지 않았다.

"정 실장, 괜찮아. 내가 부를 때까진 들어오지 마."

"예, 어르신."

그제야 정 실장은 거실로 갔다. 그리고 김기창과 엄 검사는 방으로 들어갔다. 방에 들어서자마자 엄 검사가 김기창의 눈치를 살피며 말했다.

"어르신, 큰일 났습니다."

"무슨 일인데 그래요?"

"중고차 매장과 별장에 압수수색 영장이 발부됐습니다."

"뭐요? 어떻게? 엄기동, 당신 뭐 하고 있었어?"

"죄송합니다. 새벽에 갑자기 처리되는 바람에……."

"어떤 놈이 영장 신청을 결재한 거예요?"

"서울지검 심노양 부장검사라고……."

"심노양? 남철호 의원 사위 아니에요? 남철호가 드디어 내 뒤통수를 친 겁니까? 아니, 아니지. 그럼 남철호 의원도 무사할 수가 없는데……."

"그리고 어르신의 자택도 압수수색하려 했답니다."

"뭐라고? 그래서 압수수색 영장이 발부된 거예요?"

"아닙니다. 그건 윤필두 차장검사가 막았습니다. 별장과 중고차 매장은 어떻게 할 수 없었다고만……."

"젠장! 안 되겠어. 남철호 의원을 만나 봐야……."

엄 검사는 조급하게 휴대폰을 찾는 김기창에게 다급히 말했다.

"어르신. 어르신, 문제는 그게 아닙니다. 압수수색을 왜 하려고 하는지 모르시겠습니까?"

김기창은 엄 검사를 노려보며 소리쳤다.

"말을 해요, 말을!"

"그게…… 예, 어르신 영상이……."

"뭐?"

김기창은 침대 옆 탁자에 있던 주전자를 집어 들어 엄 검사에게 집어 던졌다. 주전자는 엄 과장 옆을 지나 방문에 부딪혀 떨어졌다. 엄 검사는 허리를 굽히며 머리를 조아렸다.

"어르신, 죄송합니다. 저도 어찌 된 영문인지……."

"그걸 어떻게 남철호가 가지고 있는 거야? 또 주필상 그 자식이야!"

"알아본 바로는 주필상이 아니라……."

"그럼 누구야? 빨리 말해!"

김기창은 고성을 내질렀다.

"민우직 형사라고……."

"뭐? 민우직? 그 죽일 놈? 어떻게? 어떻게!"

김기창은 괴성을 지르다 뒷목을 잡으며 침대에 털썩 주저앉았다.

"어르신, 괜찮으십니까? 정 실장! 정 실장!"

"우직아, 계획은 좋은데 그 영감……."

김승철 경감은 한서율 검사의 눈치를 보며 말을 이어 갔다.

"아니, 심 검사가 우리 뜻대로 움직여 주겠어?"

"쉽지 않겠지. 그래도 심 검사라면 가능할 거야. 심 검사는 지금 바짝 엎드려 있는 것뿐이라고. 기회가 오면 본색을 드러낼 테니 그걸 우리가 이용하자는 거야."

"그게 가정사야?"

"그래. 야비할 수 있지만 우리가 심 검사를 움직이게 할 방법은 현재로서는 그것밖에 없어. 그걸로 심 검사를 움직이게 하자는 거지, 세상에 오픈해 망신을 주자는 건 아니잖아."

"알아. 그래서도 안 되고."

한 검사는 심노양 검사의 가정사라는 말에 민 경정에게 물었다.

"심노양 부장검사에게 무슨 일이 있었던 건가요?"

"검사님, 심재철 회장은 심노양 부장검사의 큰아버지예요. 아시죠?"

"그럼요. 알고 있죠."

"심노양 부장검사의 아버지는 그의 형 밑에서 온갖 궂은일을 다 맡아서 했어요. 그러다 심재철 회장이 도를 넘어 버린 거죠. 심 검사의 어머니를 겁탈한 겁니다. 그 일을 심 검사의 아버지가 알게 돼 두 분이 극단적인 선택을 하게 된 거죠. 다행히 심 검사의 아버지는 살았지만 어머니는 돌아가셨어요. 그 후유증으로 심 검사의 아버지는 한쪽 눈까지 실명하셨죠. 심 검사도 그 일로 크게 충격을 받았을 겁니다. 하지만 어린 나이였기에 심재철 회장을 어떻게 할 수 없었던 거죠. 그의 아버지도 경제적인 어려움 때문에 참고 그의 밑에서 일을 계속해야 했으니까요. 심 검사는 그 일을 계기로 검사가 되겠다고 다짐했을 겁니다."

"팀장님은 어떻게 그렇게 잘 알고 계신 거죠?"

"이 친구에게 들었습니다."

민 경정이 김 경감을 가리키자 그가 말을 이었다.

"제가 처음 투입된 사건이 심 검사의 부모님 사건이었습니다. 그때 남긴 유서를 우연히 보게 됐었죠."

"그럼 그 유서는……."

"심 검사가 가지고 있을 겁니다."

"심 부장검사에게 그런 가정사가 있었는진 몰랐네요."

제20화

수면 위로 드러난 진실

"다크킹덤을 밝히라고?"

김 경감은 살짝 놀란 얼굴로 되물었다.

"응. 이제 다크킹덤의 실체를 세상에 알려야 해. 그에게 우리가 알고 있다는 사실을 알려도 이젠 괜찮을 거야."

"그래서? 그걸 심 검사에게 밝혀서 뭘 어쩌려고?"

김승철 경감의 물음에 한서율 검사가 나서서 대답했다.

"김기창과 남철호에게서 다크킹덤을 떼어 놓아야 해요. 그렇게 다크킹덤의 힘을 분산시켜야 우리가 그들을 수사하는 데 걸림돌이 덜할 테니까요. 그뿐만 아니라 그들이 분열해야 다크킹덤을 최종적으로 와해시키는 데도 수월할 거고요."

"검사님, 그걸 심노양 검사가 할 수 있다고 보십니까?"

"승철아, 심 검사 혼자는 절대 할 수 없지. 하지만 그 시작은 될 수 있지 않을까? 작은 금부터 시작하자고."

"작은 틈을 만들자?"

뜨거운 열기로 하얀 김이 모락모락 피어오르는 탕 안에 심노양 부장검사가 눈을 감고 앉아 있었다. 김승철 경감이 목욕탕 안을 두리번거리며 들어와 심 검사 옆에 앉았다.

"조용한 곳에서 보자고 했잖습니까?"

"이곳이 어때서요? 조용하잖아요."

심 검사는 여전히 눈을 감은 채 대답했다.

"말이 울려서 다른 사람들이 들을 수 있지 않습니까?"

"걱정 말아요. 이곳에 아무도 못 들어옵니다. 그것보다 뭡니까? 급히 만나자고 한 게."

"이번 총선에 나오신다고요?"

"그건 또 누구한테 들었어요? 참……. 그래서요?"

"나서기 전에 스포트라이트 좀 받고 시작하시죠."

심 검사는 힐끔 김 경감을 쳐다보고는 다시 눈을 감았다.

"그게 무슨 소리예요?"

"김기창 아시죠?"

"뭐예요? 어르신 이름을 그렇게 함부로 부르면 쓰나? 조심해요."

"아, 그렇습니까? 이런 곳에서 보자고 해서 보여 드릴 수도 없고……."

"뭔데 그래요? 그냥 말로 해요, 말로."

"성폭행과 살인 교사 건으로 내사 중이란 말입니다."

심 검사는 그제야 눈을 번쩍 뜨며 김 경감 쪽으로 몸을 돌렸다.

"뭐요? 증거는?"

"이제야 관심이 가십니까?"

"증거가 있냐고 묻잖아요."

"증거를 확보했으니 만나자고 한 게 아닙니까?"

심 검사는 다시 몸을 제자리로 돌려 눈을 감았다.

"내가 당신을 도울 거라고 생각한 겁니까?"

"왜요? 겁나십니까?"

"뭐요?"

심 검사가 심기 불편한 얼굴로 흘겨보자, 김 경감은 그의 눈을 피해 앞을 보며 말했다.

"알고 있어요. 김기창 그 어르신이 얼마나 대단한 분인지. 그리고 얼마나 잔인하고 무서운 사람인지도."

"알면 조용히 넘어가요. 증거가 있어도 쉽지 않을 겁니다. 검찰에서 그 수사를 맡아 진행할 검사가 있을 것 같아요?"

"쉽지 않겠죠."

"알면 그만둬요. 당신까지 다치니까. 이번은 내가 못 들은 걸로 해 줄 테니."

"이미 죽을 뻔했습니다."

"뭐야? 어르신이 알고 있는 거예요?"

"다크킹덤을 아시죠?"

심 검사는 당혹감을 감추지 못하고 언성을 높였다.

"뭐? 당신 정말 죽고 싶어?"

"다 알고 있어요. 당신도 다크킹덤의 조직원입니까?"

"김 경감, 그 입 함부로 놀리지 말아요. 죽을 뻔했다고 했죠? 정말 죽을지도 모릅니다."

"이젠 그런 걸로 겁나지도 않네요, 죽다 살아나 보니. 남철호 의원…… 아니, 장인어른과 김기창 어르신 관계를 잘 압니다. 이번이 기회가 될 수 있을 텐데요."

"뭐야? 장인어른을 이용해서 어르신을 치려고? 이이제이? 전략은 좋은데 어르신이 절대 혼자만 죽을 양반이 아니거든. 잘 안다면서요? 그리고 다크킹덤을 알고 있으면 이렇게 나오는 건 큰 실수라는 것도 알 만할 텐데."

"심노양 부장검사님, 심재철 회장 조카로 부유하게 걱정 하나 없이 살아왔다고들 사람들이 알고 있지만, 사실은 부당하게 무시당하며 힘겨운 어린 시절을 보냈다는 걸 잘 알고 있습니다. 그래서 검사가 된 게 아닙니까? 특히 어머님……."

심 검사는 화가 난 듯 주먹으로 탕 안의 물을 내리치며 소리쳤다.

"그만! 당신 뭐야? 나에 대해 많이 알아봤나 본데, 그렇다고 당신들을 도와서 어르신을…… 아니, 장인어른을 배신할 것 같아?"

김 경감은 예상한 듯 심 검사에게 눈을 떼지 않고 말을 이어갔다.

"배신이 아니죠. 검사에게 당면한 객관 의무*죠. 그리고 조금의 개인적 복수? 남철호 위원장이 심노양 부장검사님을 왜 사

---

* **객관 의무** : 범죄자나 피고인에게 유리한지의 여부를 불문하고 객관적 입장에서 수사나 소송 활동을 할 의무

위로 삼았는지 세상천지 모르는 사람은 없을 겁니다. 하지만 부장검사님은 모든 걸 바꿀 수 있습니다. 아니, 모든 걸 제자리로 돌려놓는 것뿐이죠. 김기창과 장인어른이 망쳐 놓은 검찰을 심노양 부장검사님이 원상 복구시키는 겁니다. 그래서 심재철 회장을 법의 심판대에 앉혀야 하지 않겠어요?"

"이 사람이 정말……."

"그런 거 아닙니까? 온갖 수모를 참고 그 자리에 있는 게 심재철 회장 때문이잖아요!"

"뭐야? 어떤 새끼가 그런 얘기를 해? 당신 정말 죽고 싶은 거야?"

심 검사는 충혈된 눈을 부릅뜨고, 당장이라도 김 경감에게 달려들어 죽일 듯 목에 핏대를 세우며 고함을 내질렀다.

"이것 봐요. 속마음을 들키니 흥분하는 걸……."

"이 자식이 정말……."

"다 알고 이 자리에 온 겁니다. 걱정 말아요. 그 사실은 절대 세상에 알리지 않을 겁니다. 그건 돌아가신 당신 어머님에게도 예의가 아니니."

"뭐…… 이……."

심 검사는 갑자기 탕에 얼굴을 박고 거칠게 세수했다.

"김기창, 남철호 그 두 양반이 있는 한 심재철 회장을 법정 앞에 세울 수 있는 날은 절대 오지 않을 겁니다. 차라리 김기창이 자주 쓰는 방법이 빠를 겁니다. 하지만 그럼 당신도 똑같은 놈이 되는 거겠죠. 안 그래요?"

"그래서? 어떻게 하겠다는 건데?"

"우선 김기창부터 시작하죠."

현재

서도경 총경의 집 차고 문이 열리고 차들이 들어왔다. 차에서 민우직 경정이 내리자, 차고에서 기다리고 있던 서 총경이 이들을 맞았다.

"왜 벌써들 오나?"

"왜 나와 계십니까? 좀 더 누워 계시지 않고요."

"괜찮아, 이 정도는. 갔던 일은?"

"예상하지 않으셨습니까?"

"그런 거야? 도 경감 그쪽도?"

"네. 별장도 마찬가집니다. 예상대로 미리 정리한 것 같습니다."

"그렇군. 김기창의 집을 압수수색했어야 했는데……."

"그건 어려울 거라 했잖습니까? 어서 들어가시죠. 다음 단계로 넘어가야죠."

"그래 어서들 들어와. 박 기자가 기다리고 있어."

집으로 들어선 서 총경이 민 경정에게 물었다.

"안민호 경위는 왜 같이 안 왔어?"

"혹시 몰라 압수수색한 자료들을 좀 더 살펴보라고 했습니다."

"그래. 한 검사도 홍 서장의 서장실 압수수색을 진행 중이라고 연락이 왔네. 그곳에서 뭔가 나오길 기대해 봐야겠지."

"그곳은 생각지 못했을 겁니다. 기다려 보시죠. 그런데 남 순경이 보이지 않네요."

"어. 관할 지구대에서 급하게 찾는다고 자네들 도착하기 바로 전에 나갔어."

"그래요? 무슨 일인지는 모르시고요?"

"그렇지. 물어볼 겨를도 없이 나갔으니."

"무슨 일이지?"

그때 박성지 기자가 방에서 나와 인사를 나눴다.

"어때요? 기사를 받아써 줄 언론사는 찾았어요?"

"그래도 가능성 있는 몇 곳에 오퍼를 해 봤는데⋯⋯ 아직 연락 온 곳은 없네요."

"어렵겠죠?"

"그럴 겁니다. 그러지 마시고 소셜 미디어에 공개하시죠. 제 블로그와 SNS 팔로워들도 꽤 돼서 금방 퍼질 겁니다."

"괜찮겠어요? 김기창 쪽에서 명예 훼손으로 고소가 들어올 거예요. 잘못되면⋯⋯."

"그 정도도 생각 못 하고 제안드린 줄 아십니까? 기자가 됐으면 그 정도는 감수해야죠. 목에 칼이 들어와도 팩트와 트루한 기사를 내야, 그래야 기자죠."

박 기자가 호탕하게 웃자 민 경정이 다가가 그의 어깨를 잡으며 말했다.

"그래요. 그럼 그렇게 해 봅시다. 전 이덕복 어르신을 만나고 오겠습니다."

"민 계장, 갑자기 이덕복 씨는 왜 만나려고?"

"최 형사 일도 말씀드리고, 앞으로 이민지 양 사건이 언론에 오르내릴 것 아닙니까? 좋은 얘기만 나오지 않을 게 뻔하잖아요. 사실이 아닌 거짓 뉴스들도 많을 거고요. 미리 말씀드리고 양해를 구해야죠."

"그래. 그렇지. 분명 김기창이 가만히 있을 자는 아니지. 온갖 거짓 뉴스들로 망자를 욕보이려 할 거야. 잘 생각했어."

도 경감은 나가려는 민 경정을 따라 나서며 말했다.

"팀장님, 저도 같이 가도 될까요?"

"시간 괜찮으면 그렇게 해."

"그럼 과장님, 다녀오겠습니다."

민 경정과 도 경감은 다시 차고로 나갔고, 박 기자는 방으로 들어가 작성해 뒀던 기사를 블로그에 올렸다.

대방 지구대에 들어선 남시보 순경을 본 이남희 순경이 벌떡 일어나 반겼다.

"남 순경님, 오래간만이에요. 하도 안 보여서 전출 가신 줄 알았잖아요."

"아니야, 이 순경. 잠깐 파견 나간 거야. 근데 팀장님이 급히 날 찾으신다고 하셨는데."

"그래요? 잠시만요."

그때 탕비실에서 나오던 김필두 경사가 남 순경을 보고 뛰어왔다.

"야! 남시보! 이제야 얼굴을 보는구나."

"어! 김 경사님, 잘 지내셨죠? 팀장님은요? 팀장님이 절 찾으셨다면서요?"

"어, 그랬지. 저기 계시네."

김 경사가 가리키는 곳에서 장 팀장이 나오며 손을 흔들었다.

"남 순경, 왔어?"

"충성! 부르셨다고 하셔서요."

"그래. 나랑 잠깐 갈 곳이 있다."

"어딜 말입니까?"

"그건 가 보면 알아. 자네를 만나 보고 싶어 하시는 분이 계셔. 시간 괜찮지?"

"예."

"그럼 내 차로 이동하지."

장 팀장은 남 순경을 데리고 지구대 밖으로 나갔다.

"어르신, 괜찮으십니까? 정 실장! 정 실장!"

엄기동 검사의 외침에 침실로 정 실장이 달려 들어왔다.

"어르신! 어르신, 무슨 일이십니까?"

엄 검사는 갑작스럽게 쓰러진 김기창을 앞에 두고 어쩔 줄 몰라 안절부절못했다.

"어르신, 일어나 보십시오."

뒷목을 잡고 쓰러져 있는 김기창을 정 실장이 천천히 일으켜 앉혔다.

"약…… . 약…… ."

"예, 어르신."

정 실장은 서랍에서 약통을 꺼내 김기창의 입에 넣었다. 그리고 탁자 위 주전자를 찾았지만 보이지 않았다. 방문 옆에 떨어져 있는 주전자를 발견한 정 실장은 엄 검사에게 소리쳤다.

"뭐 해요? 빨리 물 좀 가져다줘요."

"어? 어. 그래요, 그래."

엄 검사는 침실에서 뛰어나가 황급히 물을 가지고 왔다. 김기창은 물을 마신 후에도 한참을 정 실장 어깨에 기대어 있었다.

겨우 기력을 찾은 김기창이 말문을 열었다.

"정 실장, 이제 나가 봐."

"괜찮으시겠습니까? 정 박사를 안 불러도 될까요?"

"아니야, 됐어. 이제 괜찮아."

"예, 그럼."

정 실장은 나가려다 머뭇거리며 말했다.

"저기, 어르신."

"왜?"

"아, 아닙니다."

"왜? 뭔데?"

"아니, 그게…… 이것 좀 보셔야 할 것 같아서."

"또 무슨 일이야?"

정 실장은 잠시 망설이다 말했다.

"그게…… 인터넷에……."

"인터넷?"

"아니, 블로그 글이 SNS를 통해 퍼졌는지 실시간 1위에 어르신 이름이……."

"그게 무슨 소리야?"

정 실장은 들고 있던 휴대폰을 김기창에게 건넸다.

"왜? 무슨 내용인데 그래?"

김기창은 휴대폰 글자가 잘 보이지 않는지 탁자 위에 있던 안경을 쓰고 다시 들여다보았다.

"이 글…… 사진……."

유심히 글을 읽는 김기창의 미간이 점점 짙게 주름져 갔다.

"누구야? 어떤 자식이야?"

"어르신, 좀 볼 수 있을까요?"

엄 검사는 김기창이 들고 있던 휴대폰을 건네받았다.

"이 자식, 박성지 기자가 아닙니까?"

"박성지? 박성지……. 어디서 들어 본 것도 같은데."

"예전에 그 프로 있지 않습니까? 〈PD가 간다〉로 성가시게 했던……."

"또 그 자식이야! 그때 아작을 냈는데도 정신을 못 차린 거야?"

"그런 것 같습니다."

"당장 재갈을 물려야겠어. 정 실장, 조 변 좀 들어오라고 해."

"예, 어르신."

정 실장이 밖으로 나가고 김기창은 혼잣말로 중얼거렸다.

"이번엔 제대로 밟아 줘야겠어. 다시는 일어서지 못하게……."

김기창은 다시 한번 기사를 꼼꼼히 읽어 내려갔다. 기사엔 별장에서 벌어졌던 일과 성폭력 피해자를 살해했다는 내용이 담겨 있었고, 그 용의자로 김기창을 가리키고 있었다. 또한, 김기창이 검찰 내 사조직을 동원해 그동안 자살로만 알고 있었던 이필석 의원, 이대우 대법관, 그리고 성폭행 피해자의 남자 친구와 그 부모까지 자살로 위장해 살해했을 것이라는 일련의 사건들을 추측성 기사로 나열하고 있었다.

기사 중간중간에는 별장 속 사진들이 삽입되어 있었다. 기사를 읽다 화가 난 김기창은 탁자를 내리쳤다.

"빌어먹을……. 어디까지 알고 있는 거야?"

엄 검사도 자신의 휴대폰으로 블로그 글을 읽고 있었다.

"어르신, 분명 그때 자료들은 모두 파기했습니다. 믿어 주십시오."

"그럼 이자들이 증거도 없이 이렇게 날뛴다는 거예요?"

"아니면 혹시…… 민우직 그 형사 놈이 뒤에 있는 게 아닐까요?"

"엄 과장도 그렇게 생각해요? 기자 놈 혼자서 이렇게 무모하게 덤비진 못했을 거예요. 예전에 당한 것도 있는데. 안 그래요?"

"그럴 겁니다. 그때 정신을 좀 차린 줄 알았는데……."

"확실히 밟아 놨어야죠. 이게 뭐예요?"

"그때 고소·고발로 집안이 풍비박산 나고 이혼까지 한 걸로 압니다. 재기가 힘들 정도로 밟는다고 밟았는데……."

"그 기자 놈도 놈이지만 민우직 그놈이 이 모든 걸 기획한 게 분명해요. 안 그래요?"

"예. 저도 그런 것 같습니다. 이런 빌어먹을 놈! 제가 당장 가서 그놈들 목을 모두……."

엄 검사가 불같이 화를 내며 나가려는 것을 김기창이 불러 세웠다.

"어어! 엄 과장, 지금 그들을 어떻게 하려고요? 일을 더 크게 만들 셈이에요? 그들을 죽이면 그 화살이 모두 나한테 쏠릴 게 뻔하잖아요. 생각 좀 하고 행동하라고 그렇게 얘기를 했는데도……. 쯧."

"죄송합니다, 어르신. 마음만 급했습니다. 그럼 어떻게 하면 좋겠습니까?"

"우선 차분하게 생각 좀 해 봐요. 우리가 잘하는 게 있잖아요."

"저희가 잘하는 거 말씀입니까?"

"그래요. 일단 언론사부터 정리하죠. 가능한 한 빨리 다른 곳으로 시선을 돌릴 만한 걸 찾아요. 그리고 민우직 그놈한테 걸 수 있는 모든 걸 찾아서 검찰에 고발하란 말이에요. 그럼 검찰에서는 수사 내용을 언론사로 정치권으로 흘려서 여론을 돌리면 되는 거예요. 그렇게 숨통을 쪼여 가야 하지 않겠어요? 한두 번도 아닌데 내가 매번 설명해야 해요?"

"아닙니다, 어르신. 그렇게 진행하겠습니다."

"낭떠러지로 밀어붙이란 말이에요, 스스로 떨어지게. 알았어
요?"

"예. 알겠습니다, 어르신."

엄 검사가 침실을 나가려 할 때 김기창이 다시 그를 불러 세
웠다.

"저기, 엄 과장."

"예, 어르신."

"남시보 그자도 빨리 데리고 와요."

"알겠습니다."

엄 검사는 고개 숙여 인사하고 침실을 나갔다. 김기창은 휴
대폰을 들어 곧바로 일성에게 전화를 걸었다. 하지만 연결이
되지 않았다.

⁂

지하 주차장 내 가건물. 울퉁불퉁 구겨져 있던 스포츠카가 깨
끗하게 새로 튜닝되어 있었고, 그 스포츠카 운전석엔 주필상이
앉아 핸들을 잡고 운전하는 시늉을 하고 있었다. 그때 가건물의
문을 두드리는 소리가 들렸다.

"사장님, 저 칠성입니다. 들어가겠습니다."

가건물 문이 열리고 오민석이 들어섰다. 그 뒤로 일성이 따라
들어왔다. 스포츠카에 타고 있던 주필상이 차에서 내려 그들을

맞았다.

"어서 와요. 이런 누추한 곳에서 보자고 해 미안합니다."

"아닙니다. 무슨 일로 보자고 하셨습니까?"

"에이, 보자마자 본론으로 들어가자는 거예요? 좋아요. 칠성아, 나가 있어."

"예, 그럼."

오민석은 고개 숙여 인사하고 가건물 밖으로 나갔다.

"여기 와서 앉아요."

주필상은 작은 탁자 앞 의자를 가리키며 그 맞은편에 앉았다. 일성은 가건물을 둘러보며 의자에 앉았다.

"차에 관심 좀 있어요?"

"아니요. 주 사장님은 차에 관심이 많으신가 봅니다. 차를 직접 튜닝도 하시고, 그 연세에 스포츠카를 좋아하시나 봐요."

주필상은 입가에 미소를 지으며 말했다.

"내 나이가 어때서요? 사실 튜닝 같은 건 관심 없어요. 단지 스피드에 관심이 많을 뿐이죠. 내가 이래 봬도 스피드광이에요. 전직 카레이서였답니다."

"아! 그러네요. 얘기 들은 기억이 납니다."

"그래요? 나이가 들어도 속도에서 느끼는 그 쾌감을 놓을 수 없는 거예요. 중독인 거죠. 그래도 마……."

일성은 귀를 후비며 주필상의 말을 잘라 말했다.

"그건 그렇고, 만나자고 한 용건이나 풀어 보시죠."

"차에 별 관심이 없나 보군요. 그럼 단도직입적으로 말하죠.

당신 얼마면 됩니까?"

"얼마라니요?"

"당신을 내 사람으로 만드는 데 얼마면 되냐는 겁니다."

일성은 주필상을 힐끔 쳐다보더니 실실 웃으며 말했다.

"돈으로 날 사겠다? 얼마나 줄 수 있는지 들어나 봅시다."

"원하는 금액을 불러 봐요. 내가 최대한 맞춰 볼 테니."

"그래요? 근데 날 사려는 이유가 뭡니까?"

"그건 내 사람이 된 이후에 말해 주죠."

"설마 어르신을……."

"허허. 역시 눈치 하나 빠르네요."

"내가 싫다면 여기서 날 죽일 생각입니까?"

주필상은 손을 내저으며 말했다.

"에이, 나 그런 놈 아니에요. 그리고 그쪽 실력을 들어 잘 알고 있는데 그게 가능하겠어요? 단지 내 목숨 줄 하나 이어 가자고 이러는 것뿐이에요."

"그럼 잘못 짚으셨네요. 전 이만."

"잠깐만! 내가 듣기로 어르신에게서 마음이 멀어졌다고 들었는데 아니었어요? 그래서 남철호 의원에게 붙은 거잖아요."

"누가 그런 헛소리를 합니까?"

"헛소리? 아니라는 거예요? 남철호 의원 사람이 다 됐다는 소문이 자자하던데."

"그런 뜬소문에 정신 팔지 말고 칠성 말이나 잘 들으세요. 그리고 어르신께 싹싹 비는 게 좋을 겁니다. 누가 자기 밥그릇에

침 흘리는 것도 못 보시는 양반입니다. 그런데 감히 다 된 밥을 가로채려고 했으니 가만히 보고만 계시겠습니까? 하루라도 빨리 어르신을 찾아가 싹싹 빌며 용서를 구하세요."

"그럼 살려는 주실까?"

"살기를 바라면 이러시는 것도 아니죠. 이런 말도 있지 않습니까? '살려고 하는 자는 죽을 것이요. 죽고자 하는 자는 살 것이다.' 야아, 이말 너무 멋지단 말이지. 안 그래요?"

"그게 무슨 소리예요? 살려는 주신다는 겁니까? 아니라는 겁니까?"

"어르신이 대쪽 같은 분이긴 해도 관대하기로 하해와 같은 분이기도 하니. 주 사장님이 어떻게 하느냐에 따라 다를 겁니다. 남의 밥상에 숟가락만 들고 오는 사람을 누가 좋게 보겠습니까? 팔다리가 부들부들 떨릴 정도로 한 보따리 크게 들고 가야 좋아하지 않겠어요?"

주필상은 무릎을 탁 치며 말했다.

"아하! 그래요, 그래. 그 소리였네. 이제 이해가 됐어요. 그럼 어르신을 뵐 수 있도록 약속 좀 잡아 줄 수 있겠어요?"

"그거야 어렵지 않죠. 그런데…… 내가 왜 그래야 하는지 모르겠네요."

"아이고, 그래요. 내가 그 생각을 또 못 했네. 칠성을 통해 전달할 테니 그건 걱정 말아요."

"그럼 그렇게 알고 갑니다."

일성은 자리에서 일어나 나가려다 말고 말을 이었다.

"아! 약속 시간은 칠성에게 보낼 테니, 두 손 묵직하게 준비해서 보내십시오."

일성은 크게 웃으며 가건물 밖으로 나갔다. 주필상은 인상을 잔뜩 찌푸린 채 일성이 나가는 걸 끝까지 지켜봤다.

밖에서 기다리고 있던 오민석에게 일성이 다가갔다.

"벌써 나오십니까?"

"쓸데없이 얘기 길게 하는 거 별로 안 좋아하잖아. 짧게 짧게 본론만. 어떻게, 생각해 봤어?"

"하겠습니다."

일성은 오민석의 어깨를 툭 치며 말했다.

"오우, 좋네. 그래. 본론만 짧게 짧게."

"언제 들어가실 겁니까?"

"그걸 왜 나한테 물어?"

"저 혼자 하라는 말씀입니까?"

"왜? 안 돼? 그 정도 실력은 되는 줄 알았는데."

"형님 도움이 필요합니다. 저 혼자로는 힘듭니다."

"그래? 아이, 자식. 그 정도는 아닌 거야?"

"그럼요. 형님이면 몰라도 전 아직 안 됩니다."

일성은 오민석에게 손가락을 까딱거리며 실실 웃었다.

"이것 봐라, 이 자식. 이제 아부 떨 줄도 아네? 주 사장이랑 붙어 있더니 제대로 입만 살았어. 그래그래. 처음부터 이랬으면 얼마나 좋았어? 이제라도 세상 살아가는 법을 알았다니 됐다. 그럼 내가 일정 잡아서 연락하마."

"예, 형님."

"자네, 무슨 생각으로 그런 거야?"

"장인어른, 제 말씀을 더 들어 보십시오."

남철호 의원은 별장과 중고차 매장 압수수색 영장 신청을 심노양 부장검사가 결재해 줬다는 보고를 받고, 급히 그를 집으로 불러들였다.

"그래. 말해 봐. 무슨 생각인 거냐고?"

"지금이 기회입니다."

"기회?"

"예. 김기창 어르신을 끌어내릴 절호의 기회란 말씀입니다."

"자네, 정말 몰라서 이러나? 김기창 그 양반이 혼자 죽을 사람으로 보여? 자네가 결재해 줬다는 걸 그 양반이 모를 것 같은가? 당연히 내가 뒤에 있다고 생각할 거야. 그럼 그 양반이 이제 날 가만히 두겠나? 왜 그 생각은 못 해? 일을 저지르기 전에 나한테는 귀띔이라도 했어야지. 왜 나한테 상의도 없이 일을 저지르냐 말이야. 어?"

남 의원은 말하며 점점 목소리가 격앙되었다.

"그럴 시간이 없었습니다. 그리고 장인어른께서 반대하실 게 뻔하니……."

"뭐야? 반대할 걸 알면서 그랬다는 거야? 자네 무슨 다른 꿍꿍이가 있는 건가?"

남 의원이 실눈을 뜨며 의심의 눈초리로 쳐다보자, 심 검사는 손사래를 치며 말했다.

"그게 무슨 말씀입니까? 지금껏 장인어른께서 김기창 어르신에게 당한 수모를 제가 지켜본 게 수세월입니다. 이제 그 수모를 갚아야 하지 않겠습니까? 그런데 손 안 대고 코 풀 기회가 생긴 걸 그냥 흘려보낼 수 있어야죠."

남 의원은 미간을 잔뜩 찌푸리며 언성을 높였다.

"그자들이 김기창만 잡고 우리는 그냥 놔둔다고 그래? 분명 다음은 우리라고! 그걸 몰라? 정말 그걸 모르는 거야?"

"알죠. 왜 그걸 모르겠습니까? 지켜보십시오. 김기창 어르신이 가만히 계실 분입니까? 대비를 하실 겁니다. 그러다 보면 둘 다 치명상을 입게 될 겁니다. 어느 쪽이든 그 이후에 우리가 치면 되는 거 아니겠습니까? 장인어른, 제가 누굽니까? 대한민국 검사 아니겠습니까? 그리고 우리에게 다크킹덤이 있는데 뭐가 걱정이십니까?"

"그게 자네 생각대로 되겠어?"

남 의원은 고개를 절레절레 흔들었다.

"되게 만들어야죠. 이번 일로 김기창 어르신 입지가 좁아질 게 분명합니다. 장인어른께서 나서만 주시면 다크킹덤의 조직원들도 장인어른을 따를 겁니다. 그때 제거하면 되지 않겠습니까?"

남 의원은 뒷머리를 긁적이며 신경질적으로 말을 내뱉었다.

"그럴 필요가 없었단 말이야!"

"그게 무슨 말씀입니까?"

"우리가 손을 안 써도 해결될 일이었어, 그건. 이그! 쯧쯧. 됐고, 앞으로는 절대 혼자서 일 처리하지 마. 사위만 아니었으면…… 아휴! 알았어?"

버럭 소리를 내지르는 남 의원에 심 검사는 잔뜩 어깨를 움츠리며 대답했다.

"예, 장인어른. 그럼 어떻게……."

"당장 김기창 부장에게 연락해. 나랑 만나러 가자고."

"만나서 어쩌시려고요?"

"지금은 우리가 나설 때가 아니었단 말이야. 괜히 경계심만 갖게 했다고. 이런 빌어먹을……."

"장인어른, 따로 무슨 계획이 있으셨습니까?"

남 의원은 심 검사를 노려보다 이내 말했다.

"계획은 무슨 계획! 아주 좋은 건수가 생겨 가만히 앉아 떡 볼 생각만 하고 있었는데 자네가 다 망쳤어! 일단 김기창 앞에서 바짝 엎드려 용서를 빌라고. 알았어? 어쩔 수 없었다고 말이야. 무슨 핑계라도 만들어서 싹싹 빌어!"

"무슨 핑계를?"

"그걸 내가 어떻게 알아? 그건 자네가 만들어야지. 뭐든 무조건 믿게 만들어 용서를 빌라고."

"알겠습니다. 그런데 굳이 그렇게까지……. 장인어른, 저를 한번 믿어……."

"자네를 믿어 보라고? 그래. 믿어 보는데, 일단은 내가 하라는 대로 해."

"그게…… 아하, 연막을 치자는 말씀이군요. 그렇죠?"

"그래, 이 사람아. 아휴……. 일단 그렇게 안심을 시켜 놔야 한다고. 그 양반이 속아 넘어갈지 모르겠지만."

"알겠습니다. 그런데 사실 김기창 어르신 자택을 압수수색하려 했는데 실패했습니다."

"뭐? 집까지……."

남 의원은 심 검사를 흘겨보며 한숨을 내쉬었다.

"죄송합니다. 윤필두 차장검사가 커트하는 바람에……."

"이런! 그러니까 왜 혼자…… 아휴! 빌어먹을. 당장 윤 프로한테 연락해서 약속 잡아."

"윤 차장검사한테요? 어르신이 아니라……."

"그래! 윤 프로 먼저 만나야 할 거 아니야!"

남 의원은 눈을 부릅뜨며 답답한 듯 심 검사에게 고성을 내질렀다.

"아……. 예, 장인어른."

"하는 꼴이…… 쯧쯧. 아휴!"

정 실장이 서재 문 앞에서 노크를 하며 말했다.

"어르신, 엄기동 영감이 왔습니다."

"나간다고 해."

책을 읽고 있던 김기창은 안경을 벗고 의자에 걸쳐진 카디건을 입었다. 거실에는 엄기동 검사와 눈이 가려진 채 서 있는 남시보 순경이 보였다.

"어르신, 데리고 왔습니다."

"저 친구야?"

"예."

"안대는 벗겨 주지."

"예, 어르신."

엄 검사는 남 순경의 안대를 벗겨 주었다.

"팀장님, 어디로 가시는 건데요?"

"다 왔어. 어! 저기 계시네."

장 팀장은 주차된 차 옆으로 가 차를 세웠다. 차에서 내린 장 팀장과 남 순경은 주차되어 있던 차 뒷좌석으로 향했다. 뒷좌석 유리창이 내려가자 그 너머로 엄기동 검사가 보였다.

"뒤에 있는 친구가 남시보 순경인가?"

"예, 영감."

"그럼 저 친구만 차에 태우고 장 경위는 그만 돌아가 봐요."

"아……. 네. 남 순경, 차에 타."

"저 혼자요? 무슨 일인지……."

"괜찮아. 검사 나리셔. 어서 타지 않고 뭐 해?"

장 팀장은 뒷좌석 문을 열고 남 순경에게 타라고 손짓했다. 남 순경은 어리둥절한 표정으로 장 팀장을 보며 차에 올라탔다. 이내 차 문이 닫히고 차가 출발했다.

"남시보 순경?"

"예. 그런데 지금 어디로 가는지 알 수 있을까요?"

"남시보 순경을 보고 싶어 하시는 분이 계셔서 그래요. 미안한데 소지품 검사 좀 할게요. 괜찮겠죠?"

"네."

엄 검사는 남 순경의 윗옷을 살폈다. 그러고는 휴대폰을 꺼내 자신의 주머니에 넣었다.

"미안해요. 잠시 내가 보관하죠. 돌아갈 때 돌려줄게요. 그리고 가는 곳이 외부에 알려지면 안 되는 곳이라 눈 좀 가릴게요. 괜찮죠?"

"네? 눈을요?"

"걱정 말아요. 도착하면 풀어 줄 테니."

"아니……."

"시간 없어요. 어서요."

남 순경은 엄 검사가 건넨 안대를 스스로 눈에 찼다.

"이렇게 보자고 해서 놀랐죠?"

안대를 벗은 남시보 순경은 눈이 부신 듯 눈을 찡그리며 잠시 주변을 둘러봤다.

"남시보 순경이라고요?"

"아, 예."

남 순경은 엄기동 검사의 눈치를 살피며 대답했다.

"괜찮아요. 편하게 있어도 돼요. 그렇게 서 있지 말고 이쪽에 와서 앉아요."

김기창은 소파를 손으로 가리키며 자신도 걸어가 앉았다. 엄 검사는 남 순경을 소파에 앉히고 그 옆에 자리를 잡았다.

"내가 남시보 순경에 대해 흥미로운 얘기를 들어서 보자고 했어요."

"무슨 말씀이시죠?"

"예지력이 있다고요?"

"아…… 예지력이라고까지는……."

"왜요? 그런 걸 예지력이라 하지 뭐라고 하겠어요? 미래에 일어날 일을 미리 본다고요? 시체를 본다면서요?"

"가끔 보이긴 하는데…… 예지력이라고 하기는 그렇습니다."

"그래요? 겸손할 필요 없어요. 듣기로는 그 능력으로 많은 사람들을 구했다던데요. 혹시 이곳에서도 그 예지력을 볼 수 있을까요?"

"그게 아무 때나 볼 수 있는 게 아니라서요. 이곳에…… 아, 그럼 설마……."

"왜요?"

"이곳에서 살인사건이 일어나는지 그게 알고 싶으신 건가요?"

"그래요. 이제야 알아차렸군요. 할 수 있겠어요?"

"그게…… 그럼 잠깐만."

남 순경은 거실 곳곳을 둘러보다 벽면에 걸려 있는 대형 시계를 봤다.

"뭐가 보여요?"

남 순경은 눈을 감은 채 생각에 잠긴 듯 보였다. 김기창은 엄 검사를 보며 물었다.

"지금 뭐 하는 건지 알아요?"

"저도 모르겠습니다. 남 순경, 뭐 해요? 자는 건 아니죠?"

하지만 남 순경은 대답 없이 눈을 감은 채 그대로 있었다. 엄 검사는 버럭 화를 내며 남 순경을 흔들었다.

"남 순경. 남 순경, 뭐 하는 거냐고?"

그제야 남 순경은 움찔 놀라며 눈을 떴다.

"어! 어, 죄송해요."

"엄 과장, 잠깐만 있어 봐요. 남 순경, 뭔가 본 거죠?"

김기창은 엄 검사를 말리며 남 순경을 호기심 어린 눈으로 쳐다봤다.

"아……. 아니요. 죄송해요. 제가 생각에 잠기면 옆에서 뭐라고 해도 듣지 못하거든요. 뭐라고 하셨죠?"

"그래요? 시체를 본 게 아니고요?"

"아, 네."

"그럼 뭐 다행이네요. 당분간 우리 집에 머물면서 나 좀 도와 줘요. 지금처럼 확인해 주면 되는 일이에요. 어렵지 않죠?"

"당분간이면 얼마나……."

"그리 오래 걸리지 않을 거예요."

"죄송하지만 그건 어려울 것 같습니다. 일도 있고, 갑자기 불려 와서 제가 안 보이면 동료들이 걱정할 거예요."

"어렵겠어요?"

엄 검사는 남 순경의 팔을 툭 치며 말했다.

"남 순경, 지금 부탁하는 걸로 보여요?"

김기창은 엄 검사를 말리며 말했다.

"엄 과장, 잠깐만. 그래요. 사정이 있겠죠. 이해해요. 하지만 잘 생각해 봐요. 당신이 여기 남아서 날 도와준다고 하면 앞으로 당신 앞길은 아주 편안할 거예요. 원하는 근무지를 말해 봐요. 내가 어디든 보내 줄 테니."

"아니, 그건 필요……."

김기창은 손을 들어 남 순경의 말을 막으며 말을 이었다.

"끝까지 들어 봐요. 우리말은 끝까지 들어 봐야 하는 거예요. 날 돕지 않고 여기서 나가면 당신은 물론이고 당신 가족들도 참 불편한 삶을 살게 될 거예요. 뭐, 갑자기 부모님이 차 사고가 나서 돌아가실 수도 있고……."

"뭐라고요? 지금 절 협박하시는 건가요?"

"협박? 협박처럼 들렸어요? 이제야 제대로 상황 파악이 됐나 보네요."

김기창은 능글맞은 표정으로 남 순경을 쳐다보며 웃었다. 엄 검사는 어깨로 남 순경의 어깨를 밀며 말했다.

"남 순경, 어르신 말대로 해요. 어르신이 제대로 대우해 주실 겁니다."

"그러니 편안한 길을 선택하면 되는 거 아니겠어요. 안 그래요?"

남 순경이 고개 숙인 채 손만 만지작거리며 대답하지 않자, 엄 검사가 이번엔 허벅지를 툭 치며 말했다.

"고민할 게 뭐가 있어요? 어서 대답해요."

그제야 남 순경은 고개를 들었다.

"예. 그렇게 하죠."

"그래요. 잘 생각했어요. 정 실장!"

부엌에서 정 실장이 나와 대답했다.

"예, 어르신."

"남 순경을 방으로 잘 모셔요. 있는 동안 불편함 없이 해 주고요."

"알겠습니다, 어르신. 남시보 씨, 저와 가시죠."

정 실장은 남 순경을 데리고 2층으로 올라갔다. 엄 검사는 위층으로 올라가는 그들을 지켜보다 입을 열었다.

"어르신, 말씀대로 언론사와 포털 쪽은 정리됐습니다. 다 삭제 처리하고 검색도 막았습니다. 실시간 검색 순위에서도 사라졌을 겁니다."

"그래요. 민우직 그 형사를 걸만한 건은 찾아봤어요?"

"찾는다고 찾아봤는데 그건 힘들 것 같습니다. 대신 따로 생각해 놓은 것이 있습니다."

제21화

속고 속이는 암투

문을 열고 서민주 의원이 들어오자, 침대에 앉아 창밖을 보고 있던 최우철 경위가 뒤돌아봤다.

"민주야."

최 경위는 벌떡 일어서서 서 의원을 불렀지만, 그녀는 아무 말 없이 최 경위에게 다가갔다.

"이렇게 와 줘서 고마워."

서 의원은 있는 힘껏 최 경위의 뺨을 때렸다.

"민주야······."

"말해 봐. 그 입으로 뭘 말하고 싶어서 날 찾은 거야? 말해 보라고."

"미안해, 민주야."

"미안해? 정말 나한테 미안은 한 거야?"

"그래. 내가 맞을 짓 했어. 하지만 이것만 믿어 줘. 너한테 보인······ 이제 와 이게 무슨 소용이 있겠어. 그래도······."

"내가 뭘 믿어야 하는 거니? 넌 끝까지 나한테 거짓말을 했어. 왜 그랬어? 왜?"

서 의원은 최 경위의 가슴을 두 주먹으로 때리며 울기 시작했다.

"왜 나한테까지 거짓말을 한 거야? 왜!"

"민주야, 미안. 하지만……."

최 경위는 서 의원의 두 팔을 잡으며 말을 이었다.

"하지만 너에 대한 마음은 진심이었어. 정말이야. 다 믿을 수 없다고 해도 난 상관없어. 그래도 너에 대한 내 마음은 정말이야. 믿어 줘, 민주야. 그것만은 제발……."

"도대체 왜 그런 거야? 네가 왜?"

서 의원은 최 경위의 손을 뿌리치고는 고함을 지르며 뒤로 물러났다.

"나도 모든 사람에게 인정받고 남부럽지 않게 멋진 삶을 살고 싶었어. 그런데 어떻게 할 방법이 보이지 않잖아. 정말 내가 할 수 있는 모든 방법을 다 해봐도 그럴 수 없는 세상이 원망스러웠어. 그렇다고 내가 한 것들이 정당화되지 않는다는 건 알아……. 이제 와 후회해도 소용없다는 것도 알고. 그래도 민주야, 너만은 제발……. 너만은 잃고 싶지 않았어. 정말이야. 너만은 내 곁에 영원히 있어 줬으면 했어. 그날을 위해 미치도록……."

서 의원은 자신의 귀를 막으며 최 경위의 말을 끊었다.

"그만해. 더는 듣고 싶지 않아. 그게 너의 진심이라도 난 이제 널 믿을 수가 없어. 너에 대한 내 신뢰는 완전히 무너졌다고. 이젠 모든 게 다 엉망이 되어 버렸어. 알아? 다 너 때문이라고, 이 나쁜 자식아!"

"민주야, 알아. 안다고. 그래도 네가 여기까지 온 건 너도…… 아니야? 너도 나에 대한……."

"맞아. 직접 듣고 싶었어. 나에 대한 마음도 거짓이었는지. 네가 겉으로는 표현하지 못했지만 너의 눈만은 나한테 말하고 있었으니까. 지금 네 눈을 보니 거짓은 아닌 것 같아 다행이라고 생각해. 하지만 이미 늦었어, 우리는."

서 의원은 그렇게 말하고는 고개를 떨궜다.

"알아, 더는 안 된다는 거. 하지만…… 아니다. 내 마음을 알아봐 줬다니 그것만으로 됐다. 민주야, 그동안 고마웠어. 정말이야. 넌…… 나에게 아무것도 바라지 않고 내 곁에 있어 준 유일한 친구이자…… 아니, 친구였다고. 고마워."

서 의원은 뒤돌아 방문으로 걸어가다 멈춰 선 채로 말했다.

"우철 씨, 지금이라도 늦지 않았어. 딴마음 먹지 말고 새로 시작하자."

그리고는 끝내 뒤돌아보지 않고 방을 나섰다.

"고맙다, 민주야."

최 경위는 뒷걸음치며 침대에 풀썩 주저앉았다. 고개 숙인 그의 어깨가 조금씩 들썩였다.

한서율 검사와 서도경 총경은 소파에 앉아 대화를 나누고 있었다.

"과장님, 최우철 경위는 오늘 구치소로 옮기는 건가요?"

"그래요. 서 의원을 꼭 만나게 해 달라고 해서 오늘까지만 여기 있었던 거예요. 서 의원이 나오면 최 경위를 구치소로 이송할 생각이에요."

"서민주 의원만 들여보낸 게 신경이 쓰이네요. 괜찮을까요?"

"걱정 말아요. 괜찮을 거예요. 문 앞에 나 경사가 지키고 있는데 무슨 일이야 있겠어요. 그리고 최 경위가 서 의원을 생각하는 마음은 진심일 거예요. 서 의원에게 해를 가하거나 하진 않을 테니 걱정 말아요."

"정말 최우철 경위가 서민주 의원을 좋아…… 아니, 두 분이 사랑하는 사이였던 건가요?"

"그렇다고 봐야겠죠. 아주 친한 친구 같은 연인 사이라고 해야 할까? 서 의원도 최 경위를 만나고 싶어 했어요. 최 경위의 진심을 확인하고 싶은 거겠죠."

"앞으로 두 사람은 어떻게 되는 걸까요?"

"둘만 알겠죠. 그래도 쉽지 않을 거예요. 참 안타까워요. 최 경위가 어떻게 그럴 수 있었는지……."

"그러게 말이에요. 상상도 못 했던 일이잖아요."

그때 박성지 기자가 방에서 나오며 서 총경을 찾았다.

"총경님, 제 홈페이지에 올린 글들이 모두 차단됐습니다. 실시간 검색어에서도 김기창이 사라졌고요."

"뭐라고요? 포털사에는 문의해 본 거예요?"

"문의는 남겼는데 연락할 방법이 없어서요."

"과장님, 김기창이 손을 쓴 게 아닐까요?"

한 검사의 말에 박 기자는 고개를 끄덕이며 동조했다.

"저도 그런 것 같아서요."

"생각보다 빠른데요. 김기창은 방어만 하고 있지 않을 거예요."

서 총경의 말이 끝나자마자 박 기자가 한 검사에게 물었다.

"검사님, 검찰 쪽 움직임을 확인할 방법은 없을까요?"

"그래요, 한 검사. 김기창이 다크킹덤을 움직였다면 검찰에도 무슨 움직임이 있을 거예요. 나도 알아볼 테니 한 검사도……."

그때 박 기자의 휴대폰이 울렸다.

"서 과장님 전화예요. 서필감 과장님이요."

"어, 그래요. 어서 받아 봐요."

박 기자는 고개를 끄덕이며 휴대폰을 귀에 가져다 댔다.

"네, 과장님."

"어, 박 기자. 블로그 글이 안 보이던데 어떻게 된 거야?"

"포털에서 막은 듯합니다."

"역시 그랬군. 서도경 총경이랑 같이 있나?"

"예, 옆에 계십니다. 바꿔 드릴까요?"

"그래."

"잠시만요. 서도경 총경님, 전화 받아 보시죠."

서 총경은 박 기자의 휴대폰을 건네받았다.

"네. 전화 바꿨습니다."

"접니다, 서필감. 민우직 계장에 대한 내부 감찰을 착수하라는 지시가 내려왔어요."

"내부 감찰이요? 혐의가 뭡니까?"

"불법 도감청이에요. 그거야 명목상이겠죠. 민 계장 발목을 잡으려는 거 아니겠어요."

"그런 걸로 발목이나 잡히겠습니까?"

"이걸로 끝이 아닐 거예요. 검찰도 가만히 있지 않을 겁니다. 뭔가 심상치 않아요. 무슨 소식 들은 거 없으십니까?"

"아직은……. 우리도 막 알아보려던 참이었어요."

"지금 민 계장은 어디 있습니까?"

"이덕복 씨를 만나고 온다고 했어요."

"이덕복 씨가 누굽니까?"

"이민지 양 부친이에요. 일단 알았어요. 우리도 돌아가는 상황을 파악하고 그에 대한 대책을 세워야 할 것 같네요."

"민 계장의 감찰 건은 제가 어떻게든 지연시켜 볼 테니 검찰쪽 동향을 살펴봐 주시죠."

"그러죠. 또 다른 건이 있으면 연락 줘요."

박 기자는 서 총경이 건넨 휴대폰을 받으며 물었다.

"총경님, 불법 도감청이라니 그게 무슨 말입니까? 민우직 팀장 얘깁니까?"

"맞아요. 민우직 계장에 대해서 내부 감찰 지시가 내려온 것 같아요."

한 검사가 심각해진 얼굴로 서 총경에게 물었다.

"그것도 김기창의 짓이겠죠?"

"이제 시작이에요. 다크킹덤이 움직였다고 봐야겠죠. 검찰이 어떻게 나올지 지켜만 볼 수는 없겠네요. 안 그래요?"

"그럼요. 이렇게 앉아서 당하고만 있을 수 없죠. 과장님, 맞불을 붙이시죠."

한 검사의 말에 박 기자가 되물었다.

"맞불이요?"

"그쪽이 검찰을 움직인다면 우린 국회를 움직여 봐야죠."

"총경님, 국회의원들이 선뜻 나서 줄까요?"

"걱정 말아요. 이미 준비는 돼 있으니."

"정말입니까?"

박 기사는 서 총경을 바라보며 되물었지만 한 검사가 대답했다.

"네, 박 기자님. 서민주 의원님이 앞장서 주셔서 가능했어요. 물론 팀장님이 미리 앞서 준비하신 거지만요."

"그렇군요. 벌써 계획이 다 되어 있었던 거군요."

"박 기자와 한 검사는 검찰 쪽 움직임을 살펴봐 줘요. 난 서 의원이 나오면 함께 국회로 이동할 테니."

그때 서민주 의원이 나상남 경사의 부축을 받으며 2층에서 내려오는 것이 보였다. 서 총경은 벌떡 일어나 서 의원에게 갔다.

"서 의원, 괜찮아요? 나 경사, 어떻게 된 거야?"

나 경사가 대답하려는데 서 의원이 손을 내저으며 말했다.

"아무 일 아니에요. 잠시 현기증이 나서 그래요. 좀 앉아서 쉬면 괜찮을 거예요."

서 총경은 나 경사를 도와 서 의원을 소파에 앉혔다. 한 검사가 나 경사 옆으로 다가와 물었다.

"어떻게 된 일이에요?"

"모르겠습니다. 방에서 나오시더니 갑자기 풀썩 주저앉으셔서……. 무슨 말씀을 나누셨는지는 모르겠지만 충격이 이만저만이 아니실 겁니다."

한 검사는 고개를 끄덕이며 조심스레 서 의원 옆에 앉았다.

"괜찮으시겠어요? 이 상태로 기자 회견은 힘들 것 같은데요."

"아니에요. 팀장님이 오늘 꼭 기자 회견을 해야 한다고 하셨어요."

서 의원의 말에 서 총경이 되물었다.

"그래요? 민 계장하고 통화한 거예요?"

"네, 과장님. 그들이 눈치챌 수 있으니 가급적이면 긴급 기자 회견으로 해야 한다고 하셨어요."

"그렇지만 지금 몸 상태로는……."

"제가 가야 다른 초선 의원들도 움직일 거예요. 괜찮으니 조금만 쉬었다 움직이시죠."

서 총경은 서 의원을 안쓰럽게 바라보다 말했다.

"그럼 그렇게 하죠. 고마워요, 서 의원. 한 검사, 박 기자하고 먼저 움직여요. 서 의원은 내가 챙길 테니."

"네. 그럼 먼저 일어나 보겠습니다."

한 검사와 박 기자가 현관으로 나서려 할 때, 나 경사가 한 검사를 따로 불러 조용히 말했다.

"검사님, 안민호 형사가 오면 최 형사님을 구치소로 모시고 갈 겁니다. 그 후에 저는 병원 좀 들렀다가 오겠습니다."

"아! 네. 박범수 씨, 생명에는 지장이 없다고 들었는데……."

"예. 일반 병실로 옮겼다고 해서 잠시 보고 오려고요."

"그러세요. 그리고 박범수 씨 안전은 너무 걱정 마세요. 24시간 경호팀을 붙였으니 불상사는 일어나지 않을 거예요."

"알겠습니다, 검사님. 그럼 조심히 다녀오십시오."

"최 경위님 잘 부탁드려요."

한 검사와 박 기자가 나간 뒤 나 경사는 다시 위층으로 올라갔다. 서 의원은 소파에 몸을 기댄 채 잠시 눈을 감았다. 그런 서 의원을 지켜보던 서 총경은 민 경정에게 전화를 걸었다.

그런데 그때, 갑자기 나 경사가 황급히 뛰어내려오며 소리쳤다.

"과장님! 과장님!"

서 총경은 깜짝 놀라 전화를 끊고 나 경사에게 달려갔다.

"나 경사, 왜 그래?"

"과장님, 과장님…… 그게……."

"왜 그러냐니까? 나 경사, 왜?"

"최 형사님이…… 최 형사님이 죽었습니다."

"뭐? 뭐라고?"

서 총경은 허겁지겁 2층으로 뛰어 올라갔다. 소파에 기대 쉬고 있던 서 의원도 벌떡 일어나, 뭐라고 말하려다 그만 기절하고 말았다. 나 경사는 다급히 서 의원에게 달려가 그녀를 일으켜 앉히며 흔들어 깨웠다.

"의원님! 의원님, 정신 좀 차려 보세요!"

●

민도 그룹 본사 지하 주차장 입구로 정민우 본부장이 수행 비서의 호위를 받으며 나왔다. 입구 앞엔 중형 세단 차량이 주차되어 있었다. 운전기사는 미리 뒷좌석 앞에서 기다리고 있다, 정민우가 나오자 가볍게 목례하며 문을 열었다. 그가 차에 오르려던 그때였다.

"브라더!"

정민우는 소리가 나는 곳으로 고개를 돌렸다.

"야아, 너 뭐야? 살아 있었어?"

"그럼, 덕분에 살아 있었지."

"동민아. 아니, 이제 아니지. 차우석 경위라고? 브라더, 이러지 말자. 얼굴 보니 주 사장이 목숨만은 살려 준 것 같은데 곱게 돌아가라. 나도 그 정도면 됐다. 앞으로 내 눈 앞에만 띄지 마. 알았지?"

차우석은 정민우에게 다가가려다, 수행 비서들이 앞으로 나오자 거리를 두고 말했다.

"뭐야? 그동안 나한테 정이라도 들었던 거야?"

"정? 그래, 그게 정이라면 정이지. 그러니까 보내 줄 때 조용히 돌아가."

"이걸 어쩌지? 난 공무집행하러 왔는데."

"그래? 그럼 하던 일 마저 보고. 대신 다음엔 내 앞에 그 얼굴 디밀지 마라. 알았냐?"

정민우가 다시 차에 오르려 하자 차우석이 가라앉은 목소리로 말했다.

"정민우 본부장님, 잠시 멈추시죠. 당신을 금지 약물 투약 및 알선 그리고 특가법에 따른 뇌물수수 혐의로 긴급체포합니다. 잘 들으세요. 당신은 변호인을 선임할 수 있으며 묵비권을 행사할 수 있습니다. 그리고 지금부터 하는 모든 발언은 법정에서 불리하게 적용될 수 있으니 말조심하시고요."

정민우는 차에 타려다 말고 쓴웃음을 지으며 버럭 소리쳤다.

"야아! 너 미쳤어? 지금 날 여기서 체포한다고 한 거야?"

"정민우 본부장님, 저와 동행하시죠."

차우석이 수갑을 꺼내 정민우에게 다가서려 하자, 수행 비서들이 그의 앞을 가로막았다.

"이러면 당신들 모두 공무집행 방해죄로 체포합니다."

"동민아, 말투가 계속 왜 그래?"

"그래? 좀 어색했나? 그러니까 브라더! 얌전히 가자고. 소란 피지 말고."

"이제야 동민이 같네. 고작 나 하나 잡자고 그렇게까지 위장해서 접근한 건 아닐 테고. 그렇지? 나한테 뭘 원하는 거야?"

"원하는 거? 같이 가면 알게 돼. 그러니까……."

"우리 아버지냐? 아니면 주 사장? 내가 주 사장 정도는 깜빵에 넣어 줄 수 있어. 그런데 민도 그룹은 안 건드는 게 좋아. 내가 너 생각해서 얘기해 주는 거다. 사실 이건 말하면 안 되는데 네가 한참을 모르는 것 같아서 말이야. 민도 그룹을 건드는 건 바로 검찰을 건드는 거나 마찬가지라고. 그거 아냐?"

"그랬군. 확실히 검찰이 뒤를 봐주고 있었던 거네."

"알고 있었어? 알고 있었으면 적당히 해. 검찰하고 맞짱 뜰 자신 있어? 경찰 주제에. 브라더, 적당히 치고 빠지라고. 그래야 세상 편히 살 수 있는 거야. 그리고 오래 살 수 있는 거고. 얇고 길게. 몰라?"

정민우는 그렇게 말하고는 같잖은 듯 웃어 보였다.

"알아들었으니까……."

"알았어. 네가 원하는 자료 들고 내가 찾아갈 테니까 오늘 이만 돌아가. 나 오늘 좋은 데 가야 한다고. 너도 잘 알잖아. 오늘이 그날이야. 어때? 같이 갈까? 너 엄청 좋아했잖아. 어? 같이 가고 싶으면 차에 타고."

"땡기긴 한데 오늘은 아니야. 그리고 브라더도 오늘은 안 될 것 같다. 아니, 당분간은 어려울 거야. 좀 길게 말이지. 대신 나랑 더 좋은 데 가자, 브라더."

"그런데 브라더, 너 혼자 온 거야?"

"응. 혼자도 충분한데 뭐."

"그래? 그 용기 참 가상하네. 그럼 어쩔 수 없지. 뭣들 해? 빨리 치워."

"예!"

정민우의 손짓에 수행 비서들이 차우석에게 달려들었다. 그는 뒤로 물러나며 수행 비서들과 대치했다.

"얌전히 가자고 했는데……."

수행 비서 한 명이 소리치며 차우석에게 달려들었다.

"조용히 해, 새끼야!"

차우석은 허리를 숙이며 뒤에 있던 수행 비서의 얼굴을 향해 발을 날렸다. 수행 비서는 팔로 그의 발을 막아서며 뒤로 물러섰다. 차우석은 수행 비서 두 명의 공격을 피하며, 정민우가 있는 차 가까이 다가갔다.

정민우는 다급히 뒷좌석에 올라타 문을 닫고 창밖으로 그들을 지켜봤다. 수행 비서들의 공격에 차 앞으로 밀려난 차우석은 차 보닛 위로 뛰어올라가 수행 비서 위로 날아올랐다. 뒤꿈치로 그의 머리를 정통으로 내리찍음과 동시에 또 다른 수행 비서의 얼굴을 주먹으로 가격했다. 머리를 맞고 쓰러졌던 수행 비서가 일어나려는 순간 뒤돌려 차기로 얼굴을 정확히 가격해 기절시켰고, 나머지 수행 비서도 차우석의 니킥과 어퍼컷을 연달아 맞고 뒤로 넘어져 일어서지 못했다.

그 모습을 지켜보던 정민우는 다급히 출발하라고 운전기사에게 지시했다. 운전기사는 시동을 걸고 액셀러레이터를 밟았다. 하지만 차우석이 바로 뒤쫓아 운전석 문손잡이를 잡아 열었다. 차우석과 운전기사 사이에 몇 번의 주먹이 오간 뒤 차가 멈춰섰고, 운전기사는 핸들에 머리를 박은 채 기절해 버렸다.

정민우는 도망치려 했지만, 차우석에게 뒷덜미를 잡히고 말았다.

"야! 동민, 이거 안 놔? 빨리 놓으라고, 새끼야!"

"얌전히 있으라고 했잖아, 브라더."

차우석은 주머니에서 수갑을 꺼내 정민우의 한쪽 손목에 채웠다. 그리고 그를 조수석에 태우며 나머지 한쪽은 상단 손잡이에 채웠다.

"너 실수하는 거야. 네가 이러고도 무사할 줄 알아?"

차우석은 운전기사를 끌어내고 운전석에 앉았다.

"브라더, 그런 짓을 하고도 편안하게 살 수 있을 거라 생각했어? 얌전히 가자. 응?"

"뭐? 이 새끼가……."

정민우가 한쪽 손을 들어 올리며 때리려 하자, 차우석이 재빨리 잽을 날렸다.

"어흑!"

그 한 방에 정민우의 코에선 피가 흘러내렸다.

"어디서 손을 들어?"

"이 새끼……."

차우석이 다시 주먹을 들어 올리자, 그는 고개를 푹 숙이며 몸을 잔뜩 움츠렸다. 그때 주차장 출입문으로 정장 차림의 남자 여럿이 뛰어나오는 것이 보였다. 차우석은 차에 시동을 켜고 빠르게 주차장을 빠져나갔다.

대검찰청 윤필두 차장검사 집무실로 남철호 의원과 심노양 부장검사가 들어섰다.

"위원장님, 저를 부르시면 될 일을 이렇게 직접 오시기까지 하십니까?"

"한가한 사람이 와야죠. 우리 윤 후배는 바쁜 사람이잖아요. 안 그래요?"

"에이, 아닙니다. 위원장님이 부르시면 한달음에 달려갔을 겁니다."

"그런가요? 허허. 오늘은 내가 급해서 찾아왔으니 그렇게 알아요."

"예. 일단 여기 앉으시죠. 심 프로도 이리 와 앉아."

남 의원이 소파에 앉자 그 옆으로 심 검사가 따라 앉았다. 윤 검사는 상석에 앉으며 남 의원을 바라봤다.

"그런데 어쩐 일로 오신 겁니까?"

"우리 사위가 사고를 좀 쳤어요. 윤 후배도 알 텐데."

윤 검사는 고개를 갸우뚱하며 심 검사를 바라보았다.

"심 프로, 무슨 일이야?"

"아……. 그게……."

심 검사는 남 의원의 눈치를 살피며 머뭇거렸다.

"왜 그래? 위원장님, 무슨 일입니까?"

"정말 모르나? 김 부장 자택을 압수수색하려고 했던 거 말이야."

"그게 왜요? 설마 심 프로가 결재 올린 겁니까?"

"뭐야? 몰랐어?"

"그런 겁니까? 왜요? 저는 전화로 보고를 받아서 누구 결재인지 모르고 일단 막으라고 했습니다. 그런데 왜 그랬어? 심 프로."

심 검사는 고개를 떨구며 말했다.

"죄송합니다. 제가 생각이 짧았습니다. 경찰에서 명확한 증거를 제시하며 요청하는데 이유 없이 무작정 안 된다고 할 수가 없어서 말입니다. 죄송합니다, 차장검사님."

"됐어. 뭐, 실수 할 수도 있는 거지. 위원장님, 그것 때문에 여기까지 직접 오신 겁니까? 에이, 왜 그러십니까? 별일도 아닌 걸 가지고."

"뭐야? 별일이 아니라고? 그럼 별장과 중고차 매장은 왜?"

"그거까지 막으면 일이 더 커지지 않겠습니까? 그 정도는 열어 줘야 뒷말이 안 나올 듯해서요. 그리고 미리 정리해 둔 상태라 문제는 없을 겁니다."

"김기창 부장이 미리 알고 지시한 건가?"

"아닙니다, 위원장님. 그 정도는 제 선에서도 가능합니다."

남 의원은 고개를 연신 끄덕이며 윤 검사의 손을 꼭 잡았다.

"그래, 그렇지. 우리 윤 후배가 일을 아주 잘 처리했네. 그럼 김기창 부장에게는 비밀로 좀 해 주겠나?"

"저야 당연히 그렇게 할 수 있죠. 그런데 어르신이 모르시겠습니까? 벌써 귀에 들어가셨을 겁니다. 항상 저보다 먼저 모든 걸 알고 계시는 분이 아닙니까?"

"그래, 그렇지. 그 양반이 보통 양반은 아니니. 그런데 윤 후

배, 그때 얘기한 건 생각해 봤나?"

"좀 더 생각할 시간을 주시죠, 위원장님."

"생각이 길면 안 좋은 선택을 하는 법이야. 멀리 보라고, 멀리. 다크킹덤을 누가 이끌어 가겠나? 자네여야 하지 않겠나?"

"왜 그러십니까? 어르신도 계시고 여기 위원장님도 계시는데요. 그러지 마시고 어르신과 화해하시고 좋게 풀어 가시죠. 우리끼리 자중지란으로 일을 그르치면 되겠습니까."

"나도 알지. 헌데 그 양반이 말을 들어 먹어야 말이지. 내가 항상 숙이고 들어갔으니 이번에도 숙이고 들어가라는 얘기 같군."

"그게 아니라……."

윤 검사가 말하려는 것을 남 의원이 손을 들어 막으며 말했다.

"아니긴? 알았네, 알았어. 나도 그럴 생각이었어. 자네 말도 맞는 말이지. 자중지란으로 큰일을 그르치면 안 되겠지. 그럼."

"역시 어른이십니다, 위원장님. 다크킹덤을 위해 어르신과 협력하시는 게……."

"알았대도. 김기창 부장을 만나 볼 생각이었어. 윤 후배 생각도 그러니 어쩔 수 없지. 그래. 그럼 가 보겠네."

남 의원이 자리에서 일어나려 하자 심 검사가 팔을 잡았다.

"장인어른, 이렇게 가시면……."

남 의원은 심 검사의 팔을 뿌리치며 인상을 찌푸렸다.

"시끄러워. 자네는 아무 말 말고 따라 나와."

"저기 위원장님, 제 말에 서운해 마시고 어르신과 잘 말씀해 보십시오."

"서운하긴? 아니야. 그럴 생각이니 걱정 말게."

남 의원은 머뭇거리며 앉아 있는 심 검사를 째려보며 말을 이어 갔다.

"뭐 해? 일어나지 않고. 내 말 못 들었어?"

"아……. 예."

"이만 돌아가네. 나중에 또 보자고."

"예, 위원장님. 댁으로 또 불러 주십시오."

"그래, 그러지."

심 검사는 윤 검사에게 고개 숙여 인사하고는 남 의원의 뒤를 따라나섰다. 남 의원 옆으로 심 검사가 따라붙으며 물었다.

"이게 뭡니까? 장인어른, 이렇게 가시면 어쩌시려고요? 정말 어르신과 잘해 보려고 하시는 겁니까?"

"내가 뭐라고 했어? 윤필두 저놈은 김기창에게 줄을 선 거야. 모르겠어? 아이고, 참. 쯧쯧. 언제 사람 될 거야? 더 말해 봐야 소용없으니까 나오라고 한 거야. 그러니까 조용히 따라 나서."

"그럼 이것도 연막작전인 겁니까?"

"그 연막인지 뭔지 나도 모르겠고. 윤필두는 분명 나와 했던 얘기를 김기창에게 전할 거야. 그럼…… 뭐야? 내가 다 설명해 줘야 하는 거야? 이그! 쯧쯧. 됐고 어서 따라 나와."

"죄송합니다, 장인어른."

재떨이가 현관문 앞으로 날아들었다.

팍! 쨍그랑!

현관문 앞엔 굳은 표정으로 일성이 서 있었다.

"어르신, 죄송합니다."

"빌어먹을 놈……."

일성은 김기창의 눈치를 살피며 거실로 들어섰다.

"네가 내 전화를 안 받아?"

"어르신, 안 받은 게 아니라 못 받은 겁니다."

"그래 무슨 이유로 못 받았는지 말해 봐."

"그게…… 전화가 온 줄 몰랐습니다. 그때 주필상 사장을 만나고 있어서 말입니다."

"주 사장을? 네가 왜?"

"주 사장이 어르신을 만나 뵙고 싶다며 절 찾아서 말입니다."

"주 사장이 날 만나고 싶어 한다고?"

"예, 어르신."

"말해! 뭐야?"

김기창은 버럭 소리 지르며 일성을 노려봤다.

"그게…… 주 사장이 눈치를 챈 것 같습니다."

"무슨 눈치? 뜸 들이지 말고 어서 얘기해."

"예. 신성 클럽에 군침을 흘리는 주 사장의 의중을 어르신이 알아차린 걸 알고 있었습니다."

"그걸 어떻게 안 거야?"

"그거야…… 주 사장이 워낙 촉도 좋고 어디서 주워들은 얘기가 많지 않겠습니까?"

"그래서 날 만나서 어쩌려고?"

"그자가 뭘 할 수 있겠습니까? 제가 어르신 앞에서 싹싹 빌고 용서를 빌라고 했습니다."

"용서를 빌어? 그럼 내가 용서해 줄 것 같아?"

"그거야 당연히 아니시겠죠. 그래서 귀띔해 놓았습니다. 두 손 두 발이 바들바들 떨릴 정도로 들고 오라고 말입니다."

"그래서 나 보고 그 작자를 만나라고?"

"싫으시면 말씀하십시오. 제가……."

"아직 엄 과장에게 못 들은 거야?"

"뭘 말입니까? 무슨 지시라도……. 설마……."

김기창은 손을 휘저으며 말했다.

"아니, 아니야. 주필상에게 전해. 그 소원 들어주겠다고 말이야."

"만나 주시는 겁니까?"

"그래. 뭘 들고 올지 궁금하기도 하고."

"그러시죠, 어르신. 주 사장이라면 어르신이 만족할 만한 걸 들고 오지 않겠습니까?"

"직접 보면 알겠지. 그건 그렇고 자네를 찾은 건 말이야……. 남 의원이 결국 본색을 드러냈어."

"남철호 의원이 말입니까? 어떻게……."

"자네는 뭘 하고 있었던 거야? 내 집을 압수수색하려 했다지 뭔가?"

일성은 휘둥그레진 눈으로 김기창을 쳐다보며 물었다.

"어르신 댁을 말입니까? 어느 놈…… 아니, 검사가 그런 짓을……."

"누구긴 누구야? 남 의원 사위 있잖아. 심노양 그 자식 말이야."

"심노양 검사가 말입니까?"

"그래. 그놈이 독단으로 했겠어? 남철호 그자가 뒤에서 조종한 거겠지."

"그런데 무슨 혐의로 압수수색을……."

김기창은 크게 한숨을 내쉬며 이마를 짚었다.

"아휴! 생각만 해도 열이 뻗치니. 그놈의 영상 말이야, 영상! 내가 확실히 처리하라고 그리 일렀는데……. 그게 결국 내 숨통을 쥐어 오고 있어."

"그걸 남철호 의원이 어떻게……."

"남철호 그 작자가 가지고 있는 건지 아니면 민우직 그놈이 가지고 있는 건지 모르겠지만, 반드시 찾아서 이번엔 제대로 파기하라고. 아니, 내 앞에 갖다 놔."

일성은 머리를 조아리며 대답했다.

"예, 어르신. 문제없이 처리하겠습니다."

"그리고 남철호 의원, 그냥 두면 안 되겠어."

"그날이 온 겁니까?"

"그래. 칠성이 불러서……."

"안 부르셔도 됩니다. 이미 칠성에게 말해 뒀습니다."

"벌써?"

"예. 주 사장 만나면서 칠성에게 확실히 얘기해 뒀습니다. 어르신 지시라고 하니 별말 없이 하겠다고 하던데요."

"그래? 그럼 남철호 처리하면서 그놈도 같이 처리해."

일성은 또 한 번 눈이 휘둥그레지며 김기창을 쳐다봤다.

"어르신?"

"왜?"

"아니……. 아끼시던 칠성이가 아니십니까? 그런데 왜?"

"뭐가 왜야? 남철호 의원 보내는 일인데 그만큼의 희생은 있어야 할 거 아니야. 아니면 자네가……."

"아닙니다. 무슨 말씀인지 알겠습니다, 어르신."

"그래. 바로바로 좀 알아들어."

"예, 어르신. 시정하겠습니다."

"그만 가 봐."

"예."

허리 굽혀 인사하고 돌아선 일성은 고개를 절레절레 흔들며 현관문으로 향했다.

국립 과학수사 연구원 부검실 앞에 서도경 총경과 서민주 의원이 의자에 앉아 있었다. 잠시 후 한서율 검사가 부검실 앞으로 달려왔다.

"과장님, 어떻게 된 일이에요?"

눈을 감고 있던 서 총경이 눈을 뜨며 대답했다.

"어, 한서율 검사."

"최우철 경위님이 왜요?"

"지금 도 경감이 부검을 하고 있으니 곧 사인이 밝혀질 거예요."

"타살인가요?"

한 검사는 서 총경 옆에 앉아 고개 숙인 채 울고 있는 서 의원을 곁눈질로 살폈다.

"타살인지 자살인지는 부검 결과가 나와 봐야 알 수 있을 것 같아요."

"현장에 타살 흔적이 없었던 건가요?"

"감식팀이 조사했지만 찾지 못했어요. 현장에 침입한 흔적도 없었고요."

"그럼……."

서 의원은 서 총경의 말을 듣고 더 오열하며 흐느껴 울기 시작했다.

"한 검사, 서 의원 좀 모시고 가요. 안정을 취하는 게 좋겠는데……."

"그러는 게 좋겠네요. 그런데 도 경감님이 부검을 하고 계시면 민우직 팀장님도 와 계신 건가요?"

"같이 부검실에 들어갔어요."

"그렇군요. 서 의원님, 저랑 가시죠. 여기는 팀장님도 계신다고 하니 걱정 마시고요. 이러다 의원님까지 쓰러지시면 어쩌시려고 그러세요. 이만 일어나세요."

한 검사는 서 의원을 일으켜 세우려 했다.

"아니에요. 부검 결과만 듣고 갈게요. 그렇게 하게 해 주세요, 검사님."

한 검사는 곤란한 눈빛으로 서 총경을 바라봤다.

"그렇게 해요. 곧 결과 나올 테니."

"네……. 다른 팀원들은 안 보이네요. 본부에 남아 있는 건가요?"

"아니에요. 안 경위는 채이돈 의원에게 가 있어요. 나 경사는 박범수 씨한테 갔고요. 다들 민 계장이 빨리 가 보라고 해서 간 거예요."

"왜죠?"

"만약을 대비하자고 하더군요. 최 경위가 타살이라면 다크킹덤이 움직이기 시작한 거라 본 거예요."

"그렇다면 채 의원과 박범수 씨가 위험할 수도 있다고 본 거군요."

"그래요. 그래서 서 의원도 여기 있는 게 마음에 놓이지 않아요. 부검 결과가 나오는 대로 안전 가옥으로 가야 할 거예요. 아, 저기 도 경감하고 민 계장 나오네요."

서 의원은 서 총경의 말에 일어서다 다시 주저앉았다. 한 검사는 서 의원에게 달려가 부축하며 옆에 앉았다. 도 경감과 민 경정은 대화를 나누며 서 총경이 있는 곳으로 걸어왔다.

"과장님, 서 의원은 아직 여기에 있는 겁니까?"

"그렇게 됐어. 도 경감, 부검 결과는?"

"생각대로 타살이었습니다."

"정말 타살이야?"

"네, 과장님. 비산이 검출됐습니다."

"그들 짓이네요. 빨리 의원님을 안전한 곳으로 모셔야겠어요."

한 검사는 말하며 서 의원을 부축해 일어나려 했지만, 그녀는 한 검사의 품에 안겨 울부짖었다.

"의원님, 이제 일어나셔야 해요. 이러다 의원님도 위험해지실 수 있어요. 어서요."

"흐으……. 네……. 죄송해요."

서 의원은 한 검사의 부축을 받으며 겨우 일어섰다. 그때, 정장 차림의 남자들이 부검실 앞으로 우르르 몰려왔다. 그중 한 남자가 앞으로 나와 섰다.

"대검찰청 형사 3과에서 나왔습니다. 서도경 총경님 되시죠?"

"대검찰청? 그런데 무슨 일이에요?"

"서도경 총경님, 체포 영장입니다."

대검찰청 검사가 서 총경 앞으로 영장을 들어 보였다.

"같이 가 주셔야겠습니다."

민 경정이 서 총경 앞으로 나와 막으며 말했다.

"무슨 혐의로 체포한다는 겁니까?"

뒤에서 지켜보던 장수철 검사가 앞으로 걸어 나왔다.

"직권 남용과 강압 수사 혐의예요."

"뭐라고? 무슨 직권 남용을 말하는 겁니까? 강압 수사는 또 뭐고?"

"잘 알 거 아니에요? 직권을 남용해 민간인을 사찰하고 불법 수사를 자행하다, 동료 경찰까지 강압 수사로 죽음에 이르게 한 걸 말입니다. 정말 몰라 이러는 거예요? 그리고 최우철 경위 시신을 탈취해 불법으로 부검한 것도 추가될 겁니다. 시신은 우리가 인도해 가서 절차대로 다시 부검할 테니 그렇게 알아요. 뭐 해? 모시지 않고?"

"예, 부장님. 어서 가시죠."

영장을 들고 있던 검사가 서 총경 옆으로 가 팔짱을 끼려 하자, 민 경정이 그 검사의 팔을 잡으며 몸싸움이 일어났다.

"민우직 계장. 민우직, 그만해."

서 총경이 크게 소리치며 민 경정을 말렸다.

"그만하라고, 민 계장! 난 괜찮아. 민 계장은 가만히 있어."

"총경님 말씀을 듣는 게 좋아요. 조금만 더 나갔으면 공무집행 방해죄로 체포될 수 있었으니."

"뭐라고?"

민 경정이 장 검사에게 다가가려는 것을 서 총경이 가로막으며 말했다.

"알았으니 그만하죠. 내가 갈 테니 혼자 걷게 해 줘요."

"그러시죠. 옆에서 정중히 모셔."

"예."

"너희들은 들어가서 시신 수습해서 가지고 나와."

"예, 영감."

장 검사 뒤에 서 있던 사복 입은 자들이 부검실로 들어갔다.

서 총경은 검사들이 양옆으로 붙어 데리고 나갔고, 부검실에서 나온 자들은 장 검사에게 시신 얼굴을 확인받고 뒤를 따랐다. 마지막으로 장 검사가 따라 걸어가다, 걸음을 멈추고는 뒤를 돌아봤다.

"민우직 계장."

민 경정은 아무 말 없이 장 검사를 쳐다봤다.

"자네도 곧 이 신세가 될 거야. 다시 만나자고."

장 검사는 고개가 뒤로 젖혀질 정도로 크게 웃으며 뒤돌아 걸어갔다. 한 검사는 민 경정의 팔을 잡으며 말했다.

"팀장님, 빨리 이곳을 피하시죠. 서 의원님이 위험할지도 모르잖아요."

"그래야겠네요. 서 의원님, 괜찮으시겠어요?"

"전 괜찮아요."

"그럼 검사님이 서 의원님과 함께 안전 가옥까지 가 주십시오. 도 경감, 자네는 부검 결과서와 증거 사진들 가지고 본부로 가 있고."

"그럴게요. 그런데 왜 팀장님은 같이 체포하지 않은 걸까요?"

한 검사의 의문에 도 경감도 수긍하듯 고개를 끄덕이며 말을 덧붙였다.

"그러게 말입니다. 저도 그게 좀 의아했습니다. 팀장님뿐만 아니라 저도 한 번에 체포할 수 있었는데요."

"다른 이유가 있겠지."

"다른 이유요?"

새벽에 내린 비로 정원에 핀 꽃들과 나뭇잎 위에 이슬이 몽글몽글 맺혔다. 현관문이 열리고, 정 실장이 밖으로 나와 앞에 놓인 신문을 들고 들어갔다. 정 실장이 신문을 거실 테이블에 내려놓을 때, 실크 가운을 입은 김기창이 방에서 나오고 있었다.

"일어나셨습니까, 어르신."

"그래, 정 실장. 좋은 아침이야."

"새벽에 비가 왔는지 날이 참 맑고 상쾌합니다."

"그래? 날씨만큼 좋은 소식이 있었으면 좋겠구먼. 남시보 그 자는 어때? 소란 피우지는 않고?"

"예. 얌전히 방에 있습니다. 넣어 준 음식들도 다 잘 먹고 있습니다."

"다행이구먼. 잠깐 나 좀 보자고 해."

"예, 어르신."

정 실장은 2층으로 올라가 남시보 순경을 데리고 내려왔다.

"데리고 왔습니다, 어르신."

"자아, 여기 와 앉아요."

남 순경은 김기창의 눈치를 보며 소파에 앉았다.

"눈치 볼 것 없다니까? 오늘도 한번 봐 봐요. 뭐가 보이나?"

"네. 잠시만요."

남 순경은 눈을 감으며 눈썹에 잔뜩 힘을 주어 집중했다. 잠시 후 눈을 뜬 그는 김기창을 보며 말했다.

"이곳에선 아무 일도 일어나지 않네요. 시체가 보이지 않아요."

"그래? 그럼 다행이고. 남 순경, 조반 들고 나랑 갈 곳이 있으니 그렇게 알고 준비해요."

"어디를……."

그때 초인종 소리가 울렸다.

"이 시간에 누구야?"

정 실장이 인터폰을 확인하고 말했다.

"어르신, 남철호 의원이 왔습니다."

"뭐? 그 인간이 왜? 이그, 아침부터 밥맛 떨어지게……. 들여보내."

"예, 어르신."

"남 순경은 2층에 잠시 올라가 있어요. 조반은 좀 뒤에 해야겠네요."

남 순경은 가볍게 목례한 뒤 2층으로 올라갔다. 현관 밖으로 나갔던 정 실장은 남철호 의원과 심노양 부장검사를 안으로 안내했다.

"이른 아침부터 무슨 일이에요?"

"아직 식사 전이십니까?"

"지금이 몇 신데 그런 소리예요?"

"아이고, 저는 어르신이 잠이 없으셔서 조반을 일찍 드셨을 줄 알았습니다. 죄송합니다."

"뭣이……. 그래, 무슨 일이에요?"

"아시지 않습니까? 뭐 해? 이리 와서 빨리 빌지 않고?"

쭈볏거리며 걸어 나온 심 검사는 허리를 깊숙이 숙이며 잘못을 빌었다.

"어르신, 제가 크게 실수했습니다. 용서해 주십시오."

"실수? 그게 실수였다는 거예요?"

"어르신, 정말 실수였습니다. 제가 생각이 짧았습니다. 제 선에서 어떻게든 막았어야 했는데 제 능력이 부족한 탓입니다."

"이제 능력 탓이라……. 남 의원은 생각도 짧고 능력도 없는 사위를 둬서 고생이 많겠어요. 어찌 저런 자에게 딸을 준 겁니까? 아무리 심 회장 백이 좋다고 해도 말이에요."

"으흠, 제 사위가 아직 정신을 못 차린 듯합니다. 이리 와."

남 의원은 심 검사의 팔을 잡아끌어 김기창 앞까지 데리고 왔다. 그러고는 심 검사의 허벅지를 발로 차며 억지로 무릎을 꿇렸다.

"아우! 장인어른……."

"뭐 해? 어르신에게 싹싹 빌지 않고."

"남 의원, 싫다는 사람한테 억지로 그러는 거 아니에요. 됐어요. 그만 가 봐요."

심 검사는 입술을 질끈 깨물며 바닥에 바짝 엎드렸다.

"어르신, 제가 죽을죄를 지었습니다. 용서해 주십시오. 제가 무슨 변명을 하겠습니까. 모든 게 다 제 불찰입니다. 저희 장인어른께서는 아무것도 모르고 계셨습니다. 그러니 이번 한 번만 선처해 주시면 그 은혜는 절대 잊지 않겠습니다, 어르신."

옆에 서 있던 남 의원도 고개를 조아렸다.

"어르신, 저를 봐서라도 한 번만 용서해 주시죠. 저 놈이 뭘 모르고 벌인 일이니 이번만 눈 감아 주시면 안 되겠습니까? 어르신과 제가 그동안 함께한 세월이 얼맙니까? 앞으로도 함께해 나가야 할 일이 많지 않겠습니까? 제 면 한번 살려 주신다 생각하시고 선처해 주시죠."

김기창은 헛기침을 두어 번 하고는 못 이긴 척 말했다.

"어떻게 매번 입으로만 때우려 하는지 모르겠어요. 인생이라는 게 가는 게 있으면 오는 게 있어야 인지상정이지 않습니까? 그게 세상 살아가는 이치 아니겠어요."

"그럼요. 그래야죠. 말씀만 하십시오. 그럼 저희가 준비하겠습니다."

"준비할 거 따로 없어요. 남 의원, 대권 포기하세요. 그럼 됩니다."

고개 숙이고 있던 남 의원은 놀란 눈으로 김기창을 쳐다봤다. 심 검사는 잔뜩 일그러진 얼굴로 남 의원을 올려다봤다.

"왜요? 못 하겠어요? 그럼 사위의 목숨이라도 내놓고 가든지요."

"뭐……."

무릎 꿇고 있던 심 검사가 갑자기 김기창 코 앞까지 기어가 애원하듯 말했다.

"어르신! 어르신, 제가 잘못했습니다. 제발 살려만 주십시오.

제가 큰 실수를 했지만 제 목숨을 내놓을 정도는 아니지 않습니까? 그리고 장인어른께 대권을 포기하라고 하시다니요? 저희 장인어른께서 그 자리를 목숨보다 더 귀하게 여기신다는 걸 그 누구보다 잘 아시지 않으십니까? 재고해 주십시오, 어르신."

"잘 알죠. 잘 알아서 그러는 겁니다. 그 자리에 앉으려고 무리수를 둘까 걱정이 돼 그러는 거 아닙니까? 이번 일도 그래요. 대권 자리에 앉겠다고 나를 치려 한 것이니, 그 싹을 애초에 잘라버려야 다시는 이런 일이 없지 않겠어요? 안 그래요? 남 의원."

"어르신, 다시 숙고해 주시죠. 저희 장인어른께서는 절대……."

"포기하겠습니다."

남 의원의 갑작스러운 선언에 심 검사의 눈이 휘둥그레졌다.

"장인어른……."

"자네는 조용히 있어. 어르신, 제가 포기하겠습니다. 이전부터 어르신의 의중을 알고 있었습니다. 저는 아니라는 걸 말입니다. 어르신께 선택받지 못한 자가 어찌 그 자리에 앉을 수 있겠습니까? 그걸 알면서도 어리석게 미련을 놓지 못했습니다."

남 의원은 그렇게 말하며 고개를 떨궜다.

"그런 거예요? 역시 남철호 의원입니다. 인생 살아가는 처세술이 남다르단 말이에요. 내가 이래서 남 의원이 좋단 말이지."

큰 소리로 웃던 김기창은 눈을 내리깔며 심 검사를 쳐다봤다. 심 검사는 바닥에 머리를 박으며 흐느껴 울었다.

"초상 치르는 것도 아닌데 울긴 왜 울어? 어서 일어나서 인사 드려."

심 검사는 소매로 눈물을 훔치며 일어섰다. 남 의원은 허리를 깊이 굽히며 인사했다.

"어르신. 그럼 저희는 이만 돌아가 보겠습니다."

"아이고, 그래요. 같이 식사라도 하고 싶은데 오늘은 그러기 힘들겠네요. 조만간에 따로 시간 내서 봅시다."

"그러시죠. 언제든 불러 주십시오, 어르신."

"그래요, 그래."

"뭐 해?"

남 의원은 심 검사의 팔을 툭 쳤다.

"어르신, 앞으로 이번 같은 어리석은 짓은 다신 하지 않겠다고 약속드리겠습니다."

"그래요, 심 검사. 다음엔 웃는 얼굴로 보자고요."

심 검사는 연신 쏟아지는 눈물을 닦아 내며, 어깨가 축 처진 채로 앞서가는 남 의원의 뒤를 따랐다.

나상남 경사는 경찰 병원에 도착해 박범수가 입원해 있는 병실로 가고 있었다. 병실 앞에는 청원 경찰 두 명이 지키고 있었다.

"고생들 하십니다."

나 경사는 경찰증을 청원 경찰에게 보이며 인사했다.

"아! 예. 방금 의사 선생님이 들어가셨습니다. 잠깐 밖에서 기다리시죠."

"그러죠. 회진인가 보죠?"

"아니요. 의사 선생님 혼자 오셨어요. 확인할 게 있다고……."

"혼자요?"

"예? 아, 예. 왜 그러……."

나 경사는 황급히 병실 안으로 뛰어 들어갔다. 의사는 박범수의 링거에 주사기로 뭔가를 주입하고 있었다.

"의사 선생님, 잠깐만요."

하지만 의사는 멈추지 않고 주입하는 것을 서두르며, 링거액 주입량 조절기를 조절했다.

"잠깐만 멈추라고요!"

나 경사의 고함에 잠들어 있던 박범수가 눈을 떴다.

"어, 왔구나?"

나 경사는 의사에게 달려가 그의 팔을 잡았다. 그 순간, 의사는 나 경사의 손을 뿌리치며 주사기로 나 경사의 목을 찌르려 했다. 나 경사는 주사기를 쥐고 있는 의사의 팔을 잡고 버텼다.

"너 뭐야?"

나 경사는 의사가 찍어 내리는 힘을 두 팔로 겨우 버텨 내며 박범수에게 힘겹게 말했다.

"범수야, 으윽……. 빨리 팔에 있는 주삿바늘을 뽑아. 으……. 어서!"

"어? 어! 그래."

박범수는 팔에 꽂혀 있는 주삿바늘을 뽑으려 그 위에 붙어 있는 테이프를 떼어 냈다. 의사는 나 경사를 밀어젖히고 박범수에게 달려들었지만, 나 경사가 의사의 허리를 잡아채며 막았다.

"당신 뭐야? 의사 아니지? 이 자식이……."

의사는 나 경사의 팔을 잡아 꺾고 밀쳐 냈다. 그때 밖에 있던 청원 경찰들이 소란스러운 소리를 듣고 들어왔다. 하지만 의사는 청원 경찰들을 순식간에 쓰러트리고 빠져나갔다. 나 경사는 박범수가 주삿바늘을 뽑는 것을 보고 의사를 따라 나갔다. 나가면서 청원 경찰들에게 소리쳐 말했다.

"따라 나오지 말고 환자를 지켜요. 알았죠? 절대 병실을 비우면 안 됩니다."

청원 경찰들은 쓰러져 있다가 일어서며 대답 대신 고개만 끄덕였다. 나 경사는 의사를 좇아 뛰어나갔지만, 흰 가운을 입은 의사들이 많아 누가 병실에 들어왔던 의사인지 알 수 없었다. 마스크까지 쓰고 있었던 터라 얼굴을 확인하지 못했다. 몇 명의 의사들을 잡아 눈을 확인해 봤지만, 병실에 들어왔던 그 의사는 아니었다. 나 경사는 의사를 뒤좇는 것을 포기하고 다시 박범수가 있는 병실로 돌아갔다.

채이돈 의원을 보호 중인 임시 보호소에 안민호 경위가 도착했다. 그곳에는 경찰특공대 대원 두 명이 채 의원을 지키고 있었다.

"안녕하십니까? 안에 계십니다."

"고생들 하셨습니다. 바로 이동할 테니 준비해 주십시오. 제 차로 움직일 테니 두 분은 제 차 뒤를 경호해 따라와 주시면 됩니다."

"알겠습니다."

안 경위는 방으로 들어가 채 의원을 데리고 밖으로 나왔다. 차고에서 기다리던 특공대원들은 차를 몰아 밖으로 이동했다. 안 경위가 탄 차가 출발하자 그 뒤를 특공대원 차가 따랐다.

큰도로에 이르렀을 때 안 경위의 차를 따르던 특공대원 차량이 점점 속도를 줄이며 차 간격을 넓히더니, 아예 차선을 바꿔 다른 길로 빠져 버렸다. 그리고 얼마 지나지 않아 정체된 도로에 안 경위의 차가 멈춰 서자, 앞뒤 차에서 검은 정장 차림의 무리가 뛰쳐나와 안 경위의 차로 몰려왔다.

차 문 유리를 망치로 깨려는 순간.

"멈춰! 멈추라고 새끼들아!"

"형님, 왜 그러십니까?"

우두머리로 보이는 자가 차 안을 살폈다.

"아이, 씨발! 이 차가 아니야. 채이돈이 없잖아! 빌어먹을……. 어디로 내뺀 거야?"

"형님, 어쩌죠?"

"일단 철수한다."

출발하기 전 차고에서 안 경위와 채 의원은 경찰특공대 옷으로 갈아입고 대원들 차에 올라탔다. 대신 대원들은 안 경위와 채 의원의 옷을 입고 안 경위 차에 올랐다. 그들을 지켜보고 있던 괴한들은 안 경위와 채이돈으로 착각하고 뒤를 쫓았던 것이다. 안 경위는 누군가 미행하고 있다는 것을 알아차리고 위기를 모면할 수 있었다.

민우직 경정과 한서율 검사는 서민주 의원을 그녀의 부모님 집에 데려다주고 나오는 길이었다.

"팀장님, 괜찮을까요? 안전 가옥으로 모셨어야 하는 게 아닌지……."

"검사님, 걱정 마세요. 지금은 부모님 댁이 서 의원에게 심적으로 안정을 취할 수 있는 가장 최적의 장소일 겁니다. 경호는 특공대원들이 안팎으로 지키고 있으니 오히려 그곳이 나을 거예요."

"특공대원분들은 믿을 수 있는 거겠죠?"

"윤진 경위가 믿을 만한 대원들만 골라 보내 줬으니 걱정 마세요."

"그렇다면 안심이네요. 그런데 팀장님, 부검실에서부터 궁금했는데요. 팀장님을 바로 체포하지 않은 다른 이유가 있을 거라고 하셨잖아요. 그게 뭔가요?"

"그게 궁금하셨습니까? 별거 없습니다. 살려 두지 않겠다는 거겠죠."

한 검사는 흠칫 놀라며 민 경정을 바라봤다.

"뭐라고요?"

"놀라셨습니까? 놀랄 일도 아닌데 왜 그러세요?"

"놀랄 일이 아니라니요? 그럼 일부러 팀장님을 체포하지 않은 게 단순 그 이유 때문이라는 건가요?"

"그건 아니겠죠. 아마도 그들은 내가 뭘 쥐고 있는지가 궁금한 걸 겁니다. 그걸 찾아낸 뒤에 자살로 위장해 죽이려 하겠죠. 그게 그들이 잘 써먹는 수법이지 않습니까?"

"그렇겠네요. 그들 입장에선 후환이 될 만한 걸 남기고 싶지 않을 테니까요. 그래서 팀장님이 쥐고 계신 걸 그들이 다 찾아냈다 싶을 때 마지막으로 죽일 거라 보시는 거군요."

"아마도 그럴 겁니다."

"그럼 아직 반격할 시간은 남은 거네요. 그렇죠?"

"허어, 역시 검사님의 그 긍정적인 마인드는 따라갈 수가 없네요. 그럼요. 반격할 시간은 충분하죠. 제가 살아 있는 한 말이죠."

민 경정은 그렇게 말하고는 한 검사를 보며 웃어 보였다.

"이번에도 칭찬 같지 않은 칭찬을 하시네요. 아무튼 우리에게 얼마 남지 않은 시간이니 아끼고 아껴서 제대로 준비해야겠죠?"

"물론이죠, 검사님. 그리고 칭찬 맞습니다. 그런데 남시보 순경이 연락이 되지 않네요. 검사님께 따로 연락 온 건 없었습니까?"

"저한테요? 아니요. 중요한 일이었으면 팀장님께 연락을 했겠죠, 저보다는……."

"그렇습니까? 저 없는 사이에 두 사람이 많이 가까워진 줄 알았죠. 저 없을 때 남시보 순경이……."

한 검사는 새초롬한 표정으로 민 경정의 말을 잘라 말했다.

"일로 만난 사이에 가까울 게 뭐가 있어요? 사건을 함께 조사하다 보니 그런 거죠. 다른 건 없어요, 팀장님."

"예? 제가 뭐라고 했습니까? 전 제가 없을 때 남시보 순경이 검사님을 많이 의지하고 따랐다고 말하려 했는데……. 진짜 제가 모르는 다른 게 있었던 겁니까?"

한 검사의 얼굴이 순간 발그레지며 말을 더듬기까지 했다.

"아……. 아니요. 다, 다른 게 뭐가 있겠어요? 그랬군요. 남시보 순경이 팀장님께 그런 말을 했었나요?"

"그럼요. 우리 검사님이 얼마나 힘들어 하셨는지 아냐고 얼마나 화를 내던지……. 듣는 내가 오해할 정도였다니까요."

"에이, 아니라니까요. 그리고 남시보 순경의 말이 틀린 것도 아니네요. 그간 얼마나 힘들었는데요. 지금 다시 생각해도 화가 나네요. 정말 그때는……."

민 경정은 한 검사의 매서운 눈총을 피하며 말했다.

"아이고! 제가 괜한 말을 꺼냈나 봅니다. 그것보다 남시보 순경을 만나 봐야겠어요. 전 저기서 내려 주십시오."

"그럼 같이 가시죠."

"같이요? 꼭 그럴 필요는 없는데……."

그때 민 경정의 휴대폰 벨 소리가 울렸다. 민 경정은 휴대폰을 귀로 가져가며 말했다.

"그래, 나 형사."

"팀장님, 그들이 박범수를 죽이려 했습니다."

"정말? 박범수 씨는 괜찮은 거야?"

"다행히 무사합니다."

나상남 경사는 병실에서 있었던 일에 대해 이야기했다.

"어휴! 천만다행이네. 어떤 놈인지 얼굴은 확인 못 한 거고?"

"네. 지금 현장 CCTV를 살펴보고 있는데 얼굴 나온 게 하나도 없네요. 분명 다크킹덤 놈들 짓이겠죠?"

"그렇겠지. 그곳도 안전하지 못하니 옮겨야 할 것 같은데……. 박범수 씨 상태는 어때? 병원에서 나와도 될 정도인가?"

"그건 담당 의사를 만나 보고 말씀드릴게요."

"그래, 그렇게 해. 일단 경계를 좀 더 강화해야 할 것 같아. 윤진 경위에게…… 아니, 아니다. 내가 좀 알아볼 테니 그때까지 나 경사가 박범수 씨 옆에 붙어 있어. 조심해. 나 형사도 위험할 수 있어."

"걱정 마십시오. 저 나상남입니다."

휴대폰 너머로 나 경사의 웃음소리가 들려왔다.

"그래, 고마워."

"또 또. 뭐가 그렇게 고맙습니까? 이만 끊습니다."

"팀장님은 뭐가 매번 고마우세요? 팀장님을 위해 하는 게 아니라고 그렇게 말씀드렸는데."

통화 내용을 엿듣던 한 검사가 전화를 끊은 민 경정에게 핀잔을 줬다.

"그럼요. 알죠. 그래도……."

"안민호 경위에게도 전화해 보시죠? 채이돈 의원은 안전한지 궁금하네요."

"아, 그럴까요? 그럼 잠시……."

민 경정은 머리를 긁적이며 안 경위에게 전화를 걸었다.

"어, 안 형사. 나야."

"예, 팀장님. 지금 본부에 막 도착했습니다."

"그래? 무슨 일은 없었고?"

"있었는데, 다행히 무사히 도착했습니다. 그건 만나서 말씀드리겠습니다. 언제 오십니까?"

"어, 금방 가. 남 순경 좀 보고 가려고."

"남시보 순경은 아직도 지구대에 있는 겁니까?"

"그러니까 말이야. 하루가 지났는데 연락도 없고 전화도 안 받으니 무슨 일인가 싶어서……. 지구대에서 일이 있다고 했으니 가 보면 알겠지."

"알겠습니다. 그럼 조심히 다녀오십시오."

전화를 끊은 민 경정에게 한 검사가 물었다.

"잘 도착했나 보죠?"

"예, 검사님. 무슨 일이 있었던 것 같은데 그건 말을 안 하네요. 아무튼 무사히 본부에 도착했다고 하니 걱정 안 하셔도 될 것 같습니다."

"다행이네요."

한 검사는 지구대 주차 구역에 차를 정차했다.

"검사님은 여기 계십시오. 금방 들어갔다 오겠습니다."

"네, 다녀오세요."

민 경정은 차에서 내려 빠른 걸음으로 지구대로 들어갔다.

반지하 창문으로 옅은 빛이 들어오는 한 사무실. 김승철 경감과 도민 경감이 대화를 나누고 있었다.

"김 경감님, 이곳이 몇 번째인지 모르겠습니다."

"이번이 마지막일 거예요. 근데 박 기자는 안에서 뭐 해요?"

도 경감은 안쪽 방으로 눈을 돌리며 말했다.

"홈페이지가 완전히 차단됐다고 하네요. 그래서 새로 개설하는 중인 것 같습니다."

"이렇게 바로 몰아쳐 올 줄은 예상 못 했네요. 언론을 이용해 여론을 움직여 보려 했던 것이 차질을 빚고 말았으니 방법은 국회밖에 없는 걸까요?"

"그들이 전방위적으로 나온다면 저희도 그렇게 나가야 하지 않겠습니까? 할 수 있는 한 최대한 많은 사람들에게 그들의 악행을 알려야 하겠죠. 그래야 중진 의원들도 여론에 밀려 움직여 줄 테니까요."

"서도경 총경님을 포토 라인에 세워 제대로 망신을 준 것도 우리 이야기를 희석시키기 위해서일 거예요. 제대로 그들의 민낯을 보여 주지 못한다면 쉽지 않은 싸움이 되겠죠. 김기창의 영상을 공개해도 그들은 조작이다 음모다 하면서, 우리의 약점을 들춰 내 그들의 말이 진실이라고 여론을 움직일 게 분명하니까요."

"그런데 정론관에서 계획했던 초선들 기자 회견은 무기한 연기입니까?"

"그래야겠죠. 국회의원이라도 초선들이고……. 아무리 그들의 악행을 기자들 앞에서 고발한다 해도 증거도 없는 상황에선 먹히지 않을 게 뻔해요. 그래서 소셜 미디어를 통해서라도 여론을 형성한 후에 기자 회견으로 파급력을 주려 했던 건데…… 어렵게 됐잖아요. 역시나 계획대로 되는 게 없네요. 거기다 최경위 일까지……."

"그러게 말입니다. 최 경위까지 죽일 줄은……. 너무 방심하고 있었던 게 아닌가 싶습니다."

"다크킹덤의 짓이겠죠? 어떻게 침입한 흔적조차 없이 자살처럼 위장할 수 있었는지 놀라워요. 이런 식으로 몇 명이나 죽인 걸까요? 생각만 해도 오싹하네요."

김 경감은 몸을 바르르 떨었다. 도 경감은 손깍지를 끼며 각오를 다지듯 말했다.

"우리가 아는 것만 해도 어마어마하지 않습니까? 우리가 모르고 지나쳐 간 사건들도 상당할 겁니다. 이번에 반드시 다크킹덤과 다크포스 일당들을 일망타진해야 합니다. 두번 다시 반복돼서는 안 될 일이지 않습니까?"

김 경감은 탁자에 놓인 사건 파일을 내려다보고는 다짐하듯 고개를 끄덕이며 대답했다.

"그래야죠. 억울하게 목숨을 잃은 분들을 위해서라도 반드시 이번에 끝내야 해요. 그래야 하고말고요."

눈에 안대를 쓴 남시보 순경은 너른 뜰에 우두커니 서 있었다. 앞에는 유리 온실이 보였고, 그 뒤로는 웅장한 저택 두 채가 똑같은 양식으로 비스듬히 마주보고 있었다.

"이제 풀어 줘."

김기창의 지시에 정 실장이 남 순경의 눈을 가리고 있던 안대를 벗겨 주었다.

"여기가 어디죠?"

"여기? 새로운 궁전이지. 내가 앞으로 들어와 살 아방궁."

김기창은 대저택을 손으로 가리키며 호방하게 웃음을 터뜨렸다.

"그런데 여긴 왜? 이곳에서도 봐 달라는 건가요?"

"그렇지. 자자, 들어가서 한번 살펴봐요. 어서."

남 순경은 주위를 둘러보며 앞서가는 정 실장의 뒤를 따랐다. 저택 주위엔 나무들이 가득했고 그 뒤로는 높은 담장이 쳐져 있었다. 담장 위에는 가느다란 철선들이 늘어서 있었고, 곳곳에 경비 카메라가 설치되어 있었다.

"이곳이 궁전이라면…… 여기는 왕국인 건가요?"

"왕국? 맞지, 맞아. 왕국."

김기창은 무릎을 탁 치며 한바탕 크게 웃었다.

민우직 경정은 지구대에서 다급하게 뛰어나와 차에 올라탔다.

"검사님, 지금……."

통화 중인 한서율 검사를 뒤늦게 발견한 민 경정은 말을 멈췄다.

"알았어요. 무슨 얘긴지 알겠네요. 잠시만요."

"검사님, 그게 말입니다. 지금 남 순경이……."

한 검사는 민 경정의 말을 끊으며 휴대폰을 내밀었다.

"알아요, 팀장님. 전화 먼저 받아 보세요. 오민석 씨예요."

"오민석이요?"

제22화

민우직 팀장의 죽음

꽃과 초로 장식된 길게 뻗은 식탁 위로 갖가지 음식들이 차려져 있었다. 다이닝룸 맞은편 끝에는 김기창이 앉아 식사를 하고 있었고, 그 반대편에는 주필상이 식사를 막 마친 듯 보였다.

"어르신, 이런 대접을 해 주시니 감개가 무량할 따름입니다."

"이 정도로 뭘 그래요. 내 술이나 한잔 받아요."

주필상이 술잔을 들고 자리에서 일어나려 하자, 김기창이 만류하며 직접 그에게 걸어갔다.

"자아, 받아요."

"아……. 예."

주필상은 일어서다 말고 엉거주춤한 자세로 김기창이 따라 주는 술을 받았다. 김기창은 그 후 다시 자신의 자리로 돌아갔다.

"뭐 해요? 마시지 않고. 어서 마시고 나도 한 잔 따라 줘야죠."

"아, 네. 그럼."

주필상은 고개를 옆으로 돌려 단숨에 술을 들이켰다. 그의 얼굴이 순간 잔뜩 일그러졌다.

"좀 독하죠?"

"예, 어르신. 좀이 아닌데요. 속이 타들어 가는 느낌입니다."

"그래요. 이 술이 좀 독주라……. 어서 와서 내 술잔에도 따라 줘요."

주필상은 자리에서 일어나 종종걸음으로 김기창에게 걸어갔다. 그리고 테이블에 있는 술병을 집으려는 찰나, 갑자기 그의 눈에 술병이 여러 개로 보이기 시작했다. 휘청거리는 몸에 중심을 잡지 못한 주필상은 탁자를 짚으며 몸을 기대고 섰다.

"왜 그래요? 고작 한 잔 마시고 취한 거예요?"

"아…… 아니, 그게 아니라…… 어…….."

주필상은 한 손으로 목을 감싸며 흐리멍덩한 눈빛으로 김기창을 쳐다보다, 이내 쓰러지듯 뒤로 넘어갔다.

쿠웅!

"어…… 어르…… 신…….."

주필상은 손을 뻗어 말을 해 보려 했지만, 입이 굳어 버린 듯 제대로 소리조차 내지 못했다.

"어…… 어으…….."

주필상은 고통스러운지 양손으로 목을 감쌌다. 그리고 치켜뜬 두 눈에서는 눈물이 흘러내렸다.

내 이야기를 흥미롭게 듣던 김기창이 다이닝룸을 가리키며 말했다.

"그래요? 다이닝룸에서 주필상의 시체가 보인다고요?"

"예."

"주필상 사장을 알고 있었어요?"

"강남에서 발생한 연쇄 살인사건을 아시나요?"

"연쇄 살인사건이라? 들어 본 것도 같은데……."

김기창은 고개를 갸우뚱하며 나를 빤히 쳐다봤다.

"주필상 씨 아들이 주명근이라는 잔데 그자가 연쇄 살인범이라서요. 그래서 압니다."

"아하, 그렇군요. 그 아비에 그 자식이라더니 참……. 그런데 주필상 그자가 어떻게 죽는지는 몰라요?"

"정확히는 모르겠지만 식사 중에 갑자기 쓰러져 심장 마비로 죽는 듯합니다."

"아이고, 이런. 심장 마비로……."

"그런데 제가 언제까지 여기서 이런 걸 해야 하나요? 누가 그쪽…… 분을……."

"다들 어르신이라고 부르니 남 순경도 그렇게 불러요."

"네. 아무튼 누군가 어르신을 죽이려 하는 건가요? 그래서 저를 옆에 두고 어르신의 시체가 보이는지 확인하시려는 거죠?"

"그렇게 보여요?"

"아닌가요?"

"맞아요, 맞기는……. 그런데 나보다는……."

김기창은 말하다 머뭇거리며 피식 웃음을 지었다.

"언제까지 여기 있어야 하는지 알 수 있을까요? 아니, 저를 살려 보내 주시기는 하실 건가요?"

"왜요? 본인 시체는 못 보나 봐요?"

순간 오싹한 기분에 말문이 막혔다. 김기창은 내 모습이 웃겼는지 박장대소하며 말했다.

"농담이에요, 농담. 그런데 정말 본인 시체는 못 봐요?"

"아니……. 아니요. 볼 수 있어요."

"그래요? 그럼 알겠네. 살아서 나갈 수 있는지 죽어야 나갈 수 있는지."

"……."

"농담이에요, 농담. 얼굴 그만 풀고 며칠만 같이 있어 줘요. 그러면 됩니다."

다행히 이곳에서 내 시체는 보이지 않았다. 하지만 다른 장소에서 죽일지는 또 누가 알겠는가?

"무슨 생각해요?"

"예?"

"걱정 말아요, 살아서 나갈 테니. 재밌어. 재밌는 친구야."

뭐가 재밌는지 모르겠지만 힐끔힐끔 쳐다보며 웃는 그자의 능글맞은 표정 때문에 기분이 더러웠다. 뭔가 께름칙한 느낌이 들어서였는지도 모르겠다.

"자아, 저쪽에 가서 앉아요. 식사나 같이 합시다."

김기창은 다이닝룸 식탁 끝을 가리키며 상석 자리에 앉았다.

"네, 그럼…… 어?"

이게 무슨 상황이지? 김기창이 가리킨 자리에는 민우직 팀장이 앉아 있었다. 그런데…… 머리부터 시작해 상의가 온통 피범벅이었다. 어째서? 지금 초자연 현상이 보이는 건가? 왜? 왜 여기에 민 팀장이…….

"가서 앉지 않고 뭐 해요?"

여기서 죽는 건가? 이자가 민 팀장을 죽이는 건가? 당장 눈을 확인해야 했다.

"이봐요, 남 순경. 이런, 왜 이래?"

음식을 나르던 아주머니가 내 팔을 잡아 흔들었다.

"뭐 하세요? 어르신이……."

"예? 아! 네."

아주머니는 내 팔을 잡아 민 팀장이 앉아 있는 자리로 안내했다.

"여기 앉으세요."

"무슨 생각을 그렇게 한 거예요? 왜요? 아직도 죽을까 봐 걱정이에요?"

"뭐라고 하셨죠?"

김기창은 피식 웃으며 말했다.

"살아서 나갈 수 있는지 그게 걱정인 거 아니에요?"

"아……. 아니……. 네. 살아서 나갈 수 있겠죠?"

"그렇다니까요. 걱정 말고 앉아서 식사나 해요."

나는 자리에 앉으며 흘깃 민우직 팀장의 눈에 비친 잔상을 확인했다.

'이런, 젠장! 이건 또 뭐야?'

⬤

남부지검 취조실 탁자 앞에 앉은 서도경 총경은 반쯤 감긴 눈꺼풀로 힘겹게 눈을 뜨고 있었다. 맞은편에 앉아 있던 장수철 검사가 서류로 탁자를 세게 내리쳤다.

탁! 탁!

"여기가 어디라고 졸아요? 눈 똑바로 떠요! 어서!"

"장 검사, 잠 좀 잡시다. 지금 하루를 꼬박 넘겨 취조하고 있잖습니까. 이래도 되는 겁니까?"

"앞으로 두 시간은 괜찮아요. 눈 뜨고 내 말에 똑바로 대답이나 해요. 그러니까 누구 지시를 받고 수사를 한 거냐 말입니다. 경찰청장이에요? 아니면 정말 독단으로 수사를 지시했다는 겁니까? 그럼 직권 남용 수사를 인정한다는 거예요?"

"범죄 혐의가 있는 자를 내사한 것뿐인데 그게 무슨 직권 남용입니까? 지금 이거야말로 무리하게 수사하는 거라고 생각지 않아요? 도대체 어쩌려고 이러는 겁니까?"

"이 양반 웃긴 양반이네. 범죄 혐의? 조작한 증거로 무리하게 압수수색 영장 신청했다가 기각된 거 몰라? 그리고 강압 수사로 억울한 동료 경찰까지 죽음으로 몰지 않았어? 이래도 무리한 수사라고 하는 거야? 게다가 어디서 조잡한 영상을 만들어

가지고. 그걸 누가 믿겠어?"

"당신들 눈에는 그게 조잡하게 보입니까? 내 눈에는 또렷하기만 하던데."

장 검사가 버럭 소리치며 말했다.

"뭐야! 당신이 이렇게 나오면 당신 식구들이 무사할 줄 알아? 모든 잘못을 시인하고 죗값을 받으라고. 그래야 당신 식구들이라도 밥벌이는 하고 살아갈 거 아니야. 안 그래?"

"내 식구들 걱정할 시간 있으면 당신들 밥그릇이나 잘 챙기지."

"뭐야? 이런 빌어먹을⋯⋯."

장 검사는 주먹으로 탁자를 내리쳤다.

서울 지방 경찰청 형사과 취조실에서 차우석 경위와 정민우 본부장이 마주 보고 앉아 있었다.

"신성 클럽을 니들이 와해시킨다고? 그게 될 것 같아?"

정민우는 비아냥거리듯 말하고는 차우석을 쏘아봤다. 하지만 그는 무덤덤한 표정으로 정민우에게 말했다.

"왜, 못 할 것 같아?"

"응. 니들은 절대 못 해. 왜냐? 신성 클럽이 와해되면 대한민국 경제가 망하거든. 클럽 멤버들이 누군지 알잖아? 몰라?"

"누군데? 말해 봐."

"몰라? 에이, 모르면서 어떻게⋯⋯. 아무튼 멤버들을 구속시킨다는 건 대한민국에서는 상상도 할 수 없는 일이지. 미국이면…… 글쎄, 미국에서도 힘들 거야. 내가 널 생각해서 얘기해 주는 건데, 적당히 여기서 멈춰. 그러다 네가 다쳐. 아, 아니지."

정민우는 얼굴을 앞으로 내밀며 차우석에게 조용히 말했다.

"죽을 수도 있어."

그러고는 다시 뒤로 몸을 젖히며 큰 소리로 기괴하게 웃었다.

"그렇게 대단한 분들이었어? 몰라봤네."

"그래. 그러니까 그만둬. 곧 변호사도 올 텐데 너무 무리하지 마. 너희들이 아무리 날고 기어도 우리 법무팀은 못 이겨. 절대."

"그럼 이건 어때?"

차우석은 서류 봉투를 정민우 앞에 내려놓았다.

"이게 뭐야?"

"열어 봐."

그는 서류 봉투에서 여러 장의 문서들을 꺼내 보았다.

"이거……."

내용을 확인한 정민우의 얼굴이 순간 굳어졌다.

"왜? 이제 좀 생각이 달라져?"

정민우는 허탈한 웃음을 지으며 말했다.

"야아, 잘도 찾았네. 이거…… 주 사장 그 새끼야? 그 새끼 맞지?"

"그건 알 거 없고. 어때? 그 정도면 신성 클럽이 와해되지 않겠어?"

"브라더, 이 정도는…… 그래, 뭐. 충격은 좀 있겠다. 그래도 와해까지는 아니지. 그 정도로 무너질 조직이 아니야. 이거 우리만 죽는 거 아니다. 정말 공개할 수 있겠어? 대한민국이 발칵 뒤집힐 텐데. 경찰청장은 이 사실 모르지? 그래, 알면 이렇게 못하지. 경찰청장 결재라도 받을 수 있으려나.”

“꽤 걱정되나 보네. 말이 많아진 걸 보니.”

정민우는 버럭 소리치며 말했다.

“야아! 뭐가 걱정돼? 난 네가 걱정돼서 하는 말이야. 적당히 하라고. 그리고 그 뇌물 받아 처먹은 것들이 한둘인 줄 알아? 세상이 뒤집어지지 않는 한 너희들은 절대 밝혀내지 못할 거라고. 알아들어?”

차우석은 팔짱을 낀 채 아무 말 없이 그를 지켜봤다.

“뭐야? 그 자세 그 표정은. 자신 있다는 거야?”

“내가 한 가지만 알려 줄까?”

“……”

정민우는 말없이 차우석의 말을 기다렸다.

“안 궁금해? 그럼 말고.”

“시끄럽고 어서 말해 봐.”

“그래. 그렇게 나와야지. 이리 와 봐.”

“참 피곤하게 하네.”

정민우는 얼굴을 차우석 쪽으로 내밀었다.

“이거 말이야. 절대 공개 안 해.”

“뭐? 그렇지. 그래, 잘 생각했어.”

정민우는 큰 소리로 웃으며 다시 몸을 뒤로 젖혔다.

"끝까지 들어 봐, 브라더. 대신에 말이야. 민도 그룹 문서만 공개할까 해. 브라더 부친만 매장시킬까 해서 말이야. 그걸 우리가 못 할까? 경찰청장님이 결재를 안 해 주실까?"

"뭐라고? 이 새끼가 정말⋯⋯."

정민우가 이를 악물고 노려보자 차우석이 버럭 소리쳤다.

"그러니까! 찍소리 말고 우리가 하라는 대로 해, 새끼야!"

"이 새끼가 미쳤나⋯⋯."

"우리는 심재철 회장만 구속시키면 돼."

정민우는 어리둥절한 표정으로 차우석을 바라보다, 고개를 갸웃하며 되물었다.

"⋯⋯ 심재철 회장?"

중고차 매장에 차가 들어섰다. 그 차에서 내린 일성이 창고 문을 열자, 창고 안 사무실에는 엄기동 검사가 기다리고 있었다.

"찾으셨습니까?"

"수하들은 다 어디 있는 거야?"

"잠시 숨어 지내라고 지시했습니다."

"그렇다고 전화도 안 받아?"

"저한테만 지시를 내려 달라고 말씀드렸을 텐데요."

"아니⋯⋯. 자네는 어르신 심부름으로 바쁘고 그러니까⋯⋯. 아무튼 그건 그렇고, 주 사장은 왜 만난 거야?"

"그걸 어떻게 아셨습니까?"

엄 검사는 눈을 부릅뜨며 소리쳤다.

"내가 그걸 왜 몰라? 내가 그렇게 우스워 보여?"

"왜 화를 내십니까? 그게 아니라 아무도 모르게⋯⋯. 설마 제게 사람을 붙이신 겁니까? 아니면 내부에⋯⋯."

"지금 그게 중요해? 자네가 왜 주 사장을 만나는지가 중요한 거지. 당장 말 못 해? 내가 지금이라도 어르신께 가서 보고 올릴 수 있어. 그래도 그동안의 정이 있어 따로 불러⋯⋯."

"어르신도 아십니다."

실눈을 뜨며 노려보던 엄 검사의 눈이 번쩍 커졌다.

"뭐? 어르신도 알아? 어르신이 지시하신 거야?"

"제가 말씀드렸습니다."

"그래? 그럼 됐고. 그놈⋯⋯ 아니, 무슨 일로 주 사장을 만난 건데?"

"그건 말씀 못 드립니다. 꼭 알고 싶으시면 어르신께 직접 물어보시죠."

"뭐? 이 새끼가⋯⋯."

일성의 얼굴이 순간 일그러졌다 펴졌다.

"그거 하나 물어보시려고 이곳까지 저를 부르신 겁니까?"

"자네가 김범진을 이곳에서 쫓아냈다면서?"

"김범진⋯⋯. 김범진은 죽었지 않습니까?"

"뭐라고? 죽어? 그게⋯⋯."

"아하, 이민혁 말이군요. 맞습니까?"

그제야 자신을 가지고 놀았다는 걸 눈치챈 엄 검사는 버럭 성을 냈다.

"지금 나랑 장난해? 이민혁이 김범진이잖아!"

"너무 큰 소리로 말씀하시는 거 아닙니까? 그러다 누가 듣겠습니다."

"이런 씨…… 아우! 아무튼 왜 쫓아낸 거야?"

"쫓아낸 게 아니라 이곳에서 나가 달라고 정중히 부탁한 겁니다. 그리고 잘되지 않았습니까? 압수수색이 왔을 때 이곳에 있었으면 큰일 날 뻔하지 않았습니까?"

"뭐야? 알고 일부러 그랬다는 거야?"

"그건 아닌데……. 그게 그렇게 중요한 일입니까?"

"아니, 그 자식이 연락이 안 돼서 그렇지. 자네가 어떻게 한 거 아닌가 하고……. 아니지?"

"제가요? 아닙니다. 그리고 제 사람도 아니고 내가 관리해야 할 놈도 아닌데 연락이 안 된다 한들 그걸 제가 어떻게 알겠습니까?"

"정말 몰라?"

"모른다니까요. 더 볼일 없으시면 전 이만 가 봐도 되겠습니까?"

엄 검사는 유심히 일성의 얼굴을 살피더니 넌지시 물었다.

"요즘도 남철호 위원장을 따로 만난다는 소문이 있던데……."

"쓸데없는 일에 신경 끄시고 김범진인지 이민혁인지나 찾아

보시죠."

"정말 어르신 지시로 남철호 위원장을 만나는 거였어?"

"어르신이 그렇게 말씀하십니까?"

"아니야?"

"맞습니다. 이제 됐죠?"

"네가 왜 남철호 위원장을 만나는 건데? 무슨 꿍꿍이야?"

"꿍꿍이라니요? 어르신이 말씀 안 하십니까?"

"뭐?"

순간 엄 검사는 눈을 번뜩이며 일성을 빤히 쳐다봤다.

"그렇군요. 어르신이 영감을 신뢰하지 못하시나 봅니다. 이걸 어쩝니까?"

"이 자식…… 정말……."

"제게 성내지 마시고 어르신께 직접 물어보시면 되는 거 아닙니까? 그럼 이만 가 보겠습니다. 그리고 가능하면 전화로, 이런 일은 전화로 하시죠."

엄 검사는 끓어오르는 화를 간신히 참아 내며 일성을 노려보고만 있었다.

"으…… 아아악!"

일성이 사무실을 나가자마자, 엄 검사는 책상 물건들을 팔로 쓸어 내치며 울분을 토해 냈다.

S대학 병원 장례식장에 최우철 경위의 빈소가 차려졌다. 검찰은 최 경위 사건을 자살로 종결하고, 먼 친척의 동의를 받아 간단히 장례식을 치른 후 화장할 계획이었다. 텅 빈 장례식장으로 민우직 경정과 서민주 의원이 뛰어 들어왔다.

"팀장님, 이게 뭐죠? 정말…… 장례식……."

서 의원은 최 경위의 빈소를 보자마자 잠시 현기증이 일어 비틀거렸다. 민 경정은 그녀의 어깨를 붙잡아 부축했다.

"서 의원 괜찮아요? 어떻게 이럴 수 있지……."

서 의원은 텅 빈 빈소에 최 경위의 영정 사진이 덩그러니 걸려 있는 것을 보고 울음이 터져 나왔다.

"어떻게 좀 해 보세요, 팀장님. 이렇게 우철 씨를 보낼 수 없잖아요. 아무리 그래도…… 이건 아니잖아요."

"알았어요. 내가 어떻게든……."

그때 빈소로 안민호 경위가 뛰어 들어왔다.

"팀장님, 빨리 밖으로 나와 보셔야겠습니다."

"왜? 무슨 일이야?"

"지금 최 형사님 시신이 운구차로 옮겨지고 있습니다. 막아 보려고 나 형사가 그쪽으로 가 있습니다."

"뭐? 이것들이 진짜……. 안 형사, 서 의원님 좀 부탁해."

민 경정은 서둘러 밖으로 뛰쳐나갔다. 서 의원이 따라나서려는 것을 안 경위가 서둘러 막아섰다.

"의원님, 의원님은 여기 계시죠. 팀장님이 가셨으니 기다리시는 게……."

"안 형사님, 가게 해 주세요. 제발요. 이렇게 보낼 수 없어요.
네?"

"가셔도…… 아니, 아닙니다. 그럼 저랑 같이 가시죠. 저도 기
다리고만 있을 수는 없을 것 같습니다."

안 경위는 서 의원과 함께 밖으로 달려나갔다. 장례식장 밖에
는 경찰들과 대치하고 있는 나상남 경사와 민 경정이 보였다.
운구차가 병원 밖으로 나가려는 것을 그들이 맨몸으로 막았지
만, 경찰들은 그런 그들을 강제로 밀어내고 있었다.

운구차는 서서히 앞으로 나아갔다. 안 경위와 서 의원은 운구
차 앞으로 가 두 팔을 벌리며 막아섰다. 하지만 경찰들이 달려
들어 그들을 강제로 잡아끌었다.

"이거 놔! 이거 놓으라고요!"

"이게 뭐 하는 짓입니까? 누구 허락받고 시신을 탈취하는 겁
니까?"

이들의 외침은 경찰들에게 아무런 소용도 없었다. 안 경위와
서 의원은 경찰들에게 들려 인도로 끌려나왔고, 그사이 운구차
는 병원을 빠져나갔다.

경찰들에게 막힌 민 경정과 나 경사는 허탈하게 주저앉아 그
모습을 지켜볼 수밖에 없었다. 서 의원은 끝까지 운구차 뒤를
쫓아가다 신발이 벗겨지며 넘어지고 말았다. 경찰에게 붙잡혀
있던 안 경위는 그들을 뿌리치고 일어나 서둘러 서 의원에게 달
려갔다.

중식 요리점 내실에 원탁 테이블이 보이고, 그 앞엔 오민석이 홀로 앉아 있었다. 안으로 들어와 빈 잔에 물을 따르는 종업원에게 오민석은 살짝 고개를 숙이며 말했다.

"미안합니다. 금방 올 겁니다. 그때 주문할게요."

"아닙니다, 손님. 괜찮습니다. 주문하실 때 이곳 벨을 눌러 주시면 됩니다."

종업원이 나가고 10여 분이 지나자 일성이 들어왔다. 오민석은 자리에서 일어나 인사했다.

"이제 오십니까?"

"어, 미안. 내가 많이 늦었나?"

"아닙니다. 여기 앉으시죠."

"그래. 바로 오려고 했는데 갑자기 누가 날 찾아서 말이야. 어서 본론으로 들어가자고."

"식사를 먼저 시키시죠?"

"그럴까? 배는 채워야 하니까?"

오민석은 호출 벨을 눌렀다. 잠시 후 종업원이 들어와 주문을 받고 나갔다.

"어르신과 약속은 잡으셨습니까?"

"그래. 그러니까 보자고 한 거 아니야. 그건 그렇고 빈손으로 온 건 아니겠지?"

"그럼요."

오민석은 의자 옆에 내려놓았던 가방을 테이블 위로 올렸다.

"오! 007가방이네?"

"어르신은 언제 만날 수 있는 겁니까?"

"가방을 이쪽으로 보내."

"그러죠."

오민석은 가방을 원탁 위 회전판에 올려 일성에게 보냈다. 일성은 바로 가방 문을 열어 보았다.

"오우, 생각보다 두둑한데."

"사장님께서 신경 많이 쓰셨습니다."

"그래, 그렇게 보여. 어르신께서 내일 저녁이나 같이 하자시네."

"그럼 장소는 저희가 알아보고 연락드리겠습니다."

"아니야. 장소도 정했어. 그날 어르신이 차를 보내실 테니까. 주 사장 혼자 타고 오면 돼."

"사장님 혼자요? 저라도……."

"넌 그날 나랑 할 일이 있어."

"할 일이라면……."

"남 의원 말이야."

"아……."

"왜? 무슨 일이라도 있어?"

"아닙니다. 알겠습니다."

"내일 오전부터 작업 들어갈 테니 준비하고 있어."

"오전부터요? 어떻게 하실 겁니까?"

"그게 말이야……"

그때 내실로 종업원이 들어와 음식을 내려놓았다.

"칠성아, 먹고 얘기하자."

"예. 그러시죠."

일성은 차려진 음식을 게걸스럽게 먹기 시작했다.

밤이 깊은 시간이었지만, 주변 빌딩과 주택에서 새어 나오는 빛으로 어둡지만은 않은 정원이었다. 김기창은 테라스 의자에 앉아 새장 안의 새에게 먹이를 주며 담배를 피우고 있었다.

그때 갑자기 새가 날개를 퍼덕이며 지저귀기 시작했고, 검은 그림자가 김기창 옆으로 소리 없이 다가왔다.

"이제 온 거냐?"

"예, 어르신."

김기창 앞으로 오민석이 모습을 드러냈다.

"눈에 띄지 않게 온 거지?"

"예, 어르신. 걱정 마십시오."

"그래. 어떻게 할 생각이냐?"

"얘기 들었습니다. 내일 저녁에 약속을 잡으셨다고요?"

"그래. 일성을 만났구나."

"예. 그날 남철호 의원도 함께 처리할 생각입니다."

"그래. 그건 일성에게 들었다. 네 계획을 듣고 싶구나."

"예, 어르신."

오민석은 주머니에서 약 종이를 꺼내 김기창에게 건넸다.

"이게 뭐냐?"

"독약입니다."

"이걸 주 사장에게 먹인다?"

"예. 먹는 즉시 숨을 거둘 겁니다."

"그래? 그럼 재미가 없는데."

오민석은 잠시 난감해하며 김기창을 쳐다봤다.

"그렇게 보내면 주 사장에 대한 예의가 아니지. 안 그러냐 칠성아."

"아, 무슨 말씀인지 알겠습니다. 그러실 줄 알고 준비했습니다."

오민석은 또 다른 약 종이를 꺼내 김기창에게 건넸다.

"이건 또 뭐냐?"

"숨이 멎을 때까지 괴로워 빨리 죽고 싶을 만큼 고통스러울 겁니다."

"그래? 이거 좋구나. 여분이 더 있나?"

"예, 있습니다. 근데 그건 왜……."

김기창은 옅은 미소를 지으며 약 종이의 독약을 꺼내, 새장 안 새에게 먹이와 함께 넣어 주었다. 독약을 먹은 새는 날개를 퍼덕이며 이곳저곳을 날아 새장에 부딪쳤다. 그러고는 끝내 바닥에 떨어져 부들부들 떨며 죽어 갔다.

그 모습을 지켜보는 김기창의 얼굴엔 미소가 완연했다.

긴 테이블 상석에 앉아 식사를 하던 김기창이 숟가락을 내려
놓으며 말했다.

"많이 놀랐어요?"

"아니, 예상은 했어."

낯익은 목소리지만 누구인지는 보이지 않았다.

"예상을 했다? 그랬군요. 그럼 오늘 이 자리도 예상했겠네요."

"이렇게 앉아 같이 식사를 할 줄은 꿈에도 생각 못 했지."

"그러니 왜 쓸데없는 짓을 해서 사람을 피곤하게 해요. 어차
피 이렇게 될 것을. 당신들은 죽었다 깨어나도 날 어쩌지 못한
다니까요."

"젠장! 정말 세상 더럽군. 대한민국 검찰이 이 정도밖에 안 되
는 거였나?"

"이제 와 후회해도 늦었어요. 뭐 해요? 어서 들지 않고."

김기창은 손을 들어 식사를 권했다.

"날 잡아 온 이유가 식사나 같이 하자는 건 아닐 텐데."

"이번 생에서 먹는 마지막 만찬이 될 거예요. 그러니 사양 말
고 맘껏 들어요."

"역시 그렇군. 그런데 굳이 날 여기까지 데리고 온 이유가 뭐
야? 내가 어떻게 죽어 가는지 그게 그렇게 보고 싶었던 건가?"

"잘 아네요. 날 건드린 놈들은 그동안에도 여럿 있었지만, 이
번처럼 나에게 개망신을 주지는 못했거든요. 그 전에 싹을 다

밟아 놓았으니까. 그런데 유일하게 당신은 나에게 모욕감을 줬어요. 그 처음이자 마지막이 될 당신을 그냥 보내려니 왠지 기분이 찝찝하더라고요."

"당신 기분 풀려고 죽는 걸 보겠다……. 직접 죽일 생각인가?"

"그것도 생각은 해 봤는데 그건 내 스타일이 아니라서. 그리고 굳이 내 손에 그 더러운 피를 묻힐 필요도 없고요."

"그럼 빨리 끝내지. 식사는 한 걸로 할 테니."

"그래요? 그게 소원이라면 그렇게 해 주죠. 마지막으로 할 말은 없어요?"

"할 말은 많지. 그래도 한마디만 하자면 말이야."

"그래요. 말해 봐요."

"이거나 먹어라!"

그는 가운뎃 손가락을 위로 뻗으며 욕을 내뱉었다.

"웃긴 친구구먼……."

김기창은 크게 웃음 짓다, 정색하며 큰 소리로 외쳤다.

"데리고 들어와!"

그 말이 떨어지기가 무섭게 뒤에서 누군가가 나를 끌고 안으로 들어섰다. 드디어 김기창 맞은편에 앉아 있던 사람의 얼굴이 눈에 들어왔다.

'뭐야……. 민우직 팀장님?'

"시보야!"

"팀장님."

총을 겨눈 그가 나를 민우직 팀장 옆에 세우며 말했다.

"그동안 잘 지냈어? 민우직."

"김범진 너⋯⋯."

그제야 나는 그의 얼굴을 보았다. 김범진? 김범진은 죽은 게 아니었나?

"팀장님, 이게 어떻게 된 일이에요? 김범진이 살아 있잖아요."

"민우직, 놀라는 표정이 아니네. 알고 있었어?"

"그래, 범진아. 알고 있었다. 김샜냐?"

"그랬군. 이거 좀 실망인데. 깜짝 놀라는 네 얼굴에 한바탕 크게 웃어 주려고 했는데 말이야."

민 팀장은 김범진의 말을 무시하고 눈을 부릅뜨며 김기창을 쏘아봤다.

"시보는 왜? 나만 없어지면 되는 거 아니었어?"

"그러면 될 것 같았는데 저 친구 능력이 계속 거슬려서 말이야. 또 언제 내 발목을 잡을지도 모르고. 안 그런가?"

"맞습니다, 어르신. 잘 생각하신 겁니다. 저한테 이 두 놈을 한번에 죽일 기회를 주셔서 얼마나 감사한지 모릅니다."

김범진은 나와 민 팀장을 번갈아 보며 흐뭇한 미소를 지었다. 김기창도 이 상황이 꽤나 흥미로운지 입가에 미소를 머금고 지켜보았다.

"그래, 저 친구와 인연이 깊다고?"

김기창이 고갯짓으로 김범진을 가리키자 민 팀장이 그를 올려다봤다.

"인연? 그렇지. 이렇게 질긴 인연일 줄은 몰랐네."

"민우직, 내가 이 순간을 얼마나 기다렸는지 넌 모를 거다."

김범진이 민 팀장을 바라보는 비열한 눈빛과 웃음기는 여전했다.

"네가 재판정에서 흘렸던 눈물은 악어의 눈물이었구나, 범진아."

"어떻게든 살아는 남아야 하잖아. 너한테 진 빚은 꼭 갚고 싶었거든. 고맙지 않나? 잊지 않고 빚을 갚으러 와 줘서."

"이런다고 당신들 죄가 없어지진 않아! 우리가 아니라도 당신들은 꼭 그 죗값을 받을 거야."

"아직 젊은 친구가 세상 물정을 잘 모르나 보군요."

"그러게 말입니다, 어르신. 시보야, 내가 한 번 충고했던 걸로 기억하는데 아직도 세상 물정 모르고 그 입을 나불거리는 거냐? 순진하기는. 미래를 보는 능력은 어디다 쓰고 멍청하게 민우직을 쫓아 다녔어? 그러니 네가 이 꼴을 당하는 거야. 애초에 민우직이 아닌 내 말을 들었으면 이렇게 젊은 나이에 세상을 등지는 일은 없었을 거 아니냐. 안 그래, 민우직?"

쓴웃음을 짓던 민 팀장은 나를 힐끔 쳐다보고는 김범진에게 말했다.

"그랬을지도 모르지. 그래도 더러운 세상에서 구질구질하게 너처럼 사는 것보다 이렇게 가는 것도 나쁘진 않을 것 같은데. 아닌가? 너처럼 살기는 죽기보다 싫거든. 찌질하게 권력자에게 기생하면서, 부스러기나 얻어먹으려 요리조리 뒤꽁무니나 쫓는 쥐새끼 같은 너처럼은 말이야."

"뭐…… 이게 입은 살아서……."

김기창은 흥미로운 듯 턱을 매만지며 그들의 대화를 듣다 크게 웃음을 터뜨렸다.

"재밌네요, 두 사람. 보통 인연은 아닌 것 같네요. 자아, 이제 그 인연의 고리를 끊는 게 좋겠어요."

"예, 어르신."

김범진은 김기창에 목례하고는 내 머리에 총을 겨눴다. 민 팀장은 다급히 일어나 소리쳤다.

"뭐 하는 거야? 날 죽이라고!"

격앙된 민 팀장에 반해 김기창은 여전히 평온한 표정을 지으며 말했다.

"민우직 형사, 앉아요. 앉지 않으면 정말 죽일지도 몰라요."

김범진은 총을 내 머리에 밀어붙이며 민 팀장에게 소리쳤다.

"그래, 앉아. 빨리 앉으라고!"

민 팀장은 진정하라는 듯 두 손을 보이며 천천히 자리에 앉았다.

"아직 시작도 안 했는데 성질 급한 건 알아줘야 해, 민우직."

"뭐 하려는 거야? 너희들."

김범진은 안주머니에서 총을 하나 더 꺼내 내 손에 쥐였다.

"뭐 하는 거예요? 왜?"

"가만히 내 말에 따라. 안 그럼 네 머리통이 날아간다. 알았어?"

"김범진, 무슨 짓이야?"

"민우직, 조용해!"

김범진은 내가 쥐고 있던 총의 총구가 민 팀장의 머리를 겨누게 했다.

"지금 뭐 하는…… 안 돼……."

난 총을 아래로 내렸다. 김범진은 싸늘한 목소리로 내게 조용히 말했다.

"당장 총구를 민우직에게 겨눠."

"시보야, 어서 나한테 겨눠."

"안 돼요. 못 해요."

"네가 죽고 싶어 환장을 했구나!"

김범진은 총구로 내 머리를 여러 번 밀쳤다.

"그만해! 시보야, 부탁이다. 총 올려, 제발. 응?"

"팀장님……."

민 팀장은 내가 쥐고 있는 총의 총구를 잡아 자신의 이마 앞으로 가지고 갔다.

"안 돼요, 팀장님. 이러지 마세요. 제발요."

"괜찮아, 시보야. 네가 죽는 것보다…… 내가 낫다."

"혼자만 보기 아까운 장면인데. 안 그렇습니까? 어르신."

"그러게요. 그만 뜸 들이고 끝내죠. 이제 좀 지루하네요."

"예, 어르신."

김범진은 총을 쥐고 있던 내 손가락을 잡아채 방아쇠에 가져다 댔다. 그리고 민 팀장의 이마에 총구를 겨눈 뒤 내 손가락을 억지로 힘주어 눌렀다.

탕!

"팀장님!"

나는 쓰러져 가는 민 팀장에게 달려가 있는 힘껏 몸을 끌어안았다.

"팀장님! 팀장님!"

"넌 민우직을 죽인 범인이 되는 거야. 그리고 어르신은 그런 널 잡으시는 게 되는 거지."

"뭐라고?"

"그럼 이만 끝낼까?"

김범진은 나에게 총을 겨눠 방아쇠를 당겼다.

탕!

"남시보 씨. 남시보 씨!"

"으아악!"

나는 비명을 지르며 벌떡 일어났다.

"왜 그래요? 악몽이라도 꾼 거예요?"

나는 손으로 가슴을 더듬거리며 몇 번이고 상태를 확인했다. 다행히 꿈이었다.

"아……. 아니……."

눈앞엔 정 실장이 서 있었다. 꿈이었다고? 초자연 현상에서 봤던 것이 꿈에 보인 건가?

"일어났으면 어서 준비하고 나오세요. 어르신이 기다리고 계십니다."

"아……. 예."

나는 정 실장의 재촉에 눈을 비비며 욕실로 들어갔다.

　　　　　　　　　*

　자갈들이 넓게 펼쳐진 푸르른 하천 위로 작은 돛단배가 떠 있었다. 그 배를 멀리서 안민호 경위와 나상남 경사가 묵묵히 지켜보았다. 배 위에는 서민주 의원과 민우직 경정이 있었고, 민 경정의 손에는 유골함이 들려 있었다. 서 의원은 유골함에 담긴 재를 손에 쥐어 하천에 뿌렸다.

　작은 배가 포구에 들어서자 안 경위는 내리는 서 의원의 손을 잡아 주었다.

　"고마워요, 안 형사님."

　"아닙니다. 조심히 내리십시오."

　나 경사도 배에서 내린 서 의원에게 다가갔지만, 아무 말도 하지 못하고 눈물만 삼켰다. 민 경정은 유골함을 안 경위에게 건넨 뒤 나 경사 옆으로 걸어가 한소리 했다.

　"아직도 이러고 있으면 어떡해? 우리에겐 할 일이 아직 많이 남았다고. 정신 차려."

　"죄송합니다, 팀장님."

　"됐고, 어서 올라가자고."

　나 경사는 소매로 눈물을 닦아 내며 서 의원에게 말했다.

　"서 의원님, 댁으로 모시겠습니다."

　"아니에요. 국회로 가시죠."

"서 의원, 오늘은 쉬고……."

"아니에요. 바로 올라가서 준비할게요."

"그럼 그렇게 해요."

"제가 의원님 모시고 여의도로 가겠습니다."

"그래, 나 형사. 의원님 잘 모시고."

나 경사와 서 의원은 차가 있는 곳으로 앞서 걸어갔다. 그들을 아련히 바라보는 민 경정에게 안 경위가 다가와 말했다.

"팀장님, 차우석 경위에게 준비가 다 됐다는 연락이 왔습니다. 그곳으로 바로 가실 겁니까?"

"아니. 우리는 따로 갈 곳이 있어."

"어디 말씀입니까?"

"그건 가면서 얘기하지."

심노양 부장검사가 남철호 의원의 집 현관 안으로 들어섰다. 심 검사는 소파에 앉아 있는 남 의원에게 걸어가 고개 숙여 인사했다.

"뭐야? 왜 이제 와?"

"죄송합니다, 장인어른. 오는 길에 가벼운 접촉 사고가 있어서……."

"이그, 이 급한 상황에……. 그건 그렇고 일성은 만나 봤어?"

"만나지 못했습니다. 대신 엄 과장을……."

"엄 과장? 그래, 뭐라고 그래?"

"어르신이 주필상 사장을 초대하셨다는데요."

"주 사장을? 무슨 일인지는 모르고?"

"모르겠지만 아무래도 주 사장을 용서……."

남 의원은 심 검사의 말을 낚아채듯 잘라 말했다.

"용서? 웃기고 있네. 그 양반을 몰라서 그래? 그 양반이 용서할 양반인가? 주 사장이 무슨 수를 쓴 게 분명해. 당장 주 사장에게 연결해."

"예, 장인어른."

심 검사는 휴대폰을 꺼내 주필상에게 전화를 걸었다.

"영감, 어쩐 일이십니까?"

"잠시만요. 장인어른, 연결됐습니다."

"이리 줘 봐."

심 검사는 남 의원에게 휴대폰을 건넸다.

"나예요, 주 사장."

"예, 위원장님. 잘 지내십니까?"

"덕분에 잘 지내죠. 그런데 김기창 부장을 만난다면서요?"

"아이고, 벌써 거기까지 소문이 난 겁니까?"

"어찌 된 거예요?"

"몰라서 그러십니까? 어르신께 싹싹 빌러 가려는 거 아닙니까?"

"뭐요? 빌어요? 그 양반이 빈다고 용서해 줄 것 같아요?"

"알죠. 근데 방법이 있다지 않습니…… 그런데, 제가 걱정돼 연락하신 겁니까? 아니면……."

"당연하죠. 주 사장이 김 부장을 만난다고 하니 걱정이 돼 이러는 거 아니에요."

"아이고, 감사합니다. 저를 다 걱정해 주시고. 걱정 마십시오. 조심히 잘 다녀와서 연락드리겠습니다."

"주 사장, 조심해야 해요. 그 양반이 순순히 용서할 인간이 아니라 하는 말이에요."

"알죠. 잘 압니다. 만반의 준비를 해 갈 테니 걱정 붙들어 매십시오, 위원장님."

주필상의 호기로운 웃음소리가 옆에 있는 심 검사에게까지 들려왔다.

"그래요? 그럼 만나고 나오면 바로 연락 줘요. 전화 기다릴 테니."

심 검사는 전화가 끊기자 곧바로 남 의원에게 상황을 물었다.

"장인어른, 뭐가 어떻게 된 겁니까? 웃음소리가 들렸던 것 같은데……."

"이런 빌어먹을……. 계획을 바꿔야겠어."

"네? 그게 무슨 말씀입니까?"

"주 사장이 저렇게 쉽게 무릎을 꿇을지 몰랐지. 주 사장 성격에 용서를 빈다? 이상하단 말이지. 에이! 손 안 대고 코 좀 풀어 볼까 했는데…… 쯧."

"장인어른, 뭐가 이상하다는 말씀입니까?"

"됐고, 나랑 같이 가."

그때 심 검사의 휴대폰에서 벨소리가 울렸다.

"저, 잠시……."

"그래, 받아 봐."

"여보세요. 심노양 검사입니다. ……네. 무슨 일이에요? …… 정말입니까? ……알았어요. 만나서 얘기합시다."

심 검사는 옅은 미소를 띠며 휴대폰을 주머니에 넣었다.

"뭐야?"

"아, 별거 아닙니다. 새로 들어온 사건을 배당하는 일 때문에……. 근데 이걸 어쩌죠? 지검에 가 봐야 할 것 같습니다."

"지금 간다고?"

"예. 어디 급하게 가서야 하는 겁니까?"

"엄 과장을 만나 보려고 했지."

"그럼 제가 엄기동 과장에게 연락해서……."

"아니야. 직접 가서 만나 봐야겠어. 이그, 쯧쯧. 아무튼 필요할 때 꼭 이런다니깐."

"죄송합니다. 제가 가서 처리를 해 줘야 하는 거라……."

"됐어, 가 봐. 나 혼자 가도 되겠지."

"그럼 먼저 좀 일어나 보겠습니다. 죄송합니다, 장인어른."

남 의원은 손을 휙휙 내저으며 짜증을 냈다.

"꼴 보기 싫어. 빨리 가."

심 검사는 서둘러 밖으로 나갔고, 남 의원은 수화기를 들어 엄기동 검사에게 전화를 걸었다.

"예, 위원장님."

"나 좀 잠깐 봐."

"알겠습니다. 제가 바로 가겠습니다."

"아니, 내가 갈 테니 대기해. 어디야?"

"대검찰청입니다. 앞에 있는 카페에서……."

"조용한 곳에서 만났으면 하는데."

"그러십니까? 그럼 제 방에서 보시죠. 근데 무슨 일인지 알 수 있겠습니까?"

"계획이 틀어졌어."

"알겠습니다. 후문으로 사람 보내겠습니다."

"그래. 이따 봐."

수화기를 내려놓은 남 의원은 곧바로 집을 나섰다. 뒤따라 나온 박 집사는 대문 앞에 대기 중이던 차 뒷좌석 문을 열어 남 의원을 배웅했다.

"오르십시오."

"그래."

차에 올라탄 남 의원은 운전석을 힐끔 쳐다봤다. 그러자 룸미러로 눈이 마주친 운전기사가 시동을 걸었다.

"뭐야? 마스크? 감기 걸렸어?"

운전기사는 콜록거리며 짧게 대답했다.

"아, 예."

곧이어 차가 출발하고 그 뒤로 남 의원을 경호하는 차가 뒤따랐다. 골목길을 빠져나와 대로변에 가까워졌을 때, 남 의원이 타고 있던 차 앞으로 갑자기 차 한 대가 나타나 길을 가로막았다. 급정거를 한 탓에 차가 앞으로 쏠리며 덜컹거렸다. 남 의원은 운전기사에게 손가락질하며 버럭 화를 냈다.

"운전 똑바로 못 해!"

"죄송합니다. 앞에 어떤 놈이 차를……."

그제야 남 의원은 앞 유리로 바깥 상황을 살폈다.

"어떤 자식이……. 경호팀한테 가 보라고 해."

"예, 의원님."

운전기사는 창을 내리고 뒤차에 신호를 보냈다. 그러자 뒤에 따라오던 차에서 경호원 한 명이 내려, 앞을 가로막고 있는 차 운전석으로 달려갔다. 그때, 경호원들이 타고 있던 차 뒤로 트럭 한 대가 달려와 그대로 후미를 들이박았다.

콰앙!

"이게 무슨 소리야?"

"의원님, 뒤차에 사고가……."

"뭐?"

앞을 가로막고 있던 차 운전석에서 일성이 내려, 달려오던 경호원을 한 방에 제압했다. 그 모습에 놀란 운전기사가 급히 창문을 올리고 문을 잠갔다. 일성은 남 의원의 차 운전석으로 와 창을 두드렸다.

"어서 문 열어! 안 열어? 문을 부숴야겠어?"

그사이 경호 차량에서 경호원 세 명이 목덜미를 잡으며 겨우 차에서 내렸다. 한 명은 뒤 트럭 운전석 쪽으로 걸어갔고, 나머지 두 명은 남 의원 차량으로 달려갔다. 이내 트럭 운전석 문이 열리고, 오민석이 뛰어내리며 발로 경호원을 걷어찼다.

일성 역시 자신에게 달려드는 경호원들을 하나둘 쓰러뜨렸다. 그 광경을 지켜보던 남 의원은 부들부들 떨며 운전기사에게 소리쳤다.

"뭐 하는 거야? 빨리 밟아! 밟으라고!"

"앞에 차가……."

"밀고 나가! 나가라고, 새끼야!"

"예!"

운전기사는 가로막고 있던 차를 수차례 들이박았다. 그 너머로 나갈 수 있는 길이 보였지만 앞차는 꿈적도 하지 않았다. 어느새 경호원 모두를 쓰러뜨린 일성과 오민석은 운전기사에게 차에서 내리라는 손짓을 했다. 하지만 운전기사는 더 속도를 내 힘껏 앞차를 들이받았다.

오민석은 운전석 창문을 팔꿈치로 강하게 내리쳤다. 연달아 내려치자 얼마 안 가 창이 와장창 깨져 버렸다. 오민석은 강제로 차 문을 열고 운전기사의 멱살을 잡아 끌어 내렸다. 운전기사는 후들거리는 다리로 힘겹게 일어나 뒷걸음치며 도망쳤다.

일성은 여유롭게 뒷좌석에 올라탔다.

"너 뭐야?"

"잘 지내셨습니까? 남철호 위원장님."

"너…… 너는……."

"뭘 그리 놀라십니까? 일성입니다."

"뭐야? 네가 왜? 왜 이러는 거야? 이거 안 놔!"

일성은 남 의원의 멱살을 잡아 차에서 끌어 내렸다. 그러고는 남 의원의 차를 가로막고 있던 차 뒷좌석에 강제로 태웠다. 운전석에 앉아 있던 오민석이 뒤돌아보며 말했다.

"안녕하십니까? 오래간만에 인사드립니다."

"넌……. 너 칠성이 이 놈! 네가 왜?"

뒷좌석에 올라탄 일성이 남 의원의 턱을 잡아 자신 쪽으로 돌렸다.

"이게 뭐 하는 짓이야!"

"조용히 저희랑 같이 가 주시면 됩니다."

"이거 안 놔!"

일성은 남 의원의 턱에서 손을 떼며 말했다.

"이러면 됐습니까?"

"어딜 가자는 거야? 김기창…… 김기창 그놈이 시킨 짓이야?"

"가 보면 압니다. 칠성아, 뭐 해? 출발해."

"예, 형님."

마을을 지키는 느티나무처럼 크고 높은 대문이 활짝 열리며 차 한 대가 들어섰다. 그 차는 한참을 더 들어가서야 멈춰 섰다.

"이제 다 온 거요?"

"예."

눈에 안대를 차고 있는 주필상 옆엔 정 실장이 앉아 있었다.

정 실장이 안대를 벗겨 주자, 주필상은 눈이 부셨는지 눈을 깜빡이며 주위를 둘러봤다.

"여기가 어디요?"

"차에서 내려 따라오시죠."

정 실장은 문을 열고 차 밖으로 나갔다. 그 뒤를 주필상이 따라 내렸다.

"와우! 어딘지 몰라도 엄청난 곳이긴 한 것 같네⋯⋯."

"저쪽입니다."

"아! 잠시만."

주필상은 차 뒷좌석에서 과일 바구니와 꽃 바구니를 들고 나왔다.

"이리 주시죠. 제가 들겠습니다."

"아니, 아니에요. 내가 들어도 됩니다. 괜찮아요."

"아, 예. 그럼 들어가시죠."

정 실장은 대저택 한 곳을 손으로 가리키며 주필상을 안내했다. 쌍둥이처럼 동일한 양식의 저택 중 한 곳으로 정 실장이 들어섰다. 주필상은 입을 헤벌쭉 벌린 채 양쪽 저택을 번갈아 보며 정 실장을 뒤따랐다.

"이곳입니까?"

"예. 다이닝룸에 계십니다."

"그래요. 고마워요."

정 실장은 더 가지 않고, 거실에서 다이닝룸 방향을 손으로 가리켰다. 주필상은 거실 안을 유심히 살피며 다이닝룸으로 들어갔다.

다이닝룸에는 길게 뻗은 식탁 위로 갖가지 음식들이 차려져 있었고, 식탁 곳곳에는 꽃들과 초들이 장식되어 있었다.

"주 사장, 왔어요?"

"예, 어르신. 초대해 주셔서 감사합니다."

"그래요, 그래. 자아, 저쪽 끝으로 앉아요. 주 사장을 위해 마련한 자리예요."

"아이고, 영광입니다."

"손에 들고 있는 건 뭐예요? 에이, 뭘 그럴 걸 들고 와요."

"그래도 빈손으로 오는 건 예의가 아니죠."

김기창은 환히 웃고는 말했다.

"역시 세상 살아가는 이치를 잘 알아요, 알아. 주 사장의 그런 점이 마음에 든단 말이에요. 거기다 두고 앉아요."

"예, 어르신."

주필상은 꽃 바구니를 다이닝룸 벽면 장식장 위에 올려놓은 뒤 과일 바구니를 테이블 위에 내려놓았다.

"꽃 바구니가 이곳하고 잘 어울리네요."

"그렇습니까? 다행입니다. 마음에 드셔서요."

"일성에게 대충 들어 무슨 일로 보자고 한 건진 아는데……."

김기창이 말하는 중에 주필상은 넙죽 큰절을 했다. 그러고는 무릎을 꿇고 앉아 머리를 연신 조아렸다.

"어르신! 제가 잘못했습니다. 이번 한 번만 용서해 주십시오."

"뭘 말이에요?"

"제가 어르신이 공들여 준비하셨던 일에 재를 뿌리려 했습니다. 다시는 신성 클럽에 욕심 내지 않겠습니다. 아니, 신성 클럽에 신 자도 입에 담지 않겠습니다. 그쪽으로는 눈도 돌리지 않을 테니 제발 이번 한 번만 눈감아 주십시오. 그 은혜는 평생을 살면서 갚아 가겠습니다."

"그래요? 많이 반성했다고 들었는데…… 정말인가 봅니다."

"그럼요. 일성에게 들으셨으면 아실 겁니다. 앞으로 자숙하며 살겠습니다, 어르신."

"앞으로는 신성 클럽이든 무엇이든 남의 물건에 탐내지 말아요. 특히 내 물건엔 더욱. 알겠어요?"

"물론입니다, 어르신."

"일성이 말하기로는 준비한 것이 있다고 하던데, 맞아요?"

"그럼요, 그럼요."

주필상은 주머니에서 종이봉투를 하나 꺼내 김기창에게 다가갔다.

"그게 뭐예요?"

그는 말없이 두 손 모아 공손히 봉투를 내밀었다.

"뭐냐니까요?"

김기창은 그를 한 번 쳐다본 뒤 봉투를 열어 보았다.

"이런! 이…… 이거 정말이에요?"

"예, 어르신. 받아 주십시오. 앞으로는 그곳에서 신성 클럽 모임을 하시면 될 겁니다."

"아이고, 이건 너무 부담되는데……."

"아닙니다. 이번 일만이 아니라 앞으로도 저의 진심을 믿어 주셨으면 하는 마음에 준비한 저의 작은 선물입니다."

어느새 김기창의 눈과 입가에는 미소가 한가득 띠어져 있었다.

"그래도…… 이 호텔은 주 사장이 가장 아끼던 건물 아니었어요?"

"물론입죠. 그러니 제 진심을 믿어 주시리라 믿습니다, 어르신."

"이거 감동인데요. 주 사장이 이 정도로 날 생각하는진 몰랐어요?"

"이번 계기로 알게 되셨다니 다행입니다."

"그래요, 그래. 어서 자리로 가서 앉아요. 그리고 맘껏 들어요."

김기창이 크게 웃음 짓자 주필상도 눈치를 보며 함께 웃었다.

"저기, 정 실장!"

김기창의 부름에 정 실장이 빠른 걸음으로 다이닝룸 안에 들어왔다.

"예, 어르신. 찾으셨습니까?"

"정 실장, 내가 기분이 너무 좋아서 그러니 귀한 손님에게 대접하는 술 좀 가지고 와요."

"귀한 손님이요?"

"그래요. 어서요."

"예, 어르신."

정 실장은 지하 창고로 내려가 술병을 하나 들고 돌아왔다.

"가지고 왔습니다."

"그래, 이 술이에요. 잘 가지고 왔어요. 자, 주 사장. 아니, 아니지. 이 술이 좀 독해서……. 식사 마저 하고 한잔 받아요."

"영광입니다, 어르신."

그들은 담소를 나누며 식사를 이어 갔다.

UK 그룹 회장실로 한 남자가 뛰어 들어오자 데스크에 있던 비서가 일어나 인사했다.

"안녕하십니까, 전무님."

"회장님 안에 계시지?"

"예. 무슨 일로……."

전무는 대답 없이 바로 회장실로 향했다.

"저기, 전무님!"

비서는 급히 뒤따라갔지만 전무의 걸음을 막진 못했다. 심재철 회장은 난데없이 자신의 방에 들어선 전무를 빤히 쳐다봤다.

"회장님, 죄송합니다. 급히 보고드릴 일이 있어서……."

"무슨 일인데 그래?"

"전략 기획실에 검찰이 들이닥쳐 압수수색 중이라는 전문입니다."

"뭐? 압수수색? 그런 통보 없었잖아? 노양이한테 연락은 해 봤어?"

"연락이 안 돼서 이렇게 급히 달려온 거 아니겠습니까?"

"이런……. 당장 김기창에게 전화…… 아니……."

심 회장은 힘주어 인터폰 버튼을 눌렀다. 김기창에게 연락하라고 지시를 내리던 중 갑자기 인터폰이 꺼졌다.

"뭐야?"

심 회장은 다시 인터폰 버튼을 눌러 비서를 찾았지만 연결이 되지 않았다.

"뭐 하는 거야? 박 비서! 박 비서!"

심 회장은 자리에서 일어나 고래고래 박 비서를 불렀다. 그제야 회장실 문이 열리고 박 비서가 들어왔다.

"너 뭐야? 왜 갑자기……."

그때 박 비서의 뒤로 심노양 부장검사의 얼굴이 보였다. 일그러져 있던 심 회장의 얼굴이 활짝 펴지며 그를 반겼다.

"어, 그래. 노양아, 잘 왔다. 때마침 잘 왔어. 이게 어떻게 된 일인지 모르겠다. 검찰에서 압수수색을……."

"예, 큰아버지. 압수수색하러 왔습니다."

"그래. 지금 전략 기획실을 압수수색한다고 하지 뭐냐? 어떻게 된 일이야?"

"말씀드리지 않았습니까? 압수수색하러 왔다고요. 뭐 해? 들어와."

심 검사의 지시에 밖에서 박스를 든 정장 차림의 남자들이 우르르 들어섰다.

"지금 뭐 하는 거야?"

"또 말씀드려야 합니까? 심재철 회장님."

심 검사는 안주머니에서 영장을 꺼내 심 회장에게 다가갔다. 심 회장의 몸이 휘청거리더니 소파를 짚고 간신히 버텼다.

"회장님!"

전무는 심 회장에게 달려가 그를 부축했다. 심 검사는 영장을 전무에게 건넸다.

"심재철 회장님을 특가법상 뇌물죄와 조세 포탈 혐의로 긴급 체포합니다. 증거 인멸과 도주 우려가 있어 긴급체포하겠습니다. 뭐 해? 수갑 채우고 데리고 나가!"

심 검사의 말이 떨어지자, 뒤에 있던 수사관이 달려와 심 회장의 손목에 수갑을 채우며 미란다 원칙을 설명했다.

"노양아, 네가 왜? 네놈이 이러고도 무사할 줄 알아?"

"큰아버지, 공무집행 중입니다. 제 걱정 마시고 본인 걱정이나 하시죠."

"뭣이? 이놈! 심노양! 남철호 그놈을 믿고 이리 날뛰는지 모르겠지만 잘 들어라. 오늘 이 빚은 열 배 스무 배로 갚아 줄 테니, 이놈아!"

"그럴 수 있을지 모르겠네요. 뭐 해? 끌고 가."

수사관들이 심 회장을 끌고 나가려는 것을 전무가 온몸으로 막아섰다.

"잠깐만. 이러지 마시고……. 영감, 왜 이러십니까? 가족끼리 이게 무슨 일입니까? 무슨 오해가 있었는지 모르겠지만 이렇게까지 하실 이유가……."

"전무님, 비키시죠. 그러지 않으면 공무집행 방해죄로 같이 가셔야 할 겁니다."

"김 전무, 정 회장한테 연락해서 긴급 소집하라고 해."

"그러실 필요 없을 겁니다."

심 회장과 김 전무는 심 검사를 빤히 쳐다봤다.

"벌써 모여들 있을 겁니다."

"뭐라고? 벌써?"

민도 그룹 임원 회의실에 신성 클럽 멤버들이 모두 모였다.

"정 회장님, 무슨 일로 긴급 소집을 다 하신 겁니까? 그것도 여기서 말입니다."

"우선 이렇게 모여 주셔서 감사합니다. 다름이 아니라, 급히 보고드리고 의결할 사안이 있어서요."

"무슨 일인지 말씀해 보시죠."

"일단 이것부터 보고 말씀드리죠."

정 회장은 스크린에 영상을 띄웠다. 그곳에는 그동안 심 회장이 신성 클럽 멤버들 몰래 횡령한 금액과 수차례 김기창과 만나 자금을 빼돌리는 증거 사진들이 보였다.

"지금 뭐 하자는 겁니까?"

"그래서 어쩌겠다는 건데? 심 회장님도 안 계시는 자리에서 뭐 하는 짓거리야?"

"회장님을 배신이라도 하겠다는 거예요, 뭐예요?"

일부 심 회장의 사람들은 고성을 지르며 항의했다.

"진정들 하시고 잘 들어 보십시오. 심재철 회장님은 우리 신
성 클럽을 이끌어 오면서 김기창에게 막대한 자금을 빼돌렸습
니다. 빼돌린 자금으로 새로운 조직을 만들었고, 그 조직에 우
리를 편입시키려 했다는 거 아닙니까."

유명그룹의 유지명 회장이 정 회장을 쏘아보며 언성을 높였다.

"새로운 조직이라니? 그게 무슨 조직인데? 어디서 이상한 소
리나 듣고 이러는 거 아니죠? 같은 식구 뒤통수를 이런 식으로
치는 건 아니지 않습니까, 정 회장!"

"뒤통수를 치다니요? 신성 클럽을 지키기 위해 비난을 감수하
면서까지 이렇게 나서는 거 아니겠습니까? 그리고 이걸 보세요."

정 회장은 스크린에 신성 클럽 뇌물 장부를 띄웠다.

"저게 뭐야?"

"저걸 어떻게……."

신성 클럽 멤버들 모두 깜짝 놀라며 웅성거리기 시작했다.

"이게 어디서 나온 건지 아십니까? 바로 심노양 부장검사입
니다."

"뭐요? 심노양이라면 심 회장님 조카 아닙니까?"

"그러니까 말입니다. 심 회장이 우리 목을 쥐고 흔들려고 이
장부를 만들어 놓았다는 거 아니겠습니까."

"이런 빌어먹을……. 그게 정말입니까?"

"말도 안 돼! 저걸 어떻게 믿어?"

아직까지 못 믿는 멤버들을 향해 정 회장이 말했다.

"못 믿으시겠죠? 저도 처음엔 믿지 못했습니다. 한데, 저 장부가 경찰 손에 들어가서 우리 아들에게 접근했던 경찰이 직접 보여 준 겁니다. 까딱 잘못했다간 우리가 모두 걸려 들어갈 수 있단 말입니다. 그걸 바라지는 않으시지 않습니까?"

"누가 감히 우릴 건드린단 말입니까? 예?"

"맞아요, 맞아. 경찰 따위가 우리를 건드려?"

역정을 내며 웅성거리는 멤버들을 진정시키며 정 회장이 말을 이었다.

"더 들어 보세요. 다행히 그 경찰을 포섭해서 다행이지만, 이게 언론에 노출이라도 됐으면 신성 클럽이 세상에 알려지고 더 이상 모임을 이어 가지 못할 수도 있었습니다. 그걸 바라시는 건 아니시겠죠?"

"어쨌든 그럼 해결된 게 아닙니까?"

유 회장의 말에 정 회장은 잠시 뜸을 들이다 이내 입을 열었다.

"해결이 되긴 됐는데, 경찰에서 한 가지 요구 조건을 제시해서요."

"그게 뭡니까? 어서 말해 봐요."

"심재철 회장님을 넘기라는 겁니다."

유 회장은 벌떡 일어나 정 회장에게 소리쳤다.

"뭐라고요? 정 회장, 그게 말이 되는 소리예요?"

"당신 장난해? 어디서 심 회장님을……."

유 회장을 따라 심 회장의 사람들이 들고일어나 고성을 지르며 항의하자, 정 회장이 탁자를 내리치며 상황을 수습했다.

탁! 탁!

"내 말 좀 들어 봐요. 빨리 수습하지 않으면 뒷감당하기가 더 어려워질 겁니다. 경찰에서도 명분을 달라는 거 아니겠습니까? 그냥 무마하고 넘어갈 사안은 아니니, 거물급 한 명을 넘겨 달라는 제안을 해 온 거예요. 어쩌겠어요? 안타깝지만 우릴 먼저 배신한 심재철 회장을 경찰에 넘기는 게 가장 합리적인 방안이 아니겠습니까? 아니면 심 회장님을 대신해 들어가실 분이 있으면 나와 보시든지요."

"정 회장, 당신 미쳤어? 그게 지금 당신이 할 소리야?"

유 회장이 화를 참지 못하고 정 회장에게 손가락질까지 하며 고성을 지르자, 정 회장의 사람으로 보이는 사람이 나서서 그를 말리며 말했다.

"잠깐만요, 유 회장님. 정 회장님의 말씀을 곰곰이 생각해 보세요. 그렇게 감정적으로만 대처할 사안이 아니지 않습니까? 그리고 심재철 회장님이 우리를 먼저 배신한 건 사실이지 않습니까? 저게 사실이라면 말입니다."

"사실이라면 배신이 맞네요, 맞아."

정 회장을 지지하는 사람들과 심 회장을 지지하는 사람들 간에 격렬한 언쟁이 이어졌다. 그리고 어느 정도 합의가 이뤄지자 거수투표에 들어갔다.

"좋아요. 그렇게 합시다."

"저도 동의합니다."

멤버들 다수가 심 회장을 신성 클럽에서 제명하는 것에 동의했다. 유 회장을 비롯한 소수 일부 몇 명은 결국 퇴장을 했고, 나머지는 눈치를 살피다 마지못해 정 회장의 손을 들어 줬다.

주필상은 한 손으로 목을 감싸며, 흐리멍덩한 눈빛으로 김기창을 쳐다보다 그대로 뒤로 넘어갔다.

쿠웅!

"어…… 어르…… 신……."

주필상은 쓰러진 채 손을 뻗어 말을 해 보려 했지만, 입이 굳어 버린 듯 제대로 소리조차 내지 못했다.

"이제야 독이 제대로 퍼졌나 보네요."

"어…… 어으……."

"좀 고통스러울 거예요. 바로 보낼 수도 있었는데, 그렇게 보내면 내가 좀 서운할 것 같아서 말이에요. 감히 내 물건을 탐내다니. 이 정도 죗값은 받고 보내 줘야 하지 않겠어요?"

김기창은 능글맞은 표정으로 웃으며 주필상을 내려다봤다. 주필상은 고통스러운지 양손으로 목을 감쌌다. 치켜뜬 두 눈에서는 눈물이 흘러내렸다.

"내 얘기를 못 들었나 봐요. 내겐 용서라는 게 없어요. 내 앞을 가로막거나 내 것에 탐을 내는 자를 절대로 가만두지 못하는 성격이라서 말이죠. 인간이란 게 한 번 봐주면 또 실수하기 마련이거든. 못된 버릇은 어쩔 수가 없어요."

"김기…… 으윽……."

주필상은 끝까지 안간힘을 쓰며 일어서려다 앞으로 꼬꾸라졌다. 그리고 이내 숨을 거둔 듯 보였다.

"정 실장, 들어오라고 해."

"예."

어느새 다이닝룸에 들어와 있던 정 실장이 대답하며 밖으로 나갔다. 그리고 얼마 있지 않아 김범진이 다이닝룸으로 들어왔다.

"이자입니까?"

"그래. 데리고 가서 아무도 모르게 처리해."

"예, 어르신."

김범진은 주필상을 둘러업고 밖으로 나가 차 뒷좌석에 아무렇게나 던져 실었다. 열린 대문으로 차를 몰고 밖으로 나서려는 그때, 갑자기 저 멀리서 사이렌 소리가 들려왔다. 김범진은 창을 내려 밖을 살피더니, 경찰차와 경광등 불빛을 반짝이는 차량이 줄지어 달려오는 것을 보고는 한 치의 망설임도 없이 곧장 차를 버리고 도망쳤다.

그사이 도착한 경찰은 내리자마자 김범진이 버리고 간 차로 향했다. 또 다른 차량에서는 민우직 경정이 내려 저택 안으로 달려갔고, 안민호 경위는 주필상이 있는 차량을 살폈다.

"어서 구급차로 옮기세요."

"예, 경위님."

사이렌 소리에 놀란 정 실장이 급히 김기창에게 달려가 말했다.

"어르신, 경찰들이 들이닥쳤습니다. 어쩌면 좋습니까?"

"뭐가 어떻게 된 거야? 여길 어떻게 알고 와?"

"그러게 말입니다. 분명……."

"됐고, 들여보내."

"괜찮으시겠습니까?"

"여기서 못 들어오게 하는 게 더 이상해."

"그건 그렇지만…… 알겠습니다."

정 실장은 현관문을 열어 경찰관들을 안으로 안내했다. 김기창은 거실로 나와 그들을 기다리고 있었다.

"민우직 형사?"

"저를 아십니까?"

"아니……. 무슨 일이에요?"

"살인사건 신고가 접수됐습니다."

"살인사건? 여기서 말이요?"

그때 정 실장이 앞으로 나서며 말했다.

"누가 신고를 했다는 겁니까? 그리고 무슨 살인사건인지 말씀해 보시죠."

"방금 이곳에 들어오면서 주필상 씨 시신을 확인했습니다."

"뭐요? 주 사장 말입니까? 정 실장, 주 사장 배웅하지 않았어?"

"예, 그럼요. 차 타고 가는 걸 봤습니다."

"그래요? 운전기사가 도망 갔더군요."

"그럼 그놈이 범인이겠네요. 내가 어떻게 도우면 되겠소?"

민 경정은 피식 웃으며 김기창을 바라봤다.

"왜 웃는 거요?"

"김기창 씨 당신을 주필상 씨를 살해한 현행범으로 긴급체포 합니다."

민 경정은 수갑을 꺼내 김기창에게 다가갔다. 그때 정 실장이 앞을 가로막았다.

"말 같지 않은 소리 말고 멈춰요!"

"이러면 당신도 공범으로 의심받을 수 있어요. 비켜요."

"정 실장, 나와."

"어르신."

"괜찮아. 나와."

김기창의 말에 정 실장은 머뭇거리며 옆으로 물러났다.

"내가 살인범이다? 증거라도 있는 거요?"

"증거요? 직접 보시겠습니까?"

"뭐?"

"안 형사, 가지고 와."

뒤에 서 있던 안 경위가 앞으로 나와 태블릿 PC를 들어 보였다. 태블릿 PC 화면에는 방금 다이닝룸에서 있었던 상황이 재생되고 있었다.

"아니, 이건……."

"익명의 제보자가 이 영상을 우리에게 보내 줬습니다. 이래도 아니라고 부인하시겠습니까?"

"이런…… 빌어먹을……."

민 경정은 김기창에게 다가가 미란다 원칙을 고지하며 수갑을 채웠다.

"안 형사, 남 순경 찾아봐. 어서!"

"예, 팀장님."

안 경위는 방들을 수색하기 시작했고, 그사이 민 경정은 김기창을 끌고 밖으로 나갔다. 정 실장은 휴대폰을 꺼내 서둘러 조변에게 전화를 걸었다.

경찰차가 세워져 있는 곳으로 가는 길에 김기창이 민 경정에게 말을 걸었다.

"네가 이래도 소용없어. 난 금방 풀려나올 거야."

"그게 가능할까? 어디 한번 해 봐. 이번엔 쉽지 않을 거야."

"쉽지 않다? 내가 한 가지 알려 줄까?"

큰 소리로 웃음 짓던 김기창은 민 경정의 귀에 대고 작은 목소리로 소곤거렸다.

"뭐라고? 그게 무슨 소리야?"

"왜? 못 믿겠어? 넌 내 눈앞에서 죽게 될 거야. 다시 한번 말해 줘? 주필상이 죽은 그곳에서 너도 같은 운명이 될 거라고."

"뭐…… 혹시……."

그때 뒤에서 누군가 달려오는 소리에 민 경정이 뒤돌아봤다. 남시보 순경이었다. 그 뒤로 안 경위도 뒤따라 뛰어오며 크게 소리쳤다.

"남 순경님, 서십시오! 안 됩니다! 남 순경님!"

남 순경의 손에는 권총이 쥐어져 있었다. 민 경정은 총을 보지 못했는지 팔을 벌려 남 순경을 반겼다.

"남 순경, 오랜만에 본다고 이리 반기는 거야?"

"팀장님, 죄송해요."

그렇게 말하며 남 순경은 총을 들어 올려 김기창을 향해 겨눴다. 그 순간, 민 경정은 몸을 날려 남 순경에게 달려들었다.

"시보야, 안 돼!"

총성과 함께 김기창은 뒤로 벌러덩 나자빠졌다.

창고 문이 열리고 일성이 들어왔다. 그 뒤로 모자를 눌러쓴 오민석이 결박된 남철호 의원의 등을 떠밀며 들어섰다. 그들은 어두컴컴한 창고 구석으로 남 의원을 끌고 갔다.

"이게 무슨 짓들이야? 여기까지 날 데리고 온 이유가 뭐야?"

"조용히 하라니까!"

일성은 버럭 소리치며 남 의원의 배를 발로 걷어찼다.

"우욱! 으윽……. 자네가…… 왜……."

"이렇게까지 안 하려고 했는데 그 입이 진짜! 조용하라고."

오민석은 남 의원을 내려다보며 말했다.

"이제 어떻게 하실 겁니까?"

"뭘 어떻게 해? 처리해야지."

"직접 하실 생각이십니까?"

"내가? 네가 해야지."

"제가요? 아니, 말이 다르지 않습니까?"

"뭐가 달라? 당연한 걸. 내가 손에 피를 묻힐 거라 생각한 거야?"

"전 못 한다고 말씀드리지 않았습니까?"

"너의 진짜 실력을 보여 주라고."

일성은 뒷주머니에서 낚싯줄을 꺼내 오민석에게 내밀었다.

"형님……. 꼭 이렇게까지 하셔야겠습니까?"

"이렇게까지? 왜 그래? 칠성아, 이 정도는 너한테 아무것도 아니잖아. 안 그래?"

남 의원은 잔뜩 일그러진 얼굴로 일성을 노려보며 말했다.

"너희들 뭐 하는 거야? 날 죽이려고? 김기창 그놈이 날 죽이라고 한 거야?"

"빌어먹을 노인네! 어디서 놈이야, 놈은?"

일성은 성질을 내며 남 의원의 얼굴을 발로 찼다.

"아이구! 아으……."

"그 입 함부로 놀리지 말라고 했지. 어디 어르신을……."

"으……. 일성 이놈……. 그동안 내 앞에서 연기를 했던 거였어? 이런 버러지만도 못한 놈이……."

"연기? 내가 어르신을 배신한 줄 알았어? 꼴에 그 돈 몇 푼으로?"

"몇 푼? 장담하는데 네 놈도 곧 내 꼴이 될 거다, 이놈아!"

일성에게 욕설을 내뱉은 남 의원은 오민석에게 낑낑대며 기어갔다.

"칠성아, 너는 다르지 않냐? 너까지 왜 이러는 거야? 너와 내가 같이한 세월이 있는데 제발 살려다오. 칠성아, 미안하다. 그동안 내가 너한테 신경을 많이 못 쓴 것 같다. 뭘 해 줄까? 네가 원하는 건 뭐든지 들어주마. 그러니 저놈을 죽이고 날 살려다오. 응? 약속은 꼭 지킬 테니. 제발, 칠성아!"

"아이고, 이 영감탱이가 이제야 머리가 돌아가네 보네. 그런데 어쩌나? 칠성은 그러지 못하거든."

"왜? 칠성아, 저놈 말 듣지 말고 내 말을 들어. 네가 원하면 돈은 원하는 대로 주마. 그리고 김기창은 내가 반드시 죽일 테니 그건 걱정 말고. 그러니 제발 날 살려다오. 지금 당장 저놈을 죽이란 말이다. 어?"

쪼그려 앉아 지켜보던 일성은 낄낄대며 남 의원에게 말했다.

"더해 봐, 영감탱이. 재밌네. 안 그래?"

"……"

오민석은 멍하니 허공을 바라보며 아무 말 없이 생각에 잠겨 있었다.

"칠성아?"

"너…… 이 영감탱이 말에 흔들리는 거야? 에이, 설마……."

오민석이 귀에 대고 있는 휴대폰 너머로 남 순경의 목소리가 들려왔다.

"절대 사람을 죽여서는 안 된다고요."

"그러니까, 왜 그런 말을 하는 겁니까?"

"이유는 묻지 말아요. 죽이지 않겠다고만 약속해 줘요. 그럼 저도 당신 말을 믿고 도울게요."

"내 말은 믿어도 된다니까요. 그리고……."

"알았어요. 그러니 약속해 줘요. 죽이지 않겠다고."

"그 약속은 어려울 것 같네요. 미안합니다."

"안 돼요. 절대, 절대 사람을 죽여선 안 돼요. 아셨어요?"

"더 길게 통화 못 하겠네요. 남시보 씨, 미안합니다. 꼭 그렇게 얘기해 줘요. 그럼 이만."

오민석은 그 말을 마지막으로 전화를 끊어 버렸다.

"빌어먹을……. 칠성! 내 말 안 들려?"

일성의 고함 소리에 오민석은 깜짝 놀라며 쳐다봤다.

"어! 어……. 뭐라고……."

"무슨 생각을 하고 있었던 거야? 너 설마 저 영감탱이 말을 듣겠다는 거야?"

"형님, 무슨 말씀인지 모르겠지만 전 못 합니다."

"뭐라고? 이 새끼가…… 미쳤어? 여기까지 와서 못 하겠다니?"

"이제 내 손으로 사람을 죽이는 짓은 하지 않을 겁니다. 형님,

죄송합니다. 전 못 합니다."

일성은 발을 구르더니 괴성을 지르듯 소리치며 말했다.

"아으! 미쳐 버리겠네, 씨발! 그럼 어쩔 수 없지."

"아니, 칠성아. 그게 무슨 소리야? 일성 저놈을 죽이란 말이다! 그래야……."

오민석의 다리를 잡으며 말하는 남 의원의 뺨을 일성이 사정없이 내리쳤다.

"조용해! 빌어먹을 것들……. 너희 둘이 아주 꼴값을 떠는구나. 칠성, 네가 이러고도 무사할 줄 알아?"

일성은 답답한 듯 자신의 머리를 사정없이 긁어 댔다.

"사실, 그래. 뭐 이제 말해도 되겠지."

일성은 안주머니 깊숙한 곳에서 권총을 꺼내 칠성에게 겨눴다.

"형님?"

"저 영감탱이를 죽이면 그때 말하려 했는데 이제 그럴 필요도 없겠네. 사실 네가 남 의원을 죽이면 너도 죽이려고 했거든. 젠장, 내 손에는 피 안 묻히나 했는데 결국 여러 번 묻히게 생겼네. 씨발. 서프라이즈하게 준비한 것도 있는데 이제 그것도 필요 없겠어."

"형님, 뭡니까? 어르신이 날 죽이라고 하셨던 겁니까?"

"그렇지. 내가 그러겠어? 어르신이 내린 지시다. 저 영감탱이 보내면서 너 정도는 같이 보내 줘야 하지 않겠냐고 하시면서 말이야. 참 대단한 어르신이야. 안 그러냐?"

"칠성아, 이거 봐라. 내가 뭐라고 했어? 내 꼴 날 거라고 했지.

일성 네놈도 언젠가는 죽게 될 거다. 김기창 그놈은 그러고도 남을 인간이야. 그러니 날 살려다오. 난 김기창과는 달라. 알잖아? 일성아, 칠성아."

"조용해!"

일성이 발길질을 하려하자 남 의원은 고개를 바짝 숙였다.

"빌어먹을 영감탱이. 겁도 많은 영감이 무슨? 칠성아, 어서 처리해. 안 그러면 네가 먼저 죽는다."

"형님, 꼭 이래야 합니까? 남철호 의원 말처럼 언젠간 형님도 내 꼴이 될 수 있습니다. 이번 참에……."

일성은 오민석의 머리에 총을 갖다 대며 소리쳤다.

"아이, 씨발! 조용해! 어르신이 날 배신한다고? 어르신이 날 죽인다고? 씨발! 누가 날 죽여? 이 세상에 날 죽일 수 있는 사람은 아무도 없어! 그 전에 내가 먼저 죽일 거니까! 알았어? 그러니까 잔말 말고 처리나 하라고!"

일성은 소리를 지르며 총구로 오민석의 머리를 툭툭 밀었다.

"알았어요, 알았어. 형님, 진정해요. 그럼 어쩔 수 없죠."

엎드려 있던 남 의원은 고개를 들어 울먹이며 오민석에게 애원했다.

"칠성아! 칠성아……. 제발! 일성아……. 제발…… 제발 이러지 마라! 이러지……."

오민석은 천천히 걸어 남 의원 뒤로 갔다. 일성은 그 뒤를 따라가며 오민석 머리에 계속 총을 겨눴다.

삐그덕. 그때 창고 문이 열리는 소리가 들렸다. 일성이 문 쪽을 보며 소리쳤다.

"누구야?"

그 틈을 타 오민석은 일성이 들고 있던 총을 잡아 위로 올리며 밀쳤고, 동시에 총소리가 울려 퍼졌다. 그 소리에 누군가 다급히 뛰어 들어와 오민석에게 총을 겨눴다.

"그대로 뒤로 물러나!"

오민석은 총을 쥐고 있는 일성의 손에서 손을 떼며 뒤로 물러났다. 총을 겨누고 있는 자는 바로 홍두기 서장이었다. 일성은 그를 보고 짧게 한숨을 내쉰 뒤 말했다.

"서장님이셨습니까?"

"그래. 이게 뭐야? 이미 처리하고도 남을 시간이지 않아?"

"그게 일이 좀……. 제가 신호를 주면 들어오기로 한 거 아니었습니까?"

"하도 신호가 없으니 궁금해서 와 봤지. 안이 너무 소란스러워 살짝 본다는 게 그만……. 그래도 내가 이렇게 와서 다행이지 않나?"

"뭐, 그렇긴 하지만……. 씨발!"

일성은 오민석에게 다가가 사정없이 그의 뺨을 갈겼다.

"빌어먹을 자식……. 감히 네가 날 막아?"

홍 서장은 초조한 눈빛으로 밖을 살피며 일성에게 물었다.

"이제 어떻게 할까? 애들 부를까?"

"아직 마무리가 덜 됐습니다. 처리한 후에 부르시죠."

"그럼 어서 처리해."

"어쩔 수 없네. 칠성아, 잘 봐라. 일은 이렇게 하는 거다."

일성은 총을 뒷주머니에 꽂더니, 낚싯줄을 양손에 쥐고 팽팽하게 당기며 남 의원에게 다가갔다.

"일성아! 일성아, 제발. 홍 서장…… 홍 서장 자네까지…… 허억!"

그때 밖에서 시끄럽고 어수선한 소리가 들려왔다.

"무슨 소리야?"

홍 서장이 잠시 창고 문 쪽으로 고개를 돌리는 틈을 타 오민석이 그에게 달려들었지만, 홍 서장은 재빨리 오민석의 얼굴에 총을 겨눴다.

"어디서 감히……."

오민석은 더는 앞으로 다가가지 못하고 그대로 손을 들며 뒤로 물러났다. 그때 창고 문이 열리고 경찰들이 우르르 들어왔다.

"뭐야? 대기하고 있으라고 했잖아."

"저기…… 서장님."

당황한 듯한 경찰관의 시선을 따라가니, 문으로 경찰특공대 대원들이 총을 겨누며 들어오고 있었다. 맨 앞에는 차우석 경위와 나상남 경사가 총을 겨누며 서 있었고, 차 경위는 경찰들과 대치하며 큰 소리로 외쳤다.

"당장 멈춰!"

하지만 일성은 멈추지 않았다.

"멈추라고!"

오민석이 일성에게 달려들어 그를 밀쳐 내자, 남 의원은 그대로 꼬꾸라지며 거친 숨을 몰아쉬었다. 그사이 일성이 오민석에게 달려들며 둘의 격투가 벌어졌다.

"빌어먹을⋯⋯."

특공대원들과 경찰들은 서로 총을 겨누며 대치하고 있는 상황에서 그들의 싸움을 지켜볼 수밖에 없었다. 얼마 지나지 않아 오민석은 일성의 팔을 꺾으며 무릎을 꿇렸다.

"이거 안 놔! 넌 내가 반드시 죽인다. 씨발! 놓으라고!"

"일성, 조용히 있지."

"뭐? 이 새끼가⋯⋯."

오민석은 일성의 팔을 힘껏 들어 올렸다.

"아악! 알았어, 알았다고! 젠장⋯⋯."

차 경위 뒤에 있던 한서율 검사가 앞으로 나오며 말했다.

"홍두기 서장님, 경찰들에게 총 내려놓으라고 명령하시죠."

"뭐야? 또 너야? 한서율 검사, 지금 뭐 하는 거야? 우리에게 총을 겨눌 게 아니라 저놈들한테 총을 겨눠야지. 사건 수사 중인 거 안 보여?"

"수사 중인 게 아니라 범행 중인 거겠죠. 안 그런가요?"

"뭐라고? 무슨 근거로 그런 말을 하는 거야? 당신이 지금 수사를 방해하고 있는 거 몰라!"

"정말 그럴까요? 이걸 보고도 그런 말이 나올지 모르겠네요."

"뭐?"

한 검사는 휴대폰을 꺼내 홍 서장 앞으로 내밀었다. 화면 속 영상은 다름 아닌 이곳 현장을 촬영 중인 영상이었다.

"뭐야? 거기가……."

"잘 안 보이세요? 그럼 휴대폰을 꺼내 직접 확인해 보시죠. 지금 실시간으로 방송되고 있으니까요."

"무슨 소리를 하는 거야?"

그때 한 경찰관이 휴대폰을 들고 급히 홍 서장에게 달려왔다.

"서장님, 이거 보십시오. 여기가 지금 생방송으로 실시간 방송되고 있습니다."

"뭐라고? 그게 무슨……."

나영석 경위 구출 작전 당일 다크포스 본거지

"10분이 지났는데 아직 여기 있으면 어떡해요?"

"죄송해요. 나 경위님은요?"

"정문 보초실에 있어요. 지금 나 경위님 상태가 말이 아니에요. 빨리 병원으로 가야 할 것 같아요. 어서요."

"아……. 잠깐만 시간을……."

차우석은 남 순경의 팔을 잡아끌며 말했다.

"지금 그럴 시간이 없어요. 방금 일성이 무전으로 이곳에 오고 있다고 했어요. 빨리 나가야 해요."

"잠깐만 시간을 주세요. 여기서 살인사건이 일어나는데……확인해 봐야 할 것 같아요."

"뭐라고요? 살인사건? 그래도 지금 그럴 시간이……. 그럼 아주 잠깐입니다. 알겠어요?"

남 순경은 고개를 끄덕인 뒤 휴대폰 시계를 확인했다. 그러자 서서히 초자연 현상이 눈에 보이기 시작했다. 남 순경은 운동 기구 뒤에 숨어서 그들을 지켜봤다.

남철호 의원이 바닥에 너부러져 있었고, 그 뒤로 오민석이 인상을 찌푸리며 서 있었다.

"역시 실력 하난 알아줘야 해. 단번에 끝내네."

"이제 저 위에……."

"아니, 그럴 필요 없어."

일성은 안주머니에서 권총을 꺼내 오민석을 겨눴다.

"왜 이러시는 겁니까?"

일성은 실실 비웃으며 말했다.

"어르신이 널 죽이라고 하시던데? 저 영감탱이 보내면서 너 정도는 같이 보내 줘야 하지 않겠냐고 하시면서 말이야. 참 대단한 어르신이야. 안 그러냐?"

"결국 이런 거군요."

"그래, 어쩔 수 없잖아. 그래도 내가 죽이진 않을 거야. 이제 들어오십시오!"

일성은 오민석에게 겨누고 있던 총구를 위로 올리며 방아쇠를 당겼다. 커다란 총성이 창고 안에 울려 퍼지고, 동시에 홍두기 서장과 일선 경찰들이 모습을 드러냈다.

홍 서장이 일성에게 다가와 말했다.

"다 된 건가?"

"예, 서장님. 이자가 저기 남철호 의원을 죽였습니다."

"그래? 당장 이자를 체포해!"

경찰관 중 한 명이 오민석에게 다가와 수갑을 채웠다. 그때 홍두기 서장이 권총을 빼들어 오민석에게 연달아 총을 쐈다.

"윽!"

총에 맞은 오민석은 그 자리에 쓰러져 그대로 숨을 거뒀다.

"아이고, 갑자기 저자가 경찰관 총을 빼 들더라고. 그래서 어쩔 수 없이……."

"그런 겁니까? 아휴!"

총성에도 일성은 눈 하나 깜짝하지 않고 있다, 큰 소리로 웃어 젖혔다. 홍 서장도 일성을 따라 크게 웃음을 터뜨렸다.

굳은 표정으로 눈을 감고 있는 남 순경을 지켜보던 차우석은 더 이상 기다리지 못하고 흔들어 깨웠다.

"더는 시간이 없어요. 빨리 나갑시다."

그 이후 고스트 수사팀은 다크포스 본거지를 압수수색하면서 창고 안에 카메라를 설치해 놓았던 것이다.

서필감 과장은 같은 시각 김기창 저택을 압수수색하고 있었다. 한 경찰관이 서 과장에게 다가와 말했다.

"과장님, 압수수색 완료했습니다."

"그래. 특별히 나온 건 없었고?"

"예. 별다른 건 없었습니다."

"그럼 이만 철수하지."

서 과장은 마지막으로 정원에 나와 주변을 둘러보는데 테라스의 텅 빈 새장이 눈에 들어왔다. 서 과장은 새장 가까이 다가가 안을 살폈다. 그곳엔 한 마리의 새가 바닥에 누워 있었다.

"죽은 건가?"

서 과장이 무심코 뒤돌아 나가려는 그때, 새가 '파다닥' 소리를 내며 날갯짓을 했다. 그리고 서서히 몸을 일으켜 새장 위로 날아올라 그루터기에 앉았다.

며칠 전, 버스 정류장에 내려 대방 지구대로 향하던 남시보 순경에게 낯선 번호로 전화가 걸려 왔다.

"여보세요."

"남시보 순경입니까?"

"그런데요. 누구시죠?"

"오민석이라고 합니다."

"오민석…… 예? 오민석 씨라고요?"

남 순경은 주위를 두리번거리며 살피다, 사람들이 뜸한 곳으로 걸음을 옮기며 말했다.

"무슨 일…… 아니, 나한테 왜 전화를 한 거죠?"

"남시보 씨에게 말해 줄 게 있어요. 그리고 부탁할 것도 있고요. 지금 엄기동 과장을 만나러 가는 길인가요?"

"엄기동 과장이요? 아니요. 그건 왜 물으시죠?"

"아마 엄기동 과장이 당신을 찾을 겁니다. 아니, 김기창 어르신이 남시보 씨를 데리고 오라고 했을 겁니다."

"김기창…… 그 사람이 왜 날……. 그리고 그걸 당신이 어떻게 알고…… 아니, 당신도 그들 사람 아닌가요?"

"맞아요. 하지만 지금은 아닙니다. 한서율 검사에게 얘기 못 들었습니까?"

"듣긴 들었지만……."

"내 말 잘 들어요. 김기창 어르신이 당신을 찾는 이유는 아마도 당신 능력 때문일 겁니다. 미래의 시체를 본다면서요? 사실입니까?"

"그게…… 그런데요?"

"아마 어르신은 본인이 죽는지가 궁금해 남시보 씨를 찾는 걸 겁니다. 그게 아니라면 그곳에서 정말 누군가 죽는지 확인을 하고 싶어서겠죠."

"그게 무슨 소리예요? 좀 알아듣게 얘기하세요."

오민석은 남 순경에게 아방궁이라는 대저택에서 주필상이 죽게 된다는 것을 이야기했다. 하지만 김기창을 속이기 위해 주필상이 죽는 척 연기를 할 것이기에, 시체 환영은 보이지 않으리라는 것도 알려 주었다. 대신 김기창에겐 주필상의 시체가 보인다고 거짓을 말해 달라고 부탁했다.

"그게 무슨 소리예요? 주필상 씨가 죽는다는 건가요? 죽지 않는다는 건가요?"

"죽지 않을 겁니다. 하지만 어르신 앞에서 죽는 것처럼 보일 거예요. 그러니 주필상 사장님의 시체가 보인다고 말해 줘야 한다는 겁니다."

"그렇게만 하면 되는 건가요? 그럼 난 어떻게 되는 거죠?"

"남시보 씨를 해하지는 않을 겁니다. 그 일이 일어나는 날 당신을 구할 테니까요. 그러니 괜히 과하게 반항하지 말아요. 그러다 정말 몸이 상할 수 있어요."

"알겠어요, 무슨 말인지. 저도 한 가지 부탁할 게 있어요."

"뭡니까? 말해요."

"오민석 씨, 앞으로 누구라도 사람을 죽여서는 안 됩니다."

"그게…… 무슨 말이에요?"

"절대 사람을 죽여서는 안 된다고요."

"그러니까, 왜 그런 말을 하는 겁니까?"

"이유는 묻지 말아요. 죽이지 않겠다고만 약속해 줘요. 그럼 저도 당신 말을 믿고 도울게요."

"내 말은 믿어도 된다니까요. 그리고……."

"알았어요. 그러니 약속해 줘요. 죽이지 않겠다고."

"그 약속은 어려울 것 같네요. 미안합니다."

"안 돼요. 절대, 절대 사람을 죽여선 안 돼요. 아셨어요?"

"더 길게 통화 못 하겠네요. 남시보 씨, 미안합니다. 꼭 그렇게 얘기해 줘요. 그럼 이만."

오민석은 그 말을 마지막으로 전화를 끊어 버렸다.

M대학 병원 응급실에 실려 온 주필상은 심정지로 사망한 채 하얀색 천으로 덮여 있었다. 그 소식을 듣고 송 비서가 급히 응급실로 뛰어왔다. 송 비서는 팔목에 찬 시계를 확인하며 두리번두리번 주위를 살폈다. 응급실 안은 교통사고가 있었는지 정신없이 분주했다.

　송 비서는 주필상의 병상을 발견하고 곧장 주변을 커튼으로 둘러쳤다. 그때 하얀색 천이 스르륵 움직이며, 아래로 내려온 천 뒤로 주필상의 얼굴이 보였다. 잠시 후 주필상은 눈을 번쩍 뜨며 크게 심호흡을 했다.

　"일어나셨습니까, 사장님."

　"송 비서, 어떻게 된 거야?"

　"기억 안 나십니까? 일단 이곳에서 나가시죠. 지금이 적기인 것 같습니다."

　송 비서는 커튼을 살짝 열어 밖을 살피더니 앞장서 나갔다. 그리고 그 뒤를 주필상이 따라나섰다.

　"여러분 안녕하십니까? 일요일 오전 9시 뉴스를 시작합니다. 첫 소식입니다. 어젯밤 모 개인 방송 채널에서 실시간으로 방송되었던 영상을 함께 보시면서 소식을 전하도록 하겠습니다. 이 영상은 대민

당 비상 대책 위원장인 남철호 의원이 괴한들에게 납치돼 피습을 받고 있던 현장을 실시간으로 촬영한 영상이라고 하는데요. 처음 영상을 접한 네티즌들은 자작극이나 재연 프로그램으로 알고 시청했다고도 합니다. 다행히 남철호 의원은 병원으로 옮겨져 안정을 취하고 있으며, 괴한들은 모두 체포돼 현재 조사를 받고 있는 중이라고 합니다. 또 다른 사건으로는 어젯밤 9시경, 전 안기부 부장 김기창 씨의 별장에서 살인사건이 발생했다는 소식입니다. 김기창 씨는 모 사업가를 집으로 초대해 독약을 먹여 살해하려 했다는 혐의를 받고 있는데요. 피해자는 의식을 회복해 안정을 취하고 있다고 합니다. 살인 미수로 끝난 이번 사건은 김기창 씨와 모 사업가 간의 원한 관계에서 비롯해 발생한 사건이라 보고 수사 중이라고 하는데요. 김기창 씨는 며칠 전 살인사건과 성폭행 사건에도 연루돼 실시간 검색어 1위에 오르기도 했습니다. 또한 실시간 검색어에서 갑자기 사라져 의혹이 불거지기도 했는데요. 김기창 씨 사건과 관련해 금일 오전 10시에 국회 정론관에서 민우당 서민주 의원 외 다수의 초선 의원이 모여 기자 회견을 한다는 소식에 귀추가 주목되는 상황입니다."

뉴스를 지켜보던 민우직 경정은 TV를 껐다.

"팀장님, 왜 끄십니까?"

"쓸데없이 뉴스는 봐서 뭐 해? 어차피 우리 담당 사건이잖아. 앉아서 뉴스 볼 시간에 어서들 나가서 주필상 신병이나 확보하라고. 갑자기 죽은 사람이 어디로 사라진 거야?"

"그러니까요. 주필상이 쇼를 한 건지 아니면 김기창이…… 아이, 귀신이 곡할 노릇이네."

나상남 경사는 고개를 절레절레 흔들었다.

"그러니까 주필상을 잡아 와서 확인해 봐야 할 것 아니야! 뭐 해? 안 나가고?"

안민호 경위가 민 경정 옆으로 다가와 물었다.

"팀장님, 그런데 남시보 순경이 왜 그런 겁니까? 팀장님도 정말 모르십니까?"

"몰라. 모른다고 했잖아. 괜히 남 순경한테 캐물을 생각하지 마. 그 일로 징계 위원회까지 열리게 생겼다고. 젠장, 무슨 생각으로 그런 건지……."

나 경사는 나가려다 말고 민 경정을 바라보며 물었다.

"팀장님, 솔직히 말씀해 주세요. 뭔가 숨기고 계신 거죠? 왜 말씀을 안 해 주시는 건데요? 주필상도 그렇고, 죽은 사람이 어떻게 갑자기 사라진단 말입니까? 뉴스에는 저렇게 나와도 응급실 CCTV를 보면 멀쩡하게 일어나서 나갔지 않습니까? 그럼 김기창을……."

"나 형사, 내 말 못 들었어? 주필상이나 찾으라고!"

"아니……."

"나 형사님, 그만 나가시죠. 팀장님 얼굴 보십시오, 얼굴."

얼굴이 붉게 상기된 민 경정은 눈을 부릅뜬 채 나 경사와 안 경위를 쏘아보고 있었다.

"네네, 알겠습니다."

"그럼 나가 보겠습니다."

국회 정론관에는 취재원들로 북새통을 이뤘다. 취재원들은 어젯밤에 일어났던 사건들을 얘기하며 초선 의원들의 기자 회견을 기다리고 있었다.

"실시간 검색어에 올라왔던 블로그 글 읽어 봤어? 사실일까?"

"자네도 봤어? 사실인지 그게 뭐가 중요해? 이번 건 제대로 터지면 초대박이라고. 다들 특종 하나 잡으려고 난리야, 난리. 어젯밤에 박성지 기자를 만나려는 기자들이 얼마나 많았는지 몰라?"

"알지. 나도 사실인지 확인하려고 박성지 기자에게 연락했는데 도통 연락이 안 돼서 말이야. 근데 포털에서 바로 그 글을 내렸잖아. 그것도 이상하지 않아? 난 가짜 뉴스라서 삭제된 걸로 생각했는데……."

"이 기자, 왜 그래? 기사 짬밥이 얼만데 그런 소리를……."

"알아. 나도 몰라서 그런 게 아니잖아. 그럼 윗선에서 개입했다는 건데……. 그럼 보통 일이 아니니……."

"그러니까 이렇게 개떼처럼 모였지. 안 그런가?"

"그건 그렇지. 무슨 얘기를 꺼내려고 브리핑 자료도 안 주는 거냔 말이야."

"새벽에 문자 온 거 보면 모르겠어? 긴급하게 준비한 거라고. 뭔지 모르지만 대박인 것 같은 낌새가 느껴진단 말이지……. 어! 저기 들어오네."

정론관으로 서민주 의원이 들어서고 그 뒤로 민우당 초선 의원들이 줄지어 들어왔다. 서 의원은 단상 앞에 서서 기자 회견문을 꺼냈다.

"안녕하십니까? 민우당 비례 대표 의원 서민주입니다."

단상 옆으로 나와 고개 숙여 인사한 서 의원은 다시 단상 앞에 서서 말을 이어 갔다.

"저와 우리당 초선 의원들은 오늘날 대한민국에 뿌리 깊게 박혀 있는 적폐를 낱낱이 고발하고자 이 자리에 섰습니다. 우리가 지금까지 검찰 개혁을 부르짖었던 이유도 이것 때문이었습니다. 또한 반드시 개혁해야만 하는 당위성이기도 했습니다. 국민 여러분이 그토록 염원하던 검찰 개혁이 얼마나 시급한 과제인지를 다시 한번 각인시키는 사건이 발생했습니다. 어젯밤 있었던 김기창 전 안기부 부장의 살인사건과도 연관되어 있습니다. 지금 기자분들께 전달되는 자료를 보시면, 김기창이 그동안 저질렀던 수많은 살인사건과 파렴치한 성폭행 사건의 전말을 확인하실 수 있을 것입니다. 그중에는 확실한 증거를 확보한 것도 있으나, 대부분의 사건들이 자살로 종결되어 재수사가 필요한 사건들입니다."

일부 초선 의원들은 취재원들에게 자료를 전달하고 있었다. 자료를 본 기자들은 큰 충격에 빠진 표정으로 단상을 쳐다봤다.

"충격적인 내용들이라 모두 공개해 말씀드리지 못하는 점 양해 부탁드립니다. 곧 김기창에 대한 수사가 본격화된다면 그 모든 진실은 밝혀지리라 믿습니다. 하나, 그것으로 끝이 아닙니다.

김기창 뒤에는 전·현직 검찰들로 이뤄진 사조직이 있음을 알아냈습니다. 바로 '다크킹덤'입니다. 특검을 통해 '다크킹덤'을 철저히 수사해 줄 것을 이곳에 모인 초선 위원들과 함께 국회에 촉구하는 바입니다."

취재원들이 웅성거리기 시작했다.

"다크킹덤?"

"다크킹덤이 뭐야? 들어 본 적 있어?"

"모르겠는데⋯⋯."

서 의원은 웅성거리는 취재원들을 지켜보며 잠시 숨을 가다듬었다. 시간이 지나자 의문을 제기하던 취재원들은 하나둘 조용해지며 서 의원을 쳐다봤다. 그제야 서 의원이 차분한 목소리로 입을 열었다.

"다크킹덤은⋯⋯."

이틀 후

서울지검 본관 정문 앞이 취재원들로 북적였다. 박성지 기자는 포토 라인 앞 좋은 위치에 카메라를 어깨에 이고 서 있었다.

잠시 후 승합차 한 대가 서서히 본관 안으로 들어섰다. 승합차가 멈추자 김기창과 양옆으로 수사관들이 붙어 내렸다. 김기창의 얼굴이 드러나는 순간, 기자들은 우르르 몰려들어 카메라 플래시를 터뜨렸다.

수사관들은 포토 라인 앞에 김기창을 세우고 뒤로 약간 빠져 섰다. 김기창은 정면을 응시한 채 잠시 굳은 표정을 짓더니 입을 열었다.

"이건 함정 수사고, 저를 음해하려는 자들의 공작입니다. 저는 국가와 국민을 위해 한평생을 살아온 사람입니다. 저를 이용해 검찰 개혁의 명분으로 삼으려는 자들의 계략일 뿐이며 저는 그들의 희생양에 불과합니다. 국민 여러분, 진실을 보셔야 합니다."

박성지 기자가 무선 마이크를 앞으로 내밀며 김기창에게 물었다.

"남철호 의원을 살인 교사하신 것도 음해고 공작입니까?"

김기창은 고개를 돌려 박성지 기자를 잠시 노려보는가 싶더니 다시 정면을 응시하며 답했다.

"그런 사실 없습니다. 모두 음해 공작입니다."

"서민주 의원이 밝힌 다크킹덤을 만든 게 김기창 씨 본인 맞습니까? 다크킹덤의 패권을 두고 남철호 의원을 살해하라고 지시한 게 아닙니까?"

김기창은 정면을 응시한 채 옅은 미소를 지어 보였다.

"이 늙은이가 뭘 바라고 그런 일을 꾸미겠습니까? 검찰 조사에 성실히 임할 테니 지켜봐 주십시오. 이번 사건의 진실은 곧 밝혀질 겁니다."

김기창이 포토 라인 앞으로 걸어 나오자 서둘러 수사관들이 옆으로 붙었다. 박 기자와 취재원들은 포토 라인 쪽으로 달라붙으며 질문을 퍼부었다.

"김기창 씨, 살인을 부인하시는 겁니까?"

"다크킹덤이라는 검찰 사조직을 왜 만드신 겁니까?"

"이필석 의원을 살인 교사한 혐의도 있는 걸로 아는데요. 그 것도 음모라고 생각하십니까? 대답해 주시죠."

"김기창 씨, 피해자들에게 할 말 없으십니까?"

그는 고개 한 번 숙이지 않고 당당히 정면을 응시한 채 취재 원들 사이를 지나쳐 갔다.

그사이 또 다른 승합차가 본관으로 들어섰다. 그 승합차에서 는 일성과 오민석이 내려 정문으로 향했다. 취재원들이 그들에 게 다가와 질문을 하려 했으나, 곧바로 심재철 회장의 차가 본 관으로 들어온다는 소리에 모든 취재원들이 심 회장의 차로 몰 려갔다.

◦●

수사관들은 김기창을 취조실 의자에 앉히고 밖으로 나갔다. 투명 유리 사이로 심노양 부장검사가 김기창을 지켜보고 있었 다. 한참을 아무 말 없이 정면을 응시하고 있던 김기창이 드디 어 말문을 열었다.

"그만 들어오지. 이런 건 초짜들한테나 통하는 수법이지 않 나? 왜? 내 앞에 앉는 게 겁이 나나? 그럼 이러지 말았어야지. 어떤 놈인지 그 얼굴 한번 보자고."

김기창은 잠시 벽면의 거울을 응시하더니 말을 이어 갔다.

"조 변을 부른 걸로 아는데 왜 변호인도 입회시키지 않는 거야? 대한민국 검찰이 이래도 되는 건가?"

수갑을 찬 채 깍지를 끼고 있던 김기창은 두 손으로 탁자를 내리치며 또다시 거울을 매섭게 쏘아봤다.

"빌어먹을……. 언제까지 이렇게 벌 세우고 있을 거야? 물이라도 가져와. 목마르니 가져오라고!"

하지만 취조실 문은 그 후로도 한참 동안 열리지 않았다. 김기창은 제풀에 지쳐 고개 숙이며 이마를 주먹으로 받쳤다. 그렇게 한 시간여가 지난 후에야 취조실 문이 열렸다.

"반성 좀 하시라고 시간을 드렸는데 주무시고 계시면 어쩝니까?"

그제야 천천히 고개를 든 김기창은 정면을 응시할 뿐 취조실로 들어온 심 검사를 쳐다보지도 않았다.

"자네였나?"

"보지도 않고 바로 알아보시네요."

"천박한 그 목소리를 누가 모르겠나? 단번에 자네인 줄 알겠던데."

심 검사는 쓴웃음을 지으며 김기창의 맞은편에 앉았다.

"그러십니까? 오늘은 천박한 목소리 좀 많이 들으셔야겠습니다."

"그러게 말이야. 참 곤혹스럽겠어."

심 검사는 김기창의 웃는 얼굴을 쳐다보며, 미간을 살짝 좁혔다가 다시 폈다.

"역시 어르신 입담을 당해 낼 수가 없네요. 힘겨운 시간이 될 것 같습니다."

"포기해. 자네가 날 어떻게 할 수 있을 거라 생각하나? 이 모든 걸 어떻게 감당하려 이러는지 난 자네가 더 걱정이야."

"그렇습니까? 걱정까지 해 주시고 감사하네요."

김기창은 그제야 심 검사의 얼굴을 쳐다보았다.

"이쯤 되면 어르신에게 싹싹 빌어야 하는데 비아냥거리기나 하고, 딴사람 같으신가 봅니다."

"자네, 남철호 의원 사위가 맞나?"

"왜요? 생각 짧고 능력 탓이나 하는 그 심노양으로 안 보이십니까?"

"그러게 말이야. 꼴에 검사라고 검사 티낸다 싶어서 말이지."

김기창은 흉터가 깊게 난 왼쪽 눈을 찡그리며 크게 웃었다.

"그렇게 보이신다니 다행입니다."

"그래. 이 정도 했으면 됐다 싶네. 그만하고 조 변 들여보내."

"변호인 들어오기 전에 말씀드릴 것이 있습니다."

"또 뭐? 얼른 하게."

"다크킹덤을 제게 넘기시죠."

"뭐?"

김기창은 깜짝 놀라며 녹취 스위치를 확인했다.

"걱정 마십시오. 꺼져 있습니다."

김기창은 짧게 한숨을 내쉬며 다시 심 검사를 노려봤다.

"다크킹덤을 넘기라고? 그게 넘긴다고 넘겨지는 건지 알아?"

"왜 그러십니까? 넘기시고 조용히 살겠다고 약속만 해 주시면 여생을 교도소에서 보내는 일은 없으실 겁니다."

"그게 가능할 거라 생각해? 자네 주제에 다크킹덤을? 어림없지."

"다크킹덤에서 어르신과 저희 장인어른이 안 계신다면 어떻게 되는 겁니까?"

"뭐라? 그런 일은 없겠지만 그런다 하더라도 자네가 다크킹덤을 이끌어 갈 수 있다고 보나? 자네 주제에? 내가 세상에 태어나 들은 말 중에 가장 어처구니 없는 말이구먼. 남철호 그자가 죽으니 이제 나만 어떻게 하면 될 것 같은가?"

"장인어른께서는 살아 계십니다."

"뭐? 살아 있어?"

"본인 입으로 실토를 다 하시다니요. 살인 교사를 인정하시는 겁니까?"

"심문하는 자리가 아니지 않은가? 안 그래?"

심 검사는 환하게 웃음 지으며 의자에 기대어 말했다.

"그럼요. 그냥 해 본 말입니다. 그러니까 제대로 일 처리를 하셨어야죠. 일성 그놈 일 처리가 여영 아니었나 봅니다."

"꽤 아쉬웠나 보구먼."

"아쉬웠죠. 살인 미수가 되는 바람에 어르신 형량을 더 높일 수가 없으니."

"웃기는군. 그게 아니겠지?"

"그걸 꼭 제 입으로 말해야 하는 겁니까?"

"역시 보통 내기가 아니야. 그동안 그걸 숨기고 어떻게 살았나?"

"많이 힘들었죠. 그래도 이날을 위해 참고 또 참지 않았겠습니까?"

"뭔가? 자네가 다크킹덤 때문에 그런 것 같진 않고. 설마 자네 모친 때문인가?"

심 검사는 한쪽 눈이 커지며 순간 얼굴이 일그러졌다.

"맞나 보군. 자네 모친 일은 내가 잘 알지. 그런데 심재철 회장에게 갈 화살이 왜 나한테 온 건가? 아니, 나한테 말하지 그랬어? 쉽게 처리할 수도 있었는데 말이야."

심 검사는 탁자를 내리치며 소리쳤다.

"빌어먹을! 너희 같은 인간들이 판을 치니까 일선 검사들이 욕을 처먹는 거야! 언제까지 우리를 뒤에서 조종할 수 있을 거라 생각해? 다크킹덤은 당신 욕망이나 채우자고 존재하는 게 아니라고!"

"그럼 무슨 이유로 존재하는 거지? 너희들도 지금까지 별말 없이 동조해 왔잖아. 그리고 너도 다크킹덤을 갖고 싶어 하잖아. 그래서 이러는 거 아니야? 갑자기 정의의 사도라도 되고 싶은 건가?"

심 검사는 잠시 숨을 고르고는 눈앞으로 내려온 머리카락을 쓸어올리며 말했다.

"그래. 법이 정의고 법이 권력인 나라를 만들어야 하지 않겠어? 정권에 빌붙어 개 노릇이나 하는 것보다 그들을 처벌하고 그들을 좌지우지할 수 있는 권력자가 되는 게 낫지 않겠냐고? 난 그런 권력을 다크킹덤이 갖게 할 거라고. 알아?"

"결국 너도 나처럼 되게 돼 있어. 아니지. 그런 일 자체가 없겠군. 아무쪼록 내가 나가면 몸조심해야 할 거야. 조심해서 될지 모르겠지만."

"여기서 나갈 수 있을 거라 생각해? 이번은 쉽지 않을 거야."

"과연 그럴까? 네가 몰라도 한참을 모르는 것 같은데."

"내 제안은 안 받겠다는 걸로 알겠어."

"무슨 제안? 아하, 다크킹덤? 하고 싶은 대로 해 봐. 그게 되는지."

김기창은 가소롭다는 듯 피식 웃음 지었다.

"언제까지 당신이 웃을 수 있는지 내가 끝까지 지켜보지."

"이만 조 변 불러."

심 검사는 거울을 향해 손을 까닥하며 손짓했다.

"그래. 빨리 끝내자고."

취조실 안으로 한서율 검사와 조 변호사가 들어오고, 심 검사는 한 검사에게 무언가를 속삭인 뒤 취조실을 나섰다.

서울 구치소 정문으로 서도경 총경이 나왔다. 수염이 덥수룩하게 자란 서 총경의 얼굴은 초췌하기 짝이 없었다. 구치소 앞에서 기다리고 있던 민우직 경정과 김승철 경감이 서 총경을 맞았다.

"이거 드세요."

민 경정은 두부를 서 총경 얼굴 앞으로 내밀었다.

"두부?"

"예. 이거 드시고 다시는 이런 곳에 가시지 말라고요."

"그래. 이리 줘 봐."

서 총경은 두부 한 모를 크게 베어 물었다.

"고생 많으셨습니다, 과장님."

"김 경감, 와 줘서 고마워요. 그런데 내가 생각보다 너무 빨리 나온 것 같아 좀 놀랐어?"

"그게 다 오민석 씨 덕분이에요. 남시보 순경 덕분이기도 하고요."

"그게 무슨 소리야? 남 순경은 그렇다 쳐. 오민석은 뭐야?"

민 경정은 주차된 차를 가리켰다.

"일단 가시죠. 가면서 말씀드릴게요."

민 경정은 서 총경이 구치소에 있는 동안 일어났던 사건들을 이야기했다.

"뭐야? 남 순경이 왜?"

"그걸 물어봐도 도통 말을 안 하네요."

"무슨 이유가 있는 거겠지? 그래도 다행이네. 김기창을 죽였으면 어쩔 뻔했어?"

"그러니까 말이에요. 그런데 현장을 목격한 눈들이 많아 징계는 피하진 못할 것 같아요."

"그렇겠네. 피의자를 죽이려 했으니……. 그래도 구제할 방법을 찾아야 하지 않겠어?"

"징계 위원회가 열리면 그때 소명할 수 있도록 준비 중입니다."

"내가 도울 일 있으면 말해. 그건 그렇고, 난 왜 이렇게 빨리 나오게 된 거야?"

"뭐가 빨리 나와요? 말씀드렸잖아요. 김기창의 혐의가 드러났으니 과장님은 당연히 무혐의 처리되는 게 맞죠."

"그래? 최 경위 사건도 있고 뭔가 꺼림칙해서 말이야."

"괜한 곳에 신경 쓰지 마시고 앞으로 어떻게 할지나 논의하시죠."

"뭘 어떻게 해? 그 정도면 김기창의 혐의는 확실하잖아. 다크킹덤 명부도 우리 손에 있겠다, 뭐가 문제야? 바로 다크킹덤을 치고 들어가야지."

"과장님, 그게……."

민 경정은 말하다가 머뭇거리며 말을 잇지 못했다.

"왜? 뭐야? 뭐가 있는 거지? 그래, 그런 것 같았어. 어서 말해 봐."

서 총경은 그렇게 말하고는 민 경정을 빤히 쳐다봤다.

"과장님, 그게 말이죠."

제24화

의도된 자멸의 길

사우나 한증막에 들어선 민우직 경정이 심노양 부장검사 맞은 편에 앉으며 말했다.

"무슨 일로 보자고 한 겁니까?"

"만나서 반가워요. 그쪽이 민우직 팀장?"

"통성명이나 하려 보자고 한 건 아닐 텐데요."

"그렇게 안 봤는데 사람이 왜 그래요? 보자마자 날을 세우고. 안 잡아먹어요."

"무슨 일인지 말씀이나 하시죠."

"그래요, 그래. 다름이 아니라 다크킹덤 수사는 이쯤에서 마무리하는 건 어때요?"

"그것 때문에 보자고 한 겁니까? 그럼 할 얘기 없겠네요. 전 그만……."

민 경정이 일어서려 하자, 심 검사가 손을 들어 급히 불러 세웠다.

"저기! 참 성격 급하네. 민 팀장, 더 들어 봐요. 지금 상황에서 다크킹덤을 더 건드렸다가는 어렵게 잡은 김기창을 놓칠 수 있어서 그런 거 아니에요. 잘 알잖아요? 검찰이 김기창을 기소나 할 수 있을 것 같아요?"

"그 정도는 이미 감수하고 진행하는 겁니다. 그게 안 된다면 다른 방법을 찾아봐야겠죠."

"왜 그렇게 일을 어렵게 하려고 해요? 쉬운 방법이 있어요. 그걸 말해 주려고 만나자고 한 겁니다."

"그 쉬운 방법이라는 게 다크킹덤 수사를 하지 말라는 겁니까?"

심 검사는 옆에 놓여 있던 모래시계를 돌려놓으며 말했다.

"다크킹덤의 실질적 지주는 김기창이에요. 다크킹덤은 그자를 지키려 무슨 수라도 쓸 겁니다. 그 칼이 자신들 목까지 들어온다고 해 봐요. 죽기 살기로 김기창을 더 지키려 하겠죠. 그런데 김기창을 볼모로 다크킹덤을 더 이상 건들지 않겠다고 하면, 다크킹덤을 위해 그들은 기꺼이 김기창을 내놓을 거란 말입니다."

"그걸 어떻게 믿죠? 그리고 김기창 한 명 잡자고 그 어려운 길을 택한 게 아니에요. 다크킹덤이 존재하는 한 억울한 죽음과 부정부패는 되풀이될 게 뻔하잖습니까. 안 그런가요?"

"교각살우라는 말도 있잖아요. 다크킹덤 하나 잡자고 나라를 온통 뒤흔들 작정입니까? 그리고 그게 그렇게 쉽게 될 것 같아요? 그것도 일계 형사들이? 동료들을 생각해야죠. 서도경 총경은 어떻게 할 겁니까? 남시보 순경요? 동료뿐만 아니라 민우직 당신도 불법 도감청으로 감찰받고 있다는 거 알고 있어요."

민 경정은 심 검사를 매섭게 쳐다보며 말했다.

"그런 식으로 협박한다고 해서 내가 당신과 타협할 것 같습니까?"

"타협? 그래요. 타협합시다. 민 팀장, 나도 지금은 김기창과 심재철을 먼저 처리하고 싶거든. 그런데 당신들이 앞에서 계속 설쳐 대면 일이 꼬여서 계획이 틀어질 것 같단 말이지. 그저 잠시 휴전을 한다고 생각하면 어때요? 물론 아무 조건 없이 멈춰 달라는 건 아니에요. 세상 이치가 그렇잖아. 가는 게 있으면 오는 게 있어야지. 그래서 말인데, 우리도 당분간 당신이나 당신 동료들은 건들지 않겠다고 약속하지. 이 정도면 되겠어요?"

"휴전을 하자?"

"그래요. 그쪽도 김기창을 놓치면 데미지가 크지 않겠어요?"

"그건 그쪽도 마찬가지 아닌가요?"

"그러니까 이렇게 제안하는 거잖아요."

"알겠어요, 무슨 말인지. 좋아요. 김기창과 심재철 두 사람이 법정 구속되는 날까지 휴전하는 걸로 하죠."

"그래요. 그 보답으로 일단 서도경 총경을 풀어 주죠."

"그거야 당연한 거 아닌가요? 김기창이……."

"최우철 경위 건도 있지 않나? 그리고 남시보 그 친구도 경징계로 처리할 테니 걱정 말아요."

"우리 팀원들 건들지 않겠다는 그 약속, 꼭 지키기 바랍니다."

"그럼요. 그럼 잘해 봅시다."

심 검사는 민 경정에게 악수를 청했다.

"우리가 악수까지 할 사이는 아닌 것 같은데요."

"그런가? 그러죠, 그럼."

민 경정은 모래시계를 뚝 쳐서 쓰러뜨리고는 밖으로 나갔다.

민우직 경정의 말이 끝나기가 무섭게 서도경 총경이 버럭 화를 냈다.

"야! 민우직, 너 미쳤어?"

"형님, 미쳤다니요?"

"그게 미친 거지 뭐야? 이 자식, 그렇게 안 봤는데……."

"형님, 제가 정말 휴전을 하겠습니까? 휴전하는 척 뒤통수를 쳐야죠."

"그런 거야? 그래도 날 풀어 줬는데……."

"형님 사건은 금방 무죄로 밝혀질 거였어요. 생색내려고 조금 일찍 풀어 준 것뿐이죠."

"우리도 이런 생각을 하는데 심노양 그 작자라고 약속을 지키겠어?"

"그렇겠죠. 하지만 심노양 검사가 김기창과 심재철를 처리하고 싶은 건 사실일 겁니다. 혼자서는 무리라 생각해 우리에게 그런 제안을 한 거겠죠. 심노양 뒤에 또 다른 누군가가 있을지 모르니 알아봐야 할 것 같습니다."

김승철 경감의 말에 서 총경은 민 경정을 쳐다보며 말했다.

"뒤에야 남철호 의원이 있겠지."

민 경정은 씨익 웃으며 서 총경을 바라봤다.

"남철호 의원일까요?"

"남 의원이 아니라는 거야?"

본부 문이 열리고 남시보 순경이 들어섰다. 문 열리는 소리에 무심코 고개를 돌렸던 도민 경감이 벌떡 일어섰다.

"남 순경."

"안녕하셨어요, 경감님."

"몸은 괜찮아요? 팀장님이…… 아니, 우선 이리와 앉아요."

남 순경은 도 경감 옆으로 와 앉았다.

"팀장님은 외부에 계신 건가요?"

"그래요. 서도경 총경님이 출소…… 말이 좀 그러네. 아무튼 구치소에서 나오시게 돼서 마중 나가셨어요."

"그럼 과장님은 무죄가 소명된 거군요. 다행이네요."

"남 순경은 그동안 집에만 있었다면서요?"

"네, 그게……."

"몸이 많이 안 좋았던 거예요? 팀장님 말씀으로는 말도 안 하고 누워만 있었다던데."

"죄송해요. 몸살 기운이 있었나 봐요. 몸에 힘이 하나도 없고

열까지 나더라고요."

"그래요. 이렇게 나온 거 봤으니 됐어요."

남 순경은 본부를 쭉 둘러보며 물었다.

"여긴 이제 정리하는 건가요?"

"그래요. 이제 청으로 돌아가서 정식으로 당당히 수사해야죠."

"그래서 이렇게 짐이 쌓여 있는 거군요."

"맞아요. 남 순경은 이제 지구대로 복귀할 것 같은데 아쉬워서 어쩌죠?"

"저도 그러네요. 많이들 보고 싶을 거예요."

"저기, 남 순경. 팀장님이 이 얘기는 꺼내지 말라고 신신당부를 하셔서 물어보지 않으려고 했는데 말이에요. 그날 왜……."

그때, 본부 문이 열리고 차우석 경위가 들어왔다.

"어, 남 순경. 경감님, 안녕하십니까."

"왔어요, 차 경위."

"안녕하세요, 차 경위님."

"남 순경, 김기창을 왜 쏜 거예요?"

남 순경이 인사하자마자 차우석은 도 경감이 묻고자 한 것을 먼저 입 밖으로 꺼냈다. 도 경감이 허탈하게 웃자, 차우석은 의아한 표정으로 물었다.

"왜 웃으십니까?"

"아니, 아니에요. 역시 차 경위예요. 난 조심스러워서 묻지 못했거든요. 팀장님 말씀 못 들었어요?"

"아, 저도 팀장님께 들었습니다. 그래도 궁금한 건 못 참아서 말이죠. 제가 실수한 겁니까?"

"나도 참다 참다 궁금해서 막 물어보려던 참이었어요."

"다행이네요. 그럼 남 순경, 말해 봐요."

"죄송해요. 말씀드릴 수 없어요. 그때 제가 좀⋯⋯."

"왜요? 무슨 일이 있었는데 그래요? 팀장님이 더는 묻지 말라고 하시니 더 궁금한 거 있잖아요."

차우석이 계속해서 물어도 남 순경은 끝내 대답하지 않고 화제를 돌렸다.

"그것보다 나영석 경위님은 어떠세요?"

"어, 나 경위는 많이 좋아졌어요. 일주일 후면 복귀할 수 있을 거예요. 그때 조금만 늦었어도 큰일 날 뻔했다고 하더군요. 남 순경하고 차 경위 덕분이에요. 나 경위도 많이 고마워하고 있어요."

"면회를 가 봐야겠네요."

"그래요. 그럼 좋죠."

"예. 그럼 저는 잠깐만."

남 순경이 자리에서 일어서자, 차우석은 그 모습을 빤히 쳐다보며 물었다.

"지금 면회 가게요?"

"아니요. 화장실에 좀⋯⋯."

"아, 그래요. 다녀와요."

상기된 얼굴로 김기창을 쳐다보던 한서율 검사는 탁자를 손으로 내리쳤다.

"언제까지 모르쇠로 발뺌만 할 참이죠? 그리고 변호인을 통해서 답하지 말고 직접 말하세요."

김기창은 변호사의 귀에 대고 소곤거렸다.

"제 의뢰인께서 평검사하고는 말을 섞지 않겠다고 하십니다."

"뭐라고요?"

한 검사는 어이가 없어 헛웃음이 나왔다.

"좋아요. 이렇게 나온다면 나도 어쩔 수 없죠. 피고인 진술을 직접 들을 때까지 가 봐야겠군요. 3일 정도는 밤샐 각오해야 할 겁니다. 피고인도 잘 알잖아요. 그 정도는 검사들한테 별일 아니라는 거요. 그런데 피고인은 연세도 있고 좀 피곤할 겁니다. 그래도 괜찮다면…… 다시 시작해 볼까요?"

"무리하진 마시죠, 검사님. 이러신다고 달라지는 게 있겠습니까? 제 의뢰인 되시는 분이 어떤 분인지 잘 아시지 않습니까? 곧 풀려나실 겁니다. 적당히 하시는 게 검사님 앞날에도 좋지 않으시겠습니까? 그러니……."

"그러니까 피고인이 직접 진술할 수 있도록 조사에 협조해 주시면 되지 않을까요?"

"말씀드리지 않았습니까? 제 의뢰인께서는……."

"됐고요. 질문에 대답만 하면 됩니다. 피고인, 남철호 의원을 살해하라고 권두식에게 지시했습니까?"

이번에도 변호사가 나서서 말했다.

"그건 말씀드렸지 않습니까? 모르는 일이라……."

갑자기 김기창이 변호사의 팔을 잡으며 입을 열었다.

"조 변, 잠깐."

"예, 어르신."

"이제야 생각이 바뀌었나 보네요?"

"한서율 검사, 내가 충고 한마디 하지. 아직 검사 생활이 짧아 앞뒤 분간 못 하고 설치나 본데, 그런다고 세상이 변할 줄 아나? 언제나 세상은 한쪽으로 한결같이 흘러가게 돼 있어. 결국엔 강자가 살아남기 마련이라고. 어떻게? 약자들을 짓밟고 빼앗아 노예처럼 부리면서 더욱 강해지는 법이지. 절대 약자가 강자를 이기는 법은 없어. 그게 세상 이치고, 세상을 살아가는 법이란 말이네. 알겠나?"

"누가 강자고 약자라는 거죠? 당신은 자신을 강자라고 생각할지 몰라도, 당신은 세상에서 가장 약한 자 중 한 명일 뿐이에요. 세상에서 가장 강한 자는 묵묵히 자신의 자리에서 성실하게 살아가고 있는 소시민들이죠. 그들이 진정한 강자라는 걸 모르시나 보네요."

"젊은 친구가 세상 물정을 몰라도 한참을 몰라. 이래서 내가 말을 섞지 않으려 했던 건데…… 쯧쯧."

김기창은 혀를 차며 고개를 옆으로 돌렸다.

"세상 물정을 잘 아신다는 분이 살인을 저지르고 살인 교사까지 한 건가요?"

"그런 일 없다니까!"

김기창은 얼굴을 붉히며 한 검사를 향해 언성을 높였다.

"이연우, 최우식, 이민지, 여남구, 이필석, 이대우, 최우철, 주필상, 남철호. 이들 외에도 수많은 사람들을 살해하라고 지시한 적이 없다는 말인가요?"

"모르는 일이라고 몇 번을 말해야 하는 거야."

"여기 증거까지 있는데도 계속 모른다고만 할 건가요?"

김기창은 탁자 위의 서류를 내려다보며 말했다.

"증거? 그게 증거가 될 것 같은가?"

"피고인 당신 목소리가 분명하다고 국과수에서도 확인해 준 녹취록이에요. 그래도 아니라고 발뺌 할 건가요?"

순간 흥분해 입을 열려는 김기창을 변호사가 급히 만류하며 말했다.

"그건 불법으로 녹취된 것이고, 악의적으로 편집된 녹취록일 가능성이 상당히 농후하다고 봅니다. 아마 증거물로 채택되지 못할 겁니다."

"그럼 증인이 있다면 그때는 인정하실 건가요?"

"증인?"

김기창은 눈썹을 실룩이며 한서율 검사를 노려봤다.

"그래요. 이곳에서 사실대로 말하는 게 좋을 거예요. 법정에서 위증한 사실이 들어나면 형량은 더 가중될 테니까요. 조서에 모두 기록이 남는다는 걸 모르진 않으시겠죠?"

김기창은 굳은 표정으로 조 변의 귀에 대고 속삭였다. 변호사는 난처한 듯 어색하게 미소 지으며 한 검사에게 말했다.

"잠깐 쉴 수 있을까요? 제가 화장실이 좀 급해서 말입니다."

"왜요? 피고인께서 증인이 누구인지 찾아서 죽이라고 또 지시했나 보죠?"

김기창은 그 순간 미간을 찌푸렸다.

"그런 거 아닙니다. 정말 화장실이 급해서 그런 겁니다."

"그러시죠. 다녀오세요."

변호사가 취조실 밖으로 나가고 한 검사는 녹취 스위치를 껐다.

"김기창 씨, 한동탁 형사를 아시나요?"

"한동탁? 모르겠는데."

"그렇겠죠. 당신이 죽인 사람이 한두 명도 아닌데 어떻게 그걸 다 기억 하겠어요."

"죽었나?"

"당신이 죽였잖아!"

한 검사는 순간 감정이 격해져 소리를 내질렀다.

"이런 이런, 흥분하는 걸 보니 보통 관계가 아닌가 보군. 한동탁…… 한서율……. 혹시 가족?"

"정말 모르나요? 녹취도 녹화도 하지 않고 있어요. 나한테만이라도 진실을 말해 줄 수 없어요?"

"뭐야? 정말 가족이야? 당신 부친인가?"

"그래요. 정말 한동탁이라는 이름을 들어 본 적 없나요?"

김기창은 어깨를 으쓱해 보이며 말했다.

"모르겠다니까. 정말이야."

"그럼 왜…… 왜 죽인 거죠?"

"그걸 왜 나한테 묻는 건가? 난 정말 몰라. 안타까운 일이지만 나와 상관없는……."

한 검사는 양손으로 탁자를 내리치며 말했다.

"당신이 지시하지 않았다고요? 유동구. 오성이라는 자는 알 겠죠?"

"오성……."

"그자도 모른다고 할 건가요?"

"그자가 죽었다고 그래?"

"좋아요. 내가 반드시 오성 그자를 잡아 당신 입으로 실토하게 할 테니 두고 봐요."

"아이고, 무섭네. 그건 알아서 하고 난 정말 모르는 일이네, 한 검사."

한 검사는 말없이 두 주먹을 불끈 쥐었다.

"경감님, 곧 징계 위원회가 열린다면서요?"

"그렇다고 들었어요."

"징계 수준이 어떻게 될까요? 살인 미수라 파면도 나올 수 있다고 그러던데요?"

"그럴 수도 있…… 어, 저기."

남시보 순경이 들어오는 걸 본 도민 경감이 차우석 경위에게 눈치를 주며 말을 멈췄다.

"아……. 남 순경, 왔어요?"

"예. 경감님, 팀장님 오시면 뵙고 가려고 했는데 오늘은 그냥 가야겠어요. 제가 따로 연락드린다고 말씀해 주시겠어요."

"왜요? 무슨 급한 일이라도 있어요?"

"그건 아닌데…… 죄송해요. 갑자기 몸이 또 안 좋아져서요."

"어디가 안 좋아요? 그러고 보니 얼굴이 많이 창백해 보이긴 하네요."

"집에 가서 쉬면 금방 괜찮아질 거예요. 걱정 마세요."

차우석은 자리에서 일어서며 말했다.

"남 순경, 내가 집까지 데려다줄게요."

"아니에요. 혼자 갈 수 있어요. 그 정도는 아니에요."

"그래요? 알았어요. 어서 들어가서 쉬어요."

"네, 그럼."

남 순경은 고개 숙여 인사한 뒤 본부를 나섰다.

"혼자 보내도 될까요?"

"그러게 말이에요. 왠지 얼굴이 핼쑥해 보이기도 하고……. 그날 충격이 크기는 컸을 거예요."

탕!

민우직 경정이 재빨리 남시보 순경의 팔을 들어 올린 덕분에 다행히 총탄은 허공으로 날아갔다. 자신에게 총구를 겨누며 달려오는 남 순경을 보고 놀란 김기창은 총소리에 그만 뒤로 벌러덩 넘어지고 말았다.

남 순경이 다시 총을 겨누려 하자 민 경정이 끌어안으며 말렸다.

"시보야! 왜 그래? 너 이 자식……."

"이거 놓으세요, 팀장님. 저자를 죽여야 한다고요! 어서요!"

"무슨 소리야? 이제 모두 끝났어. 우리가 잡았잖아. 증거도 확보했다고. 그러니까 이렇게까지 하지 않아도 돼!"

"그게 아니라……."

"진정해, 시보야."

남 순경은 온몸을 사시나무처럼 떨고 있었다. 자신도 무슨 생각으로 김기창을 죽이려 했는지 몰랐기에, 자신의 행동에 스스로 겁을 먹은 듯 보였다.

"시보야, 왜 그래? 무슨 일이야?"

"팀장님……. 아니, 죄송해요."

남 순경은 그대로 총을 떨어뜨리고는 대문 밖으로 뛰쳐나갔다.

"시보야!"

"팀장님, 제가 가 보겠습니다."

"그래, 안 형사. 부탁해."

안민호 경위가 떨어진 총을 챙기고 뒤따라 달려갔다.

"안 형사가 남 순경을 집까지 데려다줬는데, 가는 동안 한마디도 안 했다고 하더라고요. 집에 도착해서도 잠잘 때까지 지켜봤는데 식은땀을 흘리면서 악몽을 꾸는 듯 괴로워했다 하고요."

"그래요? 그 얘기는 처음 듣네요. 자신도 꽤 놀란 듯싶어요. 남 순경이 감금된 상태에서 무슨 일이 있었던 게 아닐까 싶네요."

"고문이라도 당한 걸까요?"

도 경감은 고개를 가로저으며 말했다.

"외상으로 봤을 때는 그런 것 같지 않았어요. 뭔가 트라우마로 남을 만큼의 충격을 받았을지도 모르죠. 팀장님께도 말을 안한다고 하니 도통 무슨 일인지 알 수가 있어야죠."

"그것보다 정말 중징계라도 받으면 어쩌죠? 그런 일은 없겠죠?"

"모르겠어요. 그때 본 사람들이 많아서 말이에요."

그때 본부 문이 열리고 서도경 총경과 민우직 경정이 들어왔다. 그 뒤를 김승철 경감과 안민호 경위가 따라 들어섰다.

"이제 오십니까? 총경님. 고생 많으셨습니다."

도민 경감이 서 총경에게 다가가 인사하자, 차우석 경위가 뒤따라 거수경례를 했다.

"충성! 고생 많으셨습니다, 과장님."

"왜들 이래? 이러면 내가 다 민망하잖아. 별일도 아닌 거 가지고."

"왜 이게 별일이 아닙니까?"

"됐다니까. 그만해, 민 계장."

"저기, 팀장님. 조금 전에 남시보 순경이 다녀갔습니다."

"어? 언제? 언제 왔었는데?"

"얼마 안 됐는데……."

민 경정은 더 듣지도 않고 허겁지겁 본부 밖으로 뛰쳐나갔다.

S병원 대부분의 병실에 불이 꺼진 밤늦은 시간, 남철호 의원이 입원해 있는 VIP 병실만 불이 환하게 켜져 있었다. 그 병실 앞에는 정장 차림의 남자 두 명이 경호를 서고 있었고, 남 의원은 또 언제 자신을 죽이러 올지 모른다는 생각에 잠을 이루지 못하고 이리저리 몸을 뒤척이고 있었다.

그때 VIP 병실 문이 열리고 엄기동 검사가 들어왔다. 병실 문 열리는 소리에 깜짝 놀란 남 의원은 자리에서 벌떡 일어나 앉았다.

"아이고, 놀라셨습니까?"

"아휴! 놀라잖아. 이 늦은 시간에 어쩐 일이야?"

"사람들 눈에 안 띄려니 어쩔 수 없었습니다."

"그래. 뉴스로 봐서 알고 있어. 김기창 그 양반이 구속됐다고 하던데 어떻게 된 일이야?"

"자세한 내막은 저도 잘 모르겠습니다만, 주 사장을 죽이려다 미수로 끝난 걸로 알고 있습니다. 경찰들이 어떻게 알았는지 현장에서 체포했다고 하네요."

"살인 미수? 주필상을 죽이려 했다는 거야?"

"예. 그렇게 들었습니다."

"그럼 지금 주필상은 어디에 있는 거야? 연락해도 받지를 않아."

"그러십니까? 저도 연락해 봤지만 받지 않네요. 아직 안정을 취하고 있는 듯합니다."

"뭐야? 나처럼 죽이려 했던 거야?"

"독살하려고 했던 것 같습니다."

"독살? 하여간 그 인간 잔인한 건 알아줘야 한다니까. 일성에게 지시한 것도 그 인간 맞지?"

"지금 일성과 칠성을 조사 중인 걸로 알고 있습니다. 조만간……."

남 의원은 엄 검사의 말을 끊고 말했다.

"그런데 홍두기 그 자식은 뭐야? 언제부터 김기창한테 붙어 있었던 거야? 그놈도 구속됐나?"

"저도 무슨 일인지 모르겠습니다. 현재 감찰을 착수했다는 얘기만 들었습니다. 직무 정지 상태라고 하니 걱정 마십시오."

"그래. 내가 죽었으면 어쩔 뻔했어? 자네도 무사하지 못했을 거야. 심 서방도 마찬가지고 말이야. 그런데 사위라는 놈은 장인어른이 병원에 입원해 있는데 코빼기도 안 보이고. 잔뜩 겁먹고 어디 숨어 있는 거 아니야?"

"심 프로가 현재 김기창 어르신을 심문하고 있지 않습니까. 모르셨습니까?"

"정말이야? 그런데 왜 지금까지 나한테 아무 언질도 없는 거야? 그럼 심 서방은 다 알고 있다는 거잖아."

"그렇죠. 아마 김기창에 심재철 회장까지 조사해야 할 것들이 많아 못 찾아뵙나 봅니다."

남 의원은 화들짝 놀라며 몸을 돌려 엄 검사를 올려다봤다.

"뭐야? 심채절 회장까지 조사를 받고 있다고? 무슨 일로?"

"전혀 모르십니까? 이런……. 쯧쯧."

엄 검사는 혀를 차며 고개를 가로저었다.

"뭐야? 어디 앞에서 혀를……"

그때, 갑자기 병실 문이 열리고 마스크를 쓴 의사가 들어섰다. 남 의원은 순간 불길한 기운을 느꼈는지 잔뜩 몸을 움츠리며 경계했다.

"무슨 일이야? 이 밤에도 회진을 도나?"

"잠시 확인할 것이 있어서요."

의사는 들고 온 차트와 남 의원이 맞고 있던 링거를 확인하더니 주머니에서 주사기를 꺼내들었다.

"그게 뭔가? 자네 못 보던 의사 선생인데? 엄 과장, 막지 않고 뭐 해? 밖에 아무도 없어?"

남 의원은 자신의 말에도 꼼짝 않는 엄 검사를 빤히 쳐다보다, 황급히 비상벨을 누르려 했다. 엄 검사는 재빨리 남 의원에게 달려들어 입을 틀어막으며 병상에 눕혔다.

"으음…… 으흠……."

"조용히 해! 그러니까 그때 가 줬으면 이렇게 일을 번거롭게 두 번 하지는 않았을 거 아니야."

그사이 의사는 링거 줄에 주사기를 꽂았다. 엄 검사는 그제야 남 의원의 입에서 손을 뗐다.

"너 이놈, 밖에 아무도 없어?"

"불러 봤자 아무도 들어오지 않을 거야."

"밖에 아무도 없냐고!"

남 의원은 큰 소리로 말한다고 생각했지만 그 소리는 아주 미미하게 울릴 뿐이었다. 남 의원의 몸이 축 늘어져 가자, 의사는 그제야 마스크를 벗은 뒤 엄 검사에게 고개 숙여 인사했다.

"전 이만 가 보겠습니다."

"그래. 수고했다, 오성아. 눈에 띄지 않게 조심해야 한다."

"예, 과장님."

오성은 조용히 병실을 빠져나갔고, 병실에 남은 남 의원은 점점 의식을 잃어 갔다.

"잘 가시고. 어르신과 곧 만나게 해 드릴 테니 황천길은 외롭지 않을 겁니다."

엄 검사는 비릿한 웃음을 지으며 남 의원을 내려다봤다.

"뭐…… 어…… 으……."

남 의원은 손을 뻗어 엄 검사의 멱살을 잡아 죽이고 싶었지만, 마음과 달리 손 하나 까닥하지 못하고 숨을 거두었다. 숨을 거둔 걸 확인한 엄 검사는 비상벨을 누르지 않고 병실 문으로 느긋하게 걸어갔다. 그러고는 병실 문을 세차게 열어 젖히며 다급히 간호사를 불렀다.

"간호사! 간호사!"

＊

머리 좀 식히며 생각을 정리하기 위해 가까운 공원으로 왔다. 하지만 생각을 하면 할수록 머리에 통증이 느껴져, 더는 걷지 못하고 벤치에 주저앉을 수밖에 없었다.

사실 본부에서도 두통과 함께 구토가 나올 것 같아 급히 화장실에 갔던 것이었다. 구토를 하고 나니 조금은 괜찮아졌지만, 몸이 처지고 서 있기도 힘이 들어 어쩔 수 없이 본부를 나왔다.

머리에 통증이 또 느껴지기 시작했지만 다행히 구토까지는 나오지 않았다. 그날 이후로 계속 이런 증세가 반복되고 있다.

생각을 너무 많이 해서 그런 걸까? 이유는 알 수 없었다. 어쩌면 그날 일이 나에게 어떤 작용을 한 것인지도 모르겠다. 분명 그날 갑자기 온몸이 떨리면서 머리가 아파 왔기 때문이다. 그 이후 증세가 악화하여 더 자주, 더 세게 고통이 느껴졌다.

날이 어두워지고 날씨가 쌀쌀한 탓인지 몸이 으스스 춥고 떨리기 시작했다. 설마 뇌에 문제가 생긴 걸까. 이제 며칠 남지 않았는데 몸까지 이러니 어떻게 해야 할지 모르겠다. 그리고…… 이번에는 왠지 팀장님을 살려내지 못할 것 같다는 느낌이 들어 괴로웠다. 물론 나도 마찬가지다.

내 능력으로도 막을 수 없는 죽음……. 그 감정을 떨칠 수 없었다. 그래서 그런 충동적인 행동을 했던 건 아니었을까? 그자를 직접 죽여서라도 팀장님을 지키려…… 아니, 나 자신을 지키려 했던 걸까? 하지만 그게 오히려 나에게 해가 되어 돌아온 건가? 모르겠다. 모든 게 다 처음 겪는 일이니…….

그런데 어째서 김기창 같은 자가 버젓이 다시 나와 그런 악행을 벌일 수 있는 건지 도저히 용납되지 않았다. 이런 세상에서 내가 어떻게 뭘 더 할 수 있는지도 모르겠다. 이러다 내 능력이 김기창 같은 나쁜 놈들에게 악용될 수도 있다는 두려움에 몸이 더 아픈 것 같기도 했다.

정말 그런 일이 내게 생긴다면 그땐 어떻게 해야 하는 걸까? 내 목숨을 걸고서라도 그걸 막을 수 있을까? 나도 최우철 형사처럼 변해 버리면 어쩌지? 그들의 달콤한 유혹에 넘어가 내 능력을 사용한다면…… 내가 살고자 타인의 죽음을 가볍게 여긴다면…… 그럼 그때는…….

"아으!"

머리 통증이 점점 더 강해지고 있었다. 여기 더 있다가는 쓰러질지도 모른다는 생각에 겨우 일어나 발걸음을 뗐다.

공원에서 나와 택시를 타고 집으로 향했다. 집 앞에 도착해 빌라 입구로 들어서려는 그때, 누군가가 나를 불렀다.

"남시보."

구치소 면회실에 조 변호사와 모자를 눌러쓴 김범진이 들어왔다. 면회실에는 김기창이 앉아 있었다.

"어르신, 말씀대로 이자를 데리고 왔습니다."

조 변호사 뒤에 서 있던 김범진이 앞으로 나와 인사했다.

"안녕하셨습니까, 어르신."

"내가 안녕한 것처럼 보이나?"

"죄송합니다. 그런 뜻……."

"농담한 거야, 농담. 뭘 그렇게 당황하고 그러나? 나야 여기서
도 안녕하지."

김범진은 호탕하게 웃는 김기창의 눈치를 살피며 어색하게
따라 웃음 지었다.

"사실, 놈들이 날 죽이려 하지 않았겠나."

"정말이십니까? 어떤 놈이 감히……."

"그놈이 죽어서 배후가 누군지 알아내지 못했네."

"그 일로 일성이 다치지 않았습니까?"

조 변호사가 끼어들어 말을 거들었다.

"그러니까 말이야. 그때 일성이 곁에 없었으면 정말 죽을 뻔
했지."

"다행이십니다, 어르신."

"큰일 치를 뻔했지. 그래서 당신을 부른 거 아닌가?"

"그러셨습니까? 그놈 배후를 찾아내란 말씀이군요?"

"그건 아니고. 조 변, 내가 언제 나가지?"

"이르면 모레, 늦어도 글피 뒤에는 나가실 수 있게 준비 중입
니다."

"그래, 들었지? 그때까지 민우직 그놈을 잡아서 내 눈 앞에 갖다 놔."

"민우직…… 예, 어르신. 이번엔 죽여서라도……."

김기창은 고개를 가로저으며 말했다.

"아니, 아니지. 죽이지 말고 산 채로 내 앞에 데리고 오란 말이야. 이번 일만 잘하면 그 얼굴 싹 갈아서 새 인생 살 수 있게 해 줄 테니까. 알았나?"

"감사합니다, 어르신. 그런데 남시보 그놈은 어떻게 하실 겁니까? 어르신을 죽이려 한 놈이 아닙니까?"

"그놈……. 그렇지. 민우직 그놈을 살리려고 날 죽이려 했겠다."

"그게 무슨 말씀입니까?"

"남시보 그놈이 민우직의 시체를 봤다고 했거든."

"정말이십니까? 그렇다면 제가 민우직을 잡아…… 혹시 남시보 그놈, 자신의 시체를 본 건 아니겠습니까?"

"그럴 수도 있겠어. 그래, 그렇지. 인간이라는 게 그런 거지. 누가 누굴 살려? 지 한목숨 살리고 그런 거겠지."

"그렇다면 민우직과 남시보 둘 다 죽는다는 말씀이군요."

"아까워. 그래도 그놈은 잘만 이용하면 쓸모가 있을 텐데 말이야."

"그러지 마시고 민우직 그놈과 같이 보내시죠. 저도 그놈들에게 진 빚이 있습니다. 이번 기회에 그 빚을 갚고 싶은데 저에게 기회를 주시면 안 되시겠습니까? 저번처럼 시보 놈이 딴 맘이라도 먹으면 어쩌시려고 그러십니까? 그런 놈을 살려 두시면 뒷날에 필시 후환거리가 되실 겁니다. 이참에 깔끔하게 두 놈 모두 처리하시죠. 방금 생각난 게 있는데 이건 어떠시겠습니까?"

"뭐라도 좋은 수가 있나?"

"그게 말입니다, 어르신."

김범진은 허리를 숙여 김기창 귀에 가까이 대고 속삭였다.

"오호! 그것도 좋겠군. 좋아. 그렇게 하지. 실수 없이 처리하는 게 좋을 거야. 남 순경 그놈도 죽는다는 걸 알고 대비하고 있을 테니 말이야. 이런 기회가 두 번 다신 없을 테니 반드시 잡아 와. 알았나?"

"예, 명심하겠습니다. 이번에는 반드시 실수 없도록 하겠습니다."

"그래. 잘 준……."

휴대폰을 확인하고 있던 조 변호사가 인상을 찌푸리며 갑자기 끼어들었다.

"어르신."

"뭐야?"

"죄송합니다만 지금 뉴스에…… 남철호 위원장이 사망했다는 기사가 떴습니다."

"뭐라고? 남철호가 죽어?"

"예."

"확실해? 확인해 봐. 어서!"

조 변호사는 급히 누군가에게 전화해 남 의원의 사망 뉴스에 대해 물었다.

"어르신, 사실이라고 합니다. 어젯밤에 갑작스럽게 심장 마비로 사망했다고 합니다."

"심장 마비……."

김기창은 웃음을 크게 터뜨리고는 이내 말을 이었다.

"잘됐군, 잘됐어. 뭐야? 그렇게 갈 친구를 괜히…… 차암!"

김범진은 허리를 깊게 숙이며 말했다.

"축하드립니다, 어르신."

"사람이 죽었다는데 축하가 뭔가?"

"아……. 죄송합니다."

김기창은 탁자를 치며 크게 웃음 지었다.

"이 친구야. 농담이야, 농담. 이거 체했던 게 싸악 내려가는 느낌이구먼. 자네는 먼저 나가 봐. 조 변은 좀 남고. 할 얘기가 있어."

"예, 어르신. 그럼."

김범진이 면회실을 나가자 김기창은 나지막이 조 변에게 말했다.

"조 변, 지금 나가서 남철호를 제거한 게 다크킹덤의 짓인지 확인하고, 만약에 그렇다면 누구 지시였는지 파악해서 보고해. 알았어?"

"알겠습니다, 어르신."

그 시각, 구치소를 나오는 김범진에게 전화가 걸려 왔다.

"예, 영감."

"나 좀 보지."

"어디로 가면 되겠습니까?"

"중고차 매장으로 와."

"알겠습니다."

"남시보."

민우직 팀장이 집 앞에서 기다리고 있었다.

"언제 오셨어요?"

"금방 왔어. 얼굴이…… 그게 뭐냐? 무슨 일이야?"

"들어가서 얘기하시죠."

"그러자."

"저녁 식사 시간인데 뭐라도 드시면서 얘기하실래요?"

"그래. 네가 먹고 싶은 걸로 시켜."

나는 집으로 들어와 중국집에 음식을 시킨 뒤 민 팀장이 앉아 있는 옆자리로 갔다.

"무슨 일로 오신 거예요? 바쁘신 것 같은데."

"네가 왔다고 해서 괜찮은가 싶어 와 봤지. 그런데 꼴이 말이 아니네. 어디가 많이 안 좋은 거 아니야? 병원 좀 가 보라고 했잖아."

"쉬면 괜찮을 거예요. 그것 때문에 여기까지 오신 거예요?"

"아니. 네가 괜찮아지면 물어볼 게 있었다."

"예. 물어보세요."

민 팀장은 자신의 어깨로 내 어깨를 툭 밀며 물었다.

"알잖아. 왜 그런 거야? 그걸 알아야 징계 위원회에서 변명이라도 할 수 있을 거 아니냐. 그곳에서 무슨 일이 있었던 거야? 그놈들이 널 고문이라도 한 거야?"

"그런 거 아니에요. 징계 위원회는 언제 열리는데요?"

"곧 열릴 거야. 과장님이 어떻게든 막아 보시겠다고는 하는데 쉽지 않을 거다. 그래도 중징계는 면할 수 있을 것 같다. 그러니까 말해 봐. 무슨 일이 있었던 거냐고?"

"아니에요. 그냥 갑자기 화가 나서……. 감금돼 있었던 게……."

"시보야, 그곳에서 뭔가 본 게 있는 거니?"

내색하지 않기로 마음먹었지만, 뜨끔한 나머지 결국 티를 내고 말았다.

"그렇구나."

"아니에요, 그런 거. 정말 김기창 그자에게 화가 나서……."

"알았다. 날 본 거야? 말하지 않아도 돼."

쿡쿡 찔러 오는 물음에 속마음을 숨기지 못하고 놀란 눈으로 민 팀장을 쳐다봤다.

"어떻게 알았냐는 눈빛이다? 김기창이 말하더라. 그곳에서 내가 죽을 거라고 말이야. 네가 김기창한테 말한 거냐?"

"김기창 그자가 말했다고요?"

"걱정 마라, 시보야. 예전에도 죽을 뻔한 나였어. 이번에도 반드시 살아남을 거다. 나 믿지?"

나는 아무 말 없이 고개만 끄덕였다.

"그래, 이 자식아!"

민 팀장은 장난스럽게 나를 와락 껴안았다.

"그러니까 마음 편하게 먹고, 아프지 마라. 아프면 참지 말고 병원 가 보고. 예전처럼 씩씩한 시보로 얼른 돌아오란 말이야. 알았어?"

"예, 형님."

내가 방긋 웃으며 대답하자 민 팀장도 환하게 웃어 보였다.

"그래, 좋네."

서울지검 형사부 취조실에 오민석이 들어섰다. 안에는 한서율 검사가 앉아 있었다.

"이리 와 앉으세요."

한 검사가 맞은편 자리를 손으로 가리키자 오민석은 고개를 끄덕이며 자리로 가 앉았다.

"무슨 일로 또 부른 겁니까? 그때 다 말하지 않았습니까?"

"몇 가지 궁금한 게 있어서 그래요. 면회실에서 만날까도 생각했는데 그곳보다 이곳이 나을 것 같아서요."

"뭐가 궁금한 겁니까?"

"김기창에게 아버지 얘기를 했어요."

"해도 모른다고 할 게 뻔하다고 말하지 않았습니까? 뭐라고 하던가요?"

"오민석 씨 말이 맞았어요. 모른다고 하더군요."

"그것 봐요. 그렇다니까요. 동구 그 자식은 아직 못 찾은 겁니까?"

"어디로 숨었는지, 아직이에요. 그래도 찾을 수 있을 거예요. 확실히 유동구 씨가 맞나요? 그자가 제 아버지를 살해한 게 말이에요."

"살해했다고 단정 지어 말하지 않았는데요. 단지 한 형사님이 돌아가실 때 다잉 메시지에 오성이라는 글자를 남겼다고만 말했지. 그러니 동구를 잡아 확인해 보라고 한 거 아닙니까? 정말 동구 짓인지, 아니면 동구가 진실을 알고 있어 다잉 메시지에 오성을 남겼을지 모를 일이니까요."

"알았어요. 그건 유동구 씨에게 직접 확인해 보죠. 그리고 김기창을 구속 상태에서 재판받게 하려고 했지만 쉽지 않을 것 같아요. 구속적부심…… 아니, 우리가 제시한 증거물들이 대부분 증거 채택이 되지 못했어요. 김기창이 미리 손을 쓴 거겠죠. 다크킹덤이 말이에요. 그래서 오민석 씨가 증인으로 나서 줬으면 해요."

"제가요?"

"예. 가능할까요? 어려운 부탁인 거 알아요. 그래도 증거 채택을 위해 증거물을 취득한 과정에 불법이 없었다는 걸 확인시켜 줄 사람이 필요해요."

"그거야 어렵지 않습니다. 다만……."

한 검사는 잠시 머뭇거리는 오민석을 아무 말 없이 바라만 봤다.

"내가 증인으로 나선다고 해도 쉽지 않을 겁니다. 우리 패만 먼저 저들에게 보이는 게 아닐지 그게 걱정될 뿐이죠."

"그럴 수도 있을 거예요. 그래도 불구속 상태에서 재판을 받게 되면 또 어떤 일이 벌어질지 걱정이 돼서 말이에요."

"그러지 말고 저를 김기창 어르신이 계신 구치소로 보내 주시죠. 제가 모든 걸 짊어지고 가겠습니다."

한 검사는 깜짝 놀라 말했다.

"뭐라고요? 지금 그 말은…… 안 돼요. 제정신이에요? 현직 검사에게 그런 청을 한다는 게……."

"다른 방법이 있습니까? 한서율 검사님, 김기창은 절대 구속되지 않을 겁니다. 그 누구도 김기창을 처벌할 수 없다고요. 김기창의 뒤를 봐주고 있는 자 중엔 고위층 인사들이 얼마나 되는 줄 아십니까? 우리가 아는 사람들은 빙산의 일각일 뿐입니다. 그럼 그들이 김기창을 존경해 그 자리에 있게 한 거겠습니까? 다 똑같은 놈들이 모인 겁니다. 흉악하고 잔인한 짓들을 눈감아 주면서 품앗이하듯 주고받은 놈들이라고요. 그런 자들이 곳곳에서 버티고 있는데 김기창을 법으로 처단할 수 있다고 보십니까?"

"그래서 법으로 못 하니 주먹을 쓰겠다는 건가요? 그럼 우리가 그들과 다를 게 뭐죠? 아무리 힘들더라도 법 앞에선 그 누구도 평등하다는 걸 반드시 보여 줄 거예요. 그래야 하고요. 김기창 같은 자도 법 앞에 무릎 꿇는다는 걸 전 국민들 앞에 보여 줄 거라고요. 아시겠어요? 그러니 그런 생각은 하지도 마세요."

오민석은 고개를 절레절레 흔들며 말했다.

"도저히 알 수가 없네요, 당신네를……. 이에는 이 눈에는 눈이라고 했어요. 그들을 멈출 수 있는 건 그 방법뿐이라고요. 알겠어요? 나중에 후회하지 말아요. 지금 내 제안을 거절한 걸 말입니다."

한 검사는 답답한 듯 숨을 고른 뒤 다시 입을 열었다.

"남시보 순경에게 들은 건 없나요?"

"그게 무슨 말입니까? 남시보 씨가 왜요?"

"모르겠어요. 김기창을 체포한 날 이후로 많이 힘들어해서 말이죠. 그날 남 순경이 총으로 김기창을 쏘려고 했어요."

"뭐라고요? 어르신을 죽이려 했단 말입니까?"

"네. 그곳에서 무슨 일이 있었던 것 같은데 도통 말을 안 해요. 그리고 몸도 많이 안 좋아졌고요. 김기창이 남 순경에게 무슨 짓을 한 게 아닌가 싶어서……. 아는 게 없으신가요?"

"고문 같은 건 하진 않았을 겁니다. 일성 일당이라면 모를까……. 그리고 남시보 씨 능력 때문이라도 몸은 건들지 않았을 거예요."

"그곳에서 고초를 겪은 것 같은데 그게 뭔지 모르겠어요."

"저도 남시보 씨 능력에 대해 들어 알고 있습니다. 그곳에서 자신의 시체를 본 거 아니겠습니까?"

"정말 그런 걸까요? 무언가에 충격을 받은 건 맞는 것 같은데 물어볼 수도 없고……."

"왜요? 물어봐야죠. 봤다면 구할 방법을 찾아주면 되지 않겠습니까?"

"그게 말 같이…… 아니에요. 괜한 걸 말했나 싶네요. 그것보다 김기창 사건에 증인으로 나서 준다면 정상 참작의 사유가 될거예요. 계속 이렇게만 협조해 준다면 불구속 상태에서 조사를받을 수도 있을 거고요."

"그렇게만 된다면 좋겠네요."

"대신 딴마음 갖지 마세요. 아까 했던 말은 못 들은 걸로 할테니까요."

"알겠습니다. 그러죠."

구치소 생활관 독거실 출입문 앞으로 교도관이 다가왔다. 출입문을 교도 봉으로 툭툭 치자, 독거실에 누워 있던 김기창이느릿느릿 출입문 앞으로 왔다.

"무슨 일이야?"

"이거 받으시죠."

교도관은 출입문 배식구 안으로 신문을 넣었다. 김기창은 곧바로 신문을 펼쳐 훑어보았다. 신문 1면을 장식한 것은 윤필두차장검사의 구속 기사였다. 심노양 부장검사 사진이 대문짝만하게 나와 있었고, 그 옆 사진엔 포토 라인에 서 있는 윤필두 검사가 실려 있었다. 그 위에는 '검찰 최초 현직 차장검사 구속 수사'라는 제목이 달려 있었다.

"이게 뭐야? 이걸 누가 보낸 거야?"

하지만 교도관은 어느새 자리를 뜨고 없었다.

"빌어먹을……. 어떻게……."

1면 메인 기사 밑엔 '홍두기 서장 구속'이라는 제목과 함께 남철호 의원을 살해 모의했다는 혐의를 받고 있다는 기사도 실려 있었다.

"교도관! 이리 와 봐. 어디 갔어? 어떤 놈이 이걸 보낸 거냐고? 교도관!"

창살 밖으로 한바탕 소리를 지른 김기창은 터벅터벅 매트리스 앞으로 걸어가 앉더니 생각에 잠겼다. 뭔가 예감이 좋지 않다고 느꼈는지, 갑자기 다시 신문을 집어 들어 샅샅이 살피기 시작했다. 그때 신문 마지막 장에 붉은 매직으로 쓴 손 글씨가 보였다.

'그대가 신이라면 신을 응징할 자는 그 누구도 없겠지. 그러나 당신은 한낱 보잘것없는 인간일 뿐이야.'

"뭔 개소리야? 이……."

신문을 들고 있는 김기창의 손이 부들부들 떨리고 있었다. 그때 운동 시간을 알리는 소리와 함께 교도관들의 목소리가 들렸다.

"운동 시간이다. 모두 밖으로 나와!"

김기창은 곧장 밖으로 나가 교도관에게 달려갔다.

"이 신문 준 놈이 누구야?"

"뭡니까? 지금 운동 시간이니 저쪽으로 가요. 어서."

김기창은 또 다른 교도관에게도 달려들어 물었다.

"너야? 너 아니야?"

"그 신문은 어디서 났어요? 이리 줘요."

"안 돼. 이걸 누가 나한테 준 거야? 어떤 놈이냐고!"

김기창이 고래고래 소리를 지르자 주위 수감자들과 교도관들이 일제히 김기창을 쳐다봤다. 교도관 중 한 명이 교도 봉을 빼어 들고 김기창에게 다가왔다.

"더 이상 소란 피우면 가만 안 있을 겁니다. 조용히 하고 운동장으로 가란 말입니다."

"도대체 누구야? 누구냐고!"

김기창은 두 눈을 부릅뜬 채 사방을 두리번거리며 자신에게 신문을 전달해 준 자를 찾았다. 하지만 그게 누구인지는 알 수 없었다.

김기창은 결국 교도관에게 끌려 운동장으로 나갔다. 운동장에서도 불안에 떨며 주변을 살피던 김기창의 눈에 낯익은 얼굴이 보였다. 그는 그곳으로 뛰어갔다.

"너 이놈, 칠성! 여기에 어떻게……."

"뭐야?"

"아……. 미안하네."

다른 사람을 오민석이라 착각한 것이었다.

"분명 칠성이었는데……."

잠시 후, 운동 시간이 끝나고 생활관으로 돌아가는 시간이 되었다. 그때 하필 엘리베이터가 고장이 나 모두가 계단으로 이동을 하게 됐다. 김기창도 힘겹게 비상계단을 오를 수밖에 없었다. 그런데 앞선 곳에서 한 무리가 뒤엉켜 싸우고 있었다. 그 모습을 잠시 지켜보던 김기창은 옆으로 살짝 피해 지나가려다, 그만 한 수감자와 부딪치고 말았다.

"너 뭐야?"

"미안해요. 좀 지나갑시다."

"이 노인네가……."

그자는 김기창의 머리채를 잡아 싸우고 있던 무리 쪽으로 끌고 갔다. 그러자 그들은 일제히 김기창을 구타하기 시작했다.

"너희들 뭐야? 아이고! 아우! 으윽!"

하지만 수감자들이 현장을 병풍처럼 둘러막아 밖에서는 볼 수 없었다. 또한 김기창을 폭행하던 한 수감자가 김기창의 입을 옷 뭉치로 틀어막아 소리조차 밖으로 새어 나가지 않았다.

김기창이 정신을 잃고 기절하자, 몇몇 수감자들은 그의 입에서 옷 뭉치를 빼낸 뒤 그대로 들어 올려 계단 난간 아래로 던져 버렸다.

"주 사장, 이곳에 있기 불편하지 않아요?"

"괜찮습니다. 영감께서 신경을 많이 써 주셔서 불편한 점 없이 잘 지내고 있습니다."

"그래요? 그럼 다행입니다."

"바깥 상황은 어떻습니까?"

"걱정 말아요. 주 사장 계획대로 착착 진행되고 있으니까요."

"오성은 어떻게 하실 겁니까?"

"알잖아요? 입막음은 제대로 해 뒀어요."

"그렇습니까? 걱정 안 해도 되겠지요?"

"그럼요. 내가 누굽니까? 그보다 굳이 이럴 거면서 김기창이 주 사장을 죽이려 한다는 사실을 남철호 의원에게 알리라고 한 이유가 뭡니까?"

"그거야, 김기창을 궁지로 몰아야 하는데 남 의원이 괜히 먼저 설쳐 대면 안 되지 않겠습니까? 그럼 김기창 경호만 더 삼엄해질 거고. 그 어른이 보통 조심성이 많아야 말이죠. 잘 알지 않으십니까?"

"그건 그래요. 남철호 의원까지 나섰으면 골치가 아팠을 겁니다. 그런 이유였군요. 그리고 보니 일성이 남철호 의원에게 붙었다는 소문을 퍼뜨린 게 신의 한 수였어요. 어르신…… 아니, 김기창도 처음엔 아닌 척하면서도 결국엔 믿지 못해 칠성의 말만 듣지 않았습니까? 어떻게 그런 생각을 다한 겁니까?"

"그건 칠성 생각이었습니다."

"그래요? 이거 참 아깝게 됐습니다. 참 괜찮은 놈인데……."

"어쩔 수 없죠. 그래도 제대로 써먹고 보내는 거 아닙니까? 끝까지 우릴 배신하지도 않았고 말입니다. 약속은 약속이니……

어, 왔나 봅니다."

현관 밖에 차가 멈추는 소리가 들렸다. 이내 방문이 열리고 송 비서가 들어왔다.

"사장님, 심노양 영감이 오셨습니다."

"어, 그래. 어서 안으로 모셔."

송 비서가 나가자 곧바로 심노양 부장검사가 들어왔다.

"이거 좀 늦었습니다."

주필상은 심 검사에게 다가가 반갑게 맞이했다.

"늦다니요? 가장 바쁘신 분이 아닙니까?"

"어서 와, 심 프로."

"안녕하십니까, 엄 과장님."

"그래, 김기창은 어떻게 할 생각이야? 윤필두도 구속시켰으니 김기창도 문제없겠지?"

"그럼요. 그건 당연하겠죠. 안 그렇습니까? 영감."

주필상은 실실 웃으며 말하고는 심 검사를 바라봤다.

"모르고 있는 겁니까?"

"뭐가요? 검찰 총장을 설득하지 못하신 겁니까?"

"주 사장, 그게 지금…… 아니에요. 그게 아니라, 김기창이…… 죽었습니다."

온화한 미소를 짓고 있던 엄기동 검사는 순간 이마를 찡그리며 심 검사에게 되물었다.

"뭐? 죽어? 김기창이?"

주필상도 놀란 표정으로 심 검사에게 재차 물었다.

"영감, 그게 무슨 말입니까?"

심 검사는 아무것도 모른다는 듯 놀라는 주필상을 보고 고개를 갸웃거리며 물었다.

"뭡니까? 주 사장도 몰랐던 겁니까? 주 사장이 지시한 게 아니란 말이에요?"

"그건 또 무슨 소립니까? 제가요? 아니요. 여기 숨어 있느라 바깥 세상일은 까막눈 아니었습니까?"

"그럼 과장님이······."

심 검사는 눈을 껌벅거리며 엄 검사를 쳐다봤다.

"나? 아니야. 나야 남철호 의원을······."

심 검사는 얼떨떨한 표정으로 주필상과 엄 검사를 번갈아 보며 말했다.

"뭐가 어떻게 된 겁니까? 그럼 정말 사고사란 말입니까?"

"사고사?"

"예. 구치소 계단 난간에서 떨어져 죽었다지 뭡니까?"

"정말이야? 그 양반 끝이 어찌 그 모양인가? 한순간에 나락으로 떨어질 팔자였나 보네."

반색하며 웃는 엄 검사의 말에 주필상도 따라 웃으며 장단을 맞췄다.

"그러게 말입니다. 어떻게 해야 하나 싶었는데······. 잘됐네요, 잘됐어."

"그럼 도대체 누가······."

심 검사가 어찌 된 영문인지 모르겠다는 얼굴을 하고 있자,

엄 검사가 그의 어깨를 툭 치며 말했다.

"심 프로, 그게 뭐가 중요한가? 그리고 사고사라면서?"

"그게 정말 사고사였겠습니까?"

"영감, 어찌 되었건 잘된 일이 아닙니까?"

주필상은 술잔을 들며 말을 이어 갔다.

"자아! 술잔이나 드시죠. 우리가 기다리던 그날이 드디어 왔는데 축배를 들어야 하지 않겠습니까?"

"그래, 심 프로. 어서 들어."

"아……. 네."

심 검사는 여전히 뭔지 모를 찜찜함에 고개를 갸우뚱하며 술잔을 들어 건배했다. 그런 심 검사를 보고 주필상이 넌지시 물었다.

"왜요? 다크킹덤이 생각대로 움직여지지 않으십니까?"

심 검사와 엄 검사는 화들짝 놀라며 주필상을 쳐다봤고, 이내 심 검사가 물었다.

"뭐예요? 주 사장, 알고 있었습니까?"

"뭘요? 다크킹덤 말입니까?"

"그래요. 주 사장은 모르고 있는 줄 알았는데?"

엄 검사의 말에 주필상은 눈을 질끈 감으며 고개를 가로저었다.

"제가 왜 모르고 있겠습니까?"

"그럼 그동안 모른 척하고 있었던 겁니까?"

주필상은 심 검사 쪽으로 얼굴을 살며시 들이밀고는 눈썹을 실룩거리며 말했다.

"제가 알고 있다는 걸 그 놈팽이가 알았다면 저를 살려 뒀겠습니까?"

"그거야 그렇지만……."

"왜요? 영감도 절 가만두지 않으실 겁니까?"

주필상이 엄 검사에게 눈을 돌리며 묻자, 그가 얼른 손을 내저으며 말했다.

"에이, 그 무슨 말이에요. 우린 이제 한배를 탄 사람들이 아닙니까? 안 그래? 심 프로."

"그럼요. 그렇죠. 주 사장의 주도면밀함에 또 한 번 놀랐을 뿐입니다."

주필상은 빈 술잔에 술을 따르며 말했다.

"저희 아버지께서 이런 말씀을 해 주셨죠. 모르면서 아는 척하는 자는 하수요. 좀 안다고 아는 체하는 자는 중수라. 그럼 고수는 누구겠습니까? 알면서도 모른 체하고 있는 자라고 하셨습니다."

"이야! 주 사장, 그 춘부장에 그 아들입니다."

"그러게 말입니다. 그런 말을 듣고 자란 주 사장이라 모든 일에 주도면밀했던가 봅니다."

"별말씀을 다 하십니다. 제 가족 얘기가 나와서 하는 말인데, 제 아들놈 좀 부탁드립니다. 억울하게 연쇄 살인범으로 누명을 쓰고 잡혀 있지 않겠습니까?"

"누명이요?"

"예, 영감."

"심 프로, 그 건은 내가 알아서 할게. 할 일도 많은데 그 일까지 신경 써야겠어? 주 사장, 기다려요. 내가 조만간 처리할 테니."

"아이고, 감사합니다."

"그래. 그건 그렇고, 앞으로 신성 클럽은 주 사장이, 다크킹덤은 심 프로가 잘 이끌어 줘야 합니다. 아셨습니까?"

"그럼요. 과장님은 검찰 총장 자리에 앉으셔야 하니까요. 안 그렇습니까, 총장님?"

"아이고, 벌써 총장 소리를 들으니 날아갈 듯 좋습니다."

엄 검사는 주필상의 어깨를 툭 치며 너털웃음을 지었다.

"과장님, 총장 자리에 편안히 앉을 수 있도록 제가 단단히 준비하겠습니다."

"그래, 심 프로. 고마워. 이제야 모든 게 제자리를 찾은 듯싶네."

"그러게 말입니다. 그런데 민우직 그자들은 어떻게 하실 생각입니까?"

주필상이 그렇게 말하고 엄 검사와 심 검사를 번갈아 보자, 엄 검사가 심 검사를 보며 입을 열었다.

"다크킹덤도 그렇고 신성클럽도 그렇고, 내부에 동요가 심할 거야. 심 프로 의중대로 당분간 내부 단속에 치중하는 게 좋겠어요."

"영감 말씀도 맞습니다만 그자들을 그냥 두면…… 언젠가는 큰 후환거리가 될 게 뻔하지 않겠습니까?"

주필상이 걱정스런 얼굴로 엄 검사를 보며 말하자, 이번엔 심 검사가 말했다.

"그래서 생각한 게 있어요, 주 사장. 민우직 측근들을 뿔뿔이 지방으로 전출을 보낼 생각입니다. 그 이후에 민우직을 처리해도 늦지 않을 겁니다."

주필상은 무릎을 탁 치며 말했다.

"그거 좋은 생각입니다, 영감."

"그러면 되겠네. 그건 우리 심 프로에게 맡기고, 어때요? 주 사장, 여기서 지내기 많이 불편하죠? 곧 자유롭게 다닐 수 있도록 조처할 테니 조금만 참아요."

"빨리 좀 부탁드립니다, 영감. 몸이 근질근질해 여간 힘든 게 아닙니다. 아! 대신 이거 하나 부탁드려도 되겠습니까?"

"뭡니까? 말해 봐요."

"주일 빌딩 지하주차장에 스포츠카 한 대가 있는데 그것 좀 제게 보내 주시겠습니까? 저희 식솔들에게 지시했는데 빌딩 앞에 보는 눈이 많아서 말입니다."

"뭘 그런 걸 가지고 그래요? 내가 바로 가서 보내 줄 테니 기다려요."

"아이고. 감사합니다, 총장님."

제25화

종결, 그리고 또다른 시작

주명근의 첫 재판에서 검찰은 무기 징역을 구형했다. 하지만 변호인 측 주장이 받아들여져 정신과 치료를 병행하며 재판을 받게 되었다. 주명근은 구치소에서 나오자마자 병원에 입원했다.

오민석은 불구속 상태에서 검찰 조사를 받게 되었고, 주명근을 만나기 위해 병원을 찾았다. 병원의 별도 면회실에서 오민석은 주명근을 만날 수 있었다.

"형, 나 좀 여기서 빼 줘. 날 미친놈 취급한단 말이야. 형은 알잖아? 나 안 미쳤다고. 어?"

"명근아, 아버님이 따로 생각이 있으셔서 그런 걸 테니 조금만 참아라."

주명근은 띠꺼운 표정을 지으며 말했다.

"뭐? 명근아? 미친 거 아니야? 어디서 반말이야? 그리고 아버님? 형이 여기 있어야겠는데, 내가 아니고."

"잘 들어, 명근아. 이제 나는 사장님 밑에 있던 그 칠성이가 아니다. 내 이름은 오민석이야. 앞으로 민석이 형이라고 불러."

"뭐라고? 민석이 형? 그래, 본명이 오민석이라고? 근데 난 그냥 칠성이라고 부를 건데."

"그래, 상관없다. 하지만 이건 기억해. 이제부터 나한테 지시하거나 명령 따위는 하지 마라. 이젠 사장님 부하도 명근이 너의 개인 비서도 아니니까."

"뭐야? 아빠가 형을 놓아 준 거야? 그럼 여긴 왜 온 건데? 설마 내가 보고 싶어서 온 건 아닐 테고."

"잘 지내는지 궁금해 와 봤다."

"정말 미친 거 아니야?"

"얼굴 보니 잘 지내는 것 같아 다행이다. 저번에도 말했지만, 죗값 치르고 나와서 제대로 살아라. 그게 아버지에게 복수하는 거다. 알겠니?"

"복수? 그게 복수라고? 아버지 좋아하네. 아빠라는 작자가 지 자식을 이런 곳에 처박아 놔? 그게 아빠야? 다 필요 없어! 나보고 죗값 치르고 나와서 제대로 살라고? 젠장! 날 지켜 주겠다고 한 것도 다 거짓말이었네? 내가 나올 수 있도록 돕겠다고 한 것도 거짓말이었고. 아이, 씨발! 완전 속았네, 속았어."

주명근은 그새 자란 머리카락을 움켜쥐며 소리를 내질렀다. 오민석은 주명근의 어깨를 잡으며 말했다.

"널 돕겠다고 한 건 사실이다. 네가 나올 때 평범하게 살아갈 수 있도록 준비하고 있을테니 정신 차리고 새사람으로 나와. 알았어?"

주명근은 오민석의 손을 쳐내며 말했다.

"정신 차리고 새사람? 난 나야. 난 나로 살 거라고. 다 필요 없어! 꺼져! 꺼지라고! 간호사, 간호사! 나 나갈래. 나간다고!"

주명근은 고래고래 소리를 질렀다.

"명근아, 진심이다. 그러니……."

황급히 면회실로 들어온 남자 간호사가 주명근을 데리고 나가려는 그때, 주명근이 다시 뒤돌아서며 오민석을 불렀다.

"잠깐만. 민석이 형."

"그래, 말해."

"내 스포츠카는 잘 있지? 내가 튜닝한 그 스포츠카 말이야."

"그 차 말이구나. 아버님이 시승해 보시더니 말은 안 하셔도 좋아하시는 눈치셨어."

"그래? 그럼 내 마지막 부탁 하나만 들어줘. 지시가 아니라 부탁이니 들어줄 수 있지?"

"부탁이면 언제든 말해. 뭐든 들어줄 테니."

"아니야. 이것만 꼭 부탁해."

"알았다. 말해 봐."

"알지? 그거 아빠를 위해 튜닝한 거야. 아빠에게 내가 드리는 마지막 선물이라고 전해 줘."

"마지막 선물? 명근아, 건강하게 사회에 나오면 그때……."

"됐고, 내 선물이니까 꼭 받아 달라고 전해 달란 말이야. 그거면 돼."

"알았다. 그렇게 전할게. 아버님이 정말 좋아하실 거다. 더 부탁할 건 없고?"

"됐어. 아! 그리고 앞으로는 면회 올 필요 없어. 형도 이제 자유롭아. 자유롭게 잘 살아. 난 내가 알아서 살 테니 신경 끄고."

"명근아, 나 말이야. 정말……."

"됐다니까. 나 간다. 이제 면회 와도 안 나올 거야. 그렇게 알아. 간호사, 그만 나가지."

간호사를 따라 면회실을 나가는 주명근의 얼굴엔 회심의 미소가 엷게 번졌다.

* * *

2개월 후

김기창의 죽음은 사고사로 처리되었고, 김기창과 관련된 모든 사건은 공소권 없음으로 수사가 전면 중단되었다. 다만 전·현직 검사가 연루된 사건이었다는 것이 세상에 알려짐으로써 검찰을 개혁해야 한다는 여론이 들끓었다.

또한 국회에서도 검찰을 견제할 수 있는 고위 공직자 범죄 수사처(이하 공수처) 신설을 위한 법률을 제정해야 한다는 공론화가 마련되는 계기가 되었다. 새롭게 구성될 국회에서는 반드시 법률로 제정해야 한다는 국민적 여론이 점점 가시화되면서, 앞으로 있을 국회의원 선거에서 공수처 신설이 주요 공약으로 거론되었다.

총선을 앞두고 거리 곳곳에서는 유세 차량이 도로를 누볐고,

사람들 사이에서도 선거 이야기가 주를 이뤘다. 국제 공항 터미널 로비에 설치된 대형 스크린에는 이번 총선에서 종로에 출마하는 후보자들 모습이 보였다. 후보자들 사진과 함께 아래 자막으로 후보자들 주요 이력이 나오고 있었다.

가장 큰 이슈 몰이가 되고 있는 선거구는 당연 종로구였다. 종로에 출마하는 심노양 전 검사는 검찰 최초로 검찰 수뇌부 간부를 구속시킨 것으로 유명세를 얻고 있었다. 그와 맞대결할 상대 진영 후보로는 김기창 사건과 다크킹덤을 세상에 알린 서민주 초선 의원이라는 점에서, 검찰 개혁과 공수처 신설이라는 주요 공략을 내세워 가장 주목받고 있는 후보로 소개되고 있었다.

또 다른 뉴스로는 새롭게 임명될 검찰 총장 후보로 염석영 고검장과 엄기동 대검찰청 형사부 과장이 하마평에 오르내린다는 단신이 있었다.

공항 터미널 로비에서 뉴스를 보고 있던 안민호 경위가 민우직 경정에게 말을 걸었다.

"팀장님, 심노양 검사가 당선되면 어떻게 되는 겁니까?"

"뭐가 어떻게 돼? 우린 우리대로 수사하면 되는 거지."

"국회의원이면 불체포 특권이 있는 거 모르십니까? 우리가 수사해서 될 게 아니지 않습니까?"

"정말 시끄럽네. 무슨 걱정이야? 서 의원이 당선될 거야. 그러니 쓸데없는 생각 말고 하던 수사나 제대로 해."

"그렇겠죠? 그런데 정말 남시보 순경을 그냥 보내실 겁니까? 앞으로 수사에 필요할지도 모르고……."

"됐다니까. 앞으로 증거 수집만 남았다고. 시보는 그냥 두자. 그동안 많이 힘들었을 거야. 그리고 직무 정지 기간에 수사를 도왔다는 게 알려지면 그때는 진짜 중징계를 받을 수 있다고. 그러니까 시보가 편안히 다녀올 수 있게 아무 소리도 마. 알았어?"

"예, 알겠습니다."

남시보 순경은 출국 절차를 밟은 후, 짐을 부치고 민 경정과 안 경위가 있는 곳으로 돌아왔다.

"수속은 다 끝났어?"

"예, 팀장님. 한 시간 후면 정말 떠나네요."

"그래. 이번 참에 푹 쉰다고 생각하고 마음 편히 쉬다가 돌아와."

"저 정말 이렇게 가도 되는 거예요?"

"그렇다니까. 아무 걱정 말고 다녀와. 김기창도 죽었고 무슨 걱정이야?"

김기창이 사고사로 사망했다는 뉴스가 보도된 다음 날. 남 순경은 민 경정의 시체가 보였던 김기창의 아방궁을 함께 찾았다.

"시보야, 이곳이니?"

"예, 형님. 잠깐만요."

남 순경은 잠시 눈을 감고 집중한 뒤 다시 눈을 떴다.

"안 보여요."

"뭐? 그럼 정말 그것 때문에 김기창이 죽었다는 거야?"

"확신할 순 없지만 그 이유가 맞지 않을까 싶어요. 소담 씨가 팀장님께 팀장님의 죽음을 알린 뒤 죽게 된 것처럼 말이죠."

"넌 그걸 예상하고 김기창에게 내 시체가 보인다고 말한 거야?"

"그건 아닌데……. 그땐 숨길 수가 없었어요. 팀장님의 시체를 보고 너무 놀라 표정이 그대로 드러났거든요. 김기창이 눈치를 챈 것 같아서 어쩔 수 없이 말했지만, 말하면서도…… 팀장님께 얘기를 할 수도 있지 않을까? 잠깐 그런 생각은 했었죠."

"그래. 네가 그걸 예상했으면 김기창을 죽이려고 총을 쏘지도 않았겠지."

"그렇죠. 하지만 결과가 이렇게 됐네요. 잘된 일이겠죠?"

"그럼. 다행스러운 일이지. 김기창은 범죄자야. 그런 자가……."

민 경정은 말을 하다 멈칫했다.

"왜 그러세요?"

"어, 아니야. 잘된 일이라고."

"저도 알아요. 형님이 무슨 생각을 하셨는지. 아무리 범죄자라도 그들 생명을 우리가 좌지우지하는 게 옳은 일인지 모르겠어요. 그래도 되는 건지 말이에요."

"그래. 나도 그 생각이 잠깐 들었지만, 범죄자 생명을 살리자고 선량한 사람이 죽는 걸 그냥 보고만 있는 것도 옳은 선택은 아니지 않을까?"

"그럴까요?"

"응. 난 그렇게 생각해. 한서율 검사님은 다를지 모르겠지만."

민 경정은 그렇게 말하고 피식 웃음 지었고, 그런 민 경정을 따라 남 순경도 싱긋 미소 지었다.

"한서율 검사님은 어떻게 생각하실지 궁금하긴 하네요."

"너무 깊게 생각하지 말자. 그리고 그 선택은 네가 한 게 아니잖아. 김기창이 스스로 한 거지. 그자가 나에게 말했으니 말이야."

· ●

"시보야, 주필상과 심노양 수사도 막바지에 들어갔다. 나머지 증거만 수집하면 바로 구속 영장 치고 들어갈 일만 남았어. 그러니까 네가 여기 있어도 할 일이 없어. 이번 참에 제대로 머리 좀 식히고 돌아와."

"그렇겠네요. 언젠가 한 번쯤은 가 보고 싶었는데 이렇게 가게 되네요. 아무 생각 없이 걷기만 할 거예요. 그러면 머리나 몸이 좀 나아지지 않을까 싶기도 하고요."

"그래. 가 보고 싶었던 곳이라고 하니 이번 기회에 가서 맘껏 즐기다 와."

"남 순경님, 그러십시오. 병원에서도 별 이상 없다고 했으니 아마 생각을 너무 많이 해서 그런 걸 겁니다."

"저도 그런 것 같아요. 고마워요, 안 형님. 저만 이렇게 빠져서 죄송해요. 갔다 와서 맛있는 거 사 드릴게요."

"오실 때 빈손으로 오시면 안 됩니다."

민 경정은 인상을 찌푸리며 안 경위를 쳐다봤다.

"안 형사. 시보야, 괜히 그런 일에 시간 낭비하지 말고 너 자신을 위해 시간 보내. 선물은 무슨? 안 형사, 내가 쓸데없는 소리 하지 말라고 했지?"

"아니……. 네, 죄송합니다."

"에이, 아니에요. 그럼 다녀와서 뵐게요. 이제 그만 가 보세요. 저도 출국장으로 들어가 봐야겠어요."

"그럴래? 그래. 그럼 여기서 인사하자."

남 순경은 민 경정과 안 경위에게 인사한 뒤 출국장으로 향했다. 티켓을 확인하는 출입구 앞에 줄을 서고 있던 그때, 한서율 검사가 급히 달려왔다.

"남시보 씨!"

"어, 검사님. 여기는 어쩐 일로……."

"말할 게 있어서요."

"저한테요?"

"네. 그게…… 시보 씨."

"아, 네. 검사님."

'시보 씨'라는 호칭에 얼굴이 발그레해진 남 순경은 한 검사를 제대로 쳐다보지 못했다.

"오성을 잡았어요."

"예? 아아, 네."

하지만 이어진 말에 고개를 돌리며 헛웃음을 지었다.

"시보 씨가 말해 준 그곳에서 체포했어요. 시보 씨 말대로 유동구 씨를 누군가 죽이려 했어요."

"누구 지시인지 알아내셨어요?"

"그건 아직이요. 묵비권을 행사하고 있어서 오는 동안에도 알아내지 못했다더군요. 시보 씨에게 고맙다고 직접 말하고 싶었어요."

"저…… 한 달 후면 다시 돌아오는데."

"그래도요."

"그런데 왜 계속 저를 시보 씨라고 부르시는 거예요?"

"아……. 아니, 지금 정직 중이잖아요. 그래서……."

"아하, 네. 저는 또……."

"앞으로도 계속 시보 씨라고 불러도 되죠?"

"네? 아, 네. 저야 상관없는데……."

남 순경은 머리를 긁적이며 어색한 웃음을 지어 보였다.

"그래요. 산티아고 순렛길 잘 다녀와요. 다녀와서 그곳 얘기 꼭 해 줘요. 그럴 수 있죠?"

"저기, 혹시……."

"왜요?"

"아니…… 아니에요. 아닙니다. 그럼요. 꼭 말씀드릴게요. 그럼 이만 들어가 볼게요."

"네, 들어가요. 몸 조심히 잘 다녀와요."

출국장 안으로 들어서던 남 순경은 입구 앞에서 잠시 뒤를 돌아봤다. 이미 멀어져 가고 있는 한 검사의 뒷모습에 남 순경은 피식하고 웃으며 출국장 안으로 들어갔다. 그때, 걸어가던 한 검사가 멈춰서더니 뒤돌아 남 순경을 바라봤다.

남 순경이 출국장 안으로 들어간 뒤에도 잠시 그곳을 바라보던 한 검사는, 1층 로비로 내려와 입국장에서 나오는 출구 옆을 지나쳤다. 출구 앞은 입국하는 사람들을 맞으러 나온 사람들로 몹시 붐볐다. 그중 한 남자는 이민혁이라는 팻말을 들고 서 있었다.

경찰 병원 독실에 일성이 누워 있었다. 그는 김기창을 해하려는 자를 막으려다 대신 배에 칼을 맞았고, 치료가 모두 끝나 내일이면 구치소로 이송될 예정이었다.

병실 문 밑으로 갑자기 신문이 쓰윽 들어왔다. 일성은 병상에 한쪽 손목이 수갑으로 채워져 있어, 병상에서 내려와 발끝으로 겨우 신문을 가지고 왔다. 신문을 펼쳐 봤지만 금일 신문이 아니었다. 신문 1면에는 김기창 사망 소식과 함께 심노양 부장검사가 종로에 출마한다는 내용이 담겨 있었다. 이번에도 맨 마지막 장엔 수갑 열쇠가 붙어 있었고, 붉은색 손 글씨가 남겨져 있었다. '병원 뒤 주차장에 차가 준비되어 있으니 그걸 타고 도망쳐라.'

일성은 신문을 병상 매트리스 밑에 숨기고 열쇠로 수갑을 풀었다. 그는 조심스럽게 문을 열었다. 그때 밖에서 문을 지키고 있던 경찰관 두 명이 대화를 나누는 것이 보였다.

"아까 그 자식 뭐야?"

"모르겠어. 도와 달라고 해서 가 봤는데 어디로 갔는지 안 보이잖아. 여긴 아무 일 없었지?"

경찰관이 문 쪽으로 고개를 돌리는 그때, 일성이 뛰쳐나와 주먹을 날렸다. 그러고는 병원 후문 주차장 방향으로 달려갔다. 쓰러졌던 경찰관들은 곧바로 일어나 호각을 불며 일성을 뒤쫓았다.

일성이 잠시 길을 찾지 못해 머뭇거리고 있을 때, 경찰관들이 총을 겨누며 전속력으로 달려왔다. 그때 경찰관 앞으로 이동 침대가 튀어나와 길을 막아섰고, 이동식 병상을 끌고 나오던 남자 간호사와 부딪치고 말았다.

경찰관들이 남자 간호사와 이동식 병상에 뒤엉켜 정신이 팔린 사이, 일성은 순식간에 어디론가 사라져 버렸다.

"어? 어디로 갔어? 젠장, 놓친 거야?"

"일단 자네는 저쪽으로 가 봐. 난 이쪽으로 갈 테니."

"그래, 그러자고."

경찰관들은 일성을 찾기 위해 흩어졌다. 이동식 병상을 옮기던 남자 간호사는 복도에 그것을 그대로 두고, 입고 있던 간호사복을 벗어 던지며 재빨리 비상계단으로 뛰어 내려갔다.

그 간호사는 다름 아닌 오민석이었다.

주필상 사장이 운영하는 고급 호텔에 신성 클럽 멤버들이 모여 파티를 열었다. 연회장 중앙 무대 위에서 댄서들이 노래에 맞춰 춤을 추고 있었고, 그 주변으로는 사람들이 술잔을 들고 대화를 나누거나 노래에 맞춰 춤을 췄다.

연회장 안으로 정 회장과 주필상이 들어오자 노랫소리가 멈췄다. 정 회장은 중앙 무대 단상에 올랐다.

"오늘은 신성 클럽을 이끌어 갈 대표를 선출하는 날입니다. 우선 이 장소를 제공해 준 주필상 회장님께 감사의 말을 전합니다."

정 회장이 주필상을 가리키며 박수를 치자, 신성 클럽 멤버들도 일제히 박수를 쳤다. 주필상은 전후좌우로 돌며 고개 숙여 인사했다.

"대표를 선출하기 위해 규정대로 거수투표로 진행하겠습니다. 후보에 오른 주필상 회장님과 유지명 회장님을 앞으로 모시겠습니다."

주필상과 유지명 회장은 함께 무대에 올라섰다.

"잠시 두 분의 각오를 들어보는……."

"그러지 말고 바로 투표합시다."

연단 아래에 있던 한 멤버가 말하자, 다른 멤버들도 연달아 동의하며 바로 투표하는 분위기를 만들었다.

"그렇습니까? 좋습니다. 그러면 여기 계신 주필상 회장님이 대표가 되어야 한다고 생각하시는 분들은 손을 들어 주시죠."

대부분의 멤버들이 손을 번쩍 들며 "동의합니다!"라고 외쳤다. 그 모습을 지켜보던 유 회장은 씩씩거리며 무대에서 내려와 연회장 밖으로 나가 버렸다. 유 회장은 심재철 회장의 사람으로 당연히 자신이 대표가 될 것으로 생각하고 있었다.

"좋습니다. 여기 계신 다수가 주필상 회장님을 대표로 선택하셨습니다. 오늘부로 신성 클럽을 이끌어 갈 대표는 주필상 회장님으로 결정되었습니다. 큰 박수 부탁드립니다."

연회장에 있는 모든 사람들이 주필상의 이름을 연호하며 박수를 쳤다. 주필상은 단상 앞에 서서 손을 들어 올리며 자신에게 박수를 보내는 사람들과 일일이 눈을 맞췄다. 그리고 박수가 멈추자 입을 열었다.

"감사합니다, 여러분. 저에게 이러한 막중한 자리를 맡겨 주셔서 영광스러울 따름입니다. 앞으로 신성 클럽이 대한민국 경제를 이끌어 가는 데 중차대한 역할을 할 수 있도록 이 한몸 제대로 받쳐 보이겠습니다. 또한 지금까지 신성 클럽을 이끌어 와 주셨던 선배님들께 누가 되지 않도록 최선을 다하겠습니다."

연회장 안은 한동안 박수 소리와 주필상의 이름을 연호하는 함성으로 가득했다.

선거 유세 차량이 멈추고, 단상에서 심노양 후보자가 내려왔다. 그리고 심노양 앞으로 중형차 한 대가 멈춰 섰다.

"심 후보자님, 오늘 하루 고생 많으셨습니다."

"아닙니다. 저보다 봉사자 여러분들이 많이 고생하셨습니다. 이제 얼마 남지 않았습니다. 조금만 힘내 주세요."

주변에 있던 선거 운동원들이 일제히 심노양의 이름을 연호하기 시작했다.

"심노양! 심노양! 심노양!"

심노양은 고개 숙여 인사한 뒤 차에 올라탔다. 뒷좌석에 앉은 심노양은 좌석에 등을 붙이고 크게 한숨을 내쉬었다.

"쉬운 게 없네, 없어."

눈을 감고 쉬고 있던 심노양은 차가 움직이지 않자, 눈을 감은 채 운전기사에게 말했다.

"뭐 해요? 집으로 갑시다."

하지만 운전기사는 아무 대답이 없었고 차도 움직이지 않았다. 심노양은 그제야 눈을 떠 운전석을 쳐다봤다.

"뭐 하는 거…… 너 뭐야?"

운전석에 앉아 있던 운전기사는 심노양에게 총을 겨누고 있었다.

"심노양 영감, 그렇게 쉽게 국회의원이 될 거라고 생각했어?"

"넌…… 너 뭐야?"

운전기사는 마스크를 쓰고 있어 누구인지 알 수 없었다.

"왜? 나 몰라? 내 목소리 그새 까먹으셨나?"

"너…… 네가 어떻게?"

그는 그제야 마스크를 벗으며 심노양을 보고 환히 웃어 보였다.

"일성…… 네가 어떻게 여기에 있는 거야?"

"네놈이 어르신을 죽이고 마음 편히 국회의원 놀이를 할 수 있을 거라 생각했어?"

심노양은 손을 내저으며 말했다.

"아니야, 내가 그런 게 아니라고. 정말 사고사였어. 정말이야."

"그걸 나보고 믿으라는 거야? 정말 죽고 싶은 거야!"

"정말이라니까! 내가 죽인 게 아니야. 엄기동 과장일 거야. 엄과장을 직접 만나 물어보라고. 난 아니야. 정말 아니라고."

"어라, 엄 과장이 한 말이랑 똑같이 하네."

"뭐? 엄기동 그놈이 날 팔아?"

"그래. 네가 죽였다고 하던데. 네가 지시했을 거라고. 구치소 내에서 사람을 시켜 죽일 수 있는 건 너와 엄기동 두 명 중 한 놈 아니겠어? 내가 그걸 몰라?"

"난 정말 아니라고! 그래서 엄기동은? 정말 그놈 말을 믿는 거야?"

"설마 내가 그놈 말을 믿겠어?"

"그래그래, 난 아니야. 그럼 나한테 왜 이러는 거야? 알았어. 돈…… 돈이 필요하구나. 얼마면……."

"미친. 잘 가. 황천길은 외롭지 않을 거야. 저 위에서 엄기동이 기다리고 있을 테니."

"뭐? 이렇게 사람이 많은 데서……. 에이, 설마……. 일성아, 난 아니다. 사람 살려……."

심노양이 차 문으로 다가가려 하자 일성은 총을 심노양의 얼굴 가까이 들이밀었다.

"가만히 있어!"

"어, 어. 알았어. 그래."

그때 한 운동원이 차 안 상황을 보고 사람들을 불러 모았다. 후보자를 경호하던 경찰관들이 차를 둘러싸며, 총을 겨누고 있는 일성을 향해 일제히 총을 겨눴다.

"경찰이다! 문 열고 투항해!"

심노양은 두 손을 번쩍 든 채 일성에게 애원하듯 말했다.

"일성아, 진정해. 진정하라고. 살려만 주면 뭐든 할게. 어?"

"영감, 이제 모든 게 끝날 시간이네."

"일성아, 그러지⋯⋯."

탕!

총소리가 차 안에 크게 울려 퍼졌다. 머리에 총을 맞은 심노양은 그대로 옆으로 꼬꾸라졌다. 동시에 경찰관들은 일성을 향해 총을 발사했다.

신성 클럽 대표 자리에 오른 주필상은 자신의 계획대로 모든 것이 이뤄지자, 이 기쁨을 만끽하기 위해 도로 위를 달리고 싶은 충동이 일었다. 어둡고 한적한 도로 위엔 주명근이 튜닝한 스포츠카가 우렁찬 엔진 소리를 내며 서 있었다. 운전석에 앉은 주필상은 희번뜩한 눈으로 정면을 응시한 채 희열감에 가득한 미소를 짓고 있었다.

주필상은 있는 힘껏 액셀을 밟았다. 스포츠카는 굉음을 내며 쏜살같이 앞으로 튕겨 나갔다. 속도가 점점 높아지던 스포츠카는 어느덧 180킬로를 넘어 200킬로에 다다르고 있었다. 그 속도로 자유로를 달리던 스포츠카가 갑자기 '퍼엉!' 하고 굉음을 내며 폭발했다. 스포츠카 본체가 하늘 위로 튕겨 오를 정도의 폭발력이었다. 그리고 검은 연기가 피어오르던 스포츠카는 또한 번 폭발음을 내며 산산조각 나 사방으로 날아갔다.

산티아고 순렛길 11일차. 벨로라도에서 아타푸에르카로 향하는 길에 있다. 30킬로미터나 되는 길을 걸어야 해 새벽어둠이 내리는 길을 나설 수밖에 없었다. 굴곡진 길 옆으로 간간이 나 있는 나무들뿐인 드넓은 평야가 한눈에 들어왔다. 서서히 태양이 평야 위로 떠오르는 순간, 온 세상이 황금빛으로 물든 것만 같았다.

자연의 위대함 속에서 난 아무것도 아니었다. 그 특별하고 생생한 자연의 품속에서 온전히 나를 찾는 길이었다. 자연이 그렇듯, 나에게 주어진 능력은 온전히 나만의 것이 아니라는 것을 깨달았다.

해가 모두 드러나 세상이 환하게 물들었을 때, 한 남자가 쓰러져 있는 것이 눈에 들어왔다. 순렛길에 정신을 잃고 쓰러진 순례

자는 아닐까 하는 마음에 서둘러 그 남자에게 달려갔다. 하지만 기절한 것이 아니라 남자는 죽어 있었다. 초자연 현상이었다.

일주일 후 남자는 심장 마비인지 뇌출혈인지 알 수 없는 이유로 이곳에 쓰러져 죽게 된다. 그 남자의 눈에는 오직 평야에 떠오르는 태양만이 보였기 때문이다. 일주일을 더 이곳에 머물며 이 남자를 기다려야 하는 걸까? 잠시 고민하며 다시 한번 시체를 살피던 그때, 휴대폰 벨 소리가 울렸다.

그 소리에 초자연 현상에서 나오게 됐고, 눈앞에 있던 시체도 감쪽같이 사라졌다. 주머니에서 휴대폰을 꺼내 발신 번호를 확인했다. 모르는 번호였다. 벨로라도에 도착해서도 모르는 번호로 몇 번 연락이 왔었지만, 이곳에서는 아무 전화도 받지 않았다.

벨 소리가 멈추니 다시 고요한 순간으로 되돌아왔다. 나는 눈을 감고 한 번 더 시체를 확인했다. 역시나 외상이 없었다. 누가 죽인 것은 아닌 것 같았다.

나는 발길을 돌려 벨로라도에서 묵었던 숙소로 돌아가기로 마음먹었다. 그리고 그 숙소에 가까워졌을 때 또 다시 휴대폰 벨이 울렸다. 이번엔 익숙한 번호였다.

"여보세요."

"어, 남 순경. 나야, 차우석."

"네. 무슨 일이세요?"

"여행 중에 방해해서 미안해. 다름이 아니라 남 순경이 도와줘야 할 일이 생겨서 말이야."

"제가요? 여기서 빨라도…… 네, 알겠어요. 귀국하면 바로 연락드릴게요."

"아니야. 여기 한국이 아니라 영국 런던이야."

"런던이요? 그게 무슨 말씀이세요?"

"런던 경시청에서 도민 경감님께 협조 요청을 해 왔어. 경감님은 벌써 런던으로 가셨고."

"무슨 협조를요? 그리고 제가 뭘 하면……."

"런던에서 예고 살인사건이 발생해서 말이야. 벌써 두 명이나 희생됐다고 하지 뭐야?"

"예고 살인사건이요?"

"그래. 살인하겠다는 사람을 미리 지목해 소셜 미디어에 올린 후에 그 사람을 진짜로 살해했다는 거야."

"그게 가능해요?"

"그러니까 말이야. 그래서 남 순경이 필요해. 괜찮겠어? 미안해, 휴가 중인데. 아마 런던 경시청 인터폴 담당 수사관이 연락을 했을 텐데 못 받았어?"

"아, 그게 그 전화였나? 죄송해요. 모르는 번호는 받지 않거든요."

"그런 것 같았어. 나도 내일이면 런던에 도착할 거야."

"알겠어요. 최대한 빠른 편으로 런던으로 갈게요. 그런데 어디로 가야 하죠?"

"히스로 공항 입국장 앞에서 만나자고."

"예, 알겠어요. 아, 차 형사님!"

"어, 말해."

"하나 부탁드릴 게 있어요."

"부탁? 뭐야?"

나는 이곳에서 봤던 시체 환영에 대해 설명하고, 그 남자를 구할 수 있도록 조처해 달라고 부탁했다. 차우석 형사는 스페인 당국에 협조를 요청한 후 다시 연락을 줬다. 덕분에 안심하고 바로 런던행 비행기에 몸을 실을 수 있었다.

그리고 히스로 공항에 도착해 오랜만에 차 형사를 만났다.

"차 형사님."

"어, 남 순경. 쉬는데 미안."

"아니에요. 어서 가시죠."

"참, 선물 가지고 왔어. 팀장님이 남 순경 만나면 주라고 엽서를 하나 주시더라고."

"엽서요?"

"그래. 여기 받아."

차 형사가 건넨 엽서에는 〈포기〉라는 시가 적혀 있었고, 그 뒤에 간단히 안부를 묻는 글이 있었다.

〈포기〉

손에 있는 것을 놓아야

다른 것을 잡을 수 있다

그러나 포기라는 단어는

왠지 어울리지 않는다

내려놓아야 할 때
내려놓지 못하는 것이

...

포기는 다른 것을
찾기 위한 시작일 뿐이다

남시보 순경이 받아 든 엽서 속 민우직 경정의 필체는, 김기창과 일성에게 전달된 신문 마지막 장에 쓰여 있던 바로 그 필체였다.

"죽은 시체지만 죽지 않았어요.
끝이라고 말하지만 끝은 아니에요.
멈춘 정의의 심장은 다시 뛰게 될 겁니다."

— 시보의 말

《시체를 보는 사나이》끝.

시체를 보는 사나이 3부. 다크킹덤 ②

2022년 12월 22일 초판 1쇄 발행

지은이 공한K
펴낸이 박시형, 최세현

책임편집 김명래 **디자인** 정아연 **교정교열** 전해림
마케팅 권금숙, 양근모, 양봉호, 이주형 **온라인마케팅** 신하은, 정문희, 현나래
디지털콘텐츠 김명래, 최은정, 김혜정 **해외기획** 우정민, 배혜림
경영지원 홍성택, 이진영, 김현우, 강신우
펴낸곳 팩토리나인 **출판신고** 2006년 9월 25일 제406-2006-000210호
주소 서울시 마포구 월드컵북로 396 누리꿈스퀘어 비즈니스타워 18층
전화 02-6712-9800 **팩스** 02-6712-9810 **이메일** info@smpk.kr

ⓒ 공한K(저작권자와 맺은 특약에 따라 검인을 생략합니다)
ISBN 979-11-6534-664-5(03810)

쌤앤파커스(Sam&Parkers)는 독자 여러분의 책에 관한 아이디어와 원고 투고를 설레는 마음으로 기다리
고 있습니다. 책으로 엮기를 원하는 아이디어가 있으신 분은 이메일 book@smpk.kr로 간단한 개요와 취
지, 연락처 등을 보내주세요. 머뭇거리지 말고 문을 두드리세요. 길이 열립니다.